Enquête à Whiskey Gulch

Au péril de leur vie

ELLE JAMES

Enquête à Whiskey Gulch

Traduction française de
DOMINIQUE TRUFFANDIER

BLACK ROSE

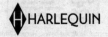

Collection : BLACK ROSE

Titre original :
MISSING WITNESS AT WHISKEY GULCH

© 2022, Mary Jernigan.
© 2023, HarperCollins France pour la traduction française.

Ce livre est publié avec l'autorisation de HARLEQUIN BOOKS S.A.

Tous droits réservés, y compris le droit de reproduction de tout ou partie de l'ouvrage, sous quelque forme que ce soit.
Toute représentation ou reproduction, par quelque procédé que ce soit, constituerait une contrefaçon sanctionnée par les articles 425 et suivants du Code pénal.

Si vous achetez ce livre privé de tout ou partie de sa couverture, nous vous signalons qu'il est en vente irrégulière. Il est considéré comme « invendu » et l'éditeur comme l'auteur n'ont reçu aucun paiement pour ce livre « détérioré ».

Cette œuvre est une œuvre de fiction. Les noms propres, les personnages, les lieux, les intrigues sont soit le fruit de l'imagination de l'auteur, soit utilisés dans le cadre d'une œuvre de fiction. Toute ressemblance avec des personnes réelles, vivantes ou décédées, des entreprises, des événements ou des lieux serait une pure coïncidence.

Le visuel de couverture est reproduit avec l'autorisation de :

HARLEQUIN BOOKS S.A.

Tous droits réservés.

HARPERCOLLINS FRANCE
83-85, boulevard Vincent-Auriol, 75646 PARIS CEDEX 13
Service Lectrices — Tél. : 01 45 82 47 47 - www.harlequin.fr
ISBN 978-2-2804-9126-6 — ISSN 1950-2753

Composé et édité par HarperCollins France.
Imprimé en juin 2023 par CPI Black Print (Barcelone)
en utilisant 100% d'électricité renouvelable.
Dépôt légal : juillet 2023.

Pour limiter l'empreinte environnementale de ses livres, HarperCollins France s'engage à n'utiliser que du papier fabriqué à partir de bois provenant de forêts gérées durablement et de manière responsable.

1

Seule dans son atelier, à l'arrière de sa petite boutique de Whiskey Gulch, Texas, Olivia Swann plaqua les doigts autour de la pièce en argile posée sur son tour. Le vase que lui avait commandé un riche client de Peoria, Pennsylvanie, commençait à prendre forme.

Elle sourit pour elle-même, heureuse de penser que ses œuvres trouvaient preneur un peu partout dans le pays – et même dans le monde entier.

Son talent d'artiste n'était pas étranger à ce succès, même si elle ne se considérait pas comme exceptionnellement douée. Elle faisait de belles poteries, certes, mais une grande part de sa réussite était à mettre au crédit de sa sœur. Jasmine travaillait dans une galerie huppée de Dallas où étaient exposées des pièces uniques, qui attiraient les amateurs d'art du monde entier. Elle avait accompli un véritable miracle en persuadant le propriétaire d'exposer le travail de sa sœur.

Maintenant, Olivia croulait sous les commandes, à tel point qu'elle était contrainte d'en refuser certaines afin de pouvoir honorer celles qu'elle acceptait dans les temps. Grâce au succès que rencontraient ses vases, ses saladiers et ses plats décoratifs, elle avait pu faire rénover sa boutique et la maison de ses parents qui, tant par la décoration que par le confort, était restée au XXe siècle.

Les rénovations plaisaient beaucoup à Jasmine. Leur mère aussi les aurait aimées. Mais leur père… beaucoup moins. Il avait toujours refusé de changer le moindre détail et de se séparer des meubles démodés et de son fauteuil favori, au grand dam de leur mère. Mais jamais elle n'avait vraiment protesté. L'amour qui les unissait était trop profond, et il l'était resté jusqu'au jour de leur mort… un jour qui était venu bien trop tôt, hélas.

Olivia trempa ses mains dans la bassine d'eau posée à côté d'elle et les reposa sur la glaise pour continuer à façonner le grand vase. Rien ne l'apaisait autant que ces longues séances de travail, rythmées par le ronronnement du moteur de son tour. Ici, elle était dans son élément. Elle vivait la vie pour laquelle elle était faite, une vie solitaire, libre de tout souci.

Depuis la rupture de ses fiançailles avec son petit ami, qu'elle connaissait depuis le lycée, elle avait renoncé aux hommes. D'ailleurs, après la mort de ses parents, elle avait perdu tout intérêt pour les rencontres amoureuses, persuadée que jamais elle ne pourrait trouver un amour tel que celui qui les avait unis.

Ils étaient parfaitement assortis, tous les deux : artistes dans l'âme, libres d'esprit – et tellement épris l'un de l'autre que personne d'autre n'existait pour eux.

Tout le contraire de Mike. Il lui avait dit qu'il l'aimait et voulait l'épouser, mais il n'avait jamais cessé d'aller voir ailleurs. Surtout quand il était à Las Vegas pour l'une des nombreuses conférences auxquelles il assistait dans le cadre de son métier.

Un jour qu'ils devaient sortir ensemble, il y avait de cela trois ans, Olivia était chez lui et attendait qu'il ait fini de se préparer. Pendant qu'il était sous la douche, il avait reçu un texto d'une certaine Kiki Cox.

Intriguée par ce nom, elle avait fait une rapide recherche sur Internet… et découvert qu'il s'agissait d'une prostituée de Vegas.

Quand Mike était sorti de la douche, c'était par pure curiosité qu'elle l'avait questionné sur cette femme. Elle n'avait pas soupçonné un seul instant qu'il puisse l'avoir trompée. Aussi était-elle tombée des nues en l'entendant avouer qu'il avait eu une aventure avec cette femme. Il avait ajouté qu'il voulait seulement profiter de ses derniers moments de liberté avant de lui promettre que cela ne se reproduirait pas une fois qu'ils seraient mariés.

Avec le plus grand calme, Olivia avait ôté sa bague de fiançailles, la lui avait tendue et s'en était allée. Depuis ce jour-là, elle ne lui avait jamais reparlé.

Et elle ne regrettait rien, bien que le tic-tac de son horloge biologique lui rappelle qu'elle avait gâché quelques-unes des meilleures années de sa vie de mère potentielle.

Mais si elle se mariait un jour, ce serait avec un homme qui ne ressentirait pas le besoin de se tourner vers une autre femme pour trouver de l'amour – ou du sexe.

Elle leva les yeux en entendant tinter la clochette de la porte de sa boutique. Un homme entra et s'arrêta sur le seuil le temps que sa vision s'ajuste à la pénombre de l'intérieur.

Il était grand et musclé, avec de larges épaules, de magnifiques yeux bleus, une coupe de cheveux militaire et une ombre de barbe. Ouah.

Le vase oscilla entre ses doigts. Elle baissa vivement les yeux, le rattrapa – de justesse – et demanda :

— En quoi puis-je vous aider ?
— Je cherche un cadeau pour ma mère.

En plus d'être dans une forme physique éclatante, il aimait sa mère. Un homme pouvait-il être plus proche de la perfection ? Elle soupira… Il demeurait un homme, et elle était bien placée pour savoir que les hommes avaient des défauts.

— Je suis à vous dans quelques minutes. En attendant, jetez un œil dans la boutique pour voir si vous trouvez quelque chose qui lui plaira.

Elle coula un autre regard vers lui, le cœur battant.

— J'entends une voix, remarqua l'homme, mais je ne vois pas à qui elle appartient.

Olivia partit d'un petit rire et reposa les yeux sur le vase.

— Je suis en train de travailler, à l'arrière de la boutique.

Il y eut un bruit de pas, et l'homme s'arrêta devant elle.

— Ah, lança-t-il. Vous voilà.

Quand elle leva les yeux, elle eut le souffle coupé... et ne put s'empêcher de le dévisager.

Il sourit, et une étincelle de joie dansa dans ses yeux bleus.

— Salut.

— Salut, répondit-elle, le cœur battant la chamade.

Le vase oscilla de nouveau entre ses mains avant de se renverser sur le tour en tournoyant follement.

— Zut !

Elle coupa le moteur et se leva, contemplant le désastre.

— Eh bien..., dit-il gravement. Je suis désolé. J'aurais dû vous écouter et attendre que vous ayez fini.

Elle soupira.

— Ce n'est pas grave. Je recommencerai.

Quand je ne serai pas distraite par la présence d'un homme d'une beauté à couper le souffle.

— Un cadeau pour votre mère, vous disiez ?

Il acquiesça.

— Oui, m'dame. Elle aime les objets d'artisanat. D'ailleurs, elle en fabrique elle-même.

Olivia ressentit un élan de tendresse.

— Et quel genre d'objets fabrique-t-elle ?

— Rien d'aussi élaboré que ce qu'il y a ici, dit-il avec un geste du bras. Elle tricote des couvertures pour les enfants en foyer d'accueil et des bonnets pour les nouveau-nés. Mais elle a toute une collection d'œuvres en céramique chez elle, à San Antonio, et je pense que celles que je vois dans votre boutique sont tout à fait son style.

— Le temps de me laver les mains, et je suis à vous.

Elle se lava et se sécha rapidement les mains et les avant-bras, inspecta son reflet dans le miroir et ouvrit de grands yeux en découvrant qu'elle avait de l'argile sur le nez. Elle l'essuya avant de se retourner et de sourire à l'homme, qui attendait patiemment qu'elle ait terminé.

Il eut un demi-sourire plein de malice.

— Vous en avez oublié, ici.

Il tendit le bras et effleura son menton du pouce.

Olivia sentit son cou s'empourprer et porta vivement la main à son visage, heurtant la sienne.

— Ici ?

— Non, dit-il. Ici.

Il referma ses doigts sur les siens pour guider sa main, et elle sentit son corps s'embraser. Les joues en feu, elle se frotta le menton et arracha son regard à ces magnifiques yeux bleus.

— Avez-vous vu quelque chose qui vous plaît ? demanda-t-elle pour qu'il cesse de la dévisager.

— Pour tout dire, oui.

Sa voix, chaude et vibrante, fit fuser un frisson dans le dos d'Olivia. Elle coula un regard vers lui et découvrit que c'était elle qu'il regardait, et non ses œuvres.

Son cœur se mit à cogner de plus belle dans sa poitrine. Sa réaction à la présence de cet homme devenait totalement ridicule. Encore quelques minutes, et elle le supplierait de lui faire un enfant.

Qu'est-ce qui lui prenait ? Elle secoua la tête. Ce n'était qu'un homme, qui devait être comme la plupart de ses semblables : indigne de confiance, dominateur, peut-être même narcissique. Elle ne pouvait pas se mettre dans tous ses états parce qu'il était terriblement séduisant et doté d'une voix assez chaude pour faire fondre une tablette de chocolat par une journée glaciale.

Non : depuis Mike, elle avait renoncé aux hommes. Elle ne leur faisait plus confiance. Et d'ailleurs, la vie solitaire qu'elle menait était bien plus agréable.

L'homme s'arrêta devant un vase bleu cobalt et noir d'un mètre de haut, à la forme élancée, qui était exposé dans une vitrine afin que les clients ne puissent pas le manipuler. Elle avait vendu un vase semblable à un riche client de Dallas lors d'une foire-exposition où Jasmine était conservatrice, et celui sur lequel elle était en train de travailler serait du même type.

— Celui-ci est très beau, dit-il en tournant la tête vers elle. C'est vous qui l'avez fait ? Vous êtes Olivia ?

Avant qu'elle ait pu répondre, il secoua la tête.

— Bien sûr que vous êtes Olivia. Vous étiez en train de travailler à une autre création quand je vous ai interrompue. Quel idiot je fais !

Il joignit les mains dans son dos et ajouta :

— Je vous laisserai toucher vous-même.

Ces quelques mots suffirent pour qu'un frisson de désir fuse sur sa peau. Elle se vit poser les mains sur le torse puissant de cet homme, et un brasier s'alluma dans son ventre.

Sa décision de renoncer aux hommes était peut-être un peu drastique. Après tout, rien ne l'empêchait de s'amuser, sans s'engager pour autant.

— Quel style de poterie aime votre mère ?

Il haussa ses larges épaules.

— Elle a deux grands saladiers et toute une collection d'assiettes accrochées aux murs… par contre, elle n'a pas de vase tel que celui-ci. Je pense qu'il lui plairait énormément.

Olivia se fendit d'un sourire en coin.

— Si nous parlions d'abord de la somme que vous comptez mettre dans ce cadeau ?

Un pli soucieux creusa son front.

— Tant que ça ?

— Oui, tant que ça. Les matériaux utilisés pour créer cette combinaison de couleurs sont chers, et les techniques demandent beaucoup de temps.

— Je n'en doute pas. Cette pièce est remarquable.

Il marqua une pause avant de reprendre :

— Ma mère a visité une galerie d'art, à Dallas. Quand je lui ai dit que je venais travailler à Whiskey Gulch, elle a insisté pour que je recherche l'artiste qu'elle avait découverte dans cette galerie. Elle m'a donné un nom : Olivia Swann.

L'homme lui tendit la main en souriant.

— Ma mère sera ravie d'apprendre que je vous ai rencontrée. Je suis Becker Jackson. Ma mère s'appelle Linda.

Olivia prit sa main.

— Ravie de faire votre connaissance, monsieur Jackson.

— Becker, rectifia-t-il en souriant. M. Jackson était mon père.

Il la dévisagea ouvertement et ajouta :

— Je ne m'attendais pas à ce que l'artiste de maman ait d'aussi jolis yeux verts.

Les joues en feu, elle faillit lui dire que ses yeux bleus étaient magnifiques – mais heureusement, sa gorge était trop nouée pour qu'elle puisse prononcer le moindre mot.

— Dites-moi…, reprit-il en retenant sa main dans la sienne. Je viens d'arriver en ville. Je ne connais personne. Vous n'accepteriez pas d'aller dîner avec moi, par hasard ?

Elle haussa vivement les sourcils et il partit d'un petit rire.

— Vous pouvez me dire d'aller me faire voir ailleurs si je vous semble trop insistant, mais j'aime votre poignée de main et vos yeux. Et je n'aime pas manger seul.

Il marqua une pause avant de préciser :

— À moins que vous soyez mariée, ou que vous viviez avec quelqu'un, bien sûr.

Il passa sa main libre dans ses cheveux.

— Eh bien… quelle mauvaise première impression je dois vous faire.

Il déposa un baiser sur ses doigts et relâcha sa main.

— Laissez-moi reprendre de zéro.

Il tourna les talons et ressortit de la boutique. Olivia sentait encore le contact de sa main sur la sienne. Elle secoua la tête et dit, à mi-voix :

— Qu'est-ce que c'était que ça ?

Avant qu'une autre pensée ait pu se former dans son esprit, la clochette tinta de nouveau et Becker rentra dans la boutique.

— Bonjour, dit-il. Je cherche Olivia Swann.

Il cligna de l'œil et Olivia fronça les sourcils.

— Je suis Olivia. Mais vous le savez déjà.

— Faites-moi plaisir. Je me sens complètement crétin.

Il traversa la pièce et lui tendit la main.

— J'ai une mission : trouver un cadeau pour ma mère. Elle exige une création originale d'Olivia Swann.

Olivia hésita un instant avant de prendre sa main en réprimant un sourire.

— Je ne sais pas si je vais pouvoir vous aider.

— Si vous êtes Olivia, je suis sûr que vous le pouvez.

Il inclina la tête vers le vase bleu et noir.

— Ce vase sera parfait. Est-ce qu'il est à vendre ?

Elle hocha la tête.

Il relâcha sa main pour prendre son portefeuille.

— Combien est-ce que je vous dois ?

— Trois mille cinq cents dollars.

Becker laissa tomber son portefeuille par terre, et elle éclata de rire.

— J'en ai d'autres qui sont moins chers.

Il se baissa pour ramasser son portefeuille et commenta :

— Il va falloir que j'aie une petite discussion avec ma mère. Elle dilapide mon héritage.

Il cligna de l'œil et reprit :

— Sérieusement, je le veux quand même. Par contre, elle devra se passer de cadeau d'anniversaire et de Noël pendant les cinq prochaines années.

— Ne vous sentez pas obligé de l'acheter, protesta Olivia. Je ne veux pas vous mettre sur la paille.

Il sortit une carte de crédit.

— Est-ce que vous prenez la carte ?

— Je la prends, oui.

— Est-ce que vous pouvez expédier ce vase ?

Elle prit la carte qu'il lui tendait.

— Je peux.

— Avec une assurance ?

— Bien sûr.

Elle plissa le front de plus belle.

— Est-ce que vous êtes sûr de vous ?

— Totalement.

Il sortit une carte de visite, au dos de laquelle il inscrivit quelques mots.

— Tenez, dit-il en la lui tendant. Ma toute première carte de visite. Vous trouverez l'adresse de ma mère au dos.

Elle posa les yeux sur la carte.

— Outrider Security ? C'est l'agence de sécurité de Trace Travis, non ?

Becker acquiesça.

— C'est bien ça. Trace m'a envoyé tout un lot de cartes de visite pour m'attirer jusqu'ici. Je commence demain.

— Ne me dites pas qu'il a suffi de quelques cartes de visite pour vous convaincre.

Il ouvrit grand les bras.

— Et pourtant, me voilà ! Vous étiez ma première étape. Ensuite, je prendrai la route du Whiskey Gulch Ranch pour rencontrer mon nouveau patron.

— Il ne vous emmènera pas dîner ? demanda-t-elle.

— Je ne le verrai que demain matin. Pour cette nuit, j'ai retenu une chambre en ville. Mais ne vous sentez pas obligée d'accepter mon invitation uniquement parce que je vous ai acheté un vase. Je serai très bien tout seul. Par contre, si vous pouviez me conseiller un endroit où manger un morceau…

— On mange toujours bien au restaurant, dit Olivia. Et si votre invitation tient toujours, je serais ravie de me joindre à vous. Il n'y a plus de restes dans mon réfrigérateur.

— Vous m'en voyez ravi, même si je ne suis que votre second choix.

Il sourit.

— Je peux passer vous prendre à 18 heures, à moins que vous préfériez que nous nous rejoignions au restaurant.

— Je préfère, oui. Il faudra que je me nettoie un peu.

Elle passa sa carte de crédit dans le lecteur et la lui rendit, accompagnée du reçu à signer.

— Et j'expédierai le vase en rentrant chez moi.

— Merci, répondit Becker avec un nouveau sourire. Nous nous retrouverons donc à 18 heures. Et si vous ne venez pas, je saurai que je vous ai fait une très mauvaise première impression et que vous avez eu la sagesse de rester chez vous et de manger du pop-corn.

Elle éclata de rire.

— Est-ce que vous êtes toujours aussi…

— Charmant ? Adorable ? Sexy ?

— Agaçant ? Horripilant ? Incorrigible ?

Becker grimaça.

— Ouille. Et moi qui pensais que j'étais sexy.

Olivia tendit le bras vers la porte.

— Allez-y. Si je ne ferme pas la boutique tout de suite pour aller me doucher et me changer, je ne serai jamais à l'heure.

Son visage s'éclaira et une étincelle apparut dans ses yeux bleus.

— Donc, je ne vous ai pas découragée.

Elle s'efforça de retenir un sourire et échoua lamentablement.

— Je vous ai dit que je viendrais, et je tiendrai parole.

Il lui prit de nouveau la main, la porta à ses lèvres et déposa un baiser sur ses doigts.

— Je vais compter les minutes.

La clochette tinta quand il ouvrit la porte, puis quand il la referma. Dès qu'il fut sorti, Olivia relâcha la goulée d'air qu'elle retenait et se mit à glousser comme une écolière.

Venait-elle d'accepter son invitation à dîner ?

Oui, c'était bien ce qu'elle avait fait.

Après le fiasco de ses fiançailles, elle avait fait vœu de ne plus jamais fréquenter un homme. Pourtant, il avait suffi que cet étranger passe la porte de sa boutique pour qu'elle revienne sur sa parole.

Mais puisqu'elle avait accepté son invitation… elle l'honorerait.

Elle jeta un regard vers l'horloge et laissa échapper un petit cri. 17 h 05 ? Si elle voulait être au restaurant à 18 heures, il fallait qu'elle se bouge.

Elle ferma la porte à clé, tourna le panneau « Ouvert » du côté « Fermé » et s'empressa d'emballer le magnifique vase destiné à la mère de Becker, à grand renfort de polystyrène et de plastique à bulles. Elle avait jusqu'à 17 h 30 pour le déposer au point relais de FedEx.

Après avoir mis l'argile qui était sur son tour dans un seau pour éviter qu'elle sèche, elle se lava les mains et porta la boîte jusqu'à sa jeep Wrangler gris ardoise.

La ville de Whiskey Gulch était suffisamment petite pour qu'elle arrive au point relais juste à temps pour expédier la boîte à l'adresse que lui avait donnée Becker. Elle régla les frais d'assurance et d'expédition, remonta dans sa jeep, traversa la ville dans l'autre sens et se gara dans l'allée de la maison qu'elle avait héritée de ses parents.

Une fois à l'intérieur, elle s'élança vers sa chambre tout en se débarrassant de ses vêtements. Il lui restait moins d'une demi-heure pour se doucher, s'habiller, se sécher les cheveux et se maquiller avant de prendre la route du restaurant.

Mais pourquoi diable avait-elle accepté de dîner avec Becker ?

Parce qu'elle avait été fascinée par l'étincelle qui brillait dans ses yeux bleus, et qu'elle avait hâte de le revoir.

Était-elle devenue folle ? N'avait-elle pas appris qu'on ne pouvait pas faire confiance à un homme ?

Dix minutes plus tard, elle ressortait de la douche.

— Ce n'est qu'un dîner, dit-elle à mi-voix.

Elle se sécha et s'enveloppa de la serviette.

Soudain, un craquement retentit, quelque part dans la maison.

Olivia se figea et tendit l'oreille. La maison avait été construite au début des années 1940, et jamais rien ne l'empêcherait de craquer ou de grincer, que le vent souffle ou non.

Mais ensuite, il y eut un bruit sourd, comme celui de quelqu'un qui se cogne dans un mur.

Elle traversa vivement sa chambre et empoigna la batte de base-ball qui était toujours à côté de son lit. Le cœur battant, elle alla jusqu'à la porte de sa chambre sur la pointe des pieds et coula un regard dans le couloir.

Ce n'était pas le moment de se rappeler qu'elle avait débranché sa ligne fixe. Ce n'était pas non plus le moment de se rappeler qu'elle avait laissé son téléphone portable sur le comptoir de la cuisine, avec son sac et ses clés.

Un autre son lui parvint dans le silence : un cliquètement, qu'elle connaissait bien.

Est-ce que quelqu'un vient d'entrer par la porte de la cuisine ?

Elle avait deux possibilités : elle pouvait aller jusqu'à la cuisine et se retrouver nez à nez avec un intrus qui n'hésiterait peut-être pas à l'agresser, la violer et la tuer. Elle pouvait aussi bifurquer avant d'arriver à la cuisine, sortir de la maison et appeler à l'aide. Par contre, elle devrait courir jusqu'au prochain pâté de maisons : son voisin le plus proche était sourd.

Tenant fermement la batte à deux mains, elle avança lentement dans le couloir en retenant son souffle pour ne masquer aucun son.

2

Le cœur d'Olivia battait si violemment que le sang grondait dans ses oreilles. Elle banda ses muscles, prête à sprinter vers la porte d'entrée, quand un sanglot étouffé lui parvint de la cuisine.

— Olivia ? appela une voix de femme.

Elle connaissait cette voix pour avoir grandi avec elle : c'était celle de sa sœur.

Sans lâcher sa batte, elle courut vers la cuisine.

— Jasmine ?

Dès qu'elle pénétra dans la pièce, une main jaillit, la saisit par le bras et l'attira vers le sol. Son premier instinct fut de se dégager, mais les doigts plantés dans sa chair ne relâchèrent pas leur prise.

Elle se laissa tomber à genoux auprès de sa sœur et regarda son visage humide de larmes.

— Jasmine, ma chérie.

Elle posa la main sur la joue de sa sœur, qui était maculée de terre et égratignée.

— Qu'est-ce qui s'est passé ?

Elle se rendit soudain compte que cela faisait un moment qu'elle n'avait pas eu de nouvelles de Jasmine. Tout à son travail, elle n'avait pas pris le temps de l'appeler.

— J'ai des ennuis, chuchota-t-elle.

— Est-ce que je dois t'emmener chez un médecin ?

Olivia voulut se relever, mais Jasmine l'en empêcha.

— Non. Je ne peux pas, dit-elle d'une voix étouffée par les sanglots.

Ses yeux s'emplirent de larmes.

— J'ai peur.

Olivia s'assit par terre à côté de sa sœur cadette et la prit dans ses bras.

— Pourquoi ? Qu'est-ce qui se passe ?

— J'ai été témoin d'un meu... un meurtre.

Elle pressa son poing sur sa bouche.

— J'ai été témoin d'un meurtre, Olivia.

L'estomac d'Olivia se souleva devant l'horreur qui se lisait sur les traits de sa sœur.

— Oh ! ma chérie.

— J'étais retournée à la galerie parce que j'avais oublié mon téléphone sur mon bureau. J'avais fermé la porte de service à clé et branché l'alarme, mais la porte était ouverte et l'alarme désactivée. Quand je suis entrée, j'ai vu... je les ai vus. Deux hommes, qui se disputaient. J'ai reconnu Nico Salvatore, qui était venu à la galerie plus tôt dans la journée, mais je ne connaissais pas l'autre homme. J'ai appris depuis que c'était Eduardo Romano. Il tenait à la main quelque chose qui ressemblait à un tableau, enveloppé dans du papier kraft beige. J'ai voulu lui dire de le remettre à sa place, mais je ne pouvais pas. Il ne fallait pas qu'ils me voient. Sinon...

— Tu as bien fait de ne rien dire, dit Olivia, heureuse que sa sœur se soit tue.

— Si j'avais dit quelque chose, peut-être qu'Eduardo serait encore en vie.

— Et peut-être que tu serais morte, comme lui.

Sa sœur prit une inspiration tremblante.

— J'avais peur. Je n'avais aucun moyen de me défendre. Alors, je me suis cachée derrière un placard et j'ai attendu qu'ils partent. Je comptais appeler la police après.

— Tu as fait ce qu'il fallait.

Ses yeux bleus s'agrandirent, et sa lèvre inférieure se mit à trembler.

— Mais j'ai tout vu.

— Oh ! Jaz, dit Olivia en lui prenant les mains.

— L'homme avec le tableau s'est détourné pour partir. Nico l'a attrapé par-derrière et… et il lui a tranché la gorge.

Les larmes dévalaient ses joues.

— Oh ! mon Dieu, Jasmine…

Olivia serra sa sœur plus fort.

— Est-ce que tu as appelé la police ?

— Oui. Quand je leur ai dit ce que j'avais vu, ils ont voulu regarder les bandes de vidéosurveillance, mais les caméras avaient été éteintes. J'étais le seul témoin du meurtre. La police m'a donc fait entrer dans le programme de protection des témoins et m'a cachée dans une maison sécurisée.

Olivia recula, le cœur battant la chamade.

— Quand cela s'est-il passé ?

— Il y a quinze jours.

Cela faisait donc plus de quinze jours qu'elle n'avait pas appelé sa sœur ! La culpabilité la gagna.

— Oh ! Jasmine… Je suis tellement désolée. J'aurais dû t'appeler plus tôt.

— Tu n'aurais pas pu me joindre. J'ai dû tout laisser derrière moi : mon téléphone portable, mon travail, mon appartement… tout. Les US Marshals ne m'ont même pas permis de retourner chez moi pour prendre des habits. Je suis restée sous protection depuis le meurtre, et jusqu'à hier.

— Je ne comprends pas, dit Olivia en secouant la tête. Pourquoi n'ont-ils pas arrêté Nico ?

— Ils l'ont fait.

— Alors, pourquoi te mettre sous protection ?

Sa sœur esquissa un sourire sans joie.

— Tu ne sais pas qui est Nico Salvatore, n'est-ce pas ?

— Non, dit-elle, perplexe. Est-ce que je devrais ?

— Je ne le connais que parce que son père et lui sont clients de la galerie où je travaille… où je travaillais.

Elle avala sa salive et de nouvelles larmes roulèrent sur ses joues.

— C'est le fils de Vincenzo Salvatore, un riche Italo-Américain qui a des liens avec la mafia sicilienne. Et l'homme qu'il a tué était le neveu de Giovanni Romano, qui est tout aussi riche et puissant que Vincenzo. Tous deux ont les moyens d'engager un homme de main pour éliminer le témoin d'un meurtre.

— Bon sang, Jaz ! s'exclama-t-elle en dévisageant sa sœur. Mais puisque les US Marshals t'avaient mise dans une maison sécurisée, tu aurais dû être… en sécurité.

Jasmine secoua la tête.

— Les Salvatore doivent avoir des relations dans la police, parce qu'ils m'ont retrouvée. Heureusement, il y avait dans cet endroit un tunnel qui débouchait dans la cave du magasin voisin. Pendant que les US Marshals repoussaient l'assaut, je me suis enfuie par ce tunnel et j'ai couru, couru… jusqu'à arriver ici.

— Tu n'as pas fait tout le chemin depuis Dallas en courant. Comment es-tu arrivée ? demanda Olivia.

— Je suis allée jusqu'à un relais routier et j'ai fait du stop.

— Bon sang, Jasmine ! Tu aurais pu te faire tuer !

Jasmine ricana.

— Pas plus qu'en restant là où j'étais. Je m'en suis voulu d'abandonner les US Marshals à leur sort. Les assaillants avaient des armes automatiques. Je doute qu'ils s'en soient sortis vivants.

— Oh ! non, chuchota Olivia.

— Je me suis réfugiée dans le seul endroit que je connaissais : la maison.

Elle agrippa le bras d'Olivia.

— Il me faut de l'argent et des vêtements. Et de la teinture pour cheveux, si tu en as.

Olivia fronça les sourcils.

— Je peux te donner de l'argent et des vêtements, mais tu ne peux pas passer ta vie à fuir.

Jasmine enfouit son visage dans ses mains, les épaules secouées de sanglots.

— Il faut que je me cache... au moins jusqu'à ce qu'ils condamnent l'assassin. Peut-être même... plus longtemps.

Olivia frotta le dos de sa sœur.

— Ma chérie... cette histoire est complètement dingue.

— Je sais, dit Jasmine en relevant la tête. Je ne peux pas rentrer chez moi. Si même les US Marshals n'ont pas pu me protéger... qu'est-ce que je peux faire ?

Elle regarda Olivia dans les yeux et ajouta :

— En tout cas, il faut que je parte aussi vite que possible. En restant ici, je te mets en danger.

Un frisson courut sur la peau d'Olivia.

— Ce sera le premier endroit où ils te chercheront.

Jasmine se releva, mais resta baissée.

— Oui. Il faut que je parte d'ici.

Olivia se leva, elle aussi.

— Je pars avec toi.

— Non, Olivia. C'est mon problème. Je ne veux pas que tu y sois mêlée.

— J'y suis déjà mêlée. Tu es ma sœur. La seule famille qui me reste. Je ne te laisserai pas partir sans moi.

Jasmine s'élança dans le couloir, vers sa chambre.

— Est-ce que tu as gardé mes vieux vêtements ?

— Ils sont là où tu les as laissés, il y a trois ans.

— Il va me falloir une valise.

Jasmine ferma les stores et tira les rideaux avant d'ouvrir sa penderie. Elle en sortit des jeans, des chemisiers et des chaussures, qu'elle jeta sur le lit en fer dans lequel elle dormait enfant.

— Il va *nous* falloir une valise, dit Olivia. Tu ne partiras pas sans moi. Nous trouverons une solution ensemble.

Sans attendre que sa sœur réponde, elle courut jusqu'à sa chambre, s'habilla, attrapa sa valise et commença à la remplir.

Les pensées se bousculaient dans son esprit. Si la mafia avait pu retrouver sa sœur dans une maison sécurisée, elle saurait où la chercher maintenant : dans sa ville natale de Whiskey Gulch. Ce n'était qu'une question de temps.

Elle interrompit brusquement ses préparatifs, frappée par l'évidence : elles n'avaient pas le temps de faire leurs bagages. Il fallait qu'elles partent d'ici sans attendre. Elle ressortit de sa chambre en courant.

— Jasmine ? appela-t-elle. Tu as raison. Nous devons partir. Laisse cette valise. Nous achèterons ce qu'il nous faudra sur place.

Elle n'avait besoin que de son sac et de ses clés de voiture.

— Dépêche-toi.

— J'arrive !

Jasmine apparut dans le couloir, tirant sa valise à roulettes. Elle s'arrêta à la porte pour boutonner son chemisier.

— Je prends mon sac et nous filons d'ici, dit Olivia.

Jasmine plissa le front.

— Tu n'as pas fait ta valise ?

— Non. Si ces hommes ont pu te retrouver dans une maison sécurisée, ils vont venir te chercher ici. Nous devons partir tout de suite.

En traversant le séjour, Olivia attrapa la photo d'elle-même, Jasmine et leurs parents et la fourra dans son sac. Elle se dirigeait vers la porte d'entrée quand quelque chose fracassa l'avant de la maison. Des éclats de bois et de verre volèrent dans la pièce, accompagnés d'un nuage de poussière qui l'empêcha de voir ce qui s'était passé.

Elle recula pour ne pas être touchée par les débris, trébucha et tomba rudement sur le dos. Le souffle coupé, elle se mit péniblement à quatre pattes en toussant. Elle battit des paupières pour chasser la poussière de ses yeux et laissa échapper un cri étouffé.

Un gros SUV noir trônait au milieu de son séjour. Les portières s'ouvrirent et deux hommes en sortirent. Ils ne lui apparaissaient que comme deux silhouettes sombres, aux visages masqués par des cagoules de ski noires.

Toujours à quatre pattes, Olivia passa derrière le canapé et se dirigea vers l'autre bout de la pièce, où se trouvait Jasmine. Des éclats de verre s'enfoncèrent dans ses paumes et traversèrent le denim de son jean pour transpercer ses genoux. Elle se mordit la langue pour réprimer un cri de douleur et continua à avancer. Il fallait qu'elle trouve Jasmine et qu'elle la fasse sortir d'ici avant que...

Un cri déchira l'air.

Les hommes s'étaient emparés de Jasmine et la portaient vers le SUV. Elle se débattait et cherchait à leur donner des coups de pied, mais ils la maintenaient fermement.

Olivia se leva d'un bond.

— Lâchez-la ! hurla-t-elle.

Elle enjamba le canapé et bondit sur le dos de l'un des hommes, qui relâcha Jasmine le temps de la frapper du dos de la main. Le coup l'atteignit à la tempe et la projeta en arrière. Elle heurta rudement le mur et glissa jusqu'au sol, prise de vertige. Un voile grisâtre s'abattit sur elle.

Quand elle reprit ses esprits, les portières du SUV étaient fermées et le véhicule quittait son séjour en marche arrière.

— Non ! hurla-t-elle.

Elle se releva et sortit en courant par le trou béant. Le SUV fit demi-tour et s'éloigna en trombe dans le crépuscule.

Olivia courut sur quelques mètres avant de s'arrêter, consciente qu'elle ne pourrait jamais le rattraper à pied. Elle fit volte-face et s'élança vers sa voiture mais, même si elle avait eu les clés, elles ne lui auraient servi à rien : les quatre pneus de la jeep avaient été crevés.

Elle rentra en courant dans ce qui restait de la maison où elle avait toujours vécu et se fraya un chemin parmi les gravats en cherchant son sac à main. Quand elle l'eut enfin trouvé, elle en sortit son téléphone. L'écran était fêlé, mais il marchait encore. Elle composa le numéro de la police et attendit.

Quand le régulateur répondit, elle dut déglutir pour détendre le nœud qui bloquait ses cordes vocales.

— Vous devez les arrêter. Ils ont enlevé ma sœur.

Sa voix se brisa.

— Aidez-la, je vous en supplie.

Il était 18 h 30. Assis dans le restaurant qu'Olivia avait suggéré, Becker avait déjà bu deux verres d'eau et déchiqueté trois serviettes en papier et s'était excusé auprès de la serveuse de ne pas commander tout de suite. Il attendit encore cinq minutes avant de conclure qu'on lui avait posé un lapin.

La déception lui ayant coupé l'appétit, il jeta un billet de vingt dollars sur la table et partit sans commander. Au moment où il sortait du restaurant, une voiture de police passa en trombe devant lui, toutes sirènes hurlantes, suivie par un camion de pompiers et une ambulance.

Il soupira. Quelqu'un passait un encore plus mauvais moment que lui. Se faire poser un lapin était désagréable, mais avoir besoin des premiers secours était pire. Il espéra que la personne qui avait des ennuis allait s'en sortir. Quant à Olivia... même si elle avait choisi de ne pas honorer leur rendez-vous, il n'allait pas renoncer. Au contraire : il allait redoubler d'efforts.

Olivia était la première personne qu'il avait rencontrée à Whiskey Gulch. Il comptait bien se faire des amis ici, et il tenait à ce qu'elle en fasse partie. Il n'avait pas l'intention de l'épouser : cela faisait bien longtemps qu'il avait renoncé à l'institution du mariage. Mais il aimait avoir de la compagnie et cette femme lui plaisait : elle avait de magnifiques yeux verts et des cheveux noirs étincelants – et elle ne rechignait pas à se salir les mains.

Un sourire naquit sur ses lèvres. Puisque Olivia lui avait posé un lapin, autant demander à son nouveau patron s'il voulait bien le recevoir ce soir même, et non le lendemain.

Il prit son téléphone et composa le numéro de Trace, qui décrocha dès la première sonnerie.

— Becker ! Tu es arrivé à Whiskey Gulch ?
— Oui, répondit-il.
— Viens au ranch. Je fais griller des steaks pendant que maman et Lily s'occupent du reste. Tout devrait être prêt d'ici que tu arrives.
— Si vous dînez en famille, je ne veux pas vous déranger.
— Tu ne nous dérangeras pas, répondit Trace. Et tu pourras en profiter pour rencontrer les autres membres des Outriders. Ils sont tous ici. Quand je leur ai promis des steaks et de la bière, ils sont venus ventre à terre.

Becker éclata de rire.

— Je les comprends.
— Ils savent que le bœuf du Whiskey Gulch Ranch est le meilleur de la région. Viens. Nous t'attendons.
— J'arrive.

Il raccrocha et monta dans son pick-up.

Un SUV du bureau du shérif passa en trombe – dans l'autre sens, cette fois –, toutes sirènes hurlantes.

— Je me demande ce qui se passe, marmonna-t-il.

Il démarra et s'engagea sur la rue principale, qui traversait tout Whiskey Gulch. Il ralentit en approchant de la boutique d'Olivia. S'était-elle plongée dans son travail au point d'oublier l'heure ?

Mais les lumières de la boutique étaient éteintes, et le panneau « Fermé » était accroché dans la vitrine.

Alors qu'il passait devant la boutique, son portable sonna. Il regarda le numéro, qu'il ne reconnut pas. En temps normal, il ignorait les appels provenant de numéros inconnus, parce que la plupart émanaient de centres d'appels qui essayaient de lui vendre des extensions de garantie pour son véhicule ou un bardage pour la maison qu'il ne possédait pas. Mais parce qu'il pouvait s'agir d'Olivia, il répondit.

— Allô ?
— Becker ? dit la voix d'Olivia.

Il se gara dans le parking de sa boutique.

— Olivia ?

Il entendit un son qui ressemblait à un sanglot avant que sa voix résonne de nouveau. Une voix tremblante, qui n'avait rien de normal.

— J'ai besoin de votre aide.

Il crispa ses doigts sur le téléphone.

— Ma douce, est-ce que ça va ?
— Non. Ça ne va pas.

Cette fois, il ne pouvait pas s'y tromper : elle pleurait.

— Est-ce que vous êtes en sécurité ?

Elle lâcha un éclat de rire qui n'avait rien de joyeux.

— Je suppose.
— Où êtes-vous ?

Elle lui donna une adresse et ajouta :

— Je suis navrée d'avoir manqué notre dîner, mais je ne pouvais pas faire autrement.

— J'arrive. Restez en ligne.

Il entra l'adresse dans son application GPS, fit demi-tour et partit dans la direction opposée à celle du Whiskey Gulch Ranch.

— Est-ce que je dois appeler une ambulance ?

— Non. Elle est déjà ici.

Son ventre se noua.

— Est-ce qu'ils s'occupent de vous ? demanda-t-il.

— Ils essayent, mais ils ne peuvent rien pour moi. C'est pour ça que je vous ai appelé.

En suivant les indications du GPS, il s'engagea dans la dernière rue avant la sortie de la ville et vit au loin les gyrophares de la voiture du shérif, du camion de pompiers et de l'ambulance. Aussitôt, il enfonça la pédale d'accélérateur et fonça vers les lieux du désastre qui venait de frapper Olivia.

Il se gara derrière les véhicules d'urgence et descendit de son pick-up. La maison jusqu'à laquelle l'avait conduit son GPS semblait avoir été emboutie par un char d'assaut. Un trou béant, hérissé de bois et de bardage déchiquetés, s'ouvrait dans le mur. En voyant le toit qui s'affaissait, il devina que les poutres maîtresses avaient été endommagées par le choc.

Un petit groupe composé de policiers, de pompiers et de secouristes contemplait les dégâts. Olivia se tenait au milieu d'eux. Ses cheveux noirs étaient gris de poussière, ses mains bandées et les genoux de son jean imprégnés de sang.

Becker sentit son cœur s'emballer et des gouttes de transpiration perler sur sa peau. La dernière fois qu'il avait vu du sang… Il secoua la tête. Non. Il n'était plus en Afghanistan, et même si cette scène avait tout d'une scène d'accident, c'était une maison qu'il avait sous les yeux, et non un hélicoptère.

Il inspira et expira plusieurs fois, comme le lui avait enseigné le psychologue qu'il avait été contraint de voir pendant les six semaines qui avaient suivi son retour au pays. Quand les battements de son cœur eurent repris un rythme normal, il avança vers Olivia.

Elle releva la tête la tête à son approche. Aussitôt, ses yeux verts emplis de larmes s'agrandirent et son visage se plissa.

Becker ouvrit les bras et elle se jeta contre lui.

— Qu'est-ce qui s'est passé ? demanda-t-il.

Son ton était calme, malgré la crise d'angoisse qui avait menacé de le balayer quelques instants plus tôt.

Il l'enveloppa de ses bras et caressa l'arrière de sa tête d'un geste lent, apaisant.

Comme elle demeurait silencieuse, ce fut l'adjoint du shérif qui le renseigna.

— D'après ce que nous a rapporté Mlle Swann, un gros SUV noir a foncé dans sa maison. Des hommes en sont descendus, se sont emparés de sa sœur et sont repartis.

— Votre sœur ?

Becker glissa une main sous son menton pour la forcer à relever la tête et plongea le regard dans ses yeux rougis par les larmes. Elle acquiesça et se remit à pleurer.

— Ils l'ont emmenée. Oh ! mon Dieu… Ils ont ma sœur.

— Est-ce que vous savez de qui il s'agissait ? demanda-t-il en épongeant ses larmes d'un geste doux. Est-ce que vous pouvez les décrire ?

Elle secoua la tête.

— Ils semblaient porter des cagoules de ski, et ils étaient couverts de poussière. J'ai essayé d'en arrêter un, mais il m'a envoyée bouler contre le mur. Je me suis sans doute évanouie pendant un instant parce que, quand je suis revenue à moi, le SUV repartait déjà en marche arrière.

Becker fronça les sourcils et scruta son visage. Malgré la couche de poussière qui le recouvrait, il vit qu'un bleu se formait sur sa tempe droite.

— Est-ce que quelqu'un vous a examinée pour s'assurer que vous n'aviez pas de commotion cérébrale ?

L'un des secouristes se joignit à la conversation.

— Je l'ai fait, oui. Elle semble aller bien, mais mieux vaudrait garder un œil sur elle. Elle a refusé d'aller à l'hôpital pour passer la nuit en observation.

Becker passa doucement le pouce sur l'ecchymose.

— Si vous vous êtes évanouie…

Olivia saisit sa main et planta son regard dans le sien.

— Ils ont pris ma sœur. Je dois partir à sa recherche.

Becker posa les yeux sur l'adjoint du shérif.

— Nous avons émis un avis de recherche pour un SUV noir à l'avant endommagé. La régulation devait transmettre l'information à la police d'État pour qu'ils soient eux aussi sur leurs gardes.

— Il est peut-être déjà trop tard, dit Olivia. Les gens qui la recherchaient ne veulent qu'une chose.

— Et quelle est cette chose ?

— Elle a été témoin d'un meurtre.

Elle leva les yeux vers lui et ajouta, d'une voix tremblante :

— Un témoin mort ne peut pas témoigner.

— Nous avons informé la police de l'État et les fédéraux que votre sœur avait été témoin d'un meurtre, dit l'adjoint. Ils vont entamer une enquête pour retrouver les coupables.

— Mais entre-temps, ils s'éloignent de plus en plus.

Elle prit les mains de Becker dans les siennes.

— S'il vous plaît, aidez-moi à retrouver ma sœur.

— Les autorités font tout leur possible.

— Non, dit-elle en secouant la tête. Je sais que vous allez travailler pour l'agence de sécurité de Trace Travis.

Je veux vous engager, vous et toute son équipe. Il faut que je retrouve ma sœur. Vivante.

Les doigts d'Olivia pressèrent les siens.

— S'il vous plaît. Elle est la seule famille qui me reste.

Becker hocha la tête.

— Je ferai tout ce qui sera en mon pouvoir pour vous aider. Et je parie que Trace aussi.

Il passa un bras autour de ses épaules et se tourna vers l'adjoint.

— En avez-vous fini avec Mlle Swann ?

— Oui, monsieur.

Le policier tendit sa carte à Olivia et précisa :

— Si vous pensez à autre chose, faites-le-nous savoir. Même le plus petit détail peut nous être utile.

— Vous ne pouvez pas rester ici, dit Becker.

— Je n'ai nulle part où aller, répondit-elle. C'était ma maison.

— Vous allez venir avec moi.

Il l'entraîna jusqu'à son pick-up, l'aida à monter dans le siège passager et boucla sa ceinture de sécurité. Ensuite, il contourna l'avant du véhicule pour s'installer au volant.

— Où allons-nous ? demanda-t-elle.

— Chercher l'aide dont nous avons besoin.

Il fit demi-tour et ajouta :

— Nous allons parler au chef des Outriders – mon ami et ancien frère d'armes, Trace Travis.

3

— Parce que vous connaissez déjà Trace ? demanda Olivia.

La nuit était tombée sur Whiskey Gulch. Les étoiles scintillaient, baignant les collines, les arbres et les buissons d'une lueur indigo.

— Nous avons servi ensemble au sein des forces spéciales, répondit Becker sans quitter la route des yeux. Il m'a sauvé la vie plusieurs fois, et je lui ai rendu la pareille.

— Il a fait venir quelques-uns de ses anciens compagnons d'armes à Whiskey Gulch, c'est bien ça ?

Becker acquiesça.

— Irish et Levi faisaient partie de notre unité. D'autres hommes nous rejoindront sans doute après avoir quitté l'armée.

— Êtes-vous tous à ce point proches les uns des autres ?

— Plus proches que des frères de sang, dit-il. Et les Outriders de Trace nous permettent d'utiliser certaines des aptitudes que nous avons apprises dans les forces spéciales.

— Que fait son agence de sécurité, exactement ?

Elle tourna la tête vers lui pour étudier son profil, dans l'espoir de chasser de son esprit les images atroces qui lui venaient quand elle pensait au sort que pouvait connaître Jasmine.

— Fournir une protection et un service d'enquête et d'exfiltration quand les autorités sont en sous-effectif, qu'elles ont les mains liées ou que l'affaire ne relève pas de leur juridiction.

Olivia fronça les sourcils.

— Êtes-vous une sorte de milice ?

Becker haussa les épaules.

— Si c'est ce que vous voulez savoir, nous respectons la loi… sauf quand nous ne pouvons pas faire autrement.

Elle se tourna vers sa vitre et répondit, d'une voix tendue :

— Sincèrement, si vous devez violer quelques lois pour retrouver ma sœur saine et sauve, cela m'est égal.

— Je crois me souvenir que le père de Trace avait des relations parmi les autorités du Texas et les fédéraux. Espérons que Trace pourra les convaincre de mettre la machine en route.

— Espérons, oui.

Elle ne savait pas ce que Jasmine était en train de subir et ne voulait pas l'imaginer. Il fallait qu'elle reste optimiste, et qu'elle fasse tout pour la retrouver.

Becker ralentit et s'arrêta devant un portail surmonté d'une arche de fer forgé sur laquelle étaient inscrits les mots « Whiskey Gulch Ranch ». Il tendit le bras par sa vitre pour presser le bouton d'appel de l'Interphone.

— C'est toi, Beck ? demanda la voix de Trace.

— Oui, monsieur.

— Viens jusqu'ici, mon vieux. Les steaks refroidissent.

Le portail s'ouvrit avec un cliquètement et Becker s'engagea sur une route qui traversait un bosquet de chênes. Quand ils en ressortirent, les lumières d'un ranch leur apparurent.

Il se gara sur le côté de la maison, descendit de son pick-up et vint aider Olivia à faire de même.

Ils gravirent les marches du porche qui faisait tout le tour de la maison, et une petite blonde aux yeux bleus apparut à la porte.

— Tu dois être Beck, dit-elle en tendant la main. Je suis Lily, la fiancée de Trace. Nous sommes tous dans la salle à manger.

Becker prit sa main.

— Je suis ravi de te rencontrer enfin, Lily. Trace n'a que du bien à dire de toi.

Elle sourit.

— Il n'a que du bien à dire de toi aussi.

Elle se tourna vers Olivia et fronça les sourcils.

— Mon Dieu, Olivia, qu'est-ce qui t'est arrivé ?

Olivia, qui connaissait Lily et Trace depuis toujours, grimaça.

— C'est une longue histoire.

— J'ai hâte de l'entendre, dit Lily en l'embrassant, et Trace aussi, j'en suis certaine. Entrez. Vous nous raconterez tout.

Elle prit Olivia par le bras et l'entraîna jusqu'à la salle à manger. Les convives installés autour de la grande table se tournèrent vers eux. Quant à Rosalyn Trace, la mère de Travis, elle lâcha une exclamation étouffée et courut vers elle.

— Mon Dieu, Olivia ! Qu'est-ce qui t'est arrivé ? demanda-t-elle en touchant ses mains bandées. Entre et assieds-toi.

— Je vais bien, dit Olivia. Je vous assure. D'ailleurs, je peux enlever ces bandages. Mes mains ne saignent plus.

— Elles ne *saignent* plus ? Mon Dieu, et regarde ton jean ! s'exclama Rosalyn en la détaillant de la tête aux pieds. Viens, ma chérie, allons te nettoyer un peu. Tu nous raconteras tout quand nous reviendrons à table.

Olivia se laissa entraîner par Rosalyn, heureuse de ce répit.

— Je suis désolée de me présenter chez vous dans cet état.

— Ne t'inquiète pas pour ça, dit Rosalyn. Nous allons t'arranger en un rien de temps.

Par-dessus son épaule, elle lança :

— Ne nous attendez pas. Mangez tant que c'est chaud.

Rosalyn l'entraîna dans sa chambre, au premier étage, et fouilla dans sa penderie pendant quelques instants avant d'en sortir un jean et une robe d'été légère parsemée de fleurs bleues.

— Que préférerais-tu ?

— La robe, si cela vous est égal. Mes genoux ont été écorchés par le verre. Le jean les irriterait.

— Va pour la robe.

Elle rangea le jean et ouvrit un tiroir de sa commode.

— Mon mari m'avait offert un ensemble de lingerie, juste avant sa mort. Je n'ai jamais eu le courage de le porter. Il devrait t'aller. Nous faisons presque la même taille.

Olivia secoua la tête.

— Un cadeau de votre mari ? Non, je ne peux pas. Sa mort m'a tellement touchée... M. Travis était très apprécié à Whiskey Gulch. Il a aidé tellement de gens, y compris moi.

Rosalyn sourit et lui tendit les sous-vêtements.

— S'il te plaît. Il aurait voulu que tu les aies. Il comprendrait. Il était comme ça.

Olivia accepta.

— Merci.

Rosalyn la conduisit ensuite dans la vaste salle de bains, ouvrit le robinet de la douche à l'italienne et régla la température.

— Les serviettes sont propres. Il y a du shampooing, de l'après-shampooing et du gel douche, et une brosse à cheveux dans le tiroir du haut. Je vais rejoindre les autres. Prends tout ton temps. Quand tu auras fini, je ferai réchauffer ton dîner.

L'hospitalité et la gentillesse de Rosalyn lui firent monter les larmes aux yeux.

— Merci, madame Travis.

— Appelle-moi Rosalyn. Et ne t'en fais pas : tout va s'arranger.

— J'espère, chuchota Olivia.

Son hôtesse ressortit de la salle de bains en fermant la porte derrière elle. Dès qu'elle fut seule, Olivia se tourna vers le miroir et poussa un cri étouffé.

Sous la fine couche de poussière qui la recouvrait de la tête aux pieds, ses cheveux noirs semblaient gris. Elle ôta ses vêtements déchirés et tachés de sang, les empaqueta dans une serviette pour ne pas salir le carrelage immaculé et posa son ballot dans un coin.

Elle passa ensuite sous la douche. Quand l'eau eut lavé ses cheveux de la poussière et des débris, elle les shampouina et les rinça rapidement. Ensuite, elle se frictionna avec un gant imbibé de gel douche jusqu'à ce que l'eau qui s'écoulait par la bonde soit claire.

Elle se sentait un peu mieux, mais quand elle pensa à Jasmine, une boule de culpabilité se forma dans son ventre. Comment pouvait-elle penser à se nettoyer alors qu'elle n'avait pas la moindre idée de ce que subissait sa sœur en ce moment même ?

Elle se hâta de s'habiller et de se brosser les cheveux, sans prendre le temps de les sécher. Elle était trop impatiente de retourner au rez-de-chaussée pour voir ce que Trace Travis et les Outriders pouvaient faire pour retrouver sa sœur.

Pleine de gratitude envers Rosalyn pour lui avoir prêté ces vêtements, qui étaient à peine un peu trop grands pour elle, elle ramassa les habits qu'elle avait emballés dans la serviette et descendit l'escalier. Lily la rejoignit au bas des marches.

— Je m'en occupe, dit-elle en souriant. Toi, va rejoindre les autres. Pour t'aider, nous devons savoir ce qui s'est passé.

— Merci.

Olivia releva le menton et entra dans la salle à manger d'un pas décidé. Elle ne verserait pas une larme de plus. Ce n'était pas en pleurant qu'elle retrouverait sa sœur, mais en agissant.

Quand Olivia entra dans la salle à manger, vêtue d'une jolie robe bleue, les cheveux ramenés en arrière et la tête haute, Becker dut reprendre son souffle.

Malgré l'expérience traumatisante qu'elle venait de vivre, elle était aussi belle, aussi conquérante qu'une Walkyrie sur le sentier de la guerre.

Il se leva et recula la chaise voisine de la sienne. Quand elle fut assise, il se pencha vers elle.

— Les hommes rongent leur frein. Ils ont hâte de savoir ce qui s'est passé. Est-ce que vous voulez le leur raconter, ou préférez-vous que je m'en charge ?

Elle lui sourit.

— Faites-le, si cela ne vous dérange pas.

Marcher la tête haute était une chose. Mais si elle racontait une fois de plus l'enlèvement de sa sœur, tout le courage qu'elle semblait avoir rassemblé sous la douche pouvait voler en éclats.

Il lui passa un plat garni de steaks.

— Non merci, dit-elle. Je n'ai pas faim.

— Prends ton temps, Olivia, dit Trace. Bois quelque chose, au moins. Je comprends que toute cette histoire soit difficile pour toi. Nous pouvons commencer par vous présenter tous deux à l'équipe.

Il inclina la tête vers Lily.

— Vous connaissez déjà ma moitié, Lily.

La jeune femme cligna de l'œil.

— Nous nous sommes déjà rencontrés, oui.

— Trace m'a dit beaucoup de bien de vous, Lily, dit Becker. À l'en croire, vous pouvez tenir tête à des cow-boys deux fois plus grands que vous sans sourciller.

Il était heureux de voir que Trace avait trouvé une compagne intrépide, qui savait se débrouiller seule.

La jeune femme releva le menton.

— La clé est de ne jamais montrer sa peur.

Trace gloussa de rire.

— Je pense que rien ne peut te faire peur.

La jeune femme s'appuya contre son épaule.

— Sauf une chose…

Leurs regards se cherchèrent et se trouvèrent.

— Te perdre encore une fois, acheva-t-elle.

— Ma chérie, dit Trace, je n'ai pas l'intention de m'en aller. Tu es coincée avec moi.

— Je ferai avec, répondit-elle en lui souriant.

Le cœur de Becker se serra. Quand il était plus jeune, il s'imaginait qu'il épouserait un jour une femme qui le regarderait comme Lily regardait Trace. Pendant un temps, il avait cru que Brittany serait cette femme… jusqu'au jour de leur mariage, où il s'était retrouvé seul devant l'autel : elle l'avait plaqué pour un comptable, prétextant qu'elle ne supporterait jamais qu'il soit toujours absent, pour des missions dangereuses qui pouvaient lui coûter la vie.

Il ne lui avait jamais caché l'importance qu'il accordait à son travail mais, apparemment, elle s'était attendue à ce qu'il quitte l'armée et trouve un poste dans l'administration – et la seule idée de passer ses journées derrière un bureau lui donnait de l'urticaire.

Trace désigna du menton l'homme assis à côté de lui.

— Beck, Olivia… voici mon frère, Matt Hennessey.

— Demi-frère, rectifia Matt.

Olivia fronça les sourcils.

— Je devine une histoire derrière tout ça.

— Il y en a une, mais nous vous la raconterons un autre jour. Matt est mon frère et fait partie des Outriders. Il était dans l'armée, lui aussi… dans le corps de reconnaissance des marines. Mais je ne lui en tiens pas rigueur.

Matt le regarda de travers.

— Jaloux parce que tu n'étais qu'un bon à rien des forces spéciales ?

Trace sourit de nouveau.

— L'amie de Matt, Aubrey, n'est pas ici ce soir.

— Elle est infirmière à domicile, précisa Matt. L'un de ses patients avait besoin d'elle.

— Et ensuite…

Trace inclina la tête vers un homme dont Becker connaissait bien les cheveux noirs et les yeux bleus.

— Joseph Monahan, l'un de mes anciens compagnons d'armes.

— On m'appelle Irish. Ravi de faire votre connaissance, Olivia. C'est bon de te revoir, Beck.

Becker hocha la tête.

— C'est bon d'être avec des gens que je connais.

— À côté d'Irish, sa moitié, Tessa Bolton, reprit Trace. Un ange de douceur parmi nous.

— Un ange ? répéta Tessa en grimaçant. Je ne suis pas un ange, seulement une infirmière, à l'hôpital de la ville.

Trace sourit ensuite à la plus âgée des convives.

— Ma mère, Rosalyn Travis. Elle est la colle qui nous maintient tous ensemble.

Les joues de Rosalyn rosirent.

— Il s'en sortirait très bien sans moi. Lily pourrait s'occuper de tout sans mon aide.

Irish se pencha vers Tessa et marmonna :

— Tu noteras qu'elle a parlé de Lily ; pas de Trace.

Trace leva les mains.

— Je faisais la guerre à l'étranger, et mon père avait des idées bien arrêtées sur la façon dont il voulait que ce ranch soit dirigé. Depuis sa mort, ma mère et Lily ont pris les choses en main. Elles sont parfaitement capables de faire tourner le ranch sans mon aide, ce qui me donne le temps de me consacrer aux Outriders.

Il se tourna vers les deux derniers convives.

— Levi Warren, un autre ancien membre de notre unité des forces spéciales.

— Ravi de faire votre connaissance, dit Levi en agitant la main. Heureux de te revoir, Beck. Ta sale tête nous manquait.

Il ponctua ses mots d'un clin d'œil et d'un sourire en coin.

— Je te renvoie le compliment, Levi, dit Becker. Et qui est ta voisine de table ?

Levi sourit et baissa les yeux vers la femme aux cheveux couleur sable et aux yeux gris.

— La dure à cuire la plus maligne et jolie du département du shérif de ce comté. L'adjointe Dallas Jones, ma fiancée.

— Maintenant que les présentations sont faites, dit Trace, je suppose que tout le monde sait que la sœur d'Olivia a été enlevée ?

Les convives hochèrent la tête et Dallas se pencha vers Olivia.

— J'ai entendu l'avis de recherche lancé pour le SUV noir. Je suis navrée pour votre sœur.

Bien que ses yeux s'emplissent de larmes, Olivia carra les épaules et répondit :

— Nous la retrouverons.

Becker espérait seulement qu'ils la retrouveraient en vie. Il se lança dans un exposé de ce qui s'était passé.

— Excusez-moi, dit Trace quand il eut fini.

Il quitta la table et revint avec un ordinateur portable, qu'il alluma. Quand le système se fut mis en marche, il pianota sur le clavier pendant quelques instants avant de dire :

— Je vois ici que Nico Salvatore est assigné à comparaître devant la cour dans une semaine. D'après la presse, il plaide non coupable. Il n'y a aucune preuve contre lui, l'arme du crime n'a toujours pas été retrouvée, et sa petite amie affirme qu'il était avec elle au moment du meurtre.

— Seulement si elle était présente sur les lieux du crime, dit Olivia en secouant la tête. Si ma sœur dit qu'il s'agissait de Nico, c'est que c'était lui. Elle n'a aucune raison de mentir. Elle m'a aussi dit qu'Eduardo tenait un tableau dans les mains, mais elle n'a pas eu l'occasion de déterminer duquel il s'agissait. Nico l'a pris des mains d'Eduardo et s'en est allé.

Trace tapa quelque chose entre deux bouchées de steak.

— J'ai ici un article signalant la disparition d'un tableau à la Cavendish Art Gallery, dans le centre de Dallas.

Olivia ouvrit de grands yeux.

— C'est la galerie où ma sœur était conservatrice.

— D'après l'article, la police n'a aucun suspect. Les caméras de surveillance avaient été endommagées, ou débranchées. Le journaliste ajoute que la conservatrice, une certaine Mlle Jasmine Swann, a disparu, comme pour sous-entendre que c'est elle qui a volé le tableau.

— Mais ce n'est pas vrai ! s'écria Olivia. C'est Nico.

Trace passa à un autre article.

— Nico a été arrêté le lendemain matin, ce qui lui a laissé tout le temps de cacher le tableau, voire de le vendre.

Irish planta sa fourchette dans un morceau de steak.

— Salvatore père veut sans doute éviter que son fils moisisse en prison. Il aurait toutes les raisons de vouloir la mort de la sœur d'Olivia.

Il goba sa bouchée de steak, sous le regard pensif de Becker.

— En ce cas, pourquoi ses hommes ont-ils enlevé Jasmine au lieu de la tuer ?

— Parce que ce n'est peut-être pas Salvatore qui l'a fait enlever, dit Olivia.

Becker se tourna vers elle.

— Qui d'autre pourrait l'avoir fait ?

— Les Romano, dit Levi. Ils ont toutes les raisons de vouloir que Jasmine témoigne pour qu'Eduardo soit vengé. Le Texas pratique la peine de mort.

Trace releva la tête.

— La seconde question est : qu'est devenu le tableau ?

— Si Eduardo l'avait pris, les Romano veulent peut-être le récupérer, remarqua Lily. Je pense aussi que ce sont eux qui ont enlevé Jasmine, et qu'ils veulent la garder en vie. Sinon, ils auraient très bien pu la tuer, ou mettre le feu à la maison.

Becker prit la main d'Olivia, sous la table. Elle entrelaça leurs doigts.

— Ils comptent peut-être négocier avec les Salvatore, suggéra Tessa. Échanger le témoin contre le tableau.

— Qu'est-ce que ce tableau avait de tellement spécial pour que Nico aille jusqu'à tuer pour l'avoir ? demanda Levi.

Trace pianota sur le clavier et tourna l'ordinateur afin que tous puissent voir l'image affichée sur l'écran.

Une femme était debout, de dos, au milieu d'un champ de blé. Ses longs cheveux noirs étaient fouettés par le vent et son corps nu se fondait naturellement dans la lumière d'un soleil de fin d'après-midi.

— C'est magnifique, chuchota Rosalyn. Tout à fait le genre de toile qu'Andrew Wyeth aurait pu peindre.

Trace hocha la tête.

— Parce que c'est lui qui l'a peinte. L'un des mécènes de Wyeth lui avait demandé un portrait de sa femme. Il est décédé maintenant, mais sa veuve et l'ensemble de la famille ont voulu que l'œuvre soit exposée avant d'être vendue aux enchères.

— Eh bien... Pas étonnant que les deux familles mafieuses l'aient voulue, dit Olivia. Un authentique Wyeth.

— Mais pourquoi l'exposer à la Cavendish Art Gallery ? demanda Becker.

— C'est une bonne question, dit Tessa. N'aurait-il pas mieux valu l'exposer avec d'autres œuvres de Wyeth ?

Olivia secoua la tête.

— Les toiles de Wyeth voyagent dans le monde entier, de galerie en galerie. Peut-être que la famille n'a pas voulu que celle-ci quitte le Texas. Elle savait que les amateurs d'art se déplaceraient pour la voir.

— Et certains d'entre eux seraient prêts à débourser une grosse somme pour la posséder, dit Trace. Une toile d'Andrew Wyeth pourrait se vendre pour des millions.

— Raison de plus pour la voler, commenta Dallas. Ils vont la revendre au marché noir.

— Ils ont peut-être même déjà un acheteur, ajouta Becker.

Trace fit la moue.

— Je parie que les deux familles ont eu la même idée. Si ça se trouve, elles ont toutes deux un acheteur, qui leur a déjà remis l'argent.

— C'est une motivation suffisante pour voler cette toile, dit Olivia, quitte à commettre un meurtre.

Elle pressa la main de Becker sous la table.

— Jasmine est forcément en vie. Je suis certaine qu'ils l'ont enlevée pour l'utiliser comme monnaie d'échange.

— J'ai lu que les trafiquants d'art organisaient parfois des enchères, dit Dallas. En vendant le Wyeth aux enchères, ils en tireraient sans doute une somme plus conséquente.

— Espérons que la toile n'a pas encore trouvé preneur, commenta Olivia. Cela fait une quinzaine de jours qu'elle a disparu.

— Si Nico est malin, dit Becker, il l'a cachée et personne d'autre que lui ne sait où elle est. Sa famille voudra sans doute que les charges pour meurtre soient abandonnées et qu'il soit libéré aussi rapidement que possible.

Trace referma son ordinateur et le posa sur une desserte.

— Nous allons devoir réfléchir à tout ça. Mais si les Romano veulent effectivement échanger Jasmine contre la toile, ils la garderont en vie.

— Nous devons trouver cette toile et l'échanger nous-mêmes contre la vie de ma sœur, dit Olivia.

— À condition de ne pas la remettre à la police, remarqua Dallas.

Becker dévisagea l'adjointe du shérif.

— Êtes-vous en train de dire que nous devrions dissimuler une preuve ?

Elle leva les mains.

— Ne me faites pas dire ce que je n'ai pas dit. Mais si la toile est rendue à ses propriétaires légitimes, vous n'aurez plus aucune monnaie d'échange.

— Elle a raison, dit Olivia. Pour retrouver ma sœur, nous allons devoir être aussi malhonnêtes que ces mafieux.

Dallas se boucha les oreilles.

— Je dois me retirer de cette conversation, parce que j'ai juré de faire respecter la loi. Mais je ne peux pas signaler ce que j'ignore.

— Vous continuerez à discuter après le dîner, intervint Rosalyn. Mangez. Il y a de la tarte aux noix de pécan pour le dessert.

Becker finit son steak en réfléchissant à toute vitesse. Un plan prenait forme dans son esprit… un plan tellement fou qu'il leur permettrait de retrouver la toile et de sauver Jasmine – mais un plan dangereux, qui les amènerait à être pris en tenaille entre deux familles mafieuses. Parce que Olivia voudrait l'accompagner, il le savait.

Pour sa part, il était prêt à relever le défi. Il avait l'expérience du combat, il saurait se défendre s'il était en danger.

Mais Olivia… elle n'était pas un soldat, mais une artiste. Elle serait complètement dépassée par les événements.

Mais s'il ne l'emmenait pas, elle s'arrangerait pour le suivre – au risque de s'attirer toutes sortes d'ennuis. Oui, si elle insistait pour l'accompagner, il accepterait. Il préférerait la savoir auprès de lui plutôt que livrée à elle-même.

Il finit son assiette et attendit impatiemment que les autres terminent eux aussi. Quand Rosalyn se leva, il l'imita et l'aida à débarrasser la table.

— Merci pour ce dîner, dit Dallas en posant son assiette dans l'évier. Maintenant, je vais vous laisser discuter. Je crois que je préfère ne pas savoir ce que vous mijotez.

Elle embrassa Rosalyn sur la joue et ajouta :

— Essayez de les maintenir dans le droit chemin, vous voulez bien ? Je ne veux pas être forcée de mettre mes amis en prison.

Rosalyn tapota la joue de Dallas.

— Tu n'as pas toujours suivi les règles, ma chérie.

— C'est vrai. Mais je ne l'ai fait que par instinct de survie.

Elle se tourna vers Trace.

— Je quitte peut-être cette discussion, mais je ne suis pas loin. Si tu as besoin de moi, je serai là, comme tu l'as été pour moi quand j'ai eu besoin d'aide.

Elle prit la main de Levi et ajouta :

— Et toi, surveille mes arrières.

— Toujours, ma chérie, dit-il en quittant la pièce avec elle. Toujours.

Quand ils furent sortis, Becker se tourna vers Trace.

— J'ai une idée.

— D'accord. Nous irons en discuter dans mon bureau quand nous aurons fini de débarrasser.

— En temps normal, je vous demanderais de nous aider, dit Lily, mais Olivia a plus besoin de vous que nous.

Elle se mit sur la pointe des pieds et embrassa Trace sur les lèvres.

— Nous nous occupons de tout. Allez-y.

— Merci.

Trace sortit de la cuisine, Becker sur les talons, et dit :

— Je pense que tu as décroché ta première mission en tant que membre des Outriders.

Becker hocha la tête. En acceptant la proposition de Trace, il s'était attendu à jouer les gardes du corps ou à assurer la sécurité lors d'événements. Par contre, jamais il n'aurait pensé que ce travail l'amènerait à infiltrer la mafia.

4

Trace conduisit Olivia et Becker jusqu'à une vaste pièce meublée d'un bureau et d'une table de conférence.

— Installez-vous, dit-il avec un geste vers la table.

Olivia aurait préféré rester debout et faire les cent pas, mais elle s'assit sur la chaise que Becker avait reculée pour elle et attendit qu'il expose son plan, en priant pour qu'il leur permette de retrouver Jasmine saine et sauve.

Quand Matt, Irish et Levi les eurent rejoints, Trace referma les portes et prit place dans le fauteuil qui trônait au bout de la longue table.

— Alors, quelle est ton idée ?

— J'ai cru comprendre que tu avais des relations, dit Becker. Est-ce que tu aurais des contacts sur le dark web ?

Trace sembla intrigué.

— Peut-être. Pourquoi ?

La mâchoire de Becker se crispa.

— Nous devons nous renseigner sur les Salvatore et les Romano et chercher un amateur d'art sans scrupule et suffisamment fortuné pour acheter un Andrew Wyeth volé ; quelqu'un que je peux incarner.

— C'est beaucoup demander, commenta Trace en se renfonçant dans son siège.

— Je pourrai peut-être vous aider, dit Matt. Ma mère a sauvé la vie d'un jeune hacker qui s'était fait coincer par quelques bouseux pas commodes, un jour. Je suis sûr qu'il ne me refusera pas ce service.

Becker hocha la tête.

— Vois ce que tu peux faire. Demande-lui de chercher une vente aux enchères d'œuvres d'art volées, et donne-moi toutes les informations qu'il trouvera. Je devrai aussi forger ma nouvelle identité : il me faudra un permis de conduire, des cartes de crédit, des habits et une voiture de sport de luxe.

Trace éclata de rire.

— Ce genre de chose prend du temps.

— Du temps que nous n'avons pas, intervint Olivia.

Trace reprit son sérieux pour répondre :

— Ne t'en fais pas. Nous y arriverons.

— Et quand nous aurons trouvé ce collectionneur, votre hacker pourra chercher des renseignements sur le genre de femmes qui lui plaisent, reprit-elle.

Elle se tourna vers Becker pour ajouter :

— Si vous infiltrez la mafia, je vais avec vous.

Il prit ses mains dans les siennes.

— Est-ce que vous vous rendez compte que nous allons avoir affaire à des gens très dangereux ?

Elle hocha la tête.

— Je le sais déjà. Vous avez vu dans quel état est ma maison. Mais nous devons sauver ma sœur, et je refuse de rester sur la touche.

— Ils pourraient vous reconnaître, objecta-t-il. Vous avez un visage assez remarquable.

Elle releva le menton.

— Je modifierai mon apparence.

Matt bougea sur sa chaise.

— Pour quand vous faut-il ces renseignements ?

— Le plus tôt sera le mieux, répondit Olivia. Ma sœur n'a peut-être pas beaucoup de temps.

— Il faudra aussi que ton hacker répande la nouvelle que nous sommes à la recherche d'une toile d'Andrew Wyeth et que nous paierons rubis sur l'ongle, ajouta Becker.

Matt prit le bloc-notes et le stylo qui étaient posés devant lui et griffonna quelques mots.

— Devons-nous faire courir des rumeurs sur d'autres acheteurs potentiels ?

— Oui, dit Becker. Avec de la chance, ils seront assez cupides pour organiser une véritable vente aux enchères. Peut-être même en présentiel.

Il regarda Olivia.

— Et il faudra que nous y soyons invités.

— Cette idée a l'air trop dingue, dit-elle, le front plissé. Pouvons-nous mener à bien un plan aussi compliqué ?

Becker acquiesça.

— Nous devons attirer les deux factions à découvert.

— Entre-temps, Matt, Irish et moi chercherons Jasmine, dit Trace. Si nous la trouvons les premiers, vous n'aurez pas besoin de jouer toute cette comédie.

Si seulement les choses étaient aussi simples… mais Olivia craignait que l'histoire ne se termine pas aussi rapidement.

— Tant que les Romano n'auront pas récupéré la toile, ils reviendront chercher Jasmine.

Becker inspira profondément et souffla lentement.

— En ce cas, nous rendrons la toile à ses propriétaires légitimes.

— Ce qui ne réglera pas le problème des Salvatore, remarqua Olivia. Jasmine ne sera pas en sécurité tant que Nico ne sera pas en prison.

— Nous la mettrons en lieu sûr.

— Pouvez-vous me promettre de la protéger ? demanda Olivia. Les US Marshals en ont été incapables.

Trace fronça les sourcils.

— Tu as ma parole. L'un de mes hommes veillera sur elle.

— Pendant combien de temps ? Des semaines ? Des mois ? Des années ? Non. Tu ne peux pas t'engager à la protéger à aussi long terme.

— On parie ? répliqua Trace. Commençons par la retrouver. Ensuite, nous aviserons.

Olivia se força à respirer profondément. Elle ne pouvait pas craquer maintenant. Elle devait garder son calme et sa lucidité – surtout si elle infiltrait la mafia pour sauver sa sœur.

Trace posa un regard scrutateur sur Matt, qui griffonnait toujours sur le bloc-notes.

— Ce fameux hacker… Est-ce que tu lui fais confiance ?

Matt releva la tête.

— Je mettrais ma vie entre ses mains.

Trace esquissa un sourire.

— Est-ce que je ne le connaîtrais pas moi aussi, par hasard ?

Matt fit la moue et soutint le regard de Trace pendant un long moment, sans mot dire.

Enfin, Trace hocha la tête et conclut :

— Pas besoin d'en dire plus.

Olivia manqua éclater de rire. Si elle avait bien décrypté l'échange silencieux entre les deux hommes, Matt Hennessey *était* le hacker.

Elle en fut un peu réconfortée. Au moins, ils ne feraient pas appel à un membre extérieur à l'équipe, qui aurait pu se laisser corrompre.

Elle regarda ces hommes, qui avaient combattu côte à côte et se seraient sacrifiés les uns pour les autres, et sut qu'elle était entre de bonnes mains. Si quelqu'un pouvait retrouver et sauver sa sœur, c'était eux. Comme elle était heureuse que Becker soit entré dans sa boutique, cet après-midi-là…

Il ne ressemblait à aucun des hommes qu'elle avait rencontrés jusqu'ici – et certainement pas à son ancien fiancé. Mike ne se serait jamais mis en danger pour sauver autrui.

Il aurait tourné les talons. Mais Becker était prêt à risquer sa vie pour elle, alors qu'elle n'était pour lui qu'une étrangère.

Comme il l'avait fait plus tôt, elle prit sa main sous la table et la pressa doucement. Il sourit et pressa la sienne en retour.

— Est-ce que vous êtes certaine de vouloir m'accompagner ? demanda-t-il. Rien ne vous y oblige. Pour tout vous dire, je préférerais mener cette opération seul.

Elle secoua la tête.

— Et qui veillerait sur vous ?

— Trace ou Irish.

Les deux hommes acquiescèrent, mais elle secoua la tête.

— Non. Un riche collectionneur voudrait étaler sa richesse devant sa petite amie.

— Elle a raison, commenta Irish. Tu éveilleras moins les soupçons si tu viens accompagné d'une femme, plutôt que de deux gardes du corps.

Trace inclina la tête.

— Mais nous serons quand même du voyage. Un homme aussi riche que notre collectionneur fait une proie parfaite pour un ravisseur. Il a forcément des gardes du corps.

— Nous improviserons, trancha Becker. Mettons nos histoires au point, piratons l'identité d'un homme susceptible d'acheter une toile volée et ensuite, nous verrons.

— Je m'en occupe, dit Matt en se levant. Je vais mettre mon contact au travail. Espérons que nous aurons quelque chose demain matin.

Olivia le regarda dans les yeux.

— Merci.

Elle se tourna vers les autres hommes et ajouta :

— J'apprécie ce que vous faites pour ma sœur.

Pour la première fois depuis qu'elle avait trouvé Jasmine cachée dans sa cuisine, elle reprenait espoir.

— Nous ferons de notre mieux, dit Trace. Pour le moment, je vais envoyer mon contremaître chez toi pour qu'il bâche la maison en attendant que nous trouvions un charpentier pour réparer la structure.

Des larmes de gratitude lui montèrent aux yeux.

— Je ne sais pas ce que j'aurais fait si Becker n'était pas entré dans ma boutique aujourd'hui.

Trace sembla perplexe.

— Je ne vois pas le rapport.

Elle sourit malgré ses larmes.

— C'est ce qui m'a conduite jusqu'à vous tous.

— Ma mère t'a sans doute préparé une chambre, reprit-il. C'est avec joie que nous t'accueillons chez nous jusqu'à ce que ta maison soit de nouveau habitable. Demain, tu pourras accompagner le contremaître pour prendre quelques affaires.

— Merci, répondit-elle, émue par sa gentillesse.

Ils retournèrent dans la cuisine, où Rosalyn, Lily et Tessa étaient attablées devant un café.

— Vous voilà, lança Rosalyn en se levant d'un bond. Alors, avez-vous trouvé un moyen de sauver le monde ? Ou au moins, la sœur d'Olivia ?

— Nous y travaillons, répondit Trace.

— Eh bien, pendant ce temps, je vais montrer sa chambre à notre invitée. Je suis sûre que tous les événements de la journée se font sentir.

Elle prit Olivia par le bras.

— Viens. Je vais te montrer ta chambre pour les prochaines semaines.

— Je pourrais dormir dans ma boutique, protesta Olivia. Il y a une réserve que je pourrais transformer en chambre.

— Est-ce qu'il y a un lit ?

— Non. Mais je peux en rapporter un de la maison.

— Est-ce qu'il y a une salle de bains avec une douche ?

Olivia secoua la tête. Soudain, elle était épuisée, rattrapée par les événements de la journée.

— Non. Je ferais mieux d'arrêter de discuter et vous remercier, n'est-ce pas ?

Lily éclata de rire.

— Parfaitement. Quand Rosalyn Travis passe en mode maman, elle n'admet pas qu'on lui dise non.

— Lily a raison. Et toi, ma chérie, tu as bien besoin qu'on te dorlote.

Elle entraîna Olivia hors de la cuisine et ajouta :

— Je connaissais ta mère. C'était une femme délicieuse et pleine de talent. Est-ce que tu sais que j'ai l'un de ses tableaux ?

Olivia se laissa envelopper par le réconfort que lui prodiguait Mme Travis. La sensation était presque aussi douce que si elle avait entendu sa propre mère lui dire que tout allait s'arranger.

Tout en gravissant l'escalier, Rosalyn lui parla du jour où elle avait pris un cours de peinture avec sa mère.

— Hélas, je n'avais pas assez de talent, à moins que ce soit la patience d'apprendre. Quoi qu'il en soit, c'est ce jour-là que j'ai acheté l'une de ses toiles. Elle est accrochée dans ta chambre. Je me suis dit que puisque je ne savais pas peindre, je pouvais au moins l'aider en achetant l'une de ses œuvres.

Elle s'engagea dans le couloir et s'arrêta devant une porte.

— C'est la chambre bleue, reprit-elle. Elle a sa propre salle de bains.

Rosalyn ouvrit la porte et le cœur d'Olivia se gonfla quand elle vit la peinture accrochée au-dessus du lit en métal, garni d'un dessus-de-lit vert d'eau : sa mère avait peint un porche de bois blanc, qui surplombait une plage. L'océan bleu-vert miroitait à l'arrière-plan.

Rosalyn traversa la pièce pour ouvrir la porte-fenêtre.

— J'aime ouvrir ma fenêtre la nuit, pour laisser entrer la brise, commenta-t-elle, surtout quand elle est aussi douce que ce soir. C'est une nuit vraiment magnifique.

Elle sortit sur la terrasse, tendit son visage vers le ciel, et un doux sourire adoucit ses traits. Olivia la rejoignit et leva les yeux vers le ciel nocturne, piqueté d'une infinité d'étoiles.

— C'est une nuit magnifique, oui, dit-elle. Quand nous étions petites, ma sœur et moi, nous nous allongions dehors sous les étoiles avec nos parents. Nous nous amusions à nommer les constellations et nous faisions un vœu quand nous voyions une étoile filante.

Elle voulait ne se remémorer que les bons souvenirs, et non la perte de ses parents – ou la menace qui planait sur la vie de sa sœur.

— Je faisais la même chose avec Trace, dit Rosalyn. Il adorait tout ce qui avait trait aux étoiles et aux planètes. Pendant un temps, j'ai pensé qu'il deviendrait spationaute… Mais il a choisi l'armée.

Elle soupira.

— Je ne voulais pas. Chaque fois qu'il était déployé, j'avais peur. Je ne voulais pas être l'une de ces mères auxquelles un homme en grand uniforme vient annoncer que leur fils rentre à la maison dans un sac mortuaire.

Rosalyn se tourna vers elle avec un petit sourire, qui disparut aussitôt.

— Mais mon fils est rentré en vie, et c'est mon mari qui a été assassiné. Trace était plus en sécurité à la guerre que son père à la maison.

Olivia posa une main sur son bras.

— Je suis tellement désolée…

Rosalyn posa la main sur la sienne.

— Moi aussi, mais la vie continue. Je suis heureuse que Trace soit à la maison, mais j'espère qu'il ne reste pas à cause de moi. Je n'ai jamais voulu qu'il soit prisonnier de ce vieux ranch. Lily et moi aurions pu nous débrouiller seules.

Elle partit d'un petit rire et ajouta :

— Et si nous avions échoué, ça n'aurait pas été sans nous battre.

— Je rencontre parfois Trace, en ville. Il a toujours un mot gentil et un sourire pour moi. Il semble aimer la vie qu'il mène ici.

— Merci, ma chérie.

Rosalyn sourit et reprit :

— Ne t'en fais pas : ses amis et lui retrouveront ta sœur. Ils connaissent leur métier. Et maintenant, je t'ai préparé une chemise de nuit, un peignoir et des pantoufles. Tu trouveras une brosse à dents neuve et des produits de toilette dans la salle de bains. S'il manque quelque chose, dis-le-moi.

— Vous en avez déjà fait plus qu'assez pour moi, dit Olivia en l'embrassant. Merci.

Rosalyn sortit en refermant la porte derrière elle et Olivia se retrouva enfin seule, dans une jolie chambre, avec la peinture de sa mère… tandis que sa sœur était prisonnière des brutes qui l'avaient emmenée malgré ses hurlements.

Comment pouvait-elle continuer à vivre ?

En mettant un pied devant l'autre et en prenant soin d'elle-même. Pour commencer, elle devait se reposer – parce qu'elle était épuisée.

Elle passa la jolie chemise de nuit semi-transparente, s'allongea sur le lit et ferma les yeux.

Aussitôt, des images du SUV qui fracassait le mur de sa maison jaillirent dans son esprit, se répétant sans cesse, telle une vidéo qui passe en boucle. Pour les chasser, elle rouvrit les yeux et fixa son regard sur le plafond et les ombres dansantes qui s'y projetaient.

Au bout d'une demi-heure, elle se leva. Peut-être qu'un verre d'eau apaiserait son angoisse. Elle enfila le peignoir, glissa ses pieds dans les mules en éponge et descendit au rez-de-chaussée, à la lueur des veilleuses.

Dans la cuisine, quelqu'un avait laissé la lumière allumée au-dessus de l'évier. Elle remplit un verre au robinet et y ajouta quelques glaçons. Ensuite, comme la perspective de remonter dans sa chambre pour s'y allonger seule n'avait rien de séduisant, elle sortit sur le porche.

Rosalyn avait raison : la douce brise nocturne avait quelque chose d'apaisant.

Une balancelle oscillait doucement, à l'autre bout du porche. Elle posa son verre sur une table basse et se laissa tomber sur les coussins avec un soupir. Peut-être que le balancement l'aiderait à trouver le sommeil.

— C'était un bien gros soupir, dit une voix chaude et vibrante dans l'obscurité.

Becker surgit des ténèbres et Olivia fut traversée par un frisson de désir.

— Je pensais que vous aviez une chambre en ville.

— Oui, mais Trace a tenu à ce que je reste pour que nous gagnions du temps. Il est dans le bureau avec Matt. Je pense qu'ils vont passer la nuit à travailler.

— Et vous n'êtes pas avec eux ?

— Je l'étais, mais il n'y a que deux ordinateurs. J'ai pensé que je les gênerais plus qu'autre chose.

— Matt est le hacker, n'est-ce pas ? demanda Olivia en souriant. Pourquoi est-ce qu'il ne l'avoue pas, tout simplement ?

— Parce qu'un pirate informatique peut finir en prison, répondit Becker.

— Vous avez sans doute raison.

Elle fit mine de tirer une fermeture Éclair sur ses lèvres et ajouta :

— Je n'ai entendu personne parler de piratage.

— Moi non plus.

Elle glissa jusqu'à un bout de la balancelle.

— Vous pouvez vous asseoir. Je ne vous mordrai pas.

Il s'assit à côté d'elle et s'appuya au dossier.

— Et si j'ai envie que vous me mordiez ?

— Alors, nous aviserons, répliqua-t-elle.

— Pourquoi ne dormez-vous pas ? Après ce que vous avez traversé aujourd'hui, vous devez être épuisée.

— Je le suis. Mais mon esprit ne veut pas se détendre.

Il passa un bras autour de ses épaules et l'attira contre lui.

— Si vous voulez que je reste avec vous jusqu'à ce que vous vous endormiez, je peux le faire.

— Vous en avez déjà tant fait pour moi…

Elle bâilla et ajouta :

— Mais d'accord, j'accepte.

Elle se laissa aller contre lui, la joue posée contre son torse.

— Votre position ne doit pas être très confortable, dit-il.

Il s'assit de côté, la souleva dans ses bras et la déposa sur ses genoux de façon que sa tête repose sur son épaule.

— C'est mieux comme ça ?

Elle fondit contre lui, savourant la fermeté de son corps et la chaleur qui en émanait.

Il l'enveloppa de ses bras et elle posa la joue contre son torse. Le battement régulier de son cœur apaisa la tempête de souvenirs qui se pressaient dans son esprit. Elle inspira profondément et, en soufflant lentement, évacua une partie du stress de cette journée.

Elle ne l'avait rencontré que quelques heures plus tôt et pourtant, elle était assise sur ses genoux, blottie dans ses bras musclés, en chemise de nuit et en peignoir, avec l'impression de lui être infiniment précieuse.

Elle ne pouvait s'empêcher de penser combien il serait doux d'être aimée par un homme tel que Becker. La femme qu'il épouserait serait une veinarde. Il resterait auprès d'elle et la protégerait – et jamais il ne détruirait jamais les liens sacrés qui les uniraient en faisant appel à une prostituée.

Cette pensée en amena une autre.

— Avez-vous déjà été marié ?

— Non.

— Et comment cela se fait-il ? chuchota-t-elle.

— Pour tout vous dire, j'ai bien failli l'être, dit-il d'une voix aussi chaude que du chocolat fondu.

— Failli ? Qu'est-ce qui s'est passé ?

— Je suis venu. Pas elle.

Olivia se recula et scruta son visage. Son cœur palpita.

— Elle vous a posé un lapin le jour de votre mariage ?

Il grimaça.

— Je sais. Ma vie est un cliché. Quoi qu'il en soit, je n'ai aucune envie d'être humilié de la sorte une seconde fois.

Olivia secoua la tête.

— Pour ne pas venir à son propre mariage, elle devait être aveugle et idiote.

Il partit d'un petit rire.

— Elle a compris au dernier moment qu'elle ne pouvait pas épouser un soldat qui ne serait pas à la maison pour son anniversaire, la Saint-Valentin ou Noël. Elle a épousé un comptable.

Olivia reposa la joue sur son torse.

— Ils se méritaient l'un l'autre. Elle a choisi une vie d'ennui alors qu'elle aurait pu vous avoir.

Le rire de Becker gronda contre son oreille.

— Je vais prendre ça comme un compliment.

— C'en est un. Cette femme n'était pas faite pour vous. Vous l'avez échappé belle.

Il hocha la tête et leva la main pour caresser ses cheveux.

— Je le sais maintenant, mais je ne vais pas vous mentir… Quand j'ai compris que la fiancée que j'attendais devant l'autel ne viendrait pas, j'ai eu mal.

— C'est surtout votre fierté qui a souffert.

Elle se hâta d'ajouter :

— Pardon. Je n'aurais pas dû dire ça. Est-ce que vous l'aimiez ?

Comme il gardait le silence, elle regretta sa question. Elle n'avait pas voulu le mettre mal à l'aise. Après quelques instants, il répondit enfin.

— J'étais jeune et stupide, sans doute moins amoureux d'elle que de l'idéal du mariage... Je voulais savoir que quelqu'un m'attendrait à la maison, et je n'ai pas pris le temps de chercher la femme avec laquelle je voudrais finir mes jours.

Elle leva les yeux vers lui.

— C'est plutôt profond. En étiez-vous conscient, à l'époque ?

Il partit d'un petit rire.

— Je viens tout juste de le comprendre.

Il déposa un baiser sur son front.

— Il a fallu que je vous rencontre pour comprendre enfin pourquoi j'ai tellement souffert à l'époque.

— Et pourquoi ? demanda-t-elle.

— Je voulais la totale. L'amour d'une femme, le mariage, des enfants... mais je n'ai pas pris le temps de trouver celle qui me permettrait de concrétiser ces rêves. Ensuite, je me suis dit qu'il était extrêmement difficile de faire vivre une relation quand on exerce un métier tel que le mien, et j'ai renoncé à me marier, tout simplement.

— Alors que vous auriez pu trouver une femme qui vous aurait accepté tel que vous étiez et compris combien votre engagement au sein de l'armée vous tenait à cœur.

Elle posa une main sur son torse et demanda :

— Et maintenant ?

Il resserra son étreinte autour d'elle.

— Je pense qu'il y a de l'espoir.

Il l'embrassa de nouveau sur le front.

— Je suis heureuse d'avoir pu vous aider, dit-elle. Même si je n'ai rien fait.

— Vous avez tout fait, au contraire, dit-il en lui souriant. Vous avez posé les bonnes questions, celles qui m'ont amené à réfléchir en laissant ma fierté de côté. Merci.

Il posa une main sur sa joue et l'embrassa sur les lèvres. En réponse, Olivia fit glisser la main qu'elle avait posée sur son torse jusqu'à sa nuque et attira son visage vers le sien pour prolonger le baiser. Ce geste audacieux lui était venu si naturellement qu'elle n'en prit réellement conscience qu'en sentant ses doigts se glisser dans les cheveux de Becker.

Il caressa ses lèvres du bout de la langue pour l'inciter à s'ouvrir à lui. Elle obtempéra et leurs langues s'entremêlèrent dans une danse sensuelle.

Une chaleur intense gagna tout son corps et se concentra dans son ventre, où elle déclencha un véritable brasier.

Becker fit glisser sa main le long de son bras jusqu'à sa taille, puis plus bas, sur sa hanche… et encore plus bas, jusqu'à l'ourlet du peignoir qui lui arrivait à mi-cuisse.

Oui.

Elle voulait sentir cette main se glisser sous son peignoir et sa chemise de nuit, caresser sa peau nue et se mouler autour de ses fesses pour la plaquer plus étroitement contre lui.

Sous son autre hanche, elle sentait la fermeté de son érection. Il lui aurait suffi de se mettre à califourchon sur lui et de s'asseoir, lentement, pour satisfaire le désir croissant qui consumait son corps. La manœuvre serait un peu difficile, vu qu'ils étaient dans une balancelle, mais pas impossible.

Quand elle voulut changer de position, il s'arracha à ses lèvres et se renfonça dans les coussins. Il respirait avec force.

— Pardon. Je me suis un peu emballé.

Il la souleva et la déposa sur le siège, à côté de lui.

— Si vous voulez, je peux vous raccompagner jusqu'à votre chambre et rester avec vous jusqu'à ce que vous vous endormiez.

Il leva les mains et ajouta :

— Vous avez ma parole : je ne profiterai pas de la situation. Je veux seulement que vous puissiez dormir sans rêver qu'un criminel fonce dans votre maison avec une voiture bélier.

« Non, non, non ! » hurlait son esprit.

Ils ne pouvaient pas en rester là.

Elle voulait aller tellement plus loin !

5

Le désir qui consumait Olivia était tellement violent qu'elle tremblait de tout son corps. Elle hocha la tête, et Becker se leva. Quand il lui tendit la main, elle y posa la sienne et se leva elle aussi.

Son pied glissa hors de sa mule et elle bascula vers l'avant. Becker la retint et la garda contre lui – un peu plus longtemps que nécessaire, mais elle n'allait certainement pas s'en plaindre. L'impression de sécurité qu'elle ressentait quand il la tenait dans ses bras était trop douce.

Quand il la relâcha, elle eut une sensation de froid, de vide.

Tandis qu'ils gravissaient l'escalier, elle répéta mentalement ce qu'elle allait lui dire pour le convaincre de rester avec elle, de lui faire l'amour et de la serrer contre lui jusqu'au matin.

Quand ils atteignirent sa chambre, il l'enleva une nouvelle fois dans ses bras, franchit le seuil et la déposa sur le lit. Ensuite, il se pencha et l'embrassa sur le front.

Olivia tendit le visage vers lui, glissa ses deux mains derrière sa tête et attira ses lèvres vers les siennes. Les baisers sur le front étaient pour les amis et les enfants. Elle n'était plus une enfant... et elle voulait être plus que son amie. Le cœur battant à tout rompre, elle l'embrassa longuement, fougueusement. Tous les mots qu'elle avait répétés dans sa tête fuirent son esprit.

— Reste avec moi, chuchota-t-elle contre sa bouche.

— Je ne devrais pas.
— Pourquoi ?
— Nous venons tout juste de nous rencontrer.
— Ce n'est pas une raison. Trouve autre chose.

Elle reprit le baiser et l'attira sur le lit à côté d'elle.

Il tomba sur le matelas, se mit sur le côté et écarta les cheveux de son front.

— Je ne veux pas te presser, dit-il. Ce que nous ressentons est spécial, et je ne veux pas tout gâcher. Pourtant, j'en ai tellement envie…

— Moi aussi, dit-elle doucement. Pourquoi résister ? Nous ne sommes plus des enfants.

— Non, en effet, dit-il en suivant du pouce la ligne de sa mâchoire.

Olivia fit glisser sa main de son épaule jusqu'au creux de ses reins pour plaquer son bas-ventre contre le sien.

— Nous sommes des adultes consentants.

Il déposa un baiser aussi léger qu'une plume sur l'une de ses paupières, puis sur l'autre.

— Hum. Oui, c'est vrai.

— Je ne te demande pas de me promettre un amour éternel, dit-elle. Mais je ne veux pas être seule cette nuit. S'il te plaît.

Voilà. Elle voulait si désespérément faire l'amour avec cet homme qu'elle en était réduite à mendier – mais elle aurait tout fait pour qu'il reste auprès d'elle.

Il cessa de déposer des baisers sur son visage pour relever la tête et la regarder dans les yeux.

— Si je reste, il y aura plus que des baisers.

— Je veux plus.

Elle prit la main de Becker dans les siennes et la guida jusqu'à l'ourlet de son peignoir, puis fit glissant ses doigts sous la soie et ensuite, sous la fine mousseline de soie de la chemise de nuit.

Son souffle se coupa quand elle sentit le contact de leurs peaux, alors qu'il faisait glisser sa main sur sa hanche et son torse pour la plaquer sur l'un de ses seins. Elle le retint là, respirant avec effort, comme si elle ne parvenait pas à faire entrer suffisamment d'air dans ses poumons.

Pendant une fraction de seconde, il hésita. Ensuite, ses doigts trouvèrent son téton et le taquinèrent jusqu'à ce qu'il soit aussi dur qu'une petite perle.

Olivia s'arqua sur le lit.

Encore. Elle en voulait encore.

Becker dénoua la ceinture de son peignoir et en écarta les pans.

La chemise de nuit ne masquait pas grand-chose des attributs d'Olivia, mais cela lui était bien égal. Elle voulait être entièrement nue avec cet homme. Prise d'impatience, elle se redressa, ôta vivement la chemise de nuit et la jeta contre le mur. Celle-ci glissa doucement, silencieusement, jusqu'au sol.

Elle s'allongea de nouveau, glissa les mains sous le T-shirt de Becker et le lui fit passer au-dessus de la tête avant de l'envoyer rejoindre la chemise de nuit. Enfin, elle pouvait laisser glisser ses mains sur la peau soyeuse qui gainait ce torse impressionnant, tout en muscles et en tendons.

Cet homme était d'une beauté à couper le souffle.

Quand elle tendit la main vers le bouton de son jean, il l'écarta pour le défaire lui-même, puis tirer la braguette. Quelques instants plus tard, il se tenait devant elle dans toute sa virilité glorieuse.

Il fit un pas vers elle, lui écarta les jambes et se laissa tomber à genoux.

— Je te veux en moi, dit-elle. Tout de suite.

Il secoua la tête.

— Pas encore. Je veux que tu me désires autant que je te désire en ce moment.

Elle se laissa retomber sur le lit avec un gémissement.

— C'est déjà le cas.

— Je vais te prouver que tu te trompes.

Dès qu'il écarta les replis de chair et toucha du bout de la langue le point le plus sensible de son corps, elle sut qu'il disait vrai.

Des décharges électriques fusèrent en elle dès la première caresse. Le second coup de langue alluma un véritable feu d'artifice de sensations dans ses terminaisons nerveuses, faisant grésiller son corps d'impatience.

Elle plongea les mains dans ses cheveux, en proie à une extase d'une violence telle qu'elle ne savait pas si elle devait le repousser ou l'attirer plus près.

Elle choisit de l'attirer contre elle.

Il continua à la caresser de la langue jusqu'à ce qu'elle se torde sous lui.

Son inquiétude s'envola et elle s'abandonna tout entière à cet instant.

Une tension délicieuse grandit en elle. Elle s'arc-bouta sur le lit, les talons plantés dans le matelas, le bassin ondulant au rythme des coups de langue de son amant, savourant la moindre sensation éveillée par ses caresses.

Un picotement naquit dans son intimité et se propagea au reste de son corps jusqu'à ce qu'elle soit balayée par la délivrance.

Elle chevaucha la vague de plaisir qui l'emportait jusqu'au bout avant de se laisser retomber sur l'oreiller, haletante, le cœur battant la chamade.

Elle resta immobile et savoura le bien-être qui l'emplissait pendant un moment – mais seulement un moment. Ils n'en avaient pas fini. Pas encore. Elle voulait le sentir en elle, elle voulait qu'il comble le vide qu'elle ressentait depuis trop longtemps. D'ailleurs, avait-il jamais été comblé ? Jamais Mike ne l'avait touchée aussi *complètement* que

Becker venait de le faire. Avec lui, c'était… différent – plus intense, et tellement meilleur ! Elle voulait que ce moment se prolonge.

Elle agrippa ses cheveux et les tira doucement.

— Hé, dit-il en riant. Ces cheveux sont attachés à mon crâne.

— Maintenant, parvint-elle à dire. J'ai besoin de toi maintenant.

— En ce cas, d'accord.

Il remonta le long de son corps, se positionna entre ses jambes, pressa son sexe contre son intimité… et s'arrêta.

Olivia gémit, plaqua les deux mains sur ses fesses et voulut le pousser en elle, mais il secoua la tête.

— Attends.

— Non.

— Fais-moi confiance, tu veux attendre.

Il se pencha, attrapa son jean et y prit son portefeuille.

Ce fut alors qu'Olivia comprit qu'il était plus lucide qu'elle. Il avait raison. Quand il déroula le préservatif sur son sexe dressé, elle fut heureuse qu'il lui ait demandé d'attendre.

Ensuite, il se positionna de nouveau entre ses jambes, frôlant son intimité. Il s'appuya sur les coudes et la regarda droit dans les yeux.

— Olivia Swann, tu es une femme magnifique, incroyable et pleine de talent.

Elle lui rendit son regard. Il était magnifique lui aussi, surtout quand il était nu. Bien plus beau qu'un homme n'aurait dû avoir le droit de l'être.

— Tu es plutôt doué, toi aussi.

Ensuite, elle posa les mains sur ses hanches, enfonçant ses doigts dans la chair ferme de ses fesses.

— Fais-moi l'amour, Becker. Avant que nous oubliions où nous en étions.

Il éclata de rire.

— J'ai une mémoire d'é…

Avant qu'il ait pu terminer sa phrase, elle projeta son bassin vers le haut et l'engloutit en elle.

Becker ne se contrôlait qu'à grand-peine. Cette femme était tellement belle, tellement passionnée qu'il n'était pas certain de pouvoir se retenir très longtemps. Mais il se maîtrisa, parce qu'il voulait que ce moment se prolonge, encore et encore.

Ce qu'ils étaient en train de faire – ce qu'elle l'amenait à ressentir – relevait de la magie pure. Il aurait voulu que cela ne finisse jamais.

Il commença à aller et venir en elle, lentement, mais les doigts d'Olivia s'enfoncèrent de nouveau dans sa chair pour le presser d'accélérer le rythme.

Il obéit et sentit son corps se tendre un peu plus à chaque va-et-vient.

Quand les chairs d'Olivia se resserrèrent autour de lui, il fut traversé par un sentiment de plénitude qui illumina jusqu'au moindre recoin de son âme.

Ses mouvements se firent plus pressants, plus rapides, l'emmenant au-delà du point de non-retour – et y entraînant Olivia. Quand il sentit qu'il approchait du sommet, il ne chercha plus à se contrôler. Sur un dernier coup de reins, il fut balayé par l'extase. Il palpita en elle, tremblant de tout son corps – ce qui lui rappela combien il était bon de faire l'amour avec une femme exceptionnelle, qui se distinguait de toutes les autres.

Pour lui, Olivia était cette femme. Il l'avait su dès l'instant où il l'avait surprise dans son atelier, les mains couvertes d'argile et des gouttelettes grises sur le visage. Quand elle avait levé vers lui ces incroyables yeux verts, il avait eu l'impression de recevoir un coup de poing en plein ventre.

Aussitôt, il avait su qu'il devait la revoir. Il s'était répété pendant des années qu'il n'était pas fait pour le mariage. Parce que, à ses yeux, aucune femme n'accepterait jamais d'épouser un membre des forces spéciales – ce qui, d'ailleurs, était une sage décision –, il avait refusé toute relation sentimentale. Au moins, ainsi, il ne risquait pas d'être rejeté.

Jusqu'au jour où une artiste pleine d'argile, de charme et de talent lui avait souri.

Le corps toujours tendu, vivant pleinement chaque instant de sa délivrance, il savoura ce moment. Ce qu'il ressentait pour Olivia était du solide.

Il était sans doute encore trop tôt pour envisager un avenir à ses côtés mais, cette fois, il était décidé à ne pas échouer. Si elle était réellement la femme de sa vie, il ferait tout pour gagner son cœur.

Quand il revint sur terre, il s'allongea sur elle et la fit rouler sur le flanc avec lui. Il voulait que leur union se prolonge aussi longtemps que possible.

Il la serra contre lui et pressa les lèvres contre les siennes pour un baiser empli de tendresse, en espérant qu'il traduisait ne fût-ce qu'une partie de son bonheur.

Quand les battements de son cœur et sa respiration eurent repris un rythme presque normal, il demanda :

— Est-ce que ça va ?

Olivia posa une main sur sa joue et sourit.

— Mieux que ça.

Elle respirait profondément, les seins pressés contre son torse.

— Tu devrais dormir, dit-il.

Elle bâilla et hocha la tête avant de fermer les yeux.

— Toi aussi.

— Je vais attendre que tu t'endormes.

— Est-ce que tu vas rester ? chuchota-t-elle en posant la main sur son torse.

— Je vais rester, promit-il. Maintenant, dors.

Elle se blottit contre lui et ne tarda pas à s'endormir. Elle semblait tellement paisible que Becker déduisit que ses rêves n'étaient pas visités par des criminels – d'ailleurs, il était probable qu'elle ne rêvait pas du tout.

Il la serra contre lui, redoutant presque de s'endormir lui aussi. Et s'il se réveillait seul dans son lit ? Si tout ceci n'était qu'un rêve et Olivia, une création de son esprit ?

Alors, pour que son rêve ne s'évapore pas, il demeura éveillé et contempla la femme qu'il tenait dans ses bras en espérant qu'elle était bien réelle.

Pendant quelques courtes minutes, alors qu'il lui faisait l'amour, il avait tout oublié de l'opération qu'il avait proposée, pour ne plus penser qu'à elle et à l'alchimie indéniable qui les unissait.

Mais c'était la dernière fois qu'il devait se laisser distraire ainsi – jusqu'à ce qu'ils aient retrouvé Jasmine, récupéré le tableau et envoyé Nico derrière les barreaux. Dès que le jour se lèverait, ils devraient se mettre au travail. Il fallait qu'il soit pleinement opérationnel.

Cette résolution prise, il se laissa glisser dans un demi-sommeil, qui fut hanté par des images d'Olivia couverte de poussière, les bras et les jambes en sang. Sa conscience affleurait suffisamment à la surface pour qu'il se promette que cela ne se reproduirait jamais. Il la protégerait. S'il le fallait, il irait jusqu'à donner sa vie pour elle.

Mais… il n'avait qu'une vie. S'il la donnait, qui prendrait soin d'Olivia, qui veillerait sur elle pendant le restant de ses jours ?

Quand le sommeil le terrassa enfin, ce fut sur cette dernière pensée : il allait gérer cette mission de façon à ne pas devoir en arriver à cette extrémité. Oui, il devait rester en vie. Pour Olivia.

6

Quand Becker se réveilla, la chambre était baignée par la lueur grisâtre de l'aube. Il n'avait dormi que quelques heures.

Il resta allongé sur le dos, savourant ce réveil auprès d'Olivia. Y en aurait-il d'autres ? S'il ne tenait qu'à lui, oui. Mais d'abord, ils devaient retrouver Jasmine et le tableau et les mettre en sécurité. Ensuite, il pourrait poursuivre Olivia de ses assiduités. Il ne savait pas encore jusqu'où elle voudrait emmener leur histoire. Mais pour sa part, la pensée de finir sa vie auprès d'elle flottait dans son esprit.

Franchement, ça lui faisait peur. Il pensait déjà au long terme alors qu'il venait tout juste de la rencontrer. Était-il à ce point amoureux de son rêve de fonder une famille qu'il mettait la charrue avant les bœufs ?

Il se leva sans bruit, s'habilla et sortit de la chambre. Avant de refermer la porte derrière lui, il se retourna et la contempla pendant quelques instants.

Elle dormait, dans le plus parfait abandon. Ses joues étaient d'un joli rose et ses cheveux formaient un éventail noir de jais sur l'oreiller vert d'eau.

Son cœur le pressait de retourner auprès d'elle et de la reprendre dans ses bras. Avec le plan qu'il avait en tête, il n'aurait peut-être pas l'occasion de le faire avant longtemps.

Il allait rentrer dans la chambre quand il entendit s'ouvrir une autre porte, au bout du couloir.

Pour leur épargner à tous deux de se retrouver dans une situation embarrassante, il referma la porte et prit la direction de l'escalier. En jetant un regard derrière lui, il croisa celui de Rosalyn, qui portait une panière pleine de linge.

Elle sourit et, d'un signe de la tête, l'encouragea à s'engager dans l'escalier. Au lieu de s'exécuter, il attendit qu'elle le rejoigne et lui prit la panière des mains.

— Je peux la porter, protesta-t-elle.

— Je sais, répondit-il en souriant. Mais ma mère m'a appris à faire ma part des corvées domestiques.

— Et elle a bien fait. Il n'y a pas de travail d'homme ou de travail de femme. Pour avancer, nous devons tous mettre la main à la pâte.

Elle sourit et conclut :

— Je crois que votre mère me plairait.

— Je sais qu'elle vous aimerait beaucoup.

— Est-ce qu'elle vit assez près d'ici pour nous rendre visite ? demanda Rosalyn en le suivant dans l'escalier.

— Elle vit dans la région de Dallas. Maintenant que j'ai quitté l'armée, j'espère la voir plus souvent.

— Et votre père ?

Le cœur de Becker se serra.

— Il est mort, il y a plusieurs années.

— Je suis désolée.

Son sourire avait pâli.

— C'est difficile de perdre quelqu'un qu'on aime.

Il acquiesça.

— Oui, c'est difficile. Nous étions avec Trace quand on lui a annoncé le décès de votre mari. Nous avons tous été désolés pour vous.

Il s'arrêta au pied de l'escalier.

— Par ici, dit Rosalyn.

Elle s'engagea dans un couloir qui passait devant la porte de la cuisine et entra dans une vaste buanderie.

— Posez la panière par terre. Je trierai le linge après le petit déjeuner. Si vous avez quelque chose à laver, laissez-le ici. Nous nous en occuperons dans la journée.

— Merci. J'ai tout ce qu'il me faut.

Quand ils entrèrent dans la cuisine, Trace était en train de remplir le réservoir de la cafetière.

— J'espère que tu aimes le café fort, lança-t-il par-dessus son épaule. Après la nuit que nous avons passée, nous en avons besoin.

Matt entra à son tour, les cheveux humides, vêtu d'un T-shirt et d'un jean délavé. Il était pieds nus et ses yeux étaient cernés. Il leva les bras et s'étira, comme pour dénouer ses muscles.

— La nuit a été longue ? demanda Rosalyn. Est-ce que vous avez dormi ?

Matt laissa retomber ses bras.

— Non, m'dame.

Son regard croisa celui de Becker.

— Mais nous avons la plupart des informations qui te permettront d'infiltrer le réseau du marché noir de l'art. Nous avons trouvé plusieurs amateurs scandaleusement riches, qui n'hésiteraient pas à débourser une somme astronomique pour acquérir une œuvre volée.

— Génial.

Trace aligna des tasses sur le comptoir, devant la cafetière.

— Et parmi eux, nous avons trouvé ton homme, dit-il.

— Vraiment ? demanda Becker, curieux d'en savoir plus. Et qui vais-je incarner ?

— Gunter Kraus, répondit Trace.

Matt prit le relais.

— Il a quarante-deux ans, soit un peu plus que toi, mais il est aussi grand que toi, avec des cheveux blonds et des yeux bleus.

Il afficha une image de l'homme en question sur son téléphone portable. Gunter Kraus portait un smoking noir au revers agrémenté d'une rose rouge. Une femme splendide était pendue à son bras. Ses cheveux étaient d'un noir de jais, et le décolleté de sa robe rouge plongeait jusqu'à son nombril.

— Qui est cette femme ? demanda Becker.

— Monique Jameson. Elle figure sur plusieurs photos de Kraus. Elle semble être l'une de ses amies régulières.

— Bien. Elle ressemble un peu à Olivia.

— C'est ce que nous avons pensé aussi, dit Trace.

Becker prit le téléphone pour détailler l'homme.

— Y a-t-il des vidéos de ce type ?

— Oui, répondit Matt. Après le petit déjeuner, je te montrerai ce que nous avons trouvé. C'est un play-boy connu dans le monde entier, qui a hérité de sommes colossales de son père et de son grand-père. Nous avons appris sur le dark web qu'il a toute une collection d'œuvres d'art dans son château des Alpes suisses.

Trace compléta :

— Il semble penser que les lois ont été édictées pour le commun des mortels, et que sa fortune le dispense de les respecter. Il a été suspecté d'être mêlé à la disparition d'une jeune étudiante dans une station balnéaire du Mexique, mais l'affaire a été étouffée avant d'avoir été portée devant les tribunaux mexicains.

— Est-ce qu'on a retrouvé la fille ?

— Non, répondit Trace, le visage sombre.

Matt se dirigea vers la cafetière en précisant :

— Gunter est arrivé avant-hier sur une île grecque. Il a réservé une chambre d'hôtel pour une semaine.

— Bien, dit Becker. Nous pouvons donc être relativement sûrs qu'il ne rentrera pas tout de suite aux États-Unis.

Matt secoua la tête.

— Pas nécessairement. Il lui est déjà arrivé de changer d'avis, et il a toute une flotte de jets à sa disposition. Il est peut-être sur le chemin du retour en ce moment même. Si nous pensons qu'il n'est pas encore rentré, c'est uniquement parce qu'il adore être sous le feu des projecteurs.

— Où qu'il aille, les paparazzis ne le quittent pas d'une semelle, précisa Trace. S'il était au pays, nous le saurions. Un café, Matt ?

— Volontiers.

Trace remplit une tasse et la lui tendit. Matt but une gorgée, ferma les yeux et poussa un soupir de contentement.

— Bon sang, j'avais bien besoin de ça.

Trace remplit une autre tasse, qu'il tendit à Becker.

— Tu crois que tu peux incarner cet homme ?

Becker prit la tasse et huma la vapeur à l'arôme riche avant de se hasarder à prendre une gorgée de café.

— Mon allemand est un peu rouillé, dit-il.

— Ce n'est pas un problème, répondit Trace en tendant une troisième tasse à sa mère. Il a grandi à New York, dans un penthouse luxueux. Malgré ses origines, je ne pense pas qu'il ait réellement appris l'allemand.

— En ce cas, je peux y arriver, dit Becker.

— Nous allons donc devoir t'équiper pour que tu sois convaincant.

— À quoi penses-tu ?

Becker avait une idée de ce qu'il lui faudrait, mais il voulait entendre Trace et Matt énumérer ce qui leur semblait le plus important.

— Des vêtements, intervint Rosalyn. Si Gunter est un play-boy, il est sans doute habillé à la dernière mode.

— Et une voiture, ajouta Matt. Une Ferrari, de préférence.

Trace s'appuya au comptoir et prit une gorgée de café.

— L'un de mes amis en a une ; une Enzo noire.

Matt se redressa en ouvrant de grands yeux.

— Une Enzo ?

— Oui, dit Trace. De 2003.

Matt laissa échapper un long sifflement bas.

— Est-ce que tu sais qu'elle a 650 chevaux et peut monter de zéro à cent en 3,1 secondes ?

Trace hocha la tête sans répondre.

— Est-ce que cet ami te doit un service ? demanda Becker.

Trace esquissa un sourire.

— Oui.

— Il faudrait que ce soit un fieffé service pour qu'il accepte de te prêter son Enzo, dit Matt. Si c'était la mienne, jamais je ne la prêterais, et encore moins à un étranger.

— Il le fera. Il a toute une collection d'avions et de voitures de sport.

— Qui as-tu tué pour lui ? demanda Matt.

— Tué ? répéta Trace. Je n'ai tué personne.

— Il le fera pour moi, intervint Rosalyn. Ross a toujours eu un faible pour moi. Quand James a été assassiné, il m'a dit que si nous avions besoin de quoi que ce soit, je pouvais compter sur lui.

— Est-ce que secourir une étrangère qui a été enlevée peut être qualifié de « quoi que ce soit » ? demanda Olivia depuis la porte de la cuisine.

Becker se tourna vers la femme qui ravissait rapidement son cœur. Elle avait remis la robe que Rosalyn lui avait prêtée la veille et s'était fait une queue-de-cheval qui la faisait paraître plus jeune et plus vulnérable.

— Oui, dit Rosalyn en s'approchant d'elle. Si c'est important pour moi, il tiendra parole. Et pour moi, il est important que nous retrouvions ta sœur.

Les yeux d'Olivia s'emplirent de larmes.

— Merci.

Rosalyn la serra brièvement dans ses bras avant de se diriger vers le réfrigérateur.

— Le petit déjeuner sera prêt dans moins d'un quart d'heure. Trace, mets du pain à griller. Matt, fais frire du bacon.

Lily arriva à son tour et alla droit vers le buffet.

— Je vais mettre le couvert.

— Laisse-moi t'aider, dit Olivia.

Elle prit une pile d'assiettes pendant que Lily attrapait des verres.

Une jolie jeune femme rousse aux yeux verts entra dans la cuisine en bâillant.

— Qu'est-ce que je peux faire ?

— T'asseoir et boire un café, dit Rosalyn. Matt ?

— Je m'en occupe.

Matt courut à la cafetière et remplit une tasse, qu'il posa devant la nouvelle venue. Becker le remplaça devant le gril pour surveiller les tranches de bacon.

Moins d'un quart d'heure plus tard, le petit déjeuner était prêt, comme l'avait promis Rosalyn.

Elle posait un plat d'œufs brouillés au milieu de la grande table quand Irish apparut. Il frappa dans ses mains en souriant et lança :

— On dirait que je suis pile à l'heure !

— Parfaitement, répondit Rosalyn. Où est Tessa ?

— À l'hôpital. Elle travaille, ce matin.

Irish s'attabla et reprit :

— Je suis passé au bureau du shérif. Levi et Dallas enquêtent sur un rapport émis par Fort Worth, qui signale un SUV noir abandonné dont l'avant est endommagé.

Olivia se laissa tomber sur une chaise et demanda :

— Est-ce que le propriétaire a été identifié ?

Irish prit une tranche de pain grillé et la posa sur son assiette avant de répondre.

— Elle a été déclarée volée par un service de limousines de Dallas, hier matin.

Becker s'assit à côté d'Olivia et remarqua que ses épaules s'étaient affaissées à cette nouvelle.

— Nous pouvons en déduire que Jasmine se trouve dans la région de Dallas et Fort Worth, dit-il.

Elle lui jeta un regard.

— Il y a plus de sept millions d'habitants dans cette zone. Autant chercher une aiguille dans une meule de foin. Et les Romano ne vont pas nous faciliter la tâche.

— Nous y arriverons, promit Becker.

Il ne savait pas comment, mais il ferait tout son possible pour être fidèle à sa promesse.

— Alors, quoi de neuf ? demanda Irish en remplissant son assiette d'œufs brouillés et de bacon.

Matt lui fit un résumé du CV de Gunter Kraus, et il sourit.

— Gunter, hein ? Je vois ça d'ici. Des cheveux blonds, des yeux bleus…

— Le vrai Gunter Kraus est effectivement un blond aux yeux bleus, coupa Trace. Et il est en Europe en ce moment.

— Encore mieux. Quand on se fait passer pour quelqu'un, mieux vaut qu'il n'apparaisse pas au même endroit, commenta Irish dans un éclat de rire. La situation serait embarrassante.

— Et potentiellement mortelle, ajouta Becker en posant les yeux sur Olivia.

Elle releva le menton et répliqua :

— Je me moque du danger. Je viens avec toi. J'ai lu quelques articles sur Kraus : c'est un coureur, qui a toujours une femme pendue à son bras. Si tu es seul, ils pourraient avoir des soupçons.

— Tu as raison, dit Trace. Mais nous devrions peut-être recruter Dallas plutôt que toi. Elle est devenue officier de police après un passage dans l'armée, et elle a de l'expérience. Elle convient sans doute mieux que toi à une mission d'infiltration.

Le regard d'Olivia quitta Trace pour se poser sur Becker.

— C'est ma sœur. Si tu ne m'emmènes pas, je trouverai un moyen de te rejoindre. Pas question que je reste sur la touche.

Et jamais il ne pourrait jouer son rôle s'il savait qu'Olivia était livrée à elle-même. Il aurait trop peur qu'elle se mette en danger.

— Tu viens avec moi, dit-il. Mais tu devras faire tout ce que je te dirai. Nos deux vies pourraient en dépendre.

Elle acquiesça, le regard déterminé, le visage grave.

— Je n'ai peut-être pas reçu d'entraînement au combat, mais je surveillerai tes arrières. Et je faisais partie de la troupe de théâtre du lycée. J'étais plutôt bonne actrice.

Avec un sourire en coin, elle conclut :

— Je promets de ne rien faire de stupide.

Il n'en doutait pas. Ce qu'il craignait plus que tout était que la mafia découvre la supercherie et règle le problème à sa façon. Que ce soit les Romano ou les Salvatore qui avaient donné l'assaut de la maison d'Olivia, une chose était sûre : ils n'hésiteraient pas à user de violence.

Olivia poussait la nourriture dans son assiette du bout de sa fourchette. Comment aurait-elle pu penser à manger alors qu'elle s'apprêtait à approcher une famille mafieuse, sous une fausse identité ? La moindre boulette pouvait les envoyer au fond d'un lac avec des souliers en ciment. Et Jasmine serait seule.

Elle fit appel à tout son courage et chassa ces pensées sinistres de son esprit. Ils allaient réussir. Il le fallait.

Trace posa sa fourchette et se leva.

— Excusez-moi, dit-il. J'ai quelques coups de fil à passer.

Quand il eut quitté la pièce, la conversation s'orienta sur la vie du ranch. Lily et Rosalyn discutèrent des tâches qui devaient être accomplies dans la journée, et Irish et Matt se portèrent volontaires pour nourrir le bétail.

Quand ils eurent fini de manger, ils nettoyèrent la cuisine tous ensemble. Une fois le dernier plat essuyé et rangé dans le buffet, Lily jeta un regard vers Olivia.

— Et maintenant, allons te préparer pour ta petite séance de shopping.

— Du shopping ? répéta Olivia, perplexe. Je n'ai besoin de rien. Il faudrait juste que je passe chercher quelques affaires à la maison.

— Tu n'auras pas le temps, dit Trace en revenant dans la pièce. Nous devons être à l'aérodrome dans un quart d'heure.

Le cœur d'Olivia s'arrêta.

— Quoi ? Pourquoi ?

Trace sourit.

— Comme Lily vient de te le dire, pour faire du shopping.

— Mais pourquoi devons-nous aller à l'aérodrome ?

— Parce que ce n'est pas à Whiskey Gulch que nous trouverons ce dont vous aurez besoin pour jouer votre rôle.

Il inclina la tête vers Becker et ajouta :

— Vous allez tous deux vous envoler pour San Antonio. Là-bas, une voiture vous attendra pour vous conduire aux boutiques de luxe de La Cantera. Vous y trouverez des tenues qui conviennent à un riche jet-setter et à sa maîtresse.

— Pourquoi ne pas aller directement à Dallas ? protesta Olivia. Nous allons perdre du temps.

Trace secoua la tête.

— Kraus ne vit que pour être vu, expliqua-t-il. Quand vous atterrirez à Dallas, vous devrez déjà être dans la peau de vos personnages. Je suis en train de mettre votre arrivée en scène.

— Mais nous devons te trouver une jolie tenue pour aller à San Antonio, reprit Lily en l'entraînant hors de la cuisine. Tu es un peu plus grande que moi, mais j'ai une robe qui devrait faire l'affaire.

— Je tiens seulement à te dire que je peux payer mes vêtements, protesta Olivia. Je n'ai peut-être plus de maison, mais je ne suis pas ruinée.

— Bien sûr, dit Lily. Mais je parie que tu n'as pas le genre de tenue qui pourrait plaire à Gunter Kraus.

— Et toi, si ?

— Ma chérie... j'ai quelques relations, moi aussi.

Elle se laissa entraîner dans l'escalier jusqu'à la chambre que Lily partageait avec Trace.

Parce qu'elle avait toujours vécu à Whiskey Gulch, Olivia savait que c'était en vendant ses charmes que la mère de Lily avait subvenu aux besoins de sa fille. Par la suite, beaucoup de garçons de leur école, la pensant aussi facile que sa mère, lui avaient fait des avances à la moindre occasion. Quant au père de Lily, c'était un sacré numéro, lui aussi : un menteur invétéré, doublé d'un voleur et d'un escroc.

Olivia avait la plus grande admiration pour cette femme qui avait su se libérer d'une enfance miteuse pour devenir forte et indépendante.

Lily ouvrit la porte de sa penderie, écarta les vêtements qui pendaient des cintres et fouilla dans le fond du meuble en laissant échapper quelques jurons. Enfin, elle exhuma une robe blanc cassé à la coupe simple, agrémentée d'une étroite ceinture noire.

— Cette robe était à ma mère. Un cadeau de l'un de ses... amis. J'ai jeté presque tous ses vêtements, mais j'ai trouvé que cette robe était trop jolie pour finir à la poubelle.

Elle tendit la robe vers Olivia, qui leva les mains en signe de protestation.

— Je ne peux pas porter ça. Elle doit t'aller à merveille, mais tu es beaucoup plus petite que moi. Sur moi, elle sera bien trop courte.

Lily sourit.

— Je sais bien. C'est la robe parfaite pour l'amie de Gunter Kraus. J'ai vu des photos des femmes qui l'accompagnent, et je peux te dire qu'elles en montrent beaucoup.

Olivia posa un regard dubitatif sur la jolie robe au décolleté plongeant.

— Je ne sais pas... Ce n'est pas moi.

— Et tu ne seras pas toi non plus quand tu accompagneras le faux Gunter Kraus. Tu vas jouer un rôle : dis-toi que cette robe fait partie de tes costumes.

Elle fourra la robe dans les mains d'Olivia et la poussa doucement vers la salle de bains.

— Essaie-la, au moins. Tu ne la porteras que le temps d'acheter de nouvelles tenues, signées de grands couturiers. Et n'oublie pas : les habits que tu achèteras devront correspondre au train de vie que tu seras censée mener.

Lily avait raison, bien sûr, mais Olivia n'avait jamais été une adepte des tenues extravagantes. Pour travailler, elle portait un jean protégé par un épais tablier. Et quand elle sortait, c'était en robe d'été légère ou en pantalon ajusté et chemisier.

Elle entra dans la salle de bains et chuchota :

— Je peux y arriver.

— Oui, tu peux, dit Lily de l'autre côté de la porte.

Elle sourit.

— Tu n'étais pas censée entendre ça.

— Tu vas très bien t'en sortir. Souviens-toi seulement de l'identité de la femme que tu vas incarner.

Olivia se déshabilla. Le décolleté de la robe était tellement plongeant qu'elle ne pouvait pas porter de soutien-gorge. Elle le retira donc aussi et enfila la robe, savourant la caresse du tissu soyeux sur sa peau. Quand elle se tourna vers le miroir, elle laissa échapper un cri étouffé.

— Est-ce qu'elle te va ? demanda Lily. Je peux entrer ?

— Oui, si on veut. Et oui, répondit Olivia.

Elle était comme hypnotisée par son propre reflet. Elle ne s'était jamais considérée comme une femme particulièrement sexy, mais ainsi vêtue, avec cette robe qui lui couvrait tout juste les fesses…

Lily entra dans la salle de bains et s'arrêta net en la voyant, les yeux écarquillés. Elle resta bouche bée pendant quelques instants avant de secouer la tête.

— Eh bien, dit-elle enfin. Eh bien…

Olivia sentit une onde de chaleur gagner son visage.

— C'est trop, n'est-ce pas ?

— Pas du tout, répondit Lily. C'est la tenue parfaite pour une petite séance de shopping à Alamo City. Maintenant, viens. Trace a un emploi du temps très serré.

— Tu as raison, répondit Olivia en la suivant dans la chambre. Mais j'ai vraiment l'impression que cette séance de shopping est une perte de temps.

— Je sais. Tu veux retrouver ta sœur. Mais tu ne tromperas personne si tu ne t'habilles pas pour le rôle.

Elle fouilla de nouveau dans sa penderie et lui tendit une paire de sandales noires à talons aiguilles.

— Je pense qu'elles devraient t'aller.

Olivia enfila les chaussures et fit quelques pas.

— Je risque de me tuer, avec ça.

— Entraîne-toi, dit Lily. Il faut que tu sois convaincante. Et maintenant, viens. Trace vous attend dans le pick-up.

Olivia descendit prudemment l'escalier, en se tenant à la rampe. Quand elle sortit sur le porche, elle vit que Trace était déjà installé au volant d'un pick-up noir. Irish attendait, debout à côté du véhicule.

— Eh bien, souffla-t-il en la voyant.

Becker vint vers elle et lui tendit la main. Elle y posa la sienne.

— Tu es superbe, chuchota-t-il en la dévorant des yeux.

Une onde de chaleur traversa son corps, lui rappelant la nuit qu'ils venaient de passer ensemble. Comme elle aurait aimé pouvoir remonter le temps…, se glisser de nouveau dans le lit avec lui et oublier qu'ils s'apprêtaient à jouer le rôle d'un play-boy et de sa maîtresse dans l'espoir de damer le pion à deux familles de la mafia.

— Merci.
— Tu es prête ?

Non, elle n'était pas prête, mais elle hocha quand même la tête. Becker l'aida à se hisser sur le marchepied pour s'asseoir sur le siège en cuir, à côté de Trace. Elle eut beau tirer sur l'ourlet de sa robe, elle était certaine d'en montrer plus qu'elle ne l'aurait voulu.

Dès qu'elle fut installée, Becker et Irish prirent place à l'arrière et Trace quitta le ranch en trombe.

L'aérodrome de Whiskey Gulch était composé en tout et pour tout d'une piste d'atterrissage destinée aux petits avions, privés et d'épandage. Olivia était souvent passée devant, quand elle se rendait en voiture à Austin ou à San Antonio, sans jamais lui prêter la moindre attention.

Quand ils arrivèrent, un avion roulait lentement sur la piste. Trace se dirigea droit vers lui.

L'avion s'arrêta et le pilote coupa les gaz. Quelques instants plus tard, la porte de l'avion s'ouvrit et un escalier descendit jusqu'au sol. Un homme passa la tête par la porte.

— Trace ! Je suis arrivé aussi vite que j'ai pu.

Trace descendit du pick-up pour aller serrer la main de l'homme.

— C'est bon de te voir, Pete. Merci de t'être libéré.
— Ravi de te rendre service, répondit Pete. J'avais besoin de quelques heures de vol pour garder ma licence à jour. Grâce à toi, j'ai un prétexte pour sortir l'avion du hangar.

Il remonta dans l'avion, et ses passagers le suivirent et s'installèrent dans les sièges en cuir. Quand Trace eut fait les présentations, Peter verrouilla la porte et leur rappela rapidement les consignes de sécurité. Ensuite, il regagna son siège, mit son casque sur les oreilles et démarra le moteur pendant que Trace s'installait à la place du copilote. Peter lui tendit un casque et passa la check-list en revue avant de faire demi-tour et de s'engager sur la piste.

Olivia n'était jamais montée dans un aussi petit avion et doutait que l'expérience lui plaise. Quand l'appareil quitta le sol, elle agrippa la main de Becker.

Une fois qu'ils eurent atteint leur altitude de croisière, elle se força à se détendre et à profiter de la vue imprenable sur le paysage rude du Texas Hills County.

Comme le bruit des moteurs l'empêchait autant d'entendre ce que disaient Trace et le pilote que d'entretenir une vraie conversation avec Irish et Becker, elle se renfonça dans son siège et pensa à ce qui les attendait à Dallas. Cette séance de shopping allait être l'occasion de répéter son rôle devant un public. S'ils voulaient avoir une chance de retrouver sa sœur, Becker et elle devaient se fondre dans le décor.

Oh ! Jasmine…

Son ventre se nouait dès qu'elle pensait à sa sœur. Elle avait eu tellement peur ! Elle pria pour que les ravisseurs ne lui fassent aucun mal. Si Trace et Becker avaient vu juste, si c'étaient effectivement les Romano qui l'avaient enlevée, ils la garderaient en vie jusqu'à ce que les Salvatore leur remettent le tableau.

Elle s'accrocha à cette hypothèse. Elle refusait d'envisager l'autre possibilité.

7

Par la route, le trajet jusqu'à San Antonio prenait environ deux heures. En avion, il leur fallut deux fois moins de temps. Ils atterrirent sur un petit aérodrome, au nord-ouest de la ville, où les attendait une Suburban noire.

Dès qu'ils furent installés dans le SUV, le chauffeur prit l'Interstate 10 pour les emmener à La Cantera, une galerie marchande huppée des faubourgs de la ville.

— Nous avons exactement une heure pour nous équiper, leur annonça Trace quand le chauffeur entra dans le parking.

— Une heure ? répéta Olivia en secouant la tête. Je ne sais même pas par quoi commencer !

Trace descendit du véhicule et ouvrit sa portière.

— Ma mère a téléphoné pour demander qu'une conseillère mode soit présente. Nous allons t'accompagner jusqu'à la boutique, et elle prendra le relais.

Olivia sembla soulagée.

— Dieu merci, dit-elle. Je n'y connais rien en vêtements.

— Quoi que tu portes, tu es très jolie, lui affirma Becker. Cette robe te va à ravir, par exemple.

— C'est vrai, convint Trace, mais il te faudra plusieurs tenues – et si elles sont signées d'un grand nom, ce sera encore mieux. Il y a aussi une maquilleuse, dans cette boutique. Elle te maquillera aujourd'hui et te montrera si nécessaire comment le faire toi-même.

— C'est de la folie, dit Olivia. Une heure ne suffira jamais.

— Si, objecta Trace. Laisse les professionnels s'occuper de tout.

Ils entrèrent dans la galerie marchande, dont l'architecture et l'aménagement paysager avaient été conçus de façon à ce que les clients aient envie de flâner d'une boutique à l'autre pendant une journée entière.

Trace alla droit vers l'une des boutiques de vêtements féminins haut de gamme et s'arrêta devant la porte.

— Nous y sommes. Nous reviendrons te chercher quand nous en aurons fini.

Becker regrettait de ne pas pouvoir l'accompagner. Elle allait être seule, tandis qu'il serait entouré de ses coéquipiers.

Une femme élégamment vêtue sortit de la boutique et détailla Olivia de la tête aux pieds.

— Êtes-vous mademoiselle Swann ?

— C'est moi, oui.

— Suivez-moi, je vous prie. J'ai cru comprendre que vous n'aviez pas beaucoup de temps. Mme Travis nous a appelés pour nous donner vos mensurations et les styles que vous préfériez. Nous avons préparé des tenues à vous montrer, et notre maquilleuse vous attend.

Becker sourit en voyant la femme entraîner Olivia à l'intérieur de la boutique. Peut-être qu'une heure leur suffirait pour faire tout ce qu'ils avaient à faire, après tout.

— Viens, Beck, dit Trace. Elle est entre de bonnes mains.

Becker avait toujours su que Trace venait d'une famille aisée, mais jamais cela ne lui avait semblé aussi évident que quand il le vit déambuler dans la boutique de vêtements de luxe en choisissant des tenues qui conviendraient à un homme tel que Gunter Kraus, qui possédait plus d'argent que de bon sens.

Les tissus étaient d'excellente qualité, leur contact sur la peau était agréable, mais Becker était horrifié par les prix.

— N'y fais pas attention, dit Trace, comme s'il avait lu dans ses pensées. Vois ce costume comme un outil de travail. La société prendra tous les frais en charge. D'ailleurs, tu es Gunter Kraus, maintenant. Et crois-moi, il n'y réfléchirait pas à deux fois.

Becker releva le menton et se fendit du sourire narquois et supérieur que Gunter Kraus arborait sur toutes les photos qu'il avait vues.

— Voilà ! C'est exactement ce que je voulais dire, dit Trace en souriant. Il aurait cette expression-là.

Kraus était une illustration parfaite de l'adage : « L'argent ne fait pas le bonheur. »

Becker, pour sa part, n'avait pas besoin de vêtements luxueux, de voitures de sport haut de gamme ou de châteaux en Suisse pour être heureux. Il lui suffisait d'un toit, d'amis loyaux, et d'une femme aux goûts simples qui saurait l'apprécier tel qu'il était.

Il choisit un costume, deux chemises, des pantalons décontractés et une veste en cuir, en se demandant comment Olivia s'en sortait. Elle semblait tellement dépassée par les événements qu'elle devait être aussi déboussolée que lui. Pourtant, dans la robe que Lily lui avait prêtée, elle était à couper le souffle. Il avait hâte de retourner auprès d'elle.

Trois quarts d'heure plus tard, Becker avait tout ce qu'il lui fallait – jusqu'aux sous-vêtements, aux chaussettes et aux chaussures. Trace et Irish, qui devaient jouer le rôle des gardes du corps, avaient sélectionné des pantalons, des chemises, des cravates et des vestons de costume noirs.

Pendant que Becker faisait son choix, secondé par les vendeurs, Trace était allé acheter des valises et une housse à vêtements dans une boutique voisine. À mesure que Becker sélectionnait des habits, Trace les emportait jusqu'à la caisse où les employés retiraient les étiquettes, les défroissaient à la vapeur et les rangeaient dans la housse ou dans la valise – à l'exception de ceux qu'ils avaient décidé de garder sur eux.

Ensuite, Trace insista pour acheter une Rolex. Becker eut beau protester, son ami eut gain de cause… et la Rolex alla rejoindre la pile de leurs achats.

Quand ils quittèrent la boutique, ils avaient dépensé plusieurs milliers de dollars.

— Eh bien ! lança Becker, encore sous le choc. Ça fait une belle somme.

— Écoute, dit Trace, ne pense pas à ça. Tu vas t'aventurer dans un environnement hostile. Je veux que toutes les chances soient de ton côté.

Il lui sourit avant d'ajouter :

— Tu es mon ami, mon frère, et tu fais partie de l'équipe. Je veux que notre plan aboutisse.

— Il aboutira, répondit Becker.

Il le fallait. En plus de retrouver Jasmine, il devait prouver à Trace qu'il avait eu raison de l'engager.

Son départ de l'armée avait été l'un des moments les plus difficiles de sa vie. Il avait laissé derrière lui les hommes de son unité, sa famille, ses frères. Heureusement, il savait qu'un travail l'attendait, un travail qui lui permettrait de retrouver quelques-uns des hommes qui avaient combattu à ses côtés, auxquels il avait confié sa vie. Oui, la proposition de Trace avait été un vrai don du ciel, et jamais il ne pourrait assez l'en remercier. Quand l'heure était venue pour lui de quitter tout ce qu'il avait jamais connu pour rejoindre le monde des civils, Trace lui avait lancé une véritable bouée de sauvetage.

Ils quittèrent la boutique de vêtements pour aller rejoindre Olivia. Becker s'apprêtait à poser la main sur la poignée de la porte du magasin quand elle s'ouvrit sur une femme.

Il lui fallut une fraction de seconde avant de la reconnaître. Olivia portait une robe rouge sang, coupée dans un tissu fluide qui épousait étroitement ses seins ronds, la courbe de sa taille fine et le doux renflement de ses hanches. La robe s'arrêtait presque à mi-cuisse, dévoilant ses jambes incroyablement longues et belles, ses chevilles fines et ses pieds chaussés de talons hauts incrustés de strass.

Ses cheveux noirs pendaient librement dans son dos. Une mèche folle, légèrement ondulée, caressait sa joue.

Les couleurs subtiles de son maquillage soulignaient la beauté naturelle de sa peau, tandis qu'un fard à paupières à la teinte audacieuse illuminait son regard.

Elle était belle à tomber – et elle n'avait plus rien de la femme au visage taché de glaise qui avait volé son cœur.

Elle marcha vers lui, d'une démarche aussi souple et ondulante que celle d'un chat qui avance vers sa proie, et s'arrêta à quelques centimètres de lui. Aussitôt, son pouls passa la vitesse supérieure.

— Salut, beau gosse, dit-elle d'une voix basse et riche qui lui enflamma le sang.

Elle s'appuya contre lui et passa un doigt le long de la ligne dure de sa mâchoire.

— Si nous filions d'ici tous les deux pour aller à Big D ?

Comme mues par une volonté propre, ses mains se levèrent pour encercler la taille d'Olivia. Il dut déglutir avec force pour contraindre sa langue à bouger.

— Si tu parles de Dallas, je suis partant, trésor. Passe devant.

Irish partit d'un gros rire.

— Tu devrais voir ta tête, mon vieux. Impayable.

Olivia fronça les sourcils.

— Est-ce que je m'en sors mal ? Je faisais appel à ma vamp intérieure. J'ai répété cette réplique dans ma tête une centaine de fois. Je n'ai pas été assez convaincante ?

— Pas assez convaincante ? répéta Irish dans un petit rire. La langue de Beck a presque touché le sol. Il a beau te connaître, il a été convaincu.

Trace secoua la tête.

— Par contre, mon vieux, tu vas devoir travailler sur ton salaud intérieur. Kraus ne se serait pas gêné pour la peloter. La subtilité n'est pas son fort.

— J'y arriverai. Seulement, je ne m'attendais pas à… ça.

Il détailla Olivia de la tête aux pieds. Tout en elle était parfait, des vêtements aux cheveux en passant par le maquillage.

Il était irrésistiblement attiré par cette femme, mais il désirait encore plus celle qui avait passé la nuit avec lui, cette femme aux cheveux en bataille, qui ne portait ni vêtements de luxe ni chaussures de prix, mais qui lui avait fait l'amour sans retenue. Elle était sexy et passionnée même sans chercher à l'être.

Il resserra son étreinte autour de sa taille.

— Hé, poupée. Si on dînait à Paris, ce soir ?

Elle secoua la tête et promena les doigts sur son torse.

— Cela prendrait trop de temps.

— Et que dirais-tu d'un voyage jusqu'à la Lune et retour ?

Elle esquissa un sourire.

— Enfin une proposition intéressante.

— Laisse-moi un peu de temps, et je le ferai.

Il la tourna vers le parking.

— D'ici là, reste avec moi et tu verras que la vie est une grande aventure.

— J'en ai bien l'intention.

Elle se mit à marcher en accentuant le balancement de ses hanches.

Becker aimait la façon dont elle s'était projetée dans le rôle de Monique Jameson. Peut-être qu'ils pouvaient mener leur entreprise à bien – à condition qu'il se ressaisisse et cesse de baver devant elle.

Olivia aimait marcher ainsi auprès de Becker. Il avait passé un bras autour de sa taille et la serrait contre lui. Et elle avait adoré le moment où elle s'était approchée de lui, comme Monique Jameson aurait pu s'approcher de Gunter Kraus. Pendant une fraction de seconde, il avait semblé abasourdi – mais ensuite, elle n'avait plus lu que du désir dans son regard.

Elle avait fait le bon choix. Si cette robe avait pu distraire Becker à ce point, il était probable que les membres de la mafia penseraient à tout, sauf à leur faire du mal. Et pendant qu'elle retiendrait leur attention, Becker, Trace et Irish pourraient chercher des indices qui leur permettraient de retrouver la trace de Jasmine.

Quand ils furent installés dans le SUV, le chauffeur démarra, sortit du parking et s'engagea sur l'autoroute qui menait jusqu'à San Antonio.

— Est-ce que nous ne partons pas de l'aérodrome où nous avons atterri ? demanda Olivia.

— Non, dit Trace. La piste est un peu trop courte pour un jet.

Olivia s'enfonça dans son siège de cuir et haussa un sourcil.

— Un jet ? Je me souviens pourtant d'avoir vu une hélice, sur notre avion.

Trace lui jeta un regard par-dessus son épaule.

— Nous ne repartons pas avec le même avion. Nous allons à Dallas en jet.

— N'irions-nous pas plus vite en voiture ? demanda-t-elle, perplexe. Il faut un temps fou pour passer les contrôles de sécurité.

— Pas pour les passagers d'un vol privé, répondit Trace. Nous serons à Dallas en quelques minutes. En voiture, il faudrait des heures.

La grimace sur le visage d'Olivia devait avoir éveillé le sens de l'humour de Becker, parce qu'il éclata de rire.

— Qu'est-ce qui te dérange ? demanda-t-il.

Ses lèvres formèrent un sourire narquois.

— En temps normal, je passe mes journées assise seule dans une pièce, devant mon tour de potier. Je ne suis pas sûre d'être taillée pour l'espionnage.

— Moi non plus, répondit Becker. Mais si c'est le seul moyen d'arriver à nos fins, nous le ferons.

— Et nous serons là en renfort, ajouta Trace.

Ensuite, il sortit son téléphone et appela Matt. Comme il écoutait plus qu'il ne parlait, Olivia regretta de ne pas entendre ce que Matt avait à lui dire. Elle ne pouvait qu'espérer qu'il avait déniché des informations supplémentaires qui les aideraient à mener leur plan à bien.

Trace ne raccrocha que quand ils arrivèrent à destination. Au lieu de les déposer devant le terminal principal, où les voyageurs commerciaux se soumettaient aux contrôles de sécurité, le chauffeur les laissa devant la porte réservée aux passagers de vols privés. Quand la voiture se fut éloignée, Trace se tourna vers ses compagnons.

— À partir de cet instant, vous êtes dans vos rôles, dit-il.

Au lieu d'acquiescer comme elle l'aurait fait en temps normal, Olivia rejeta ses cheveux par-dessus son épaule et passa son bras sous celui de Becker, qui haussa un sourcil et toisa son ami et patron.

— Ôte-toi de mon chemin.

Trace esquissa un sourire, mais quand il se retourna pour entrer dans le bâtiment, il avait repris tout son sérieux. Il les précéda jusqu'au guichet, où l'employée demanda ce qu'elle pouvait faire pour eux.

— Je suis avec Gunter Kraus, dit-il. Notre moyen de transport devrait être arrivé.

Becker s'approcha et releva le nez.

— Est-ce que nous pouvons faire vite ? Je ne veux pas être en retard pour mon massage.

Il chaussa une paire de lunettes noires et se tourna vers la porte vitrée qui ouvrait sur le tarmac.

— Oui, monsieur, répondit la femme en se redressant. Votre jet est arrivé il y a cinq minutes. Est-ce que je peux vous proposer une bouteille d'eau pour le voyage ?

Il lui décocha son meilleur sourire méprisant.

— Je préférerais un martini.

Les joues de la femme s'empourprèrent.

— Je suis navrée, monsieur. Nous ne servons pas de cocktails dans le terminal.

— C'est regrettable, dit Becker. Si vous ne pouvez pas m'apporter un martini, pouvez-vous au moins nous laisser embarquer ? Mon équipage saura me satisfaire, lui.

— Bien sûr, répondit la femme en rougissant.

Elle s'empressa d'appuyer sur un bouton, et la porte vitrée coulissa.

— Je vous souhaite une agréable journée, dit-elle.

Becker sortit, Olivia pendue à son bras. Derrière eux, Trace et Irish campaient des gardes du corps plus vrais que nature.

L'avion qui les attendait était quatre fois plus grand que celui qui les avait amenés de Whiskey Gulch. Un homme en pantalon noir et chemise blanche garnie d'épaulettes décoratives descendit l'escalier et se mit au garde-à-vous.

— Bonjour, monsieur Kraus.

Becker passa devant lui sans lui rendre son salut.

— Il me faudra un martini sec, avec deux olives, avant que nous décollions. Monique, sois un amour…, assure-toi qu'il est au shaker, pas à la cuillère.

— Bien sûr, Gunter, mon chéri, répondit Olivia.

Sa voix, basse et sexy, ramenait son esprit à la nuit précédente. Il la revoyait, nue sur le lit, se tortillant sous lui. Le moment était mal choisi pour être excité, mais le danger qui les attendait et le caractère secret de toute l'opération faisaient bondir son désir en même temps que son taux d'adrénaline.

Il monta dans l'avion et posa un regard blasé sur la cabine opulente.

— Ce n'est pas l'un des miens, mais je m'en contenterai.

Trace, Irish et Olivia s'assirent et bouclèrent leurs ceintures tandis que le steward se penchait vers Becker.

— Monsieur, vous devez vous asseoir et attacher votre ceinture.

— Et ce martini ? Pronto !

Il faillit ponctuer son ordre d'un claquement de doigts mais se retint, de peur d'en faire trop.

Le steward courut jusqu'à l'autre bout de la cabine où il ouvrit un placard, qui renfermait un bar entièrement équipé.

Becker se laissa tomber dans le siège à côté d'Olivia et attacha sa ceinture. Le steward lui apporta son verre avant de refermer la porte et d'informer le pilote qu'ils étaient prêts à décoller.

Quelques minutes plus tard, ils s'élevaient au-dessus de San Antonio et viraient au nord, vers Dallas.

En remarquant qu'Olivia regardait fixement le hublot, il prit sa main, la porta à ses lèvres et déposa un baiser sur ses doigts. Elle semblait aussi tendue que lui par l'importance de la petite comédie qu'ils jouaient. Pour atténuer sa nervosité, il prit une gorgée de martini… et découvrit qu'il n'aimait pas le martini, parce qu'il n'aimait pas le gin. Les alcools de luxe n'étaient pas pour lui. Il préférait le whisky et la bière, et de loin.

Il jeta un regard à sa montre. Jasmine avait disparu depuis moins de vingt-quatre heures. Plus tôt ils arriveraient à Dallas, plus tôt ils pourraient partir à la recherche du tableau volé, qui pouvait être la clé qui leur permettrait de retrouver la sœur d'Olivia.

Becker avait pris part à bon nombre de missions dangereuses quand il était membre des forces spéciales, mais jamais il n'aurait pensé devoir en accomplir une dans son propre pays.

Et il se lançait dans cette opération sans arme, accompagné d'une femme sans expérience du combat. Son instinct lui hurlait que l'entreprise pouvait leur coûter la vie, mais il était trop tard pour revenir en arrière. Olivia et lui devaient se frayer un chemin jusqu'au cœur du marché noir où se cédaient les œuvres d'art acquises illégalement. Si les trafiquants avaient le moindre soupçon à leur égard, ils les abattraient sans états d'âme.

Becker étudia le profil d'Olivia. Maintenant, il regrettait d'avoir accepté qu'elle l'accompagne. Il n'était pas vraiment certain de revenir sain et sauf, mais une chose était sûre : il ferait tout pour qu'il ne lui arrive rien.

8

Olivia n'avait jamais aimé l'avion. Quand leur jet atterrit sur un petit aéroport, à la périphérie de Dallas, elle s'agrippa à la main de Becker.

— On dirait que les paparazzis ont eu vent de ton arrivée, Gunter, commenta Trace avec un clin d'œil à l'adresse de Becker.

Le patron des Outriders avait sans doute laissé « fuiter » le lieu et l'heure qui verraient le play-boy et jet-setter Gunter Kraus atterrir à Dallas, à bord d'un avion qui ne lui appartenait pas, parce qu'une meute de journalistes se massait de l'autre côté du grillage qui entourait l'aéroport.

Il prit son téléphone et resta en ligne jusqu'au moment où l'avion s'arrêta devant le petit terminal. Quand il eut remis son téléphone dans sa poche, il se tourna vers Becker.

— Vous êtes invités à une exposition privée à la Madison Gallery, dans le centre de Dallas, à 18 heures. Mais pour le moment, nous allons vous conduire au Ritz-Carlton. Votre suite vous attend.

Le steward alla s'assurer auprès du pilote que tout était en ordre avant de presser le bouton qui commandait la descente de l'escalier. Ensuite, il s'effaça.

— Je vous souhaite un agréable séjour à Dallas.

Becker se leva, tendit la main à Olivia et l'attira vers lui.

— Prête ?

101

— Toujours, quand je suis avec toi.

Elle passa une main sur son torse et sourit. Incarner sa petite amie avait au moins un bon côté : elle pouvait le toucher autant qu'elle le voulait. Monique passait sans doute son temps collée à Gunter.

Ils attendirent que Trace soit sorti de l'avion pour descendre à leur tour. Irish fermait la marche.

Olivia jeta un regard vers les journalistes qui se pressaient contre le grillage pour prendre des photos du faux Gunter Kraus et espéra que le vrai Gunter n'était pas du genre à suivre l'actualité sur Internet. S'il apprenait que quelqu'un se faisait passer pour lui à Dallas alors qu'il était dans les îles grecques, ils seraient rapidement démasqués.

Becker se retourna et lui tendit la main pour l'aider à descendre la dernière marche, avant de l'enlever dans ses bras pour l'embrasser passionnément. Les flashs crépitèrent et les questions fusèrent : Monique était-elle la femme de sa vie ? Un mariage était-il en vue ?

Quand il la reposa sur ses pieds, elle tituba légèrement, le cœur battant la chamade. Bon sang, cet homme savait embrasser… Oui, elle commençait à goûter les avantages que lui procurait le rôle qu'elle jouait.

Ils traversèrent le terminal et se retrouvèrent au milieu d'une meute de journalistes. Malgré la présence de Trace et d'Irish, quelques-uns d'entre eux s'approchèrent suffisamment de Becker pour lui fourrer leur micro sous le nez.

Sans leur dire un seul mot, il leur adressa son meilleur sourire méprisant et continua d'avancer. Il serrait Olivia tout contre lui pour la protéger autant que possible des paparazzis les plus insistants.

Elle aimait ce côté protecteur, mais elle espérait qu'il ne sacrifierait pas sa propre sécurité pour assurer la sienne.

Trace les conduisit jusqu'à une limousine blanche étincelante. Le chauffeur en costume noir les attendait, prêt à leur ouvrir la portière. Olivia monta la première et Becker s'installa à côté d'elle.

Le chauffeur referma la portière, chargea leurs bagages et se mit au volant. Par une pression sur un bouton, il referma la paroi qui le séparait de l'arrière de la limousine. Les vitres teintées les masquaient aux yeux des journalistes, leur donnant une impression d'intimité relative.

Un SUV noir était garé devant la limousine. Le conducteur en descendit, donna les clés à Trace et s'éloigna. Trace s'installa au volant, Irish à ses côtés, et les deux véhicules démarrèrent.

La circulation était tellement dense qu'il leur fallut trente minutes pour atteindre le Ritz-Carlton – trente minutes pendant lesquelles Becker tint Olivia tout contre lui. Elle supposa qu'il ne faisait que jouer son rôle : elle n'était jamais montée dans une limousine et ignorait ce que le chauffeur pouvait voir ou entendre. S'ils voulaient ramener Jasmine à la maison saine et sauve, il ne fallait pas qu'ils soient démasqués.

Elle s'agrippa à la main de Becker comme à une bouée de sauvetage. Même si elle jouait à merveille le rôle de Monique Jameson, elle avait l'impression que l'ennemi découvrirait leur subterfuge – et elle ne voulait surtout pas que leur couverture soit grillée à cause d'elle.

Un groom les attendait devant l'hôtel. Il prit leurs valises dans le coffre pendant que le chauffeur venait leur ouvrir la portière. Trace et Irish les escortèrent dans le hall, où le gérant en personne vint les accueillir avant de les conduire jusqu'à la suite pourvue d'une terrasse.

Dès que le gérant fut parti et que le groom eut apporté leurs bagages, Irish et Trace sortirent un détecteur de mouchards qu'ils passèrent sous les tables, à l'intérieur des abat-jour et derrière les cadres accrochés au mur. Olivia les regarda, abasourdie de les voir passer ainsi la pièce au peigne fin.

Ensuite, Trace entra dans la vaste salle de bains et ouvrit le robinet de la douche avant de faire signe à Irish, Becker et Olivia de le rejoindre. Ils se rapprochèrent les uns des autres pour s'entendre parler.

— Vous devez être extrêmement prudents, dit Trace. Si les gens pensent que Gunter Kraus est susceptible d'acheter le tableau volé, ils le surveilleront de près. Ils n'hésiteront pas à poser des micros dans cette suite.

Olivia frissonna et serra les bras autour de son corps. La pensée qu'on puisse l'espionner lui collait la frousse.

— Si quelqu'un entre dans votre chambre pour quelque raison que ce soit, gardez un œil sur lui. Et assurez-vous qu'il n'y a pas de mouchards chaque fois que vous revenez.

Trace les dévisagea. Ses traits étaient tendus ; son expression, soucieuse.

— Que ce soit dans cette pièce ou dans les rues de Dallas, n'oubliez jamais que vos moindres gestes seront épiés.

Olivia acquiesça. Négocier des objets volés rendrait les acheteurs et les vendeurs paranoïaques. Et à raison.

Trace reprit :

— Les deux familles ne tarderont pas à apprendre dans les médias que Gunter Kraus est arrivé à Dallas, ce qui était le but de toute cette mise en scène. Pour le moment, restez ici et détendez-vous. Et quand vous vous habillerez pour aller à l'exposition, n'oubliez pas que tous les invités seront sur leur trente et un.

— Qu'espérons-nous tirer de cette exposition ? demanda Becker.

— Vincenzo Salvatore fait partie des invités. Il cherchera sans doute un acheteur pour la toile de Wyeth.

— Un acheteur comme Gunter Kraus, dit Olivia.

— Exactement. D'après la rumeur, des collectionneurs du monde entier se sont déplacés jusqu'à Dallas ou y ont envoyé un représentant dans l'espoir d'acquérir cette toile.

Olivia frissonna de nouveau.

— Et tout ce que je veux, moi, c'est retrouver ma sœur.

— J'ai lu dans le journal que Nico serait libéré demain, à moins que les autorités parviennent à fournir la preuve qu'il a tué Eduardo, reprit Trace. Malheureusement, sa maîtresse soutient qu'il a passé toute la nuit avec elle, et le seul témoin du meurtre a disparu.

— Les Romano ne risquent-ils pas s'en prendre à Nico pour venger la mort d'Eduardo ? demanda Olivia.

Trace la regarda.

— Pas si Nico est le seul à savoir où se trouve la toile.

— Ce qui explique pourquoi ils veulent que Jasmine reste en vie, conclut Olivia.

— Si Nico est malin, lui seul sait où elle est, dit Becker. Raison de plus pour que sa famille tienne à ce qu'il soit libéré.

Travis étrécit les yeux.

— Au marché noir, cette toile va valoir un paquet. Les Romano ont peut-être déjà un acheteur. Si ça se trouve, il a versé un acompte, voire l'entièreté de la somme, et il attend qu'on lui remette le tableau. Si les Romano ont réellement l'intention d'échanger Jasmine contre la toile, Nico pourra s'assurer qu'elle ne puisse plus témoigner contre lui.

Olivia frissonna.

— Il y a beaucoup trop d'inconnues dans cette équation, dit-elle. Mais une chose est sûre : les Romano ne peuvent rien faire avant que Nico soit libéré.

Becker posa une main sur son bras.

— Il n'est pas dans leur intérêt de tuer Jasmine. Elle ne peut leur servir de moyen de pression que si elle reste en vie. Pardonne-moi d'être aussi brusque, mais un mort ne peut pas témoigner.

Olivia serra les poings.

— S'il doit y avoir un échange, nous devons y assister.

— À moins que nous trouvions la toile les premiers et que nous procédions nous-mêmes à l'échange, proposa Irish.

— Si Nico est libéré demain, dit Trace, nous le filerons, Irish et moi.

Irish éclata de rire.

— Je le filerai, tu veux dire. Gunter ne se déplace jamais sans garde du corps, et je ne serais pas tranquille si Becker et Olivia restaient seuls, sans le moindre renfort.

Trace esquissa un sourire.

— Tu as raison. Tu fileras Nico.

Il se tapota le menton du bout du doigt et reprit :

— Matt et Levi pourraient nous être utiles ici. Je vais sortir de l'hôtel le temps de passer quelques coups de fil. Ils peuvent être à Dallas demain matin.

— Matt doit continuer à surveiller Internet, remarqua Irish.

— Il peut tout aussi bien le faire d'ici.

Trace inspira profondément et souffla lentement.

— Si Nico est libéré, les événements pourraient se précipiter. Nous aurons besoin de toute l'aide possible.

Olivia ne s'était pas sentie aussi optimiste depuis que le SUV volé était ressorti de son salon dévasté en emmenant sa sœur.

Si quelqu'un pouvait la sauver, c'était les Outriders.

Quelques minutes plus tard, Becker et Olivia étaient seuls dans la suite. Trace était parti passer ses coups de fil et Irish montait la garde devant la porte.

Becker ôta son blazer et s'allongea sur le lit. Il leur restait quelques heures à tuer avant de partir pour l'exposition, et l'armée lui avait appris à profiter de la moindre occasion pour se reposer et refaire le plein d'énergie.

Comme Olivia arpentait la chambre, il tapota le lit et dit :

— Tu vas être épuisée avant même le début de la soirée. Détends-toi un peu.

Olivia partit d'un petit rire.

— Je ne peux pas. Je n'arrête pas de penser à…

Elle se mordit la lèvre pour ne pas prononcer le nom de sa sœur. Son cœur lui faisait mal quand elle imaginait l'angoisse que Jasmine devait vivre. Elle était frustrée de ne rien pouvoir faire alors que sa sœur souffrait.

— Il faut que tu te reposes, dit-il en tapotant de nouveau le lit. Sinon, tu ne profiteras pas de la soirée.

Elle s'arrêta à côté du lit.

— Je sais que tu as raison. Mais c'est difficile.

— En ce cas, essaie d'imaginer que tout va bien. Tu te sentiras mieux. Tiens, fais comme moi…

Il inspira et souffla lentement.

— Respire.

Elle sourit, mais ses yeux étaient graves.

— Je ne peux pas. Depuis que nous sommes partis ce matin, j'ai l'impression que ma poitrine est prise dans un étau.

— Essaie, au moins.

Il prit une profonde inspiration. Olivia posa une main sur sa poitrine et l'imita.

— Maintenant, dit-il, retiens l'air dans tes poumons pendant une seconde et expire lentement.

Sa voix, basse, riche et vibrante, suffit à apaiser les battements effrénés du cœur d'Olivia. Elle expira et sentit qu'elle se détendait un peu.

Quand Becker tapota le lit pour la troisième fois, elle alla s'allonger à côté de lui.

La dernière fois qu'elle avait partagé un lit avec Becker, ils étaient nus et faisaient l'amour, frénétiquement, passionnément. Aujourd'hui, ils étaient allongés côte à côte, entièrement habillés, sans se toucher.

La pensée que quelqu'un puisse poser des micros dans leur chambre à tout moment la rendait paranoïaque. Une seule erreur pouvait suffire à dévoiler leur imposture.

Jamais elle n'avait été bonne menteuse. Elle pouvait jouer la comédie en mémorisant ses répliques, mais elle n'était pas aussi douée pour l'improvisation. Pourtant, puisqu'elle avait tenu à prendre part à la mission visant à sauver sa sœur, elle devait se reprendre. La vie de Jasmine en dépendait, ainsi que celles de Becker et de ses camarades.

Becker prit sa main dans la sienne et la pressa doucement.
— Respire.

Elle obéit et répéta le processus jusqu'à ce qu'il lui vienne plus naturellement. Ses muscles se détendirent, et l'étau qui lui comprimait la poitrine se desserra un peu.

Le silence se prolongea.

À plusieurs reprises, elle ouvrit la bouche pour dire quelque chose mais la referma sans prononcer un seul mot. Elle voulait en apprendre plus sur cet homme – qui il était, ce qu'il voulait de la vie, sa couleur préférée, ce qu'il aimait manger... tout. Mais pour satisfaire sa curiosité, elle devrait attendre qu'ils soient de retour à Whiskey Gulch. D'ici là, ils devaient arracher sa sœur aux griffes des familles mafieuses pour lesquelles elle n'était qu'un pion dans la lutte acharnée qu'ils se livraient pour s'approprier un tableau.

Elle ferma les yeux et continua à respirer lentement, régulièrement, comme le lui avait prescrit Becker.

Quand elle ouvrit de nouveau les yeux, il faisait plus sombre dans la pièce : elle comprit qu'elle s'était endormie. Elle tendit le bras sur le côté, mais le lit était vide.

Son pouls s'emballa, et elle se redressa.
— Je suis là, lança-t-il.

Elle se retourna, écarta les cheveux qui lui retombaient devant le visage et vit sa silhouette qui se détachait devant les baies vitrées qui surplombaient Dallas.

— Est-ce que j'ai dormi longtemps ? demanda-t-elle.
— Une heure et demie.
— Et j'ai raté quelque chose ?

Il gloussa de rire.

— Non, tu n'as rien raté. Il est temps de nous préparer pour l'exposition. Nous pourrons manger un morceau en chemin.

Son estomac gronda à ces mots.

— Bonne idée.

Elle se leva et lissa les plis de sa robe rouge.

— Est-ce que j'ai entendu Trace dire que tous les invités seraient sur leur trente et un ?

— Tu as bien entendu, oui. Ce que tu portes devrait convenir.

Olivia baissa les yeux sur la robe.

— Je l'aime bien, mais puisque l'élégance est de mise pour ce genre d'événement, j'ai une autre tenue en tête. D'après la vendeuse de la boutique de vêtements, la petite robe noire est une valeur sûre.

Elle lui décocha un rapide sourire et ajouta :

— Si tu as besoin de la salle de bains, n'attends pas. Il me faudra peut-être un moment pour me préparer.

— Très bien. Je vais aller me raser avant que tu te barricades à l'intérieur.

Elle éclata de rire.

— Vas-y. Pendant ce temps, je vais attraper mes vêtements et mon maquillage.

Becker sortit un nécessaire de rasage de sa valise et entra dans la salle de bains. Quand elle passa devant la porte, qu'il avait laissée grande ouverte, elle ne put s'empêcher de le regarder. Il était debout face au miroir, torse nu, et enduisait ses joues de mousse à raser.

Cet homme était bien trop attirant pour son bien... Il ne lui fallut qu'un voyage pour rassembler tout ce dont elle aurait besoin, mais sa curiosité la poussa à repasser devant la porte, à plusieurs reprises – sa curiosité, et le désir brûlant qui était né au creux de son ventre et se propageait au reste de son corps.

Elle regarda la pendule en se demandant s'ils avaient le temps de…

Elle secoua énergiquement la tête. Non. Elle devait se conformer à leur plan. Ils auraient tout le temps de faire l'amour une fois qu'elle aurait retrouvé sa sœur – du moins l'espérait-elle.

Becker sortit enfin de la salle de bains, sa chemise jetée sur une épaule, et elle plongea le regard dans ses yeux d'un bleu pur.

— J'ai fini, annonça-t-il. La salle de bains est tout à toi.

Elle fut tentée de passer les doigts sur son torse sculptural, hâlé par le soleil, comme elle l'avait fait la nuit précédente. Tentée ? Elle en mourait d'envie !

Mais quand elle passa à côté de lui, ce fut en prenant soin de ne pas toucher son corps magnifique. Elle était tellement perturbée par le désir qui la ravageait que le moindre contact lui aurait fait perdre la tête. Pour peu que Becker soit consentant, ils rouleraient sur le lit et feraient l'amour. Et, avec sa chance, ce serait le moment que Trace et Irish choisiraient pour revenir dans la chambre.

Ils pourraient dire qu'ils ne faisaient qu'entrer dans la peau de leurs personnages, mais ce serait un mensonge – et ce n'était pas en faisant l'amour qu'ils sauveraient Jasmine.

Elle entra dans la salle de bains, referma la porte et s'y appuya un instant. Se trouver dans la même chambre que Becker était à la fois un pur bonheur et une mise à l'épreuve.

Concentre-toi.

Elle ôta la robe rouge, passa la noire et remonta la fermeture Éclair dans son dos d'une main tremblante.

Ensuite, elle glissa ses pieds dans les talons aiguilles incrustés de strass qu'elle venait d'acheter et alla se planter devant la psyché.

Ouah. Elle n'avait plus rien à voir avec l'artiste qui passait ses journées avec les mains dans la glaise. Elle avait aussi fière allure que n'importe quelle célébrité d'Hollywood ou flambeuse de Dallas. Cette constatation lui donna un regain d'assurance... et elle en avait bien besoin.

L'exposition allait mettre leurs talents de comédiens à l'épreuve. Elle espérait qu'ils n'y rencontreraient aucune des connaissances de Gunter ou Monique, mais elle savait que les gens riches et célèbres avaient tendance à toujours fréquenter les mêmes cercles. Son appréhension grandit.

Ils allaient se trouver dans un lieu public, au milieu d'une foule. Elle espérait que ni les Salvatore ni les Romano ne se livreraient à un acte désespéré.

Si seulement elle avait eu une arme... mais où l'aurait-elle cachée ? Cette robe moulait son buste telle une seconde peau, et la longue fente latérale dévoilait sa jambe jusqu'à mi-cuisse. Non. Même si elle avait eu un couteau, ou un petit pistolet, elle n'aurait su où le dissimuler.

Si les événements se précipitaient, elle ne pourrait compter que sur son charme, son esprit, et l'ancien membre des forces spéciales qui était devenu son protecteur.

9

Becker était assis à l'arrière de la limousine, à côté d'Olivia. S'il avait pensé qu'elle ne pouvait pas être plus belle que dans la robe rouge qu'elle portait plus tôt, il s'était trompé : le fourreau noir qu'elle avait revêtu pour l'exposition moulait étroitement les courbes de son corps souple – elle était tellement désirable qu'il pouvait à peine réfléchir.

Quand la limousine s'arrêta devant la Madison Gallery, un valet en uniforme se précipita pour leur ouvrir la portière. Dès que Becker descendit, il fut accueilli par le crépitement des flashs et les questions lancées par les journalistes massés derrière les cordes de velours qui sécurisaient l'entrée.

— Monsieur Kraus, pourriez-vous répondre à quelques questions ?

— Monsieur Kraus, êtes-vous fiancé à Mlle Jameson ? Avez-vous fixé une date pour le mariage ?

— Gunter, est-il vrai que vous avez viré votre ancienne secrétaire après l'avoir mise enceinte ?

Sans leur prêter la moindre attention, il se tourna vers Olivia et lui tendit la main. Elle y posa la sienne et pivota sur la banquette d'un mouvement souple. La fente de sa robe s'ouvrit, dévoilant une longue jambe fuselée.

Le bas-ventre de Becker se contracta.

Olivia était belle. Qu'elle porte cette robe noire, un jean et un T-shirt ou qu'elle soit entièrement nue, elle était magnifique. Il l'aida à se redresser et l'attira contre lui.

— Est-ce que tu sais combien tu es superbe ?

Elle le gratifia d'un sourire sensuel.

— Tu n'es pas mal non plus.

Alors il l'embrassa, devant les valets et la nuée de journalistes. C'était ce qu'aurait fait Gunter, après tout. Mais en toute franchise, il avait envie de l'embrasser, et il était ravi que toute cette mise en scène lui permette de le faire.

Elle agrippa sa chemise, l'attira tout contre elle et, l'espace d'un instant, il oublia tout : le lieu où il était, le rôle qu'il tenait, jusqu'à l'importance de sa mission. Plus rien n'existait, sinon Olivia et lui.

Ce fut un coup de klaxon qui le ramena sur terre. Leur limousine s'éloignait, cédant la place à une autre.

Un valet ouvrit la portière et une femme en descendit. Elle portait une robe blanche longue et ses cheveux blonds étaient relevés en une coiffure élaborée. Elle s'approcha d'eux et sourit.

— Parfait. Je n'aurai pas à entrer seule… Vous allez bien voir l'exposition, n'est-ce pas ?

— En effet, dit Olivia en lui tendant la main. Je suis Monique. Et voici…

— Gunter Kraus, dit la femme. J'ai vu à la télé que vous étiez arrivés à Dallas.

Elle inclina la tête vers la nuée de journalistes.

— Les paparazzis sont toujours à vos trousses. Comment pouvez-vous le supporter ?

— On s'y fait, répondit Becker avec désinvolture.

Il tendit la main.

— Et vous êtes ?

— Tacey Rogers, amatrice d'art moi aussi. Est-ce que vous voulez bien que j'entre avec vous ? Mon cavalier m'a posé un lapin.

— Joignez-vous à nous, je vous en prie, dit Becker. Plus on est de fous, plus on rit.

Il offrit son bras à la jeune femme, comme Gunter l'aurait sans doute fait. Monique n'était pas la seule femme à être vue en sa compagnie et, d'après les journaux à scandale, il n'était pas du genre à dire non à une aventure d'une nuit.

Tacey prit son bras, leva les yeux vers lui et sourit.

Becker offrit son bras libre à Olivia avec un clin d'œil. Elle le prit en haussant un sourcil, comme pour lui reprocher sa propension à collectionner les femmes – mais Gunter était un homme à femmes. Plus il y en avait autour de lui, plus il était heureux.

Tout le contraire de Becker. Le baiser qu'Olivia et lui avaient échangé n'avait pas été un simulacre. Il aurait aimé qu'ils soient seuls afin de pouvoir en profiter plus longtemps... mais il comptait bien se rattraper plus tard, quand ils seraient de retour au Ritz.

— J'ai bien failli ne pas venir, disait Tacey.

— Vraiment ? demanda Becker. Et pourquoi ?

Elle grimaça.

— Eh bien... à cause de ce meurtre, à la Cavendish Gallery. J'appréhendais un peu de venir. D'ailleurs, je suis étonnée que cette soirée n'ait pas été annulée.

— Pourquoi êtes-vous venue, alors ? demanda Olivia.

— Par curiosité morbide. Je veux voir qui sera présent. Je parie que la plupart des invités sont plus intéressés par la toile volée que par les œuvres qui sont exposées ici.

Elle sourit à Becker.

— Et vous ? Vous n'êtes quand même pas venu jusqu'à Dallas uniquement pour cette exposition.

Becker la gratifia d'un sourire mystérieux.

— Disons que toute cette histoire m'intrigue. D'autant plus que la conservatrice de la Cavendish Gallery a disparu.

Tacey ouvrit de grands yeux.

— Et elle est le seul témoin du meurtre.

Becker sentit Olivia se crisper contre lui.

— Drôle de coïncidence, dit-il. Vous ne trouvez pas ?

Tacey détourna les yeux.

— La famille Salvatore veut que l'opinion publique pense que c'est elle qui a commis ce meurtre avant de disparaître en emportant la toile.

— Et vous, qu'en pensez-vous ? demanda Becker.

— Je pense que c'est Nico qui est le coupable, et qu'il est le seul à savoir où se trouve la toile.

Elle esquissa une moue et reprit :

— S'il est libéré, il cherchera à la vendre avant de se faire prendre en sa possession. Et dire que tout le monde en ignorait l'existence il y a encore quinze jours !

— Cette exposition est d'autant plus intéressante, commenta Becker.

— Oui, répondit Tacey. Voilà pourquoi il fallait que je vienne.

— D'après vous, pourquoi la conservatrice a-t-elle disparu ? demanda Olivia.

La femme pinça les lèvres.

— Qui sait ? À sa place, je n'aurais rien dit. Dénoncer un Salvatore, c'est signer son arrêt de mort.

— Pourquoi ?

La blonde se pencha pour la regarder. Elle semblait étonnée.

— Vous ne savez vraiment pas ?

Olivia battit des paupières, et Becker manqua éclater de rire. Elle feignait l'innocence à s'y méprendre.

— Qu'est-ce que je devrais savoir ?

— Nico est le fils de Vincenzo Salvatore, l'un des hommes les plus riches du pays.

— Et ? lança malicieusement Olivia.

— Et il est assez riche pour acheter n'importe quel jury et faire acquitter son fils. Si d'aventure il échoue, il n'aura aucun mal à trouver un homme de main pour éliminer le témoin.

— On dirait que la conservatrice s'est fourrée dans un sacré guêpier, dit Becker.

— Oui, répondit Tacey à mi-voix. Elle n'était sans doute pas consciente de toutes les ramifications de l'affaire. Mais maintenant, je pense qu'elle l'est.

— Vous semblez en savoir beaucoup sur le milieu de l'art de Dallas, remarqua Becker. Pourquoi le fils de Salvatore aurait-il tué un homme pour avoir un tableau si son père avait les moyens de l'acheter ?

— Eduardo était un imbécile. Il voulait vendre la toile au marché noir et empocher l'argent.

— Avait-il à ce point besoin d'argent ? demanda Olivia.

Tacey partit d'un petit rire.

— Pensez donc ! Son oncle Giovanni est presque aussi riche que Salvatore... ou du moins, il l'était. Peut-être qu'il a tout perdu en Bourse, que ses bateaux se sont échoués, ou que son gestionnaire financier s'est éclipsé en emportant la caisse. Quoi qu'il en soit, le Wyeth était estimé à trois millions, voire plus.

— Pas mal, dit Becker.

— Assez pour tuer, dit Tacey.

Ils étaient maintenant dans le hall de la galerie, parmi les autres invités.

— Si le Wyeth a une telle valeur, on peut légitimement penser que la conservatrice était complice, dit Becker.

Tacey secoua la tête.

— Non. Je pense qu'elle s'est seulement trouvée au mauvais endroit, au mauvais moment. Sa plus grosse erreur a été de faire son devoir et de signaler le meurtre. Et maintenant, les deux familles sont à ses trousses… J'ai presque pitié d'elle.

— Les deux familles ? demanda Olivia. J'aurais cru que seuls les Salvatore auraient intérêt à l'éliminer. Pourquoi les Romano voudraient-ils se débarrasser d'elle ?

Becker savourait la comédie que jouait Olivia : les yeux grands ouverts, parfaitement innocente.

— Bonne question, répondit Tacey. Si vous la leur posiez ?

Elle inclina la tête vers un homme à l'épaisse crinière de cheveux blancs, aux sourcils broussailleux et aux yeux noirs. Quant aux baraqués qui l'entouraient, ils devaient être ses gardes du corps.

— Voici Giovanno Romano.

Toute l'attention de Romano était dirigée vers un autre homme qui se tenait de l'autre côté du hall. Il était plus grand, avait des cheveux argentés et un port de tête altier. Romano le fusillait littéralement du regard.

— Et qui est ce renard gris ? demanda Olivia.

Tacey éclata de rire.

— Le rival de Giovanni, Vincenzo Salvatore. Tout comme lui, il est issu d'une bonne lignée italienne, dont il a hérité le caractère emporté. Je suis étonnée qu'on les ait laissés entrer tous les deux. Heureusement qu'il y a un détecteur de métaux.

Elle leva les yeux vers Becker.

— Gunter, Monique, je vous remercie de m'avoir escortée jusqu'ici. En entrant seule, j'aurais perdu la face.

— La défection de votre cavalier a fait notre bonheur, répondit galamment Becker.

— Monique, reprit Tacey en souriant à Olivia, merci d'avoir partagé Gunter avec moi.

— De rien.

Sur ces mots, la jeune femme les quitta et traversa la pièce pour rejoindre Giovanni Romano. Olivia leva les yeux vers Becker et lui sourit.

— Si tu veux bien m'excuser, il faut que j'aille aux toilettes. Je vais appeler Trace pour demander que Matt se renseigne sur Mlle Tacey Rogers. Elle semble en savoir beaucoup sur les Salvatore et les Romano.

Becker hocha la tête.

— J'allais proposer de le faire moi-même.

— Non. Toi, tu dois rester ici. Tu es le client qui cherche à acquérir un tableau volé, tandis que personne ne remarquera l'absence de Monique Jameson.

— Sauf moi, répliqua Becker. Je n'aime pas te perdre de vue, même pour un instant.

Elle sourit de nouveau et battit des paupières.

— Tout ira bien.

Il la suivit des yeux aussi longtemps qu'il le put, en réfrénant l'instinct qui lui commandait de l'accompagner. Avec les deux parrains de la mafia présents dans cette pièce, tout pouvait arriver – et il voulait que rien n'arrive à Olivia. Si seulement ils avaient pu porter des oreillettes… mais il aurait suffi que la mafia les remarque pour qu'ils soient en danger.

Quand Olivia eut disparu, il reporta son attention sur Tacey, qui discutait avec Giovanni – d'une façon qu'il jugea assez intime. Elle fronçait les sourcils, comme si elle se disputait avec lui. Après quelques instants, elle s'éloigna et Giovanni fit quelques pas vers Vincenzo Salvatore.

Becker se rapprocha dans l'espoir de surprendre la conversation entre les deux rivaux, mais l'affrontement auquel il s'attendait ne se produisit pas : un homme apparut, un micro à la main, et convia les invités à pénétrer dans la galerie. Une foule compacte s'élança vers l'avant, coupant la route de Giovanni.

Salvatore entra dans la galerie par la porte à deux battants et Giovanni se joignit à la foule, suivi de près par ses gardes du corps.

Comme Becker ne voulait pas entrer dans la galerie sans Olivia, il s'attarda dans le hall. Il s'apprêtait à partir à sa recherche quand elle apparut au bout du couloir. D'un léger mouvement de la tête, elle lui indiqua qu'elle avait accompli sa mission.

Il alla à sa rencontre, passa un bras autour de sa taille et l'entraîna dans la galerie. Il était soulagé qu'elle soit de retour à ses côtés, mais quand il pensait qu'ils se trouvaient dans le même bâtiment que les parrains de deux familles mafieuses...

Il préférait de loin l'époque où il combattait les talibans en Afghanistan. Au moins, il était armé et pouvait compter sur l'aide des hommes de son unité. Ici, dans ce que la plupart de gens auraient considéré comme un environnement civilisé, l'ennemi pouvait être n'importe qui. Et que ferait-il si des hommes armés faisaient irruption dans cette pièce et ouvraient le feu ?

Olivia passa moins de temps à admirer les œuvres qui étaient exposées qu'à observer les autres invités. Si c'était ici que l'échange devait avoir lieu, ses acteurs étaient prêts à prendre de gros risques.

Les invités déambulaient d'une salle à l'autre pour admirer les œuvres d'artistes locaux et nationaux. L'une des salles était consacrée à l'impressionnisme, une autre au réalisme, une autre encore à des œuvres utilisant des médiums et des textures inhabituels.

Quand elle entra dans la dernière salle, elle ouvrit de grands yeux : toutes les œuvres exposées appartenaient à la collection Andrew Wyeth. Une bonne partie des invités s'étaient rassemblés dans cette salle pour admirer certaines des œuvres les plus célèbres de l'artiste, sous le regard attentif des vigiles.

Comme le reste des invités, Becker et Olivia contemplèrent les tableaux, émerveillés par leur réalisme. Cet homme avait réellement du talent.

— Maintenant, est-ce que vous comprenez pourquoi quelqu'un peut vouloir l'une de ses toiles ? chuchota une voix féminine.

Elle tourna vivement la tête. Tacey, debout à sa droite, contemplait un portrait de femme dans un champ.

— Toutes ses œuvres vous touchent en plein cœur, reprit-elle. Prenez celle-là, par exemple : on peut presque sentir l'odeur de l'herbe. Et si elle ne vous touche pas, vous ne pouvez que vous demander ce que ressent cette femme.

Elle inspira et souffla lentement avant d'ajouter :

— Je sais qui vous êtes.

Olivia se figea, les yeux toujours rivés à la femme du tableau, et non à celle qui pouvait dénoncer leur imposture. La présence des vigiles ne lui offrait qu'un piètre réconfort.

— Je ne vois pas de quoi vous parlez, dit-elle.

— Vous n'êtes pas Monique Jameson.

— Si, je suis Monique, répliqua Olivia.

Elle avait parlé aussi calmement que possible malgré les battements effrénés de son cœur. Elle était terrifiée à l'idée que leur mission puisse échouer avant qu'ils aient localisé le tableau ou Jasmine.

Tacey lui jeta un rapide regard.

— J'aimerais pouvoir dire que je me moque de qui vous êtes mais il se trouve que je ne m'en moque pas. Et c'est ce qui va nous attirer des ennuis à toutes les deux.

Olivia secoua la tête.

— Je ne comprends pas.

— Vous allez comprendre. Maintenant, taisez-vous et écoutez, sans me regarder. Nous n'avons pas beaucoup de temps avant que les autres commencent à avoir des soupçons.

Elle inclina la tête, comme pour observer le tableau sous un angle différent, et reprit :

— Monique et Gunter sont en croisière dans les îles grecques.

Olivia inspira profondément et s'apprêta à nier, mais la jeune femme poursuivit avant qu'elle en ait eu le temps.

— J'ai téléphoné à Monique ce matin, et je lui ai demandé des nouvelles de Gunter. Vous voyez, je les ai rencontrés la dernière fois qu'ils sont venus à Dallas, pour une exposition. Monique et moi nous sommes découvert un point commun : nous n'accordons aucune importance au prix d'une œuvre. Mais jamais elle ne le dirait à Gunter. Il est obsédé par l'idée de posséder une pièce unique, que personne d'autre que lui ne pourrait acheter. Quoi qu'il en soit, Monique et Gunter étaient à Mykonos ce matin et s'apprêtaient à lever l'ancre pour Santorin. Ne vous inquiétez pas : je pense être la seule ici à le savoir. Mais là n'est pas la question. Quand je vous ai dit que j'étais désolée que la conservatrice ait disparu, j'étais sincère.

Le cœur d'Olivia se mit à battre avec tant de force qu'elle fut certaine que tout le monde pouvait l'entendre. Elle se plaqua une main sur la poitrine, comme pour étouffer le bruit.

— Je voulais seulement vous dire qu'elle est encore en vie, chuchota Tacey. Je l'ai vue, et je lui ai parlé.

Un tel soulagement balaya Olivia qu'elle dut prendre sur elle pour ne pas se tourner vers la jeune femme.

— D'abord, je n'étais pas sûre, mais maintenant je sais...

Tacey s'interrompit et tendit le doigt vers le tableau, comme si elle commentait un détail de l'œuvre.

— Vous êtes sa sœur, Olivia.

— Comment...

— Elle m'a dit que vous aviez les yeux verts et de magnifiques cheveux noirs, coupa Tacey en esquissant un sourire. Monique aussi a les cheveux noirs, mais ses yeux sont gris, et elle est un peu plus grande et plus mince que vous. Avant de se mettre avec Gunter, elle était mannequin. La plupart des gens vous confondraient pourtant facilement.

Mais Olivia se moquait éperdument de Monique. Elle voulait seulement savoir comment retrouver Jasmine.

— Où est-elle ? demanda-t-elle à voix basse.

— La dernière fois que je l'ai vue, elle était dans l'un des entrepôts des Romano.

— Pourquoi la retiennent-ils ?

Un sourire entendu joua sur les lèvres de Tacey.

— J'aurais pensé que la réponse coulait de source. Ils veulent le tableau, comme tous les autres collectionneurs présents ici. J'ai vu la conservatrice hier, dans un entrepôt, près de la gare de triage, au sud de Dallas. Par contre, je ne peux pas garantir qu'elle y soit encore.

— Pourquoi me le dire si vous êtes dans leur camp ?

— Parce que l'idée d'échanger une vie contre un tableau ne me plaît pas, répondit-elle en haussant les épaules. Comme je vous l'ai dit, l'art m'intéresse, mais pas au point de tuer pour une toile, fût-elle un authentique Wyeth.

— L'adresse ?

— Je veux d'abord m'assurer qu'elle est encore là-bas.

— Laissez-moi vous accompagner, supplia Olivia.

— Impossible. Ils comprendraient que je vous ai parlé. D'ailleurs, s'ils l'ont déplacée, ce serait une perte de temps.

— Je veux prendre ce risque.

— Pas moi. Je vous enverrai l'adresse par texto quand je serai sûre qu'elle est encore là-bas.

— Il va vous falloir mon numéro.

— Donnez-le-moi, dit Tacey. J'ai une excellente mémoire.

Olivia lui donna son numéro, qu'elle répéta sans se tromper.

— Comment va-t-elle ? demanda Olivia.
— Chut, dit Tacey. Quelqu'un vient vers nous.

Un homme d'un certain âge à la présence imposante, en habit de soirée noir, s'était arrêté à côté d'elles et étudiait le portait de femme. D'un seul mouvement, Olivia et Tacey passèrent à une autre œuvre – une aquarelle représentant un bord de mer dans différentes nuances de bleu et de vert. Tacey se pencha légèrement vers elle et, à voix basse, dit :

— Tenez bon jusqu'à ce que je vous aie envoyé l'adresse.

Olivia acquiesça.

— Merci.

— Ne me remerciez pas avant de l'avoir éloignée de Giovanni et de sa famille.

— Pourquoi faites-vous ça ? demanda Olivia. N'allez-vous pas vous attirer des ennuis avec les Romano ?

— J'en ai déjà. J'en ai assez de toutes ces tragédies et de toute cette corruption. Je n'aime pas leur façon d'utiliser une innocente pour faire pression sur leurs rivaux. Et ils ne se soucient pas vraiment des leurs non plus. Ils avaient envoyé Eduardo voler cette toile pour tester sa loyauté...

Elle releva le menton, et les plis qui encadraient sa bouche se creusèrent.

— C'était le seul type bien de cette famille. Mais ils ont été moins bouleversés par sa mort que par la disparition du tableau.

Le cœur d'Olivia se serra. Cette femme mettait sa vie en danger pour sauver celle d'une étrangère.

— Vous êtes sûre que vous ne risquez rien ?

— Je m'en sortirai.

Elle se détourna, avisa une femme, à l'autre bout de la pièce, et lui sourit.

— Madame Mortenson ! s'exclama-t-elle. Cela fait une éternité que je ne vous ai pas vue. Comment va votre fils, le médecin ?

Et elle s'éloigna, laissant Olivia seule devant la marine qu'elle regardait sans la voir. La tête lui tournait et son cœur battait la chamade. Ils étaient venus à l'exposition pour découvrir où se trouvait le Wyeth disparu, et voilà que…

Un bras se glissa autour d'elle et l'attira contre une muraille de muscles.

Becker.

Olivia se laissa aller contre lui, puisant de sa force.

— Elle sait, chuchota-t-elle.

10

À l'autre bout de la salle, Becker faisait mine d'admirer un paysage tout en s'efforçant d'écouter une discussion animée entre Salvatore et Romano, mais les deux hommes parlaient trop bas pour qu'il puisse saisir leurs paroles. Quand il s'approcha, ils s'éloignèrent pour poursuivre leur discussion.

Il vit Tacey s'approcher d'Olivia et pensa tout d'abord qu'elles parlaient de l'œuvre devant laquelle elles se trouvaient. Mais quand Olivia se raidit, il comprit que le sujet de leur discussion était autrement important. Dès que Tacey se fut éloignée, il rejoignit Olivia.

Elle était parfaitement maîtresse d'elle-même, mais ses poings serrés et les plis de tension qui creusaient ses joues lui firent comprendre qu'elle ne se contrôlait qu'à grand-peine.

— Elle est au courant ? demanda-t-il.

Olivia hocha la tête et leva les yeux vers lui.

— Et elle sait où est Jasmine.

Il la regarda dans les yeux et se força à sourire. Ils devaient rester dans leurs rôles, même s'ils étaient sur le point d'obtenir l'information qu'ils recherchaient.

— Et où est-elle ?

— Tacey m'enverra l'adresse par texto quand elle se sera assurée qu'ils ne l'ont pas déplacée. Elle l'a vue hier, dans un entrepôt du sud de Dallas, près de la gare de triage.

Becker plissa le front. Devaient-ils faire confiance à cette femme ?

— Pourquoi t'aurait-elle dit ça ?

— Je pense qu'elle était amoureuse d'Eduardo, ou du moins qu'elle tenait à lui. Sa mort lui a fait comprendre qu'elle ne voulait pas avoir affaire aux Romano.

Elle coula un regard vers la porte et ajouta :

— Regarde.

Tacey quittait la salle Wyeth.

— Est-ce que tu veux que nous partions ?

— Seulement si tu en as fini ici. Est-ce que tu t'es fait suffisamment de relations pour t'assurer une invitation à une vente, si elle doit avoir lieu ?

Becker secoua la tête.

— Je n'ai décroché d'audience ni avec Salvatore ni avec Romano.

Elle lui sourit, mais son expression était tendue.

— Nous ne pouvons pas partir avant que tu leur aies parlé.

Elle balaya la foule du regard. Quand elle se figea, Becker se retourna. Salvatore, enfin seul, étudiait la toile devant laquelle Tacey et Olivia se tenaient quelques instants plus tôt.

Olivia prit Becker par le bras et l'entraîna vers lui.

— Il y a une toile que tu dois absolument voir, dit-elle. Je pense que c'est celle que je préfère, pour le moment.

Elle se tourna vers Salvatore pour le prendre à témoin.

— Qu'en pensez-vous ?

L'homme acquiesça.

— Elle est intéressante. Le réalisme de cet artiste me plaît beaucoup.

— J'aurais tellement aimé voir l'œuvre qui a disparu de la Cavendish Gallery, pour savoir si elle me touchait autant que celle-ci… Qu'en était-il pour vous ?

— Je ne peux pas vous le dire, parce que je n'ai jamais eu le plaisir de la voir. Je ne la connais que par la presse et la télévision. Je n'ai pas eu le temps de visiter la Cavendish Gallery avant sa disparition.

Il se fendit d'un mauvais sourire.

— Êtes-vous venus jusqu'à moi pour accuser mon fils d'avoir tué pour voler le Wyeth, vous aussi ?

Olivia ouvrit de grands yeux.

— Bien sûr que non, monsieur Salvatore. Gunter et moi sommes seulement de fervents admirateurs des œuvres d'Andrew Wyeth. Nous aurions aimé voir cette toile avant qu'elle disparaisse.

— Vous n'êtes pas les seuls, dit Salvatore d'un ton cassant.

Son regard se posa sur Becker.

— J'ai cru comprendre que vous aviez une belle collection d'art dans votre château de Suisse.

— En effet, répondit Becker. Et j'ai encore de la place : le château est grand.

Salvatore plissa les yeux et planta son regard dans celui de Becker pendant quelques secondes de plus que nécessaire. Enfin, il hocha la tête, presque imperceptiblement.

— Si vous voulez bien m'excuser…

Quand l'homme eut quitté la salle, Olivia sourit à Becker.

— Et de un. Maintenant, au second. Justement, le voilà.

Giovanni Romano venait effectivement vers eux. Il se planta devant le tableau et fit mine de l'étudier tout en coulant un regard de côté vers Becker.

— J'aime beaucoup cette toile, dit Olivia, suffisamment fort pour que Romano l'entende.

L'homme hocha la tête et se tourna vers Becker.

— Et vous ? demanda-t-il.

— C'est l'une de mes préférées, convint Becker. Mais après tout, le modèle est magnifique, et j'aime les jolies femmes.

Romano reposa les yeux sur Olivia.

— C'est ce que je constate. J'ai lu que vous visitiez les îles grecques, ces derniers temps.

La bouche de Becker se tordit en un sourire rusé.

— C'était le cas, jusqu'à ce que j'aie vent d'une occasion d'ajouter un Wyeth à ma collection. Cela valait la peine d'interrompre brusquement mes vacances.

— Et vous, demanda Romano en se tournant vers Olivia, qu'en avez-vous pensé ? Cela valait-il la peine d'interrompre votre croisière dans les îles ?

Olivia gratifia l'homme d'une moue charmante.

— J'ai été un peu déçue, je le reconnais. Mais nous pourrons retourner dans les îles grecques n'importe quand, alors que l'occasion de posséder un Andrew Wyeth ne se présente qu'une fois dans une vie. Donc oui, j'ai pensé que cela valait la peine de rentrer, moi aussi.

Elle soupira.

— J'ai été tellement déçue d'apprendre que le tableau avait été volé... J'espère qu'il sera bientôt retrouvé.

Elle posa sa main sur le bras de Becker.

— Gunter serait terriblement déçu de ne pas l'avoir. Il a trouvé l'endroit parfait pour l'accrocher dans son château.

Romano inclina la tête vers les autres invités et commenta :

— Beaucoup de gens aimeraient savoir où il se trouve.

Becker étrécit les yeux et releva le menton.

— Mais moi, je le veux. L'argent n'est pas un problème.

— L'argent finit toujours par être un problème, répliqua sèchement Romano.

— Pas pour moi. Je suis prêt à payer ce qu'il faudra pour l'avoir.

Romano hocha la tête sans répondre et Becker prit le coude d'Olivia.

— Est-ce que tu en as assez vu ? demanda-t-il.

— Je n'ai pas vu la peinture du vieil homme à la fenêtre, répondit-elle d'un ton légèrement plaintif.

— Monique, ma chérie, nous devons partir tout de suite. Sinon, nous n'arriverons jamais à l'heure au restaurant.

Olivia acquiesça et le gratifia d'un sourire un peu crispé.

— En ce cas, allons-y.

— Si vous voulez bien nous excuser…, dit Becker en se tournant vers Romano. J'ai promis à ma cavalière de la nourrir.

Romano inclina légèrement la tête.

— Profitez bien de votre dîner.

Ils ressortirent de la salle Wyeth. Quand ils traversèrent la salle suivante, Becker vit Salvatore en grande conversation avec un homme au torse puissant, vêtu d'un smoking noir. Les deux hommes se retournèrent et les suivirent des yeux. Olivia leur jeta un regard par-dessus son épaule et les gratifia d'un sourire enjoué et d'un signe de la main.

Becker manqua éclater de rire. Il était abasourdi de voir qu'Olivia pouvait encore jouer son rôle à la perfection, même alors que ses nerfs devaient être tendus à l'extrême.

Trace et Irish les rejoignirent dès qu'ils sortirent de la galerie. Quelques instants plus tard, la limousine blanche et le SUV noir s'arrêtaient devant eux.

Le trajet qui les ramena au Ritz se fit en silence. Les yeux d'Olivia étaient rivés à son téléphone, qu'elle tenait à la main.

En sentant la tension qui l'habitait, Becker prit sa main libre dans la sienne et l'y retint jusqu'à ce que la limousine s'arrête devant le Ritz-Carlton. Dès qu'ils en furent descendus, la voiture s'éloigna et le SUV noir prit sa place.

— Montez, dit Trace.

Tous deux s'installèrent sur la banquette arrière.

— Comment était l'exposition ? demanda Trace.

— Intéressante, répondit Becker.

— Vous nous raconterez tout plus tard, dit Trace en lui lançant un regard entendu dans le rétroviseur.

Becker hocha la tête. Ils ne parleraient pas de la soirée avant d'être descendus du véhicule.

— Est-ce que vous avez faim ? demanda Trace.

— Je meurs de faim, répondit Irish en se frottant le ventre avec un sourire. Quand on attend pendant des heures, on finit par penser à manger.

— Tu penses toujours à manger, rétorqua Trace avec un petit rire. Je ne comprends pas comment tu arrives à rester aussi mince.

— J'ai un métabolisme rapide, répondit Irish.

Trace regarda de nouveau dans le rétroviseur.

— Que diriez-vous d'un steak ?

— Je suis pour, répondit Becker. Et toi, Olivia ?

Elle hocha la tête, mais son regard était toujours rivé à son téléphone portable, comme s'il s'agissait d'une ligne de vie qui la reliait à sa sœur. Et en un sens, c'était le cas.

Ils trouvèrent un restaurant à quelques rues de l'hôtel. Quand ils furent tous descendus du SUV, Trace dit :

— Mettez-nous au jus. J'ai préféré que nous ne parlions pas dans la voiture, au cas où quelqu'un y aurait posé un micro pendant qu'elle était au garage.

— Nous avons eu une conversation intéressante avec Tacey Rogers, dit Becker.

— C'est ce que j'ai pensé quand Olivia nous a envoyé son nom par texto. J'ai demandé à Matt de faire quelques recherches sur cette dame, et il m'a rappelé assez rapidement.

Olivia leva les yeux de son téléphone.

— Qu'a-t-il trouvé ?

— Elle sortait avec Eduardo Romano. Ils ont rompu il y a deux mois, mais ils sont restés amis.

— Apparemment, elle est toujours en bons termes avec la famille Romano malgré la rupture, dit Olivia. Après une courte conversation avec Becker et moi, elle s'est éloignée pour discuter avec Giovanni Romano. Ensuite, elle a attendu que je sois seule pour revenir vers moi et me dire qu'elle savait qui j'étais.

Trace posa vivement les yeux sur Olivia.

— Est-ce qu'elle vous a dénoncés ?

— Non. Elle voulait me dire qu'elle avait vu Jasmine.

— Est-ce qu'elle t'a dit où elle était ? demanda Trace.

— Non. Elle doit me contacter quand elle se sera assurée que Jasmine est toujours au même endroit.

— Tu es consciente du danger qu'elle court, remarqua Irish, l'air soucieux. Les Romano n'hésitent pas à éliminer ceux qui trahissent la famille.

Olivia acquiesça.

— Elle le sait sans doute, mais elle n'a pas hésité un instant. Elle n'aime pas la façon dont les Romano se servent de Jasmine pour faire pression sur les Salvatore.

— Est-ce que ton téléphone est chargé au maximum ?

— Oui, répondit Olivia. Mais cette attente me tue.

Trace tendit le bras vers le restaurant.

— Allons manger. Ça nous aidera à passer le temps et ça te changera les idées. D'ailleurs, il faut que tu reprennes des forces.

— C'est vrai, dit Irish. Quand ce texto arrivera, il faudra que nous partions immédiatement.

— Et pendant que nous attendrons notre commande, vous pourrez nous parler des autres personnes que vous avez rencontrées à l'exposition.

Olivia garda les yeux rivés à son téléphone pendant tout le dîner, comme pour l'exhorter à sonner. Elle toucha à peine le filet que Becker avait commandé pour elle.

Après un compte rendu détaillé des événements de la soirée, Becker demanda :

— Est-ce que Matt a entendu parler d'une vente aux enchères sur le dark web ?

Trace secoua la tête.

— Non. Il a parcouru quelques forums réservés aux amateurs d'art, où l'on parle à demi-mot de la toile volée. Beaucoup de personnes supposent que l'œuvre est déjà dans les mains de son nouveau propriétaire.

Il prit une bouchée de steak, et Irish enchaîna :

— Nico n'a été arrêté que le lendemain du vol. Il a eu tout le temps de remettre la toile à son acheteur.

— Ou de la planquer jusqu'à ce que les autorités aient fini d'analyser la scène de crime et d'autopsier le corps d'Eduardo, suggéra Becker. D'ailleurs, je suis étonné qu'il ne l'ait pas fait disparaître.

— Peut-être parce qu'il ignorait que ma sœur avait été témoin du meurtre, dit Olivia. Il a sans doute jugé plus important de se forger un alibi au cas où la police le soupçonnerait.

— En tout cas, où que soit la toile, nous sommes maintenant certains que ce sont bien les Romano qui retiennent la sœur d'Olivia, dit Becker.

— La dernière fois que Tacey l'a vue, elle était détenue dans un entrepôt au sud de Dallas, près de la gare de triage, ajouta Olivia. Et elle était en vie.

— S'ils la gardent en vie, c'est pour une bonne raison, remarqua Irish.

— Parce qu'ils savent que les Salvatore ont la toile, répondit Becker. Ils utiliseront la sœur d'Olivia comme monnaie d'échange pour l'obtenir.

Trace intervint.

— La question est de savoir si les Salvatore tiennent autant à un échange que les Romano. Accepteront-ils de renoncer à leur butin pour que Nico échappe à la prison ?

— Peut-être qu'ils n'auront pas le choix, remarqua Becker. Si Nico est le seul à savoir où est le tableau, ils devront attendre sa libération pour mettre la main dessus.

— En ce cas, les Romano ne pourront négocier qu'avec lui – à condition que Jasmine reste en vie. Ils savent que Nico risque de tout perdre si elle refait surface et témoigne contre lui. Elle est leur seul moyen de pression. Il n'est pas dans leur intérêt de la tuer.

Trace acquiesça et compléta :

— Nico acceptera sans doute l'échange pour ne pas passer le restant de ses jours derrière les barreaux. Maintenant, est-ce que sa famille sera d'accord ? Rien n'est moins sûr.

Quand ils eurent fini de dîner, Becker vit que la tension commençait à avoir raison d'Olivia.

— Retournons au Ritz.

— D'accord, dit Trace, mais n'oubliez pas que vous ne pouvez pas parler dans la chambre, même si vous vous assurez qu'il n'y a aucun micro. Ce n'est pas en respectant la loi et la morale que la mafia italienne a fait fortune. Si vous avez quelque chose à nous dire, envoyez-nous un texto et nous nous retrouverons dans le hall.

Il régla l'addition et se leva. Becker l'imita et tendit la main à Olivia. Elle s'agrippait toujours à son téléphone et ses joues étaient creusées.

Il souffrait de la voir aussi anxieuse, mais il ne pouvait rien faire pour atténuer sa douleur, sinon rester à ses côtés et agir dès qu'elle recevrait le texto.

Trace s'installa au volant, Irish à côté de lui, Becker et Olivia à l'arrière. Quand ils arrivèrent au Ritz, Trace hésita un instant avant de tendre les clés au voiturier.

— Pouvez-vous garer la voiture aussi près que possible ? demanda-t-il. Il est possible que nous devions partir en hâte.

Le voiturier prit les dispositions nécessaires pour que le SUV passe la nuit garé au bout de la zone d'arrêt-minute, et non dans le garage. Olivia, les yeux rivés au SUV, dit :

— J'ai l'impression que nous devrions partir pour la gare de triage et attendre le message là-bas.

— Et s'ils ont déplacé Jasmine ? demanda Becker. S'ils l'ont emmenée au nord de la ville, par exemple ?

— Tu as raison. Nous devrions traverser la ville, et cela nous ferait perdre encore plus de temps.

Elle soupira et reprit :

— Je sais. Je dois être patiente. Mais c'est difficile.

Becker passa un bras autour de sa taille.

— Nous passerons à l'action dès que tu recevras le message, promit Trace. D'ici là, Irish va vous raccompagner à votre chambre. Tu veux bien, Irish ?

— Oui, chef, répondit Irish en saluant.

Il se tourna vers Becker et Olivia.

— Est-ce que vous voulez monter directement dans votre chambre, ou faire un arrêt au bar pour prendre un verre ?

Olivia secoua la tête.

— Je ne dirais pas non à un verre, mais il faut que je garde les idées claires. En plus, dans notre chambre, je pourrai contempler mon téléphone sans qu'on me regarde comme une bête curieuse.

— Je comprends, dit Irish. J'aurais bien bu une bière, mais je m'en passerai.

Trace se tourna vers Becker.

— Je vais recontacter Matt. J'ai envoyé un avion les chercher, Levi et lui. Quelque chose me dit que nous allons bientôt avoir besoin d'eux, surtout si nous nous retrouvons pris dans une guerre entre les Romano et les Salvatore.

Irish escorta Becker et Olivia jusqu'à leur chambre, où il entra pour les aider à inspecter la pièce. Quand ils furent à peu près certains qu'aucun mouchard n'avait été posé, il ouvrit la porte pour reprendre son poste, dans le couloir.

— Merci, vieux, dit Becker.

Irish lui adressa un clin d'œil.

— De rien. J'assure tes arrières.

Quand Irish eut refermé la porte derrière lui, Becker se retourna. Olivia n'était ni dans le salon, ni dans la chambre. Par contre, la porte de la salle de bains était fermée.

Elle en sortit quelques minutes plus tard. Elle avait passé un pantalon noir, un chemisier blanc et des chaussures plates, et s'était fait une queue-de-cheval.

— Je préférerais être en jean et en T-shirt, mais ces habits feront l'affaire, dit-elle. Tu devrais peut-être te changer tout de suite, toi aussi. Dès que je recevrai ce texto, il faudra que nous partions.

Il alla jusqu'à elle et la prit dans ses bras.

— Ce que j'aime chez toi, c'est que tu gardes la tête froide alors que tu es folle d'inquiétude.

Il l'embrassa sur le front et ajouta :

— J'en ai pour une minute.

Il prit un pantalon, un polo noir et un blouson en cuir avant de disparaître dans la salle de bains. Il en ressortit moins de cinq minutes plus tard, au moment où le portable d'Olivia tintait, annonçant la réception d'un texto. Il courut aussitôt jusqu'au salon. Olivia regardait fixement son téléphone, les yeux écarquillés, le visage blême.

— Est-ce que c'est elle ? demanda-t-il.

Elle acquiesça.

— Elle envoie des coordonnées GPS.

Sans attendre sa réponse, elle s'élança vers la porte. Becker lui emboîta le pas.

Quand ils déboulèrent dans le couloir, Irish demanda :

— Vous avez reçu le message ?

— Oui.

Olivia courut jusqu'à l'ascenseur, pressa le bouton d'appel et se mit à faire les cent pas.

Dès qu'ils furent dans l'ascenseur, Irish envoya un texto à Trace. Quand les portes s'ouvrirent, Becker vit que le SUV les attendait.

Olivia tendit son portable à Irish, qui lança l'application GPS. Quelques minutes plus tard, le SUV fonçait vers le sud de la ville et la gare de triage.

Becker pria pour qu'ils retrouvent la sœur d'Olivia saine et sauve – et pour que Tacey ne leur ait pas tendu un piège.

11

Perchée sur le bord de la banquette arrière, Olivia regardait l'écran de son portable par-dessus l'épaule d'Irish. Ils roulaient depuis dix minutes et, d'après l'application, ils étaient seulement à mi-chemin.

Becker posa une main sur son dos, sans rien dire, mais sa présence suffisait à la réconforter, en partie du moins. Elle ne serait pleinement rassurée que quand ils auraient retrouvé sa sœur saine et sauve et l'auraient emmenée loin des Romano.

Trace jeta un coup d'œil dans le rétroviseur.

— Il y a un Glock 9 mm sous ton siège, dit-il à Becker.

Becker attrapa la mallette et en sortit le pistolet, qu'il glissa dans la poche de son blouson après s'être assuré que le magasin était plein.

Au lieu d'ajouter à sa nervosité, la vue de cette arme apporta à Olivia un surcroît de réconfort. Pour libérer Jasmine, ils devraient peut-être se battre contre les Romano – qui seraient armés, et dangereux.

Un frisson courut sur sa peau.

— Olivia ? Quand nous serons sur place, il vaudrait mieux que tu restes dans la voiture.

Mais Trace n'avait pas terminé sa phrase qu'elle secouait déjà la tête.

— C'est ma sœur.

— Si tu entres, nous devrons veiller sur toi en plus de la rechercher, ce qui nous mettra tous en danger, dit Becker. Et d'ailleurs, il faut que quelqu'un reste à l'extérieur pour monter la garde au cas où les hommes de Romano se montreraient.

Elle se mordilla la lèvre inférieure.

— Je ne veux surtout pas que l'un d'entre vous soit blessé. Mais je ne veux pas non plus rester sur la touche.

— Je sais que c'est difficile, répondit Trace, mais il faut que tu restes dehors pour nous alerter si nous fonçons droit dans un traquenard.

— Nous avons un autre pistolet, remarqua Irish. Est-ce que tu t'es déjà servie d'une arme à feu ?

Elle acquiesça.

— Après la mort de mes parents, j'ai acheté un pistolet HK 40. Je me suis entraînée jusqu'à devenir assez bonne tireuse, et je vais au pas de tir tous les deux mois pour ne pas perdre la main.

Becker sourit.

— Eh bien. Il ne se passe pas une minute sans que j'apprenne quelque chose de nouveau à ton sujet.

— L'autre pistolet est à l'arrière, dans le sac, dit Irish. Il est un peu plus gros que le tien, mais il est facile à prendre en main.

Becker attrapa le sac qu'il posa sur la banquette, entre Olivia et lui. Il en sortit une autre mallette, plusieurs boîtes de munitions et un gilet pare-balles, qu'il lui tendit.

— Enfile ça.

— Ce serait plutôt à vous trois d'en porter, objecta-t-elle.

— Peut-être, mais nous n'en avons qu'un, dit Trace, et nous préférerions tous que ce soit toi qui le portes.

Elle fronça les sourcils, mais obéit. Quand elle eut fini de boucler les sangles, Becker lui tendit le pistolet, puis le magasin.

— Familiarise-toi avec, dit-il. Quand tu te sentiras en confiance, tu pourras le charger.

Elle prit l'arme dans sa main, la soupesa et s'assura qu'aucune balle n'était engagée dans la chambre. Heureusement, ce pistolet ressemblait beaucoup au sien. Elle inséra le chargeur dans la crosse, mais sans charger de balle. Elle ne le ferait que si la situation l'exigeait.

— Plus que trois kilomètres, annonça Irish.

Trace sortit de la nationale, traversa un quartier plutôt miteux et s'engagea dans une allée, entre deux entreprises.

— Nous allons nous garer ici, dit-il. Si nous approchons, leurs sentinelles risquent de repérer le SUV.

Olivia secoua la tête.

— Si tu te gares ici, il est hors de question que je reste dans la voiture. Je veux voir ce qui se passe.

— Tu seras plus en sécurité ici, argua Becker.

Olivia sentit la colère la gagner.

— Mais pas vous trois, répliqua-t-elle, les sourcils froncés. Même si je n'entre pas dans l'entrepôt avec vous, je veux être assez près pour vous couvrir.

Trace jeta un regard vers Becker.

— Elle sera à découvert. Si quelqu'un la prend à revers ?

— Je resterai dans l'ombre, contre un mur, dit-elle.

Sa colère redoubla en entendant les hommes parler comme si elle n'était pas là, ou qu'elle n'avait pas son mot à dire.

— Écoutez…, plaida-t-elle. Puisque je suis ici, laissez-moi vous aider. Je n'ai pas été formée pour nettoyer un bâtiment, contrairement à vous trois, mais je sais me servir d'un pistolet. Je n'approcherai pas de l'entrepôt, mais je veux pouvoir le surveiller pour vous prévenir si quelqu'un arrive.

— Elle a raison, dit Becker. Je n'aime pas ça, mais elle a raison.

Il planta le regard dans le sien.

— Mais je veux que tu me promettes de ne pas nous suivre. Nous pourrions te tirer dessus par erreur.

— Je te le promets, répondit-elle en hochant vigoureusement la tête.

— Bien, décréta Trace. Nous avons perdu assez de temps. Allons-y.

Dès qu'ils ouvrirent les portières du SUV, Olivia sentit une légère odeur de fumée. Quand ils sortirent de l'allée et débouchèrent sur la rue, elle leva les yeux et distingua une lueur, à quelques rues de là. Des volutes de fumée s'élevaient dans le ciel nocturne, formant des nuages sur lesquels se reflétaient les lumières de la ville.

Irish consulta la carte et releva les yeux.

— Les gens, c'est là que nous allons.

Le cœur d'Olivia cessa de battre pendant un instant. Ensuite elle s'élança, les yeux emplis de larmes. Il fallait qu'elle atteigne l'entrepôt. Sa sœur était à l'intérieur, probablement ligotée à un pilier, sans doute folle de peur.

Elle passa le coin d'un bâtiment en brique et s'arrêta net en voyant un entrepôt englouti par les flammes.

Le hurlement des sirènes s'éleva dans la nuit. Un camion de pompiers apparut, suivi par une ambulance, et s'arrêta devant le bâtiment. Des pompiers descendirent d'un bond, déroulèrent la lance à incendie et la branchèrent sur une borne. L'un d'eux ouvrit la valve, libérant un puissant jet d'eau à l'autre bout de la lance.

Les autres pompiers enfilèrent leurs appareils respiratoires et leurs casques et coururent vers le bâtiment en flammes. Le cœur battant la chamade, Olivia s'élança vers eux, mais Becker la rattrapa avant qu'elle ait pu les atteindre.

— Lâche-moi ! hurla-t-elle. Jasmine est là-dedans. Nous devons la sortir de là.

Mais elle eut beau se débattre, il la maintenait fermement.

— S'il te plaît. Oh ! s'il te plaît ! Elle est la seule famille qui me reste.

— Je sais, ma chérie. Et je veux qu'elle sorte de là moi aussi, répondit-il d'une voix mal assurée. Mais tu dois laisser les pompiers faire leur travail. Ils ont été formés pour affronter ce type de situation. Si quelqu'un est piégé dans cet entrepôt, ils l'en sortiront.

Olivia savait qu'il avait raison. Le cœur dans la gorge, elle recula pour ne pas gêner les secours, alors même que tout son être voulait se ruer dans le bâtiment pour en sortir Jasmine.

Becker la retenait toujours par le bras. Ses doigts s'enfonçaient si profondément dans sa chair qu'ils y laisseraient sans doute une ecchymose.

Trace approcha du capitaine des pompiers, mais elle ne put entendre ce que se disaient les deux hommes. Dès qu'ils eurent fini de parler, le capitaine se détourna et dit quelques mots dans sa radio.

À l'avant du bâtiment, un homme équipé de bouteilles d'oxygène et d'un masque enfonça la porte d'un coup de pied, libérant un nuage de fumée. Quand la fumée se fut un peu dissipée, il disparut à l'intérieur.

Pendant quelques minutes, qui furent les plus longues de sa vie, Olivia retint son souffle et pria, les yeux rivés à la porte. Becker la prit dans ses bras. Il chuchotait, encore et encore :

— Ça va aller. Ça va aller.

Trace et Irish se tenaient de part et d'autre d'eux, comme pour lui témoigner leur solidarité et lui promettre qu'ils resteraient à ses côtés, quoi qu'il advienne.

Elle ressentit une bouffée de gratitude. Elle n'était pas seule. Les Outriders étaient là et, surtout, Becker la serrait contre lui. Aussi longtemps qu'il serait à ses côtés, elle se sentirait de taille à presque tout affronter.

Plus longtemps le pompier restait à l'intérieur, plus son estomac se retournait et plus sa respiration devenait laborieuse. Sa poitrine lui faisait tellement mal qu'elle pensa qu'elle allait avoir une crise cardiaque.

— Respire, ma chérie, chuchota Becker à son oreille. Respire.

Il prononçait ces paroles presque comme s'il avait besoin de les entendre lui-même.

Elle inspira, expira et recommença. À la troisième inspiration, elle lâcha un cri étouffé.

Une silhouette était apparue à la porte.

Quand le pompier passa le seuil, Olivia vit qu'il traînait quelqu'un par les bras. Une femme, aux cheveux blonds.

Elle plaqua ses mains sur ses joues, traversée par une angoisse atroce.

— Oh ! mon Dieu, je vous en supplie…

Elle voulut s'élancer vers le pompier, mais Becker la retint.

— Lâche-moi.

— Tu ne ferais que les gêner. Laisse-les s'occuper d'elle.

Les secouristes accoururent et s'affairèrent autour de la victime.

— Non, non, non ! hurla-t-elle, les joues baignées de larmes. Jasmine !

La femme fut installée sur un brancard que les secouristes poussèrent vers l'ambulance. Ils lui posèrent une perfusion et un masque à oxygène sur le visage.

Le capitaine des pompiers s'entretint avec l'équipe médicale pendant quelques instants avant de se diriger vers Olivia et les Outriders.

— Pouvez-vous l'identifier ?

Olivia hocha la tête. Sa gorge était tellement nouée qu'elle parvenait à peine à respirer. Elle parvint à dire :

— Laissez-moi la voir. S'il vous plaît. Je la connais.

— Venez avec moi. Elle va être transférée à l'hôpital. Si vous êtes un membre de la famille, vous devrez suivre l'ambulance.

Olivia et Becker suivirent le pompier. Ils atteignirent l'ambulance alors que les secours s'apprêtaient à y charger la victime.

Les doigts posés sur les lèvres, Olivia demanda :

— Est-ce qu'elle est...

— En vie ? demanda un secouriste avec un sourire forcé. Oui. Mais elle est loin d'être tirée d'affaire. Elle semble avoir reçu un coup à la tête, et elle a inhalé beaucoup de fumée.

Olivia écarta les cheveux blonds qui dissimulaient le visage de la femme. Le masque à oxygène cachait ses traits, mais... quelque chose n'allait pas.

Elle remarqua alors que la victime portait une robe qui, malgré les taches de suie, était indiscutablement blanche.

Elle ouvrit de grands yeux et se tourna vers Becker.

— Ce n'est pas Jasmine.

Becker la regarda, perplexe.

— En ce cas, qui est-ce ?

Soudain, Olivia reconnut la femme.

— Oh ! mon Dieu, souffla-t-elle. C'est Tacey Rogers.

Quand l'ambulance qui emportait Tacey Rogers se fut éloignée, Olivia se tourna vers le bâtiment en flammes. Becker la regarda, le cœur brisé pour elle.

— C'est impossible, dit-elle en secouant la tête. Dieu du ciel... Elle est toujours là-dedans.

Avant qu'il ait pu l'en empêcher, elle s'élança vers le pompier qui avait sorti la victime de l'entrepôt.

— Vous ne pouvez pas arrêter maintenant ! cria-t-elle. Ma sœur était dans ce bâtiment.

Il secoua la tête et finit d'ôter son appareil respiratoire.

— Je n'ai trouvé qu'une victime, dit-il. Voyez avec mon collègue.

Il inclina la tête vers un autre pompier, qui retirait un équipement semblable. Olivia courut vers lui.

— S'il vous plaît, supplia-t-elle. Y avait-il quelqu'un d'autre dans cet entrepôt ?

— Non, répondit l'homme. J'ai inspecté toutes les pièces sans rien trouver, sinon quelques vieilles palettes en bois.

Il la contourna pour jeter son équipement sur le camion. Soudain, les jambes d'Olivia la trahirent. Elle s'effondra, mais Becker était là pour la retenir. Il l'attira contre lui et la serra dans ses bras jusqu'à ce qu'elle cesse de trembler.

— Ils ont essayé de la tuer.

— Ce n'était pas Jasmine, dit-il.

— Mais Tacey voulait sauver Jasmine. Ils s'en sont aperçus et le lui ont fait payer.

— Je vais demander à la police de la mettre sous protection, dit Trace, qui les avait rejoints.

Il se dirigea vers un agent qui discutait avec le capitaine des pompiers. Déjà, les flammes étaient moins hautes : le feu semblait être sous contrôle.

Trace revint vers eux quelques minutes plus tard.

— Jusqu'ici, la police traite cette affaire comme une tentative d'homicide doublée d'un incendie volontaire. Mlle Rogers sera sous protection pendant la durée de son séjour à l'hôpital.

— Jasmine était ici, dit Olivia d'une voix étranglée par les sanglots.

— Oui, mais elle n'y est plus, dit Becker.

— Autrement dit, les Romano comptent toujours l'échanger contre ce tableau, commenta Trace. Matt m'a rappelé par texto que Nico Salvatore serait libéré demain si aucune preuve contre lui n'était présentée d'ici là.

— Il ira chercher le tableau.

— Et s'il refuse l'échange… les Romano tueront Jasmine.

Olivia pressa son poing contre sa bouche.

— Nous l'en empêcherons, dit Trace.

— Et comment ? demanda Olivia. Nous ne savons pas où elle est ! Nous devons récupérer le tableau avant Nico. C'est notre seule chance de négocier avec les Romano.

— Retournons au Ritz, dit Trace. L'avion de Matt et Levi va bientôt atterrir. Ils nous y rejoindront dans une heure.

Olivia jeta un dernier regard au brasier et sentit le bras de Becker se resserrer autour de sa taille.

— Elle n'était pas dedans, lui rappela-t-il.

Elle leva vers lui des yeux hantés.

— Mais tu as vu ce que les Romano ont fait à Tacey. Tu sais de quoi ils sont capables.

— Ne dis pas ça, dit-il en l'embrassant sur le front. Tu dois rester positive. Pour Jasmine.

Elle hocha la tête. Son front était plissé par l'inquiétude.

— Nous devons faire quelque chose. Plus question d'attendre que les Salvatore ou les Romano passent à l'action.

Irish et Trace regagnaient déjà le SUV. Sans la relâcher, Becker leur emboîta le pas.

— Espérons que Matt aura plus d'informations, dit Trace.

— Il saura peut-être où ils ont emmené Jasmine, dit Olivia.

— Ou l'endroit où se trouve le tableau, ajouta Irish. Nous devons chercher les deux. En trouvant l'un, nous pourrions trouver l'autre.

— J'en suis au point où je brûlerais ce fichu machin avec joie, dit Olivia entre ses dents serrées. Si ce tableau n'avait jamais existé, Jasmine ne serait pas dans cette situation.

Becker était bien d'accord… mais puisque ce tableau existait, il ne leur restait plus qu'à rassembler autant d'informations que possible et à travailler sans relâche jusqu'à parvenir à leurs fins.

Il attendait avec impatience que Matt et Levi les rejoignent. Par le passé, il avait pris part à des missions périlleuses avec Levi, Irish et Trace. Les connaissances en informatique de Matt, couplées à leur expérience du combat, leur permettraient sans doute de mettre au point un plan pour résoudre rapidement l'affaire sans que personne soit blessé…, du moins l'espérait-il.

Quand ils arrivèrent au Ritz-Carlton, le bar était encore ouvert. Trace décida que c'était là qu'ils attendraient Matt et Levi.

Ils s'installèrent à une grande table, dans un coin de la salle, et commandèrent des boissons non alcoolisées. Entre deux gorgées, ils reparlèrent de l'incendie et de Tacey Rogers. Seule Olivia ne disait rien.

Becker se pencha vers elle.

— Est-ce que tu veux remonter dans notre chambre ?

— Non. Je veux attendre avec vous. Matt a forcément du nouveau.

Ce fut ce moment précis que choisirent les deux hommes pour entrer dans le bar.

Olivia voulut se lever, mais Becker posa une main sur son bras et elle se laissa retomber sur sa chaise.

— Il y avait plus de circulation que je l'aurais cru à cette heure de la nuit, dit Matt en posant son sac à dos par terre. Je préfère vraiment vivre à Whiskey Gulch qu'ici.

Les deux nouveaux venus s'installèrent à la table et commandèrent une boisson et des hamburgers. Dès que le serveur se fut éloigné, Trace les mit rapidement au courant des événements de la soirée.

Quand il eut fini, Matt laissa échapper un long sifflement bas.

— Au moins, nous sommes pratiquement certains que les Romano retiennent ta sœur comme moyen de pression. Dommage qu'ils s'en soient pris à Mlle Rogers.

Olivia se pencha en avant.

— Est-ce que les gens que tu connais sur le dark web suivent leurs agissements ? Pourraient-ils avoir une idée de l'endroit où ma sœur est retenue prisonnière ?

Matt secoua la tête.

— Le tableau sera plus facile à retrouver que ta sœur. Mes sources m'informent que les Salvatore s'agitent. Ils cherchent le tableau aussi frénétiquement, voire plus, que les Romano.

Olivia se rassit, le front creusé d'un pli profond, et réfléchit à ce que venait de lui dire Matt, avec une telle concentration que Becker aurait juré qu'il voyait tourner les rouages de son esprit. Elle serra les poings et pinça ses jolies lèvres avant de relever les yeux et de les planter dans ceux de Matt.

— Si les Salvatore cherchent le tableau, cela veut dire que seul Nico sait où il se trouve. Qu'avons-nous sur lui ?

Matt étrécit les yeux.

— Il est marié, sans enfant. Sa femme vit dans la propriété familiale, à Dallas, et lui, chez sa maîtresse. D'après la rumeur, sa femme tolère ce petit arrangement parce qu'elle y trouve son compte, elle aussi : pendant que Nico batifole, elle dépense son argent.

— Il pourrait avoir caché le tableau chez lui, ou chez sa maîtresse, conclut Olivia. J'aimerais bien fouiller la maison de cette femme.

— En entrant par effraction ? demanda Trace. C'est illégal.

— Pas plus qu'enlever ma sœur dans l'idée de l'échanger contre un tableau volé, riposta-t-elle.

Elle se pencha en avant. Son visage était grave ; son expression, intense.

— Je suis prête à commettre un délit pour la retrouver. Et si quelqu'un se met en travers de mon chemin, je suis même capable de tuer. Le problème, c'est que nous manquons de temps.

Becker comprenait – et partageait – sa frustration.

— Elle a raison. Si Nico est libéré demain, il peut aller chercher le tableau, le vendre et mettre un contrat sur la tête de Jasmine avant midi. D'ailleurs, sa propre famille pourrait vouloir mettre la main sur le témoin pour faire pression sur lui et l'obliger à leur remettre le Wyeth.

— Qu'est-ce que tu proposes ? demanda Trace.

Olivia releva le menton.

— Nous devons fouiller le bureau de Nico, l'appartement de sa maîtresse, et toutes les autres propriétés auxquelles il a accès.

— Sa maîtresse – Lana Etheridge – est son alibi, rappela Matt.

— Les autorités l'ont forcément interrogée, remarqua Irish.

— Effectivement, répondit Matt. Ils ont aussi fouillé sa maison, où Nico prétend avoir passé la nuit du meurtre. Il a même fourni la bande des caméras de surveillance, où on le voit arriver en début de soirée et repartir le lendemain matin.

— Est-ce que la vidéo a été trafiquée ? demanda Becker.

Matt secoua la tête.

— Apparemment pas. Par contre, comme noté au cours de l'enquête, les caméras ne filment que les portes ; pas les fenêtres. Mais de toute façon, la police n'a toujours aucune preuve que Nico était à la galerie, puisque le système de sécurité a été désactivé avant l'arrivée d'Eduardo.

— À distance, donc ? demanda Irish.

— Oui, répondit Matt. L'enquête préliminaire a établi qu'un pirate s'est introduit dans le système informatique de la galerie pour désactiver les alarmes. Si Nico n'était pas arrivé, Eduardo serait reparti aussi tranquillement qu'il était venu – avec le tableau.

— Mais ma sœur est revenue chercher son téléphone, qu'elle avait oublié dans son bureau, et elle a assisté au meurtre, compléta Olivia. Où vit cette Lana Etheridge ? Il y a forcément un endroit que la police a omis de fouiller – un hangar, un grenier, une cachette secrète sous un plancher...

— Il serait plus logique que Nico ait caché la toile dans un garde-meubles ou dans le placard d'un bureau quelconque.

— Autrement dit, elle peut être n'importe où, dit Levi.

— Nous devons donc partir tout de suite à sa recherche, décida Olivia. Je me charge de fouiller chez Lana.

Elle regarda Matt dans les yeux et ajouta :

— Il me faudra son adresse.

Matt regarda Trace, puis Becker, puis de nouveau Trace.

— Est-ce que nous allons vraiment faire ça ?

Trace haussa les épaules.

— Nous n'avons aucun autre point de départ.

— Bien, répondit Matt. Nico a des intérêts dans un programme immobilier du centre-ville, non loin de la Cavendish Gallery. Il pourrait avoir laissé le tableau dans les bureaux temporaires. Comme il travaille en étroite collaboration avec l'ingénieur, il a sans doute la clé.

— Je m'en occupe, dit Levi en levant la main.

— Et la propriété des Salvatore ?

— Elle est truffée de caméras, répondit Matt. L'inspecteur chargé de l'affaire a visionné toutes les bandes de vidéosurveillance, sans voir personne y entrer ou en sortir.

— Après avoir tué Eduardo, Nico a forcément eu peur, remarqua Trace. Un meurtre a des conséquences autrement plus graves qu'un vol. Il n'aura pas couru le risque d'être filmé. S'il est retourné chez sa maîtresse, c'est parce qu'il savait comment éviter d'être vu par les caméras.

— Nous devons donc concentrer nos recherches sur des endroits où il n'y a pas de caméras.

— Ce ne sont peut-être que des suppositions, dit Olivia, mais c'est mieux que de rester assis sans rien faire.

Soudain, son téléphone tinta dans sa poche. Elle le prit aussitôt, regarda l'écran et pâlit. Becker se leva pour lire le message par-dessus son épaule.

— Qui a envoyé ce texto ?

Olivia fronça les sourcils, les yeux toujours rivés à l'écran.

— Il vient du portable de Tacey, répondit-elle. Nous devons agir. Tout de suite.

Elle lui tendit le téléphone, et il lut le message à voix haute.

— « Je ne sais pas qui vous êtes, et je me moque de ce qui peut arriver à la fille. Mais peut-être que vous, non. Si vous m'apportez le tableau, je vous la remets. »

Le ventre noué, il commenta :

— Nous savons que ce n'est pas Tacey qui a envoyé ce message. C'est Romano. Maintenant, c'est de toi qu'il se sert pour obtenir ce qu'il veut. Pour moi, la question est réglée.

Il releva les yeux et croisa le regard de Trace.

— Je vais avec Olivia.

— Et moi avec Levi, dit Irish.

— Je reste avec Matt, dit Trace. Nous allons continuer à surveiller Internet et à chercher d'autres endroits où Nico pourrait avoir caché le tableau. Si nous trouvons quelque chose d'intéressant, nous irons sur place. Mais surtout…

Il leur adressa un regard lourd de sens et conclut :

— Quoi que vous fassiez, ne vous faites pas prendre.

12

Lana habitait dans un quartier tranquille. Becker se gara dans la rue déserte, non loin de sa maison, et dit :

— Coupe le son de ton téléphone.

Olivia vérifia que son portable était en mode silencieux. Pas besoin d'annoncer leur visite : Lana était peut-être chez elle, un pistolet caché sous son oreiller.

Heureusement, Nico n'avait pas installé sa dulcinée dans un quartier résidentiel fermé. Il devait penser que les caméras de surveillance suffisaient à assurer sa sécurité – des caméras qui, d'après ce que leur avait dit Matt, ne filmaient que les portes de la maison.

Ils descendirent du SUV et se glissèrent dans les ombres projetées par les autres maisons pour approcher de leur objectif. Soudain, Becker s'arrêta et tendit la main vers Olivia pour l'empêcher d'aller plus avant.

— C'est là, dit-il.

Il tendit le doigt vers une maison sans prétention, à l'aspect tellement banal qu'il était difficile de croire qu'elle abritait un meurtrier – ou qu'une œuvre d'art inestimable y était dissimulée.

— Passons par l'arrière, chuchota-t-il. Il y a forcément une fenêtre par laquelle Nico a pu sortir et rentrer sans être vu par les caméras.

— Et si elle a un chien ? demanda Olivia.

— Matt nous l'aurait dit. En plus, un chien aurait aboyé en entendant Nico rentrer, et les policiers qui ont visionné les bandes l'auraient signalé dans leur rapport.

Olivia espéra qu'il disait vrai, parce qu'elle n'avait aucune envie de se retrouver nez à nez avec un chien. Elle faillit éclater de rire : elle s'apprêtait à s'introduire chez un meurtrier, et elle avait peur d'y trouver un chien !

Un frisson courut dans son dos.

Ses parents l'avaient élevée dans le respect de la loi ; jamais elle n'avait commis le moindre délit. Et voilà qu'elle s'apprêtait à en commettre un, en entraînant un homme honnête et droit dans l'aventure.

— Écoute…, dit-elle. Rien ne t'oblige à venir avec moi. Si je me fais prendre, je veux être la seule à en subir les conséquences. Je ne veux pas que tu payes pour mon crime.

Il lui lança un regard réprobateur.

— Ma chérie, tu n'entreras pas sans moi. Lana est peut-être chez elle. Que feras-tu si elle te menace d'une arme ?

Olivia haussa les épaules.

— J'essaierai de la convaincre de ne pas tirer ?

— Avant qu'elle ait pressé la détente, ou après ? Une femme qui vit seule et qui fréquente un membre de la mafia pourrait tirer sans sommation. D'ailleurs, elle serait dans son droit, étant donné que tu te serais introduite chez elle.

— Mais c'est moi qui ai eu l'idée de fouiller sa maison, insista-t-elle. Je ne veux pas t'attirer d'ennuis.

— Soit j'entre avec toi, soit personne n'entre, dit-il d'un ton sans réplique. À toi de voir.

Elle était fermement décidée à trouver le tableau disparu.

— J'entre, dit-elle. Si tu veux m'accompagner… c'est ton affaire.

Elle releva le menton et le défia du regard. Elle espérait qu'il allait céder et choisir de rester à l'extérieur, mais il inclina la tête vers la maison et dit simplement :

— En ce cas, allons-y.

À la lueur des étoiles, il considéra la maison sous tous les angles pour déterminer par quel côté ils allaient entrer avant de se remettre en marche. Olivia lui emboîta le pas.

Quand il s'arrêta net, elle faillit lui rentrer dedans.

— Qu'est-ce qu'il y a ?

Il inclina la tête vers le garage, où la lumière venait de s'allumer. La porte s'ouvrit et une petite Mazda Miata décapotable apparut. La conductrice s'arrêta dans l'allée le temps de refermer la porte avant de s'engager sur la rue et de disparaître.

— Il n'y a pas d'autre voiture dans le garage, commenta Becker.

— Je me demande où elle va à cette heure-là, dit Olivia.

— Où qu'elle aille, elle pourrait revenir bientôt. Si nous devons entrer, c'est maintenant ou jamais.

Olivia hocha la tête.

— Par la fenêtre côté ouest ?

— Oui. Nous devons rester hors de la vue des caméras et des voisins.

Ils se rapprochèrent autant que possible de leur objectif en se glissant le long d'une haie et s'élancèrent vers la fenêtre.

— Tu paries qu'elle est verrouillée ? chuchota-t-il.

Il posa ses doigts sur la vitre et poussa vers le haut.

Olivia retint son souffle.

Tout d'abord, la fenêtre ne bougea pas. Ensuite, elle commença à glisser lentement vers le haut. Avant qu'Olivia ait pu protester, Becker enjamba l'appui de la fenêtre.

Il se pencha et chuchota :

— Reste ici.

— Mais…

Il avait déjà disparu. Il revint une ou deux minutes plus tard, se pencha de nouveau par la fenêtre et la prit par les bras pour la hisser jusqu'à lui. Elle atterrit maladroitement sur le parquet, se releva et regarda tout autour d'elle.

Ils étaient dans une chambre. Dans un coin, elle vit un lit en bois, sans drap ni oreiller, sur lequel étaient posées des piles de vêtements. Des cartons de déménagement, ouverts mais encore pleins, étaient empilés un peu partout.

— Est-ce que la maison est vide ? chuchota-t-elle.

— Oui. Nous devons faire vite.

Il balaya la chambre du regard.

— Fouille cette pièce. Je m'occupe des autres.

Olivia aurait préféré qu'ils ne se séparent pas, mais le temps pressait. Elle alluma la petite lampe torche qu'elle avait emportée et fouilla les piles de vêtements avant de regarder sous le matelas, puis sous le lit.

Ensuite, elle s'intéressa aux plus grands des cartons, mais ils ne contenaient que des bibelots, des photos, des draps et des couvertures.

Elle ouvrit donc la penderie, mais n'y trouva que des vêtements... et une quantité astronomique de chaussures à talons aiguilles, de toutes les couleurs et de tous les styles. Aucun doute, cette femme adorait les escarpins.

Elle tâta le fond de l'armoire dans l'espoir d'y trouver un compartiment secret, mais en vain.

Quand elle sortit de la chambre, elle faillit heurter Becker dans le couloir.

— J'ai fouillé la chambre, dit-il. Rien, sinon des tonnes de chaussures.

Olivia partit d'un petit rire.

— Ici aussi. Elle a une sacrée collection.

— Je vais fouiller le séjour, dit Becker. Tu peux t'occuper de l'autre chambre d'amis, si tu veux.

Elle acquiesça et traversa le couloir pour entrer dans l'autre chambre. Elle alla droit vers le lit en métal blanc, passa ses mains sous les oreillers, puis sous le couvre-lit au motif floral : rien. Ensuite, elle souleva le matelas : toujours rien. Elle se mit à quatre pattes pour inspecter le dessous du lit, mais n'y vit rien, sinon quelques moutons.

Dans la penderie, elle trouva plusieurs valises qu'elle ouvrit l'une après l'autre, mais toutes étaient vides. Là encore, elle tâta le fond de l'armoire dans l'espoir d'y trouver un compartiment secret, en vain.

Elle sortit tous les tiroirs de la commode et des deux petites tables de nuit et alla même jusqu'à soulever la lithographie accrochée au-dessus de la tête de lit, qui représentait un jardin fleuri, mais le tableau n'était nulle part.

Puisqu'elle avait fouillé la chambre de fond en comble, elle décida d'aller rejoindre Becker dans le séjour. Au moment où elle sortit de la pièce, des phares illuminèrent la fenêtre panoramique.

— Becker ! appela-t-elle à mi-voix.

Une porte grinça quelque part, à l'autre bout de la maison, tandis que la voiture s'arrêtait le long du trottoir.

Le cœur battant la chamade, elle traversa la salle à manger en courant et se rua dans la cuisine.

— Becker !

Il sortit du garde-manger.

— Quoi ?

— Une voiture, dit-elle.

Au même moment, le grondement d'un moteur retentit : la porte du garage s'ouvrait. Lana était de retour.

Olivia repoussa Becker dans le garde-manger et l'y rejoignit en tirant la porte derrière elle, mais sans la refermer complètement. Une seconde plus tard à peine, la porte qui séparait le garage de la cuisine s'ouvrit.

Une femme entra, alluma la lumière de la cuisine, posa le sac en papier qu'elle portait sur le comptoir et en sortit quatre bouteilles – deux de vin rouge, une de whiskey et la dernière de gin.

— Un whiskey on the rocks ? demanda-t-elle en se dirigeant vers le réfrigérateur.

— Bonne idée, répondit une voix masculine.

Quelques instants plus tard, un homme aux cheveux grisonnants, tout de noir vêtu, entra à son tour. Il dénoua sa cravate, la jeta sur le comptoir et défit le premier bouton de sa chemise.

La femme – Lana, probablement – lui tendit un verre de whiskey dans lequel elle avait mis deux glaçons.

— Tu te sens mieux ? demanda-t-elle en souriant.

Il vida le verre à demi avant de répondre.

— Oui.

Olivia retint son souffle en priant pour que Lana ne décide pas de ranger les autres bouteilles dans le garde-manger.

— Il sort demain ? demanda l'homme.

— Oui.

— Est-ce que tu es sûre qu'il va revenir ici ?

— Sûre et certaine. Il déteste sa femme. Si Briana ne demande pas le divorce, c'est uniquement pour pouvoir continuer à vivre dans la propriété familiale. Elle lui a clairement fait comprendre qu'elle ne l'aimait pas beaucoup – par contre, elle s'entend très bien avec son père.

La femme partit d'un petit rire et ajouta :

— Cela fait un an qu'il vit avec moi.

— S'il revient ici, nous nous verrons moins souvent, dit l'homme.

— Raison de plus pour profiter de cette nuit.

Elle lui prit le verre et le posa sur le comptoir. Ensuite, elle glissa une main dans sa nuque, attira son visage vers le sien et l'embrassa. Il la plaqua contre lui et approfondit le baiser.

Elle noua l'une de ses jambes autour de celles de l'homme, et sa robe remonta jusqu'à mi-cuisse.

— Hum, gronda-t-il. Si nous finissions ce whiskey et ce petit jeu dans la chambre ?

Elle éclata de rire, prit le verre et la bouteille de whiskey et sortit de la cuisine, l'homme sur les talons. La lumière s'éteignit, laissant Becker et Olivia dans le noir.

— Donc, dit l'homme, Nico ne t'a pas dit où il avait caché le tableau ?

Lana partit d'un rire méprisant.

— S'il l'avait fait, est-ce que tu crois que je serais encore dans cette maison pourrie, et dans cette ville pourrie ?

— Non. Sans doute pas. Si c'était moi qui l'avais, j'aurais filé depuis longtemps.

— J'ai fouillé toute la maison, mais le tableau n'est pas ici. Je ne sais pas où il l'a planqué. Quand il le vendra, j'espère qu'il me versera une partie de ses bénéfices pour me remercier de lui avoir fourni un alibi. Je n'arrive toujours pas à croire qu'il a tué Eduardo. Si les Romano mettent la main sur lui, je doute qu'il fête son prochain anniversaire. Ce qui m'embête le plus, c'est que je perdrai cette maison…

À mesure qu'elle s'éloignait, ses paroles étaient de plus en plus indistinctes.

Un moment plus tard, ils entendirent de la musique en provenance du salon, puis un éclat de rire. Olivia voulut pousser la porte du garde-manger, mais Becker posa une main sur son bras pour l'en empêcher.

— Attends, chuchota-t-il.

Elle laissa retomber sa main et obéit.

Elle avait l'impression qu'elle attendait depuis une heure – même s'il ne s'était sans doute écoulé qu'une dizaine de minutes – quand Becker poussa enfin la porte du garde-manger et en sortit, sur la pointe des pieds.

Olivia le suivit en s'efforçant de ne se cogner nulle part. Heureusement, les stores n'étaient pas baissés et la lueur des étoiles leur permit de traverser la salle à manger et le salon sans encombre.

Dans le couloir, un rai de lumière filtrait par l'entrebâillement de la porte de la chambre de Lana. Ils entendirent des voix étouffées, puis des rires : celui de la femme d'abord, celui de l'homme, plus profond, lui faisant écho. Ensuite, il y eut un bref silence, suivi d'un bruit de pas.

Becker se glissa dans la chambre par laquelle ils étaient entrés en entraînant Olivia derrière lui. Quand il tira la porte derrière eux, sans la refermer, elle émit un léger grincement.

Une autre porte grinça dans le couloir et ils entendirent nettement la voix de Lana.

— Je vais me chercher un verre de vin, disait-elle. Est-ce que tu veux quelque chose ?

— Seulement toi, chérie, répondit l'homme.

Becker et Olivia se frayèrent un chemin jusqu'à la fenêtre dans le labyrinthe de cartons. Dès qu'ils entendirent la porte de la chambre de Lana se refermer, Becker dit :

— Toi d'abord.

Olivia enjamba l'appui de la fenêtre et tomba souplement sur le sol. Quelques secondes plus tard, Becker la rejoignait.

Il tira la fenêtre aussi loin que possible vers le bas avant de poser ses doigts sur la vitre pour la refermer complètement. Ensuite, il ôta son T-shirt et frotta la vitre pour effacer ses empreintes digitales, tandis qu'Olivia surveillait l'intérieur de la chambre.

Soudain, un rai de lumière apparut dans l'entrebâillement de la porte. Quand elle s'ouvrit, Olivia posa une main sur l'épaule de Becker pour le forcer à s'accroupir.

La lumière de la chambre s'alluma et l'homme dit :

— J'ai cru entendre un bruit.

— Oh ! tu es parano. Nico sera libéré demain matin… à moins que la femme qui dit l'avoir vu tuer Eduardo sorte de nulle part et empêche sa libération. Mais je parie que la famille de Nico l'a retrouvée et saura l'empêcher de parler. Ils veulent que Nico sorte et les mène jusqu'à ce fichu tableau.

La fenêtre au-dessus de Becker et d'Olivia s'ouvrit.

— Tu ne verrouilles jamais tes fenêtres ? demanda l'homme.

— Si je le faisais, comment pourrais-je servir d'alibi à Nico ? Mais si ça peut te rassurer…

Ils entendirent la fenêtre se refermer et les verrous se mettre en place, puis la voix étouffée de la femme.

— Et maintenant, si nous allions nous amuser un peu avant qu'il revienne ?

Becker posa la main sur le bras d'Olivia et inclina la tête vers les buissons. Ensemble, ils s'élancèrent vers les ombres et contournèrent les jardins pour regagner le SUV.

Dès qu'ils furent installés, Becker démarra et jeta un regard à Olivia.

— Il faut que Trace sache ce que nous avons découvert.

— Nous n'avons rien appris de nouveau, dit-elle. Et nous n'avons toujours pas le tableau.

Elle prit son portable pour envoyer un texto à Trace.

Pas de tableau chez Lana. Nous l'avons entendue parler avec un homme. Comme nous nous en doutions, elle ment au sujet de l'alibi de Nico.

Il répondit quelques secondes plus tard.

Pas de tableau dans le bureau du projet immobilier non plus. Levi et Irish sont sur le chemin du retour.

Nous aussi. D'autres endroits que nous pourrions fouiller ?

Le jour va bientôt se lever. Nous filerons Nico quand il sera libéré.

Compris.

— Nous voilà revenus à notre point de départ, dit Becker.
Olivia soupira, le cœur lourd.

— Et ma sœur est toujours retenue en otage.

Si elle tenait le coup, ce n'était que grâce à la présence de Becker. Il était son roc dans cet océan d'incertitude.

Elle regarda l'heure sur le tableau de bord. Il était presque 3 heures du matin. Comme Trace l'avait écrit, le jour allait bientôt se lever.

Nico allait être libéré et tout le monde le prendrait en filature, tant les Romano que les fédéraux. Qui serait le premier à retrouver le tableau ? La vie de sa sœur dépendait de la réponse.

13

Becker tendit les clés au voiturier et prit le bras d'Olivia. Dès qu'ils entrèrent dans le hall du Ritz-Carlton, Levi, Irish, Matt et Trace, qui s'étaient installés dans les fauteuils pour les attendre, se levèrent et vinrent à leur rencontre.

— Nous allons dormir pendant quelques heures, dit Trace. Levi et moi devrons nous lever tôt pour être devant la prison avant que Nico soit libéré. Nous le filerons aussi longtemps qu'il le faudra, jusqu'à ce qu'il récupère le tableau.

Olivia fit un signe d'assentiment mais remarqua :

— Vous perdrez peut-être votre temps. Il n'est pas idiot. Il doit bien se douter qu'on va le suivre.

— De mon côté, je surveillerai Internet pour voir si une vente se prépare, dit Matt. Nous ne pouvons rien faire, sinon attendre qu'il passe à l'action.

— Je sais.

Les épaules d'Olivia s'affaissèrent.

— Je suis fatiguée. Je crois que je vais dormir une heure ou deux, moi aussi. Réveillez-moi si vous avez du nouveau.

— Promis, dit Trace.

Le cœur de Becker se serra. Il aurait tant voulu délivrer Olivia de son angoisse... mais il n'y avait qu'un moyen d'y parvenir : libérer sa sœur. Et pour ce faire, il leur fallait le tableau.

— Je monte avec elle, dit-il. Je redescendrai de bonne heure pour savoir s'il y a du nouveau.

Trace hocha la tête et dit :

— Je suis désolé que les choses ne se soient pas passées comme nous l'espérions à l'entrepôt.

— Moi aussi, répondit Olivia. Mais je vous remercie d'avoir tout tenté.

Quand les portes de l'ascenseur se refermèrent sur eux, Becker prit sa main et la garda dans la sienne jusqu'à ce qu'ils soient devant la porte de leur suite. Une fois dans la chambre, il la prit dans ses bras et la serra contre lui.

Elle resta sans bouger pendant un long moment, la joue posée contre son torse, les bras noués autour de sa taille.

Il aurait voulu lui promettre qu'ils allaient retrouver et libérer sa sœur, mais rien ne garantissait qu'ils la ramènent en vie. Pas après ce qui s'était passé à l'entrepôt.

L'incident ne laissait aucune place au doute : les Romano ne lâcheraient pas prise avant d'avoir mis la main sur ce tableau. Et si la sœur d'Olivia cessait de leur être utile, ils l'élimineraient – comme ils avaient cherché à éliminer Tacey Rogers.

D'une caresse, il écarta les cheveux qui masquaient le visage d'Olivia et glissa deux doigts sous son menton pour la forcer à relever la tête.

— Est-ce que ça va aller ?

Elle acquiesça.

— Rien n'est encore fini. Tant que ma sœur sera en vie, je me battrai jusqu'à la retrouver.

Le cœur de Becker se gonfla de tendresse devant tant de loyauté et de détermination.

— Et je resterai à tes côtés. Même si tu me demandes de jouer les monte-en-l'air.

Elle esquissa un sourire.

— Merci de m'avoir accompagnée. Sans toi, j'aurais sans doute eu beaucoup plus de mal à entrer par cette fenêtre.

— Je suis toujours prêt à rendre service à une jolie dame, dit-il.

Il se pencha pour déposer un baiser sur son front, et elle rejeta la tête en arrière pour emprisonner ses lèvres sous les siennes.

— Je ne sais pas ce que j'aurais fait si tu n'étais pas entré dans ma boutique pour acheter un vase pour ta mère.

— Et moi, je me demande encore à quoi peut ressembler un rendez-vous avec toi.

Elle le regarda dans les yeux.

— Je pense que nous avons dépassé ce stade.

— C'est possible, mais je tiens à mon premier rendez-vous.

Elle partit d'un petit rire.

— Tu l'auras, je te le promets.

Il caressa sa bouche du pouce.

— Tu peux passer sous la douche la première.

— Merci.

Elle rassembla ses habits et ses affaires de toilette, entra dans la salle de bains et ferma la porte derrière elle… pour la rouvrir une seconde plus tard.

— Est-ce que tu veux te joindre à moi ? demanda-t-elle.

Il fronça les sourcils.

— Ma chérie, tu es bouleversée. Je ne veux pas profiter de toi.

— Et si moi, je veux profiter de toi ? demanda-t-elle avec un sourire timide.

Il aimait voir qu'elle pouvait encore le taquiner alors que son univers était sens dessus dessous. Et comme il aimait ce qu'il ressentait quand il était auprès d'elle…

— Est-ce que tu es bien sûre de le vouloir ?

Elle hocha la tête et, sans refermer la porte, se dirigea vers la cabine de douche tout en ôtant ses vêtements.

Il la suivit en laissant échapper un gémissement. Il ne pouvait pas lui résister... et il ne le voulait pas. Il entra dans la salle de bains, referma la porte et la rejoignit sous la douche.

Ils s'attardèrent sous le jet d'eau chaude jusqu'à ce que leurs peaux soient écarlates, en se savonnant mutuellement. Quand ils sortirent enfin de la douche, Becker découvrit qu'il était aussi excitant de sécher Olivia que de la savonner. Il n'avait pas encore frictionné la moitié de son corps qu'il était déjà incapable de se contrôler.

Il jeta la serviette dans un coin, enleva Olivia dans ses bras et la porta dans la chambre. Là, il la déposa sur le lit et entreprit de lui faire l'amour, lentement, tendrement. Depuis deux jours, elle vivait un cauchemar éveillé. Il voulait chasser une partie de son stress, pas en rajouter.

Il l'amena à l'orgasme avant de penser à sa propre satisfaction. Ensuite, quand le sommeil commença à les gagner, il l'attira tout contre lui, savourant la douceur de sa peau et la façon dont son corps s'imbriquait avec le sien.

Il aurait pu prendre l'habitude de la tenir ainsi chaque nuit et de se réveiller à ses côtés chaque matin. Quand il avait cherché l'amour, voilà ce qu'il avait voulu vivre.

Non. Ce n'était pas tout à fait exact.

Voilà la femme avec laquelle il avait voulu le vivre. Pas avec n'importe quelle femme désireuse de fonder une famille, mais avec elle. Olivia était loyale, prête à sacrifier sa vie pour sauver celle de sa sœur. Elle était humble malgré son talent, indépendante et sûre d'elle. Elle l'inspirait, le poussait à devenir un homme meilleur. Oui, c'était elle qu'il voulait.

Il la serra plus fort et respira son odeur en espérant que leur histoire ne serait pas qu'une passade. Il n'était pas fait pour les aventures d'une nuit. Il pria pour qu'elle puisse envisager un avenir avec lui.

Parce qu'il ne voulait pas rater un seul moment avec elle, il resta éveillé jusqu'à ce que le sommeil le terrasse enfin.

Le matin arriva bien trop tôt. Becker n'avait dormi que deux heures, mais il allait devoir s'en contenter. La journée qui commençait était cruciale : ils pouvaient résoudre l'affaire du témoin disparu et de la peinture volée.

Mais leur mission pouvait tout aussi bien virer à la catastrophe. Quoi qu'il en soit, l'équation qu'ils devaient résoudre se compliquait encore de trop d'inconnues pour qu'il reste au lit aux côtés d'une femme, aussi belle soit-elle.

Le seul moyen de sauver la sœur d'Olivia et de faire inculper Nico Salvatore était de retrouver le tableau et de l'échanger contre Jasmine. Mais puisque seul Nico savait où se trouvait l'œuvre, ils allaient devoir le laisser sortir de prison et attendre qu'il les mène jusqu'à elle.

Il resta allongé pendant un long moment auprès d'Olivia, gravant le moment dans son esprit jusque dans ses moindres détails : son corps si doux, si chaud contre le sien, la jambe qu'elle avait passée sur la sienne dans son sommeil…

Il n'aurait rien tant voulu que rester auprès d'elle, mais il devait voir si Matt et Trace avaient trouvé un moyen de résoudre l'affaire sans entraîner de mort supplémentaire.

Il se leva sans bruit et alla s'habiller dans la salle de bains. Quand il revint dans la chambre, Olivia dormait toujours. Il en fut heureux : depuis que sa sœur avait été enlevée, elle ne s'était guère reposée.

Il lui écrivit un petit mot qu'il laissa sur son oreiller, sortit de la chambre et descendit au bar de l'hôtel. Trace et Matt étaient attablés devant du café et des viennoiseries – et l'ordinateur portable de Matt.

— Salut, marmonna-t-il.

Comme il ne se sentait pas prêt à entamer une discussion avant d'avoir bu au moins une gorgée de café noir, il alla droit vers le comptoir pour en commander. Ensuite, sa tasse à la main, il rejoignit les deux hommes.

Le café le revigora instantanément, et il soupira.

— Très bien. Comment allons-nous sauver la sœur d'Olivia ?

— Nous devons trouver le tableau, dit Trace. Point final. Sans lui, nous ne pouvons pas négocier sa libération.

— Et si nous informions la police de la situation ?

— Ils iraient interroger Romano, qui nierait tout, et nous ne serions pas plus avancés, répondit Trace en pianotant sur la table.

— L'adjointe Jones vient de m'appeler, intervint Matt. Elle est en contact avec la prison où Nico est détenu. Elle s'est renseignée sur les coups de téléphone qu'il a passés : il a appelé son avocat, son père et sa femme.

La tasse de Becker s'arrêta à mi-chemin de ses lèvres.

— Il a appelé sa femme ?

Matt acquiesça.

— Oui. Ce matin, à 7 heures.

— Sans doute pour s'assurer que quelqu'un viendra le chercher à sa sortie de prison, dit Trace.

Becker secoua la tête.

— À en croire Lana Etheridge, cela fait plus d'un an qu'ils ne vivent plus ensemble. Sa femme le hait. Si elle ne demande pas le divorce, ce n'est que pour pouvoir continuer à vivre dans la propriété des Salvatore.

— Et alors ?

— Et alors, pourquoi est-ce elle qu'il a appelée, et non sa maîtresse ? demanda Becker. Ce n'est pas logique.

— À moins qu'il lui ait demandé de cacher le tableau la nuit du meurtre, dit Trace.

— Je croyais que les caméras de surveillance de la propriété des Salvatore n'avaient enregistré aucune allée et venue cette nuit-là, dit Becker.

Matt se mit à pianoter sur son clavier tout en expliquant :

— Je suis sur le journal d'appels de Nico… Il n'a joint personne au moment du meurtre, ni dans les minutes qui ont suivi.

— Est-ce que tu peux consulter celui de Briana – la femme de Nico ? demanda Becker.

— Tout de suite.

Matt pianota en silence pendant quelques minutes avant de grimacer.

— Elle a reçu un appel d'un numéro non identifié, juste après 1 heure du matin. Elle l'a rappelé une demi-heure plus tard.

— Et pourtant, elle n'a pas quitté la propriété des Salvatore cette nuit-là, remarqua Becker.

— Sans doute parce qu'elle n'y était pas. D'après l'historique de sa carte de crédit, elle était au centre de balnéothérapie dénommé Hôtel Zaza.

Matt releva les yeux.

— Nico peut l'avoir rencontrée n'importe où pour lui remettre le tableau.

— Pourquoi aurait-elle accepté de l'aider ? demanda Becker.

— Par loyauté envers la famille qui la nourrit ? proposa Matt.

— Mais Lana dit qu'elle le hait, insista Becker. Elle aurait pu le dénoncer. Il serait allé en prison et elle aurait été débarrassée de lui.

— Et s'il avait demandé le divorce, elle aurait été chassée de la propriété familiale, dit Trace.

— C'est assez tordu, commenta Matt. Mais après tout, elle n'a peut-être aucun moyen de subsistance, et si elle s'est habituée à un train de vie luxueux...

— C'est vrai.

Becker étrécit les yeux et reprit :

— Tout le monde va surveiller Nico, mais c'est elle que nous devons suivre. Quand doit-il être libéré ?

— Les autorités doivent prendre leur décision à 8 heures, à moins que le témoin se manifeste entre-temps. Mais d'après ma source, elles essaieront de faire traîner les démarches administratives le plus possible.

Becker consulta sa montre.

— Cela ne nous laisse pas beaucoup de temps, dit-il. Ce matin, je surveillerai la femme.

— Qui allons-nous surveiller ?

Il se retourna. Olivia était debout derrière sa chaise. Elle portait le même pantalon noir que la veille et un chemisier couleur crème, qui offrait un contraste frappant avec le noir de jais de ses cheveux. Il la dévora du regard, repensant aux moments de passion qu'ils avaient connus quelques heures plus tôt, sous la douche, puis dans le lit.

— Briana Salvatore, la femme de Nico, répondit Trace.

Elle sembla perplexe.

— Pourquoi ? Je croyais qu'elle haïssait Nico.

— Peut-être, mais il lui a téléphoné depuis la prison, dit Becker. Et nous venons d'apprendre qu'elle a reçu un coup de fil provenant d'un numéro non identifié, peu après l'assassinat d'Eduardo.

— Vous pensez que c'est elle qui a le tableau ? demanda Olivia en s'asseyant.

— C'est une possibilité, répondit Trace.

Elle semblait perplexe.

— Si elle le déteste à ce point, pourquoi le couvrirait-elle dans une affaire de meurtre ?

— Par loyauté envers la famille ? proposa Irish.

— À moins que la famille ait justement voulu tester sa loyauté, ajouta Matt.

Olivia regarda Trace, puis Becker.

— Avez-vous l'intention de la suivre en espérant qu'elle nous conduira jusqu'au tableau ? Elle attendra peut-être des jours, voire des semaines, avant d'aller le récupérer, et rien ne nous garantit que les Romano voudront prendre le risque de retenir Jasmine en otage aussi longtemps.

Becker inspira longuement et souffla.

— En ce cas, si je peux la voir seule, je lui demanderai carrément si c'est elle qui a le tableau.

Olivia planta le regard dans le sien pendant un long moment avant de hocher la tête.

— Je suis prête à partir, si tu l'es toi aussi.

— Mangeons d'abord quelque chose. Nous allons peut-être passer la journée assis dans une voiture à attendre qu'elle bouge.

— D'accord, mais je ne veux pas risquer de louper le moment où elle ira chercher le tableau, dit Olivia en s'agitant sur sa chaise. J'ai la très nette impression que nous n'avons plus beaucoup de temps.

Becker avait la même. Une fois Nico libre, la sœur d'Olivia serait doublement en danger : Romano pouvait toujours décider de se débarrasser d'elle, et Nico voudrait l'éliminer pour l'empêcher de témoigner.

Si Briana savait où était le tableau, ils allaient devoir le lui prendre.

Quand Matt leur eut donné l'adresse de la propriété des Salvatore, Olivia et Becker décidèrent de prendre quelque chose à manger dans un fast-food plutôt que d'attendre au

Ritz qu'on leur serve un repas complet, ce qui aurait pu leur faire perdre une heure.

Pendant qu'ils suivraient Briana, Irish et Levi fileraient Romano en espérant qu'il les conduirait jusqu'à Jasmine.

Matt et Trace, pour leur part, se chargeraient de Nico. Pour le moment, les autorités faisaient tout leur possible pour retarder sa libération – ce qui leur laissait plus de temps pour trouver Jasmine, mais les retardait dans leur quête du tableau.

De toute façon, ils ne devaient pas oublier qu'il pouvait s'écouler des jours ou des mois, peut-être même des années avant que Nico décide de sortir le tableau de sa cachette.

Le ventre d'Olivia se noua quand elle pensa à Jasmine, qui était toujours aux mains des Romano. Elle chercherait sa sœur jusqu'à l'avoir libérée, mais elle espérait que les Romano ne renonceraient pas à essayer de l'échanger contre le tableau.

Les Salvatore aussi allaient la rechercher. Aussi longtemps qu'elle était en vie, Nico risquait de retourner en prison à tout moment. Avant de récupérer le tableau, il s'assurerait sans doute qu'elle ne puisse pas témoigner contre lui.

Il la tuerait.

Olivia joignit les mains sur ses genoux pour les empêcher de trembler et coula un regard vers Becker. Il était parfaitement calme et maître de lui-même, comme si ce genre de mission était son quotidien.

Elle, par contre, n'avait pas été formée pour surveiller des voleurs, combattre des criminels et rechercher des témoins disparus… et elle n'aurait pas voulu l'être. Elle préférait de loin la vie très protégée qu'elle menait dans sa petite ville, où elle fabriquait tranquillement des objets en poterie qui se vendaient dans le monde entier.

Elle retournerait à cette vie avec joie quand elle aurait retrouvé sa sœur et l'aurait ramenée à la maison saine et sauve. Elle espérait pouvoir convaincre Jasmine de rester à Whiskey Gulch pour se consacrer elle aussi à son art. Elle peignait, à l'acrylique, à l'huile et à l'aquarelle, et elle avait du talent.

Et si Trace engageait d'autres hommes, peut-être même que Jasmine tomberait amoureuse de l'un d'entre eux. Les Outriders étaient tellement différents des hommes parmi lesquels elles avaient grandi… Une vie tranquille n'était pas nécessairement ennuyeuse.

D'accord : elle n'aurait vu aucun inconvénient à s'ennuyer un peu après les événements de ces deux derniers jours.

Becker s'était garé dans un chemin de terre creusé d'ornières et envahi par la végétation, à moins de deux cents mètres du portail qui interdisait l'entrée de la propriété Salvatore. Après avoir dépassé le portail, il avait roulé sur deux kilomètres avant de déduire que c'était l'unique entrée de la propriété, qui se trouvait au nord de Dallas, dans les faubourgs en perpétuelle expansion.

En s'introduisant dans le journal d'appels de Briana, Matt avait déterminé qu'elle se trouvait encore dans la propriété – et qu'elle avait reçu un nouvel appel de la prison.

Pour tromper l'attente, Olivia se tourna vers Becker.

— Je parie que tu ne t'attendais pas à ce que ta première mission te tombe dans les bras dès ton arrivée.

Il partit d'un petit rire.

— Je ne m'attendais pas non plus à ce que la première femme que je rencontrerais à Whiskey Gulch soit aussi jolie, même avec les bras couverts de glaise.

Olivia esquissa un sourire.

— Et tout ça parce que tu voulais un cadeau pour ta mère… J'ai trouvé que c'était adorable. J'espère que le vase lui plaira.

— Moi, en tout cas, je l'adore. Ses couleurs m'ont tout de suite attiré.

Il la regarda.

— Après avoir vu tes œuvres à la Cavendish Gallery, ma mère ne tarissait pas de louanges à ton sujet. Et elle avait raison. Tu as beaucoup de talent.

Ses joues s'empourprèrent. Il était rare qu'elle entende ce que les amateurs d'art avaient à dire de ses créations. Grâce aux ventes, elle savait que son travail était apprécié, mais rien ne valait un compliment énoncé à voix haute. Et venant de Becker… il était encore plus gratifiant.

— Merci.

— Comment as-tu appris à faire de la poterie ?

— Grâce à mes parents. Ma mère peignait à l'huile et à l'acrylique, et mon père était sculpteur. C'est de lui que je tiens mon amour pour la glaise. Un jour, il m'a donné son vieux four à poterie et en a acheté un autre, plus grand, qui était vendu avec un tour de potier.

Elle sourit à ces souvenirs.

— Quand je lui ai demandé où était le tour, il l'a ressorti, l'a dépoussiéré et a appris à s'en servir pour me montrer comment faire.

— Quel âge avais-tu ?

— Un peu moins de huit ans. Il s'asseyait derrière moi et tenait mes mains pour me montrer comment travailler la glaise. Cet homme avait la patience d'un saint. Plus je m'énervais parce que mon pot était mal façonné, plus il m'encourageait à travailler. Pour mon anniversaire, il m'a fait cadeau de douze kilos d'argile, cinq types différents de vernis, un assortiment d'outils et un tablier brodé à mes initiales.

Elle marqua une pause et sourit avant de conclure.

— Et le reste appartient à l'histoire. J'ai même commencé à sculpter. Après la mort de mes parents, j'ai ressenti le besoin de perpétuer certaines traditions familiales.

— Est-ce que tu peins ? demanda Becker.

— Non. C'est Jasmine qui a hérité de ce don. Et elle est vraiment douée. Comme maman.

— Pourquoi a-t-elle choisi de devenir conservatrice, et non artiste ?

Olivia haussa les épaules.

— Elle aime toutes les formes d'art. Rien ne lui procure autant de bonheur que de découvrir de nouveaux artistes et montrer leurs œuvres aux collectionneurs.

Elle esquissa un sourire avant de poursuivre.

— Tu comprends, l'artiste maudit n'est pas une légende. Pour survivre, un artiste doit pratiquement vendre son âme. Jasmine peint sur son temps libre, mais c'est son travail qui lui permet de payer ses factures. En plus, elle adore son métier. Elle rencontre beaucoup de monde, et elle a toujours été la plus sociable de nous deux.

Son sourire pâlit.

— J'espère que cette expérience ne la changera pas.

Becker tendit le bras pour prendre sa main.

— Tu seras là pour la soutenir, comme tu l'as toujours été.

— C'est vrai. Mais j'aimerais vraiment qu'elle revienne vivre à Whiskey Gulch pour pouvoir la protéger.

Elle le regarda.

— Je suis peut-être trop protectrice, mais puisque je suis l'aînée, j'estime qu'il est de mon devoir de veiller sur elle maintenant que nos parents ne sont plus là.

— Tout le monde veut protéger sa famille, répondit-il. C'est normal. Et pour moi, une famille ne se compose pas nécessairement que de personnes qui sont liées par le sang.

Il posa les yeux sur le portail de la propriété des Salvatore.

— Je ferais tout pour mes frères d'armes, reprit-il. Ils ne m'ont jamais lâché, et ils m'ont sauvé la mise plus d'une fois.

— Comme tu l'as fait pour eux, j'en suis certaine, commenta doucement Olivia.

— Quand Trace a quitté les forces spéciales pour reprendre le ranch familial, nous avons eu l'impression de perdre l'un des nôtres. Ensuite, Irish est parti à son tour. Nous étions à la fois tristes qu'il nous quitte et heureux qu'il puisse enfin avoir une vraie vie. Quand on peut être déployé à l'étranger trois cent soixante-cinq jours par an, avoir une vie normale est quasiment impossible.

— Est-ce que c'est pour ça que tu as quitté l'armée ?

— Oui. Et ma dernière mission s'est terminée par un accident d'hélicoptère.

Elle laissa échapper un petit cri et pressa sa main.

— Dieu merci, tu as survécu.

Sa bouche adopta un pli amer.

— Oui, et c'est bien là qu'est le problème... J'ai survécu. J'ai été blessé... mais j'ai survécu.

Son ton était rude, chargé d'une émotion intense.

Le cœur d'Olivia se serra.

— Mais d'autres n'ont pas eu cette chance, dit-elle.

Ce n'était pas une question. Il lui suffisait de voir son expression et son regard lointain pour deviner comment l'histoire s'était terminée.

— J'ai sorti mon meilleur copain de l'épave, mais elle s'est embrasée avant que j'aie pu secourir les autres.

Ses doigts se crispèrent sur les siens. Olivia supporta la douleur sans mot dire, sachant que celle qui le torturait était bien pire.

— Johnny avait toujours rêvé d'acheter une maison sur un bout de terrain, d'y installer sa femme et leur enfant nouveau-né et d'en élever une demi-douzaine d'autres.

Il baissa les yeux sur ses doigts, toujours crispés sur ceux Olivia, et relâcha son étreinte.

— Il est resté avec moi jusqu'à ce que l'hélicoptère médicalisé arrive. Il voulait que je dise à sa femme et à sa petite fille qu'il les aimait. Il voulait que sa femme continue à vivre, qu'elle soit heureuse, qu'elle se remarie et qu'elle ait beaucoup d'enfants, parce que c'était une mère merveilleuse. Il m'a fait promettre de vivre à fond et de ne pas attendre la retraite pour être heureux.

Olivia hocha la tête.

— On ne sait jamais quand notre moment peut venir, murmura-t-elle. Je l'ai appris à la mort de mes parents. Ils économisaient depuis longtemps pour partir au Pérou. Ils voulaient voir les ruines du Machu Picchu et visiter les musées où étaient exposées les poteries des anciennes civilisations. Je devais les accompagner.

— Voilà ce que Johnny voulait dire. N'attends pas. Fais ce que tu as toujours voulu faire, que ce soit voir le Machu Picchu ou construire une maison sur un petit lopin de terre et avoir une demi-douzaine d'enfants.

Il lui décocha un sourire crispé.

— Je me suis remis de mes blessures, mais je vois toujours cet hélicoptère en feu, avec mes amis... ma famille... à l'intérieur.

Il était blême et les plis autour de sa bouche et sur son front étaient plus marqués que de coutume.

— Est-ce que c'est ce que tu voyais quand tu m'as empêchée de m'approcher de l'entrepôt ?

Il cligna des yeux, comme si la question l'arrachait au passé pour le ramener ici, dans ce SUV, où il tenait sa main dans la sienne.

— Je ne pouvais pas te laisser entrer là-dedans.

Sa voix était chargée d'une telle douleur que le cœur d'Olivia lui fit mal.

— Je suis heureuse que tu m'en aies empêchée. Tu avais raison : les pompiers sont formés pour ce genre de mission. Je n'aurais fait que leur compliquer la tâche.

Soudain, elle saisit un mouvement du coin de l'œil. Elle releva la tête et vit le portail de la propriété des Salvatore s'ouvrir devant une petite voiture sportive blanche, qui prit la direction de la ville.

— On dirait une BMW.

— Matt a justement trouvé une BMW blanche enregistrée au nom de Briana, dit Becker.

Il démarra et suivit la voiture, à une distance raisonnable.

Perchée sur le bord de son siège, Olivia gardait les yeux rivés à la BMW. Briana était peut-être la clé qui leur permettrait de retrouver Jasmine.

Ensuite, quand son univers reviendrait à la normale, elle suivrait le conseil que l'ami de Becker lui avait donné juste avant de mourir.

Elle coula un regard vers Becker. Si elle s'autorisait à tomber amoureuse d'un homme tel que lui, la vie pouvait lui apporter tout ce qu'elle désirerait jamais. Il était tellement différent de Mike…

Oui, il cherchait encore à se reconstruire, à surmonter la mort de ses amis et l'échec de ses fiançailles. Un lourd fardeau émotionnel pesait sur ses épaules, mais… n'était-ce pas le cas pour tout le monde ? Jusqu'ici, son existence non plus n'avait pas été tellement gratifiante. Parce que c'était tout ce dont il s'était agi : une existence, pas une vie.

Dès qu'elle aurait retrouvé sa sœur et l'aurait ramenée à Whiskey Gulch, elle croquerait la vie à pleines dents. Elle commencerait par accepter un rendez-vous avec cet homme merveilleux. Ensuite… Elle se demanda ce qu'il penserait d'un voyage au Pérou.

14

Becker n'avait jamais confié à personne ce qui s'était passé la nuit où leur Black Hawk avait été abattu, pas même au psychologue qu'il avait eu ordre de voir pendant les deux mois qui avaient suivi son retour aux États-Unis.

Pourquoi avait-il fallu qu'il déballe tout devant Olivia ? Elle avait déjà bien assez de soucis : sa sœur avait disparu et, maintenant, ils devaient filer la femme d'un assassin.

Quand ils entrèrent dans la métropole, Becker eut plus de mal à suivre la petite voiture blanche. Rapide et maniable, la BMW n'avait aucun mal à se frayer un chemin sur les voies encombrées, contrairement au SUV. Cependant, grâce à l'aide d'Olivia, il parvint à rester au contact de Briana.

Une fois dans le centre-ville, la petite BMW s'engouffra dans le parking souterrain d'un immeuble, non loin de la Cavendish Art Gallery. Becker accéléra afin de ne pas la perdre de vue dans les allées du parking.

Briana se gara et descendit de voiture. Elle portait un chapeau noir à larges bords et une robe, noire elle aussi, agrémentée d'une fine ceinture dorée, qui moulait son corps mince. Son sac à main était assorti à sa ceinture. Juchée sur des talons aiguilles de dix centimètres, elle s'engouffra dans le bâtiment d'un pas décidé.

Olivia détacha sa ceinture et ouvrit la portière.

— Attends. Qu'est-ce que tu fais ?

— Je vais la suivre. Toi, tu vas rester ici au cas où elle me sèmerait et repartirait en voiture.

Sans attendre sa réponse, Olivia descendit d'un bond et se dirigea vers le vestibule vitré qui accueillait l'ascenseur.

— Bon sang, souffla-t-il.

Il se gara en face de la BMW, descendit du SUV et s'élança derrière elle, mais les portes de l'ascenseur s'étaient déjà refermées sur les deux femmes.

Il pria pour que Briana ne soit pas armée. Si elle devait effectivement retrouver son mari pour lui remettre le tableau, elle devait être sur ses gardes, à la limite de la paranoïa. Après tout, Nico n'avait pas hésité à tuer pour s'emparer de l'œuvre. Si elle voulait ne pas connaître le même sort, elle devait être prête à tout.

Il s'approcha de l'ascenseur et regarda les numéros défiler sous le bouton d'appel. L'ascenseur monta jusqu'au onzième étage. Il consulta la liste des sociétés installées dans l'immeuble et fronça les sourcils.

— Le Groupement de santé des femmes ?

La raison sociale était suivie de toute une liste de noms de gynécologues et d'obstétriciens. Heureusement que ce n'était pas lui qui avait suivi Briana. Il aurait eu bien du mal à trouver un prétexte pour descendre au même étage qu'elle.

Il retourna s'asseoir dans le SUV. Si Briana était là pour un rendez-vous, elle ne ressortirait sans doute pas avant une bonne heure. Il en profita pour appeler Trace.

— Nous avons suivi Briana Salvatore. Elle vient d'entrer dans un immeuble du centre de Dallas.

— Est-ce que tu es entré avec elle ? demanda Trace.

Becker éclata de rire.

— Non, et ça vaut mieux. Elle va voir un gynécologue. C'est Olivia qui est montée dans l'ascenseur avec elle. Moi, je surveille le parking pour ne pas qu'elle nous échappe.

— Bien, dit Trace. Je suis devant la prison, avec Matt... et une meute de journalistes qui attendent la libération de Nico.

— Est-ce que tu penses que c'est pour bientôt ?

— Impossible à dire.

Trace échangea avec Matt quelques mots qu'il ne put saisir avant de revenir en ligne.

— Matt a reçu un texto d'Irish et Levi. Romano bouge. Ils le suivent.

— Olivia ne reviendra sans doute pas avant une bonne heure, dit Becker. Préviens-moi s'il y a du nouveau.

— Bien reçu, répondit Trace avant de raccrocher.

Becker se mit à pianoter sur son volant en regrettant de ne pas être une petite souris pour pouvoir se faufiler jusqu'à Olivia. Il avait toujours détesté rester inactif, mais il savait qu'il ne devait pas bouger d'ici au cas où Briana la sèmerait. Ils devaient à tout prix forcer cette femme à leur remettre le tableau. Ensuite, ils la protégeraient jusqu'à ce que Jasmine soit libre et Nico, renvoyé derrière les barreaux.

Ses pensées se mirent à vagabonder, avant de se fixer sur ses fiançailles malheureuses. Il espérait avoir tiré les leçons de cette expérience et ne pas reproduire les mêmes erreurs la prochaine fois qu'il entamerait une relation amoureuse.

Il n'avait jamais cru au coup de foudre... jusqu'au jour où il avait rencontré une certaine artiste au visage taché de glaise. Elle était forte, bourrée de talent, et elle avait le sens de la famille.

Pour sa part, il lui restait un long chemin à parcourir avant de pouvoir assister à un incendie sans avoir des flash-back de l'accident d'hélicoptère. Son cœur se serrerait toujours quand il repenserait aux amis qu'il avait perdus – mais peut-être qu'en procédant lentement, il pouvait trouver auprès d'Olivia le genre d'amour dont il avait toujours rêvé. Un jour, il lui demanderait peut-être de l'épouser. Et, même si la pensée le terrifiait, il voulait des enfants.

Parce qu'il était fils unique, il avait souvent rêvé du jour où il aurait lui-même des enfants. Beaucoup d'enfants, pour qu'aucun d'entre eux ne se sente jamais seul.

Il ne savait pas quelle était la position d'Olivia sur le sujet. Elle lui avait dit que sa sœur cadette était la seule famille qui lui restait, mais il ne savait pas trop quand ses parents étaient morts, ni l'âge qu'avait Jasmine à ce moment-là. Olivia avait-elle dû élever sa sœur ? Était-elle lasse de tenir le rôle du parent ?

Ensuite, elle lui avait parlé du voyage au Pérou qu'elle avait prévu de faire avec ses parents. Peut-être qu'elle avait envie de voyager, non de fonder une famille.

Pourrait-il renoncer à son désir d'avoir des enfants si Olivia ne le partageait pas ? Il pensa à elle, au bonheur qui l'emplissait quand il était avec elle... Oui, il voulait des enfants, mais les enfants grandissaient et finissaient par s'en aller. Son épouse, au contraire, serait toujours à ses côtés. Il pouvait se voir vieillir aux côtés d'Olivia. Et si elle voulait découvrir le vaste monde, il voyagerait avec elle et savourerait chacune des secondes qu'ils passeraient ensemble.

Il rit doucement.

— Mon vieux, tu mets la charrue avant les bœufs, dit-il à mi-voix. Détends-toi. Tu ne vas pas lui parler de mariage avant votre premier rendez-vous. Tu la ferais fuir.

Écartant de son esprit toute pensée de rendez-vous et de mariage avec Olivia, il passa en revue tout ce qu'il savait au sujet du meurtre, du tableau volé, de la femme et de la maîtresse de Nico, de Giovanni Romano, et de Tacey Rogers. Certains indices lui échappaient-ils ?

Il pria pour que Briana Salvatore puisse leur dire où se trouvait le Wyeth... avant que Nico ressorte de prison.

Olivia s'engouffra dans l'ascenseur alors que les portes se refermaient déjà, sans savoir ce qu'elle devait dire ou faire.

— Quel étage ? demanda Briana.

Elle regarda l'étage qu'avait demandé la jeune femme et se força à sourire.

— Nous allons au même endroit. Quelle chance !

— Cela fait quatre ans que je consulte le Dr Adams. Quel médecin du groupement voyez-vous ?

Pendant un instant, l'esprit d'Olivia se vida de toute pensée. Un médecin ? Elle adressa un pâle sourire à Briana.

— C'est la première fois que je viens, et j'ai bien peur d'avoir oublié avec qui j'ai rendez-vous.

Briana lui rendit son sourire.

— Ne vous inquiétez pas. Ils auront le renseignement dans leur système informatique. Êtes-vous ici pour une visite de routine, ou attendez-vous un enfant ?

Elle leva les mains et reprit :

— Vous n'avez pas l'air enceinte. Mais tellement de patientes ici le sont que je pars du principe que soit elles sont déjà enceintes, soit elles essaient de l'être, soit elles viennent tout juste d'accoucher et reviennent pour un examen.

Olivia éclata de rire et, éludant la question, demanda :

— Et dans quelle catégorie êtes-vous ?

— J'ai appartenu pendant des années à la deuxième, celle des femmes qui essaient de tomber enceintes... mais pour les pires des raisons.

— Je ne comprends pas, dit Olivia, perplexe.

Briana pinça les lèvres.

— J'ai cru qu'un bébé sauverait mon couple. Il a fallu que je fasse deux fausses couches pour comprendre que rien ne le sauverait. Il ne m'a jamais aimée et ne m'aimera jamais.

— Je suis désolée. Perdre un enfant doit être horrible, surtout si on voit aussi son couple se disloquer.

— Oui, mais rien ne sert de s'apitoyer sur son sort. Il faut se relever et continuer à vivre.

— C'est une saine attitude.

Olivia commençait à apprécier cette femme, et à éprouver pour elle une pitié sincère. Elle était l'épouse d'un homme sans cœur, doublé d'un assassin… Sa situation devait être intenable.

La porte de l'ascenseur s'ouvrit sur la réception du Groupement pour la santé des femmes.

— Bonne chance, dit Briana. J'espère que votre rendez-vous se déroulera bien.

— Le vôtre aussi, répondit Olivia.

Elle laissa Briana se présenter la première à la réception. Quand la jeune femme eut été conduite vers une salle d'examen, au fond du bâtiment, elle s'installa dans un coin de la salle d'attente pour attendre son retour.

Tout en attendant, elle observa les autres patientes. Comme l'avait dit Briana, beaucoup d'entre elles étaient des femmes jeunes, aux différents stades de la grossesse. Certaines repartaient en brandissant une échographie en noir et blanc ; d'autres, aussi volumineuses que si elles avaient avalé une pastèque, s'extirpaient de leur fauteuil à grand-peine et se dandinaient jusqu'aux salles d'examen.

Presque toutes ces femmes étaient radieuses, sans doute impatientes de donner le jour à un bébé en bonne santé. Et toutes posaient une main sur leur ventre, même s'il était encore à peine bombé, comme pour rassurer ou protéger la vie qui s'y développait.

Sans vraiment réfléchir à son geste, Olivia posa la main sur son ventre plat, elle aussi. Que ressentirait-elle si un bébé grandissait en elle ? Serait-elle folle de joie, comme la plupart des femmes qu'elle voyait ici ? Échapperait-elle aux nausées matinales qui, disait-on, étaient fréquentes au cours des trois premiers mois de grossesse ? Mais… si elle faisait une fausse couche, comme Briana, ou que son bébé voyait le jour trop prématurément pour survivre ?

Tant de choses pouvaient mal se passer... Oui, la perspective de procréer avait quelque chose d'effrayant.

Néanmoins, quand elle regardait les futures mères contempler leur abdomen distendu avec un sourire attendri, elle ne lisait sur leur visage que les espoirs qu'elles nourrissaient pour l'avenir. Un bébé était un nouveau départ, doublé d'un gage d'amour.

Elle fut traversée par une émotion indéfinissable. Elle n'avait jamais vraiment pensé à devenir mère, même à l'époque où elle sortait avec Mike. À l'époque, elle commençait à peine à se faire connaître et à gagner suffisamment d'argent pour rénover la maison que ses parents lui avaient léguée. Mais ensuite, à mesure que sa situation financière devenait plus stable et que son trentième anniversaire approchait, elle avait commencé à se demander si elle aurait un jour des enfants.

Becker ferait des enfants magnifiques.

Cette pensée s'imposa à son esprit avec une facilité déconcertante, accompagnée de l'image de deux enfants aux cheveux blonds étincelants et aux yeux bleus. Un petit garçon dont le regard ferait fondre son âme, une petite fille qui mènerait son père à la baguette...

La femme qu'épouserait Becker aurait beaucoup de chance. Il était gentil, drôle et loyal envers sa famille et ses amis. Il prendrait toujours soin des siens et les soutiendrait dans toutes les épreuves.

Que ressentirait-elle si le bébé de Becker grandissait en elle ? Son cœur cessa de battre pendant un instant quand elle repensa aux deux nuits qu'ils avaient passées ensemble. La première fois, ils s'étaient protégés. Mais la nuit précédente...

Son estomac se souleva. La veille, aveuglés par le désir, ils avaient oublié d'utiliser un préservatif. Et si... ?

Briana réapparut dans la zone d'attente au même instant. Elle masqua ses yeux rougis derrière des lunettes noires et se tamponna le nez avec un mouchoir en papier, qu'elle fourra dans son sac à main avant de se diriger vers l'ascenseur.

Olivia se leva d'un bond et, cette fois encore, l'y rejoignit avant que les portes se soient refermées.

— Alors, demanda-t-elle, comment s'est passé votre rendez-vous ?

Briana resta stoïque pendant exactement trois secondes, avant de s'affaisser et d'enfouir son visage dans ses mains.

— C'est impossible, sanglota-t-elle. Je ne sais pas ce que je vais faire. J'ai tellement peur !

Olivia passa un bras autour de ses épaules.

— Vous voulez en parler ? Je sais écouter.

— Cela ne servira à rien. Je suis fichue.

Elle ôta ses lunettes de soleil et regarda Olivia en face.

— Et je suis enceinte, gémit-elle.

— Oh ! ma chérie… Si nous allions discuter quelque part ? Je ne veux pas vous laisser seule.

— Vous ne pouvez pas m'aider. Personne ne le peut.

Quand la porte de l'ascenseur s'ouvrit sur le vestibule vitré, Olivia reprit :

— Vous êtes trop bouleversée pour conduire. Est-ce que vous voulez que j'appelle un taxi ou que je vous conduise quelque part ?

Briana fouilla dans son sac et tendit ses clés à Olivia.

— Emmenez-moi n'importe où, s'il vous plaît. Il faut que je parte aussi loin d'ici que possible.

— Que voulez-vous dire par « ici » ? Cet immeuble ?

— Cet immeuble, cette ville, le Texas, ce fichu pays… Je ne pourrai jamais partir assez loin pour sauver cet enfant.

Elle regarda Olivia et lâcha un éclat de rire qui se termina par un sanglot.

— Je me sens plus en sécurité avec vous qu'avec ma famille, et je ne sais même pas comment vous vous appelez.

— Je m'appelle Olivia Swann et je ne vous veux aucun mal, pas plus qu'à votre bébé. Trouvons un endroit où parler. Vous pourrez me dire ce qui ne va pas, et j'essaierai de vous aider. Et même si je ne peux rien faire, cela vous fera du bien de vous épancher dans mon oreille.

Elle lui sourit et reprit :

— Vous pouvez commencer par me dire votre nom.

— Briana.

— Connaissez-vous un café ? Ou plutôt un bar à smoothies, compte tenu de votre état ?

Briana ressortit son mouchoir en papier, se tamponna le nez, remit ses lunettes noires et sortit du vestibule.

— Il y en a un au coin de la rue. Nous pouvons laisser la voiture ici et y aller à pied.

— En ce cas, je n'ai pas besoin de vos clés, dit Olivia en les lui rendant. Et j'espère que quand nous reviendrons, vous vous sentirez assez bien pour conduire.

Elle lui offrit son bras. La future mère y glissa le sien et s'appuya sur elle. Quand elles passèrent devant le SUV où Becker, assis au volant, ne les quittait pas des yeux, elle forma les mots « Je reviens dans une heure » et leva un doigt.

Becker acquiesça. Dès qu'elles furent sorties du parking souterrain, Olivia entendit une portière claquer. Elle jeta un regard en arrière et vit que Becker les suivait.

Briana lui semblait inoffensive, mais le seul fait d'être en sa compagnie pouvait la mettre en danger. L'un des membres du clan Salvatore pouvait avoir décidé de l'éliminer. Ils pouvaient aussi être parvenus à la même conclusion que les Outriders : penser que le tableau était en possession de Briana et la suivre afin de mettre la main dessus.

Comme les Romano poursuivaient le même but, Briana était doublement en danger.

Heureusement, le bar à smoothies ne se trouvait pas sur la rue, mais à l'intérieur d'une galerie marchande, où personne ne pourrait leur tirer dessus depuis une voiture.

Arborant un calme de façade malgré les pensées qui se bousculaient dans son esprit, Olivia continua de marcher aux côtés de la véritable bombe à retardement qu'était la femme de Nico Salvatore, en se préparant à devoir fuir à tout instant pour se mettre à couvert.

15

Après avoir commandé des smoothies aux fruits et une assiette de biscuits salés et de fromage, Olivia fit asseoir la femme bouleversée au fond de la salle.

— Je vous présente toutes mes félicitations, dit-elle pour entamer la conversation.

D'un geste, elle coupa court aux protestations de Briana et ajouta :

— Quelles que soient les circonstances, l'arrivée d'un bébé est un événement heureux, qu'il faut célébrer. Croyez-moi.

Elle leva sa tasse et trinqua avec Briana.

— Je veux être heureuse, dit la femme. J'ai fait mes deux fausses couches au cours du premier trimestre, mais cette fois, je suis enceinte depuis trois mois et tout se passe bien.

— Ce qui augmente vos chances de mener cette grossesse à son terme, commenta Olivia en souriant.

— C'est vrai. Mais il aurait peut-être mieux valu que je fasse une fausse couche cette fois encore.

Elle détourna les yeux en posant la main sur son ventre.

— Pourquoi dites-vous ça ? Qu'est-ce qui peut vous faire regretter de porter ce bébé ?

— Je ne veux pas accueillir un enfant dans une vie aussi compliquée que la mienne.

— Qu'est-ce qui vous y oblige ?

Elle grimaça avant de reprendre.

— Je ne veux pas dire par là que vous devez interrompre votre grossesse. Je vois que vous aimez ce bébé et que vous voulez qu'il soit heureux. Mais rien ne vous empêche de modifier votre vie pour qu'elle convienne à un enfant.

Briana secoua la tête.

— Vous ne comprenez pas. Je suis Briana Salvatore. J'ai commis l'erreur d'épouser un membre de la famille Salvatore.

Ce fut d'une voix presque inaudible qu'elle conclut :

— Et quand on entre dans cette famille, on lui appartient pour la vie.

— Est-ce que vous essayez de me dire que la seule façon d'en sortir est de vous tuer ? Non, non. Vous devez chasser ces pensées de votre esprit.

— Je ne vois aucune autre issue. Mon époux a été accusé de meurtre. Vous le connaissez : on ne parle que de lui dans les journaux. Nico Salvatore.

— Je sais, répondit Olivia. J'ai cru comprendre qu'il était libéré aujourd'hui.

Elle parlait d'une voix égale, dénuée d'émotion, sourde aux hurlements et aux supplications de son esprit. Oui, il fallait qu'elle retrouve sa sœur avant que celle-ci tombe aux mains de Nico, mais elle devait garder son calme. Briana était à bout de nerfs, dans une détresse telle qu'elle pouvait précipiter sa petite voiture du haut d'un pont. Il ne fallait surtout pas qu'elle passe à l'acte avant de leur avoir remis le tableau. La vie de Jasmine en dépendait.

— Ils vont libérer un meurtrier, et il va s'en prendre à moi.

Briana ferma les yeux et prit une inspiration tremblante.

— Je ne vivrai peut-être pas assez longtemps pour donner le jour à cet enfant.

— Est-ce que votre mari pourrait vous faire du mal ?

Briana acquiesça, avant de secouer la tête en reposant la main sur son ventre.

— Oui et non. Il a déjà menacé de tuer mon bébé, et il le fera si je ne lui obéis pas.

Sa voix s'étrangla sur un nouveau sanglot.

— Quand il découvrira qui est le père, il me tuera sans doute aussi.

Olivia cligna des yeux, décontenancée. Pourtant, elle aurait dû s'attendre à ce rebondissement. Mais, bien que la maîtresse de Nico ait dit qu'il ne vivait plus avec Briana depuis plus d'un an, elle avait pensé qu'il avait revu sa femme le temps de coucher avec elle avant de retourner chez Lana.

Elle se mordit la langue pour se retenir de demander qui était le père.

— Il sait que le bébé n'est pas de lui ?

Briana hocha la tête.

— Il m'a dit que je pouvais le garder si je lui obéissais et que je ne disais rien à personne.

Elle pressa son poing sur sa bouche et regarda Olivia dans les yeux.

— Et je suis en train de tout vous raconter... Il va tuer mon bébé.

Olivia prit sa main et la serra doucement.

— Non, il ne le tuera pas. Pas si nous pouvons le maintenir en prison.

— Nous ? Comment pourriez-vous m'aider ? Vous ne savez pas de quoi il est capable.

— Croyez-moi, je le sais, dit Olivia. Les Salvatore sont comme les Romano : ils font régner la terreur pour obtenir ce qu'ils veulent. Si je le sais, c'est parce que les Romano retiennent ma sœur en otage.

Briana ouvrit de grands yeux.

— Le témoin ?

— Oui, dit Olivia. Le témoin. Jasmine Swann, ma petite sœur. Elle a vu Nico tuer Eduardo Romano et partir avec la toile de Wyeth.

Briana se leva si vite que sa chaise tomba par terre.

— Je ne peux pas… Non. Je dois m'en aller.

Olivia posa une main sur son bras, mais sans chercher à la retenir, et se lança. Pourvu que son instinct ne la trompe pas…

— Briana, chuchota-t-elle. Je sais que c'est vous qui avez le tableau.

La femme secoua la tête. Ses yeux étaient immenses, habités par une lueur de folie.

— Non. C'est impossible. Personne ne le sait. Personne ne peut s'en douter. Je n'ai pas vu Nico depuis plus d'un an !

— Les autorités finiront par le deviner, ainsi que les Romano et le reste de la famille Salvatore. Ce n'est qu'une question de temps.

— Je nierai tout.

Elle se laissa retomber sur sa chaise.

— Je n'ai jamais voulu être mêlée à cette histoire. J'aurais dû aller en parler à la police… mais j'avais tellement peur pour mon bébé ! Je ne veux pas le perdre. Il est à moi. C'est la seule bonne chose qui existe dans ma vie.

Sa voix se brisa, et des larmes roulèrent sur ses joues.

— Il ne mérite pas ça.

Elle se pencha sur la table et agrippa les mains d'Olivia.

— Aidez-moi, je vous en supplie. Je ne sais pas quoi faire.

Olivia rapprocha sa chaise de celle de Briana et la prit dans ses bras.

— Je peux vous aider à envoyer Nico derrière les barreaux pour de bon.

— Mais comment ? Il a toujours su se tirer de tous les mauvais pas.

— Ma sœur a assisté au meurtre. Elle témoignera… si elle peut se présenter à l'audience.

Elle força Briana à relever le visage et la regarda droit dans les yeux.

— Mais nous devons la retrouver avant Nico, c'est là que vous pouvez m'aider. Et en le faisant, vous protégez votre enfant.

— Comment puis-je vous aider ?

— Les Romano veulent procéder à un échange, dit-elle, le regard toujours rivé à celui de Briana. Ma sœur contre le tableau de Wyeth.

Elle n'avait pas terminé sa phrase que Briana secouait déjà la tête.

— Je ne peux pas. Il tuera mon bébé. Il me tuera.

— Pas s'il est en prison, contra Olivia. Nous devons procéder à cet échange. Ma sœur réapparaîtra et les autorités maintiendront Nico en détention. Mais nous devons faire vite. Il doit être libéré aujourd'hui.

— Je sais. Il veut que je lui apporte le tableau.

Briana baissa les yeux sur leurs mains entrelacées.

— Et s'ils le libèrent avant que vous ayez procédé à l'échange ?

— Quoi qu'il arrive, nous devons libérer ma sœur. Dès que les autorités sauront qu'elle est en vie et prête à témoigner, Nico retournera en prison. Je travaille avec toute une équipe qui saura vous protéger toutes les deux, si nécessaire.

— Ça ne marchera pas. Nico ne paie jamais pour ses crimes. Jamais.

Elle se frotta le bras.

— Il m'a battue plusieurs fois sans que la police intervienne. Quand il est parti s'installer chez Lana, j'ai été heureuse qu'il me laisse enfin en paix.

Elle plissa le front.

— Il a assassiné Eduardo.

— Est-ce qu'il vous l'a dit ? demanda Olivia.

— Oui. Il m'a dit qu'il l'avait tué, et il a ajouté qu'il me tuerait aussi si je le répétais, ou si je disais à quelqu'un que nous nous étions rencontrés cette nuit-là.

— Briana. Allez-vous m'aider à délivrer ma sœur ? Allez-vous m'aider à mettre Nico en prison pour de bon afin qu'il ne puisse pas vous faire de mal, à vous et à votre bébé ?

Elle se mordilla la lèvre. Ses yeux étaient immenses, emplis de terreur.

— C'est ce que je dois faire, chuchota-t-elle. Mais j'ai tellement peur…

Elle se frotta de nouveau le bras, comme si elle sentait encore les coups qu'il lui avait donnés.

— S'il reste en prison, il ne pourra plus vous faire de mal.

— C'est vrai, dit Briana. Mais s'il est libéré, vous savez qu'il viendra chercher le tableau.

— Oui.

— Ensuite, il ira chercher votre sœur.

Elle laissa échapper un petit rire sans joie.

— Il ne procédera à aucun échange. Il la tuera comme il a tué Eduardo, il tuera les Romano et il repartira avec le tableau. Il dit qu'il lui appartient. Il veut le vendre, acheter une île et aller s'y installer avec Lana.

Olivia esquissa un sourire narquois.

— Il sera déçu de l'entendre lui dire qu'elle préfère rester avec son petit copain.

Briana haussa les sourcils avant d'éclater de rire.

— Ce serait bien fait pour lui. Je n'ai pas oublié le jour où il est venu parader avec elle, devant moi… Il ne m'a jamais aimée. Il voulait seulement que je porte ses enfants pour perpétuer le nom des Salvatore.

Avec un sourire malicieux, elle reprit :

— Le plus ironique dans toute cette histoire, c'est que ce n'est pas moi qui ne peux pas concevoir d'enfant, mais lui. Son sperme n'est pas viable. Et il sera fou de rage quand il découvrira que ce bébé perpétuera quand même le nom des Salvatore… parce que c'est l'enfant de Vincenzo Salvatore.

Elle se redressa et précisa :

— Le père de Nico est le seul membre de la famille qui m'ait témoigné de la gentillesse quand mon mari me battait. Le seul qui ne m'ait jamais traitée comme une moins que rien.

Olivia secoua la tête tandis qu'un sourire s'épanouissait lentement sur son visage.

— Vous avez effectivement une vie compliquée.

Les épaules de Briana s'affaissèrent de nouveau.

— Vincenzo ne sait pas que je suis enceinte.

— Pourquoi ne le lui dites-vous pas ?

— Parce que je ne sais pas jusqu'où va sa loyauté envers son fils. Si je contribue à faire condamner Nico, est-ce qu'il m'en voudra d'avoir trahi la famille ? Je n'en ai aucune idée.

— Briana... quoi qu'il en soit, il faut que Nico soit maintenu en prison. Si les Salvatore veulent se venger, nous vous mettrons en lieu sûr. Vous devez penser au bébé, maintenant. C'est votre priorité. Aussi longtemps que Nico sentira que vous représentez un danger, il menacera de faire du mal à votre bébé pour que vous lui obéissiez.

— Et même si je lui obéis, rien ne me garantit qu'il ne s'en prendra pas à lui. On ne peut pas lui faire confiance. Il n'a aucun honneur.

Elle se mordilla la lèvre avant de demander :

— Est-ce que vous pouvez vraiment nous protéger ?

Olivia acquiesça.

— Je connais d'anciens militaires, des hommes loyaux et droits, qui seront prêts à donner leurs vies pour vous protéger. Mais nous devons faire vite.

— Je suis la seule à savoir où se trouve le tableau. Même si Nico est libéré, il ne saura pas où le chercher.

Olivia ravala sa frustration. Cela faisait déjà une heure qu'elles étaient dans le bar à smoothies. Une heure de moins avant la libération de Nico, une heure de moins pour échanger le tableau contre la vie de sa sœur.

— Où est le tableau, Briana ? demanda-t-elle.

— Je ne peux pas vous le dire. Je vais vous y emmener.

Elle étrécit les yeux et précisa :

— Mais je veux que vous veniez seule.

Elle inclina la tête vers la baie vitrée qui donnait sur le patio de la galerie marchande où Becker, assis sur un banc, faisait mine de lire le journal.

— Sans lui.

Olivia hocha la tête.

— Marché conclu.

Becker coula un regard par-dessus son journal quand Olivia sortit du bar à smoothies et marcha droit vers lui.

— Elle sait que je vous ai suivies ?

Il replia son journal sans quitter la boutique des yeux, au cas où Briana tenterait de s'enfuir.

— Oui. Je vais récupérer le tableau avec elle. Seule.

Son ventre se noua.

— Mauvaise idée. Elle pourrait te tendre un piège.

— Mon instinct me dit qu'elle ne le fera pas.

— Et mon instinct me dit qu'il ne faut pas faire confiance à un Salvatore, répliqua-t-il en lui prenant la main. Laisse-moi venir avec toi.

— Non. Je lui ai promis que j'irais seule. Je veux qu'elle comprenne que j'ai confiance en elle.

— Et pourquoi devrais-tu avoir confiance en elle ?

— Parce qu'elle est enceinte et qu'elle ne veut pas perdre son bébé.

Elle se pencha et l'embrassa sur les lèvres.

— J'ai activé le partage de position sur mon téléphone. Suis-nous, mais d'assez loin, pour ne pas qu'elle te voie. Tout va bien se passer.

— Je ne lui fais pas confiance, répéta-t-il. Si tu dois te mettre en danger, je veux être là pour te protéger. Moi, et personne d'autre.

Il se leva d'un bond et la prit dans ses bras.

— Olivia, tu me plais beaucoup trop pour que je te perde de vue un seul instant. Je me demande même si je ne suis pas amoureux de toi. Alors… ne va pas te faire tuer.

Ses joues rosirent à ces mots.

— Tu es amoureux de moi ?

— J'en suis pratiquement certain. Mais si ça te fait peur, je peux te dire que tu me plais et que je veux savoir jusqu'où va nous emmener notre histoire.

Il cligna de l'œil et ajouta :

— Je me suis promis d'aller lentement et de commencer par un rendez-vous.

— Je pense que nous avons passé cette étape dans notre relation. Nous l'avons passée la première nuit.

Elle jeta un regard vers le bar à smoothies. Briana se tenait sur le pas de la porte. Elle regarda à droite, puis à gauche, avant de poser enfin les yeux sur eux.

— Il faut que j'y aille avant qu'elle change d'avis. Nico la terrorise. Est-ce que tu peux appeler Trace ? Dès que j'aurai le tableau, il faudra que nous procédions à l'échange. Espérons que Nico n'aura pas été libéré d'ici là.

— Entendu, dit-il. Et quoi qu'il arrive, tiens bon. Je ne serai pas loin.

Elle se mit sur la pointe des pieds et l'embrassa sur les lèvres.

— C'est peut-être trop tôt, et ça semble complètement dingue, mais je crois que je t'aime, moi aussi.

Sur ces mots, elle fit volte-face et s'empressa d'aller rejoindre l'épouse de Nico Salvatore.

Becker regarda les deux femmes s'éloigner – l'amour de sa vie, et l'épouse d'un meurtrier. Le tour que venaient de prendre les événements ne lui plaisait guère, parce qu'il savait combien cette famille pouvait être dangereuse.

Dès qu'elles furent hors de sa vue, il prit son téléphone et appela Trace.

— Qu'est-ce qui se passe ? demanda Trace.

— Olivia part avec Briana.

— Est-ce qu'elle a accepté de lui remettre le tableau ?

Becker reprit la direction du parking, sans cesser de parler.

— C'est ce qu'elle dit. Mais elle veut qu'Olivia vienne seule.

— Tu ne l'as pas laissée partir, n'est-ce pas ?

Comme il ne répondait pas, Trace reprit :

— C'est vrai. Cette femme est du genre têtu. J'ai la même à la maison. Est-ce que tu pistes son téléphone ?

— Je vais lancer l'application. Olivia veut procéder à l'échange dès qu'elle aura le tableau. Elle peut contacter Romano sur le téléphone de Tacey, mais il faudra que nous soyons présents en renfort.

— Les Romano voudront sans doute qu'elle vienne seule, objecta Trace.

— Nous ne pouvons pas accepter.

— Et nous n'accepterons pas.

— Tu as raison.

Jamais Becker n'enverrait Olivia affronter les Romano seule. Ils pourraient revenir sur leur promesse – s'emparer du tableau, abattre Jasmine et prendre la fuite.

— Nous devons ferrer le poisson, dit Becker. Faire comprendre aux Romano qu'il y a urgence.

— Est-ce que tu as une idée ?

— Si Gunter Kraus leur fait une offre suffisamment alléchante, ils accepteront de procéder à l'échange. Mais nous devons faire vite, avant que Nico soit libéré.

— Ce sera peut-être impossible, répondit Trace. Si j'en crois la rumeur, les autorités sont à court de prétextes pour le retenir, et l'avocat de Nico leur met la pression.

— Raison de plus pour ne pas perdre une minute.

Becker raccrocha et sortit de la galerie marchande en cherchant Olivia et Briana du regard, mais sans les voir. Il s'élança donc vers le parking souterrain et vit la petite BMW blanche en sortir et s'éloigner à toute vitesse.

Le cœur battant la chamade, il courut jusqu'à son SUV, démarra et fonça vers la sortie. Grâce à l'application de partage de position, il vit que les deux femmes étaient déjà trois rues devant lui.

Il s'inséra dans le trafic mais fut aussitôt bloqué par un feu rouge. Quand le feu passa au vert, les voitures qui le précédaient démarrèrent si lentement qu'il grinça des dents. Heureusement, deux des voitures tournèrent, ce qui lui permit d'accélérer... jusqu'au feu rouge suivant.

Il jeta un coup d'œil à son téléphone et laissa échapper un gémissement. Briana et Olivia s'étaient engagées sur une autoroute à six voies et le distançaient rapidement. Quand il s'y engagea à son tour, elles en étaient déjà sorties. La BMW poursuivit sa route pendant quelques minutes avant de s'arrêter enfin.

Il pria pour que Briana n'entraîne pas Olivia dans un traquenard. Il avait beau faire, il ne pouvait pas aller plus vite : chaque fois qu'il doublait une voiture, une autre déboîtait devant lui et le ralentissait.

Quand il s'engagea enfin sur la bretelle de sortie de l'autoroute, l'application l'informa que la BMW revenait par le chemin qu'elle avait emprunté à l'aller.

Quelques instants plus tard, Olivia l'appela. Il décrocha et lança :

— Dis-moi que tu vas bien.

— Je vais bien. J'ai le tableau, et je suis prête à contacter Romano pour régler les détails de l'échange.

— Nous sommes tout près du zoo, dit-il. Retrouve-moi dans le parking d'ici un quart d'heure.

— Nous y serons.

Il raccrocha et appela Trace.

— Rejoins-nous dans le parking du zoo de Dallas d'ici un quart d'heure. Et passe-moi Matt.

— On arrive, dit Trace. Je te passe Matt.

— Est-ce que tu peux me mettre en relation avec Romano, en masquant mon numéro ?

— Oui, dit Matt. Une seconde.

Becker prit la sortie qui menait au zoo de Dallas et se gara dans le parking, à l'écart des autres véhicules.

— Tu es toujours là, Beck ? demanda Matt. Le téléphone de Romano est en train de sonner.

Il y eut quatre sonneries avant que Romano décroche. L'homme ne dit pas un mot, mais Becker entendait des bruits, à l'arrière-plan. Romano était à l'autre bout du fil et attendait qu'il parle.

— Ici Gunter, dit-il. Je quitte la ville dans deux heures et je veux emporter le Wyeth. Quatre millions de dollars s'il me parvient avant que je monte dans l'avion.

Après un long silence, Romano répondit :

— Comment est-ce que je vous contacterai ?

— C'est moi qui vous appelerai. Les quatre millions seront transférés sur votre compte dès que vous me remettrez le tableau. Faites le nécessaire.

Il raccrocha et pria pour que son coup de bluff pousse Romano à tout faire pour récupérer le tableau.

16

Olivia poussa un soupir de soulagement en repérant le SUV de Becker sur le parking du zoo de Dallas. Il était là, comme il le lui avait dit.

Dès que Briana se fut garée à côté du SUV, elle descendit de voiture, le tableau à la main – ce qui n'empêcha pas Becker de la prendre dans ses bras pour la serrer contre lui.

— Je déteste Dallas et ses embouteillages, dit-il.

Il se pencha pour lui plaquer un baiser sur les lèvres.

Briana descendit à son tour et les regarda en se tordant les mains.

— Je ne suis pas encore sûre d'avoir fait ce qu'il fallait.

— Si. Vous sauvez la vie de ma sœur. Et grâce à vos deux témoignages, Nico passera le restant de ses jours en prison.

— J'espère, dit-elle. En tout cas, que votre plan marche ou non, j'accepte votre proposition de m'aider à déménager aussi loin que possible de Dallas, Texas.

Becker prit le tableau des mains d'Olivia.

— Je veux voir pourquoi tout le monde fait tant d'histoires autour de cette toile.

Il ouvrit le coffre de son SUV et l'y posa. Il écarta le papier kraft qui le protégeait, et l'œuvre apparut.

— Il est authentique, dit Olivia. J'ai vérifié.

Wyeth avait peint une femme nue, de dos, debout dans un champ de blé mûr. Ses cheveux étaient de la couleur des blés, et son corps se fondait si naturellement dans le champ qu'il semblait y prendre naissance. Un ciel bleu acier, que ne troublait aucun nuage, s'étendait au-dessus de sa tête.

— Il est magnifique, dit Olivia.

— Oui, c'est vrai, dit Becker.

— Sa place est dans un musée, pas dans une collection privée.

— C'est aux propriétaires d'en décider, dit Becker, mais je suis d'accord avec toi : tout le monde devrait pouvoir l'admirer.

Matt et Trace arrivèrent quelques minutes plus tard, suivis d'Irish et Levi. Les quatre hommes les rejoignirent et contemplèrent le tableau qui achèterait la liberté de Jasmine.

— Maintenant que nous sommes tous ici, je dois contacter Romano, dit Olivia. Il faut empêcher la libération de Nico. J'ai promis à Briana que nous la protégerions.

La femme de Nico se tenait en retrait, se frottant les bras comme si elle avait froid.

— Allez-y, dit-elle. Échangez ce tableau contre votre sœur. Je ne veux pas être la seule à témoigner contre Nico.

Olivia se tourna vers les Outriders.

— Quel est le plan ?

— Quand tu parleras à Romano, dit Becker, n'accepte pas de le rencontrer seule. Insiste pour qu'au moins l'un d'entre nous t'accompagne. Par contre, ça ne peut pas être moi. Romano se souviendra de m'avoir vu à la galerie. Et tu devras te déguiser pour ne pas qu'il te reconnaisse toi aussi.

— J'ai du maquillage dans mon sac à main, proposa Briana, et un foulard bleu ciel pour masquer ses cheveux.

— Ça devrait suffire, dit Trace.

Il se tourna vers Levi et ajouta :

— C'est toi qui accompagneras Olivia.

— Et nous vous précéderons sur les lieux pour vous couvrir, ajouta Becker. Quoi qu'il arrive, ne leur remets pas le tableau avant que Jasmine soit loin d'eux.

Olivia acquiesça et attrapa son téléphone portable. Elle prit une grande inspiration, plongea son regard dans celui de Becker et composa le numéro de Tacey Rogers.

— Est-ce que vous voulez toujours échanger un tableau contre ma sœur ? demanda-t-elle d'une voix ferme.

Becker ne put qu'admirer son courage. Maintenant qu'ils avaient le tableau et une stratégie, elle ne reculerait devant aucun obstacle. Il aurait aimé être à la place de Levi, mais Romano aurait pu le reconnaître, prendre peur et fuir – sans le Wyeth, mais avec la sœur d'Olivia. Ils ne pouvaient pas prendre ce risque, alors que la libération de Nico était imminente.

— J'ai le tableau. Est-ce que vous avez toujours ma sœur ?

Olivia marqua une pause avant de reprendre :

— Je veux lui parler pour être sûre qu'elle est en vie.

Quelques instants de silence plus tard, Olivia crispa les doigts sur le téléphone et ses yeux s'emplirent de larmes.

— Jaz, ma chérie. Est-ce que ça va ? Tiens bon. Je viens te chercher. Ne t'inquiète pas pour moi. Nous allons nous en tirer et plus tard, nous rirons de toute cette aventure.

Elle fronça les sourcils.

— Si vous faites du mal à ma sœur, notre marché est caduc. Vous avez bien compris ? Caduc.

Elle écouta son interlocuteur avant de hocher la tête.

— Je serai là dans vingt minutes. Et, pour que ce soit bien clair... pas de sœur... pas de tableau.

Elle raccrocha et releva la tête.

— Dans vingt minutes, derrière un entrepôt près de la gare de triage. Pas loin de celui qu'ils ont incendié la nuit dernière.

Elle leur donna l'adresse et se dirigea vers le SUV de Becker. Quand elle eut remis le tableau dans son emballage, elle retourna vers les autres.

— Quel véhicule prenons-nous ?

— Je vous laisse le SUV, dit Becker.

Irish leva la main.

— Becker peut venir avec moi.

— Mettons-nous en route, dit Trace. Il faudrait que nous arrivions avant eux.

— Et moi ? demanda Briana. Comment est-ce que je peux vous aider ?

Olivia la prit dans ses bras.

— Vous nous avez déjà beaucoup aidés. Sans cette œuvre, nous n'aurions eu aucune monnaie d'échange.

— Et nous ferons tout pour le récupérer quand Jasmine sera en sécurité, ajouta Trace.

Briana hocha la tête.

— J'aimerais venir avec vous. Je n'ai nulle part où aller. En vous donnant ce tableau, je me suis mise au ban de la famille. Je ne peux pas retourner parmi les Salvatore. Ils ne me feront plus jamais confiance.

— D'accord, dit Trace. Suivez-nous. Mais pour notre sécurité à tous, vous devrez rester invisible.

Olivia renchérit :

— Personne ne doit savoir que vous êtes là. Si les hommes de Romano vous voient, vous serez en danger.

Briana partit d'un petit rire.

— Je comprends. Les Romano n'ont certainement pas envie qu'une Salvatore, ou même une ex-Salvatore, se joigne à leur petite fête. Ne vous inquiétez pas. Ils ne me verront pas. J'ai autant à perdre que vous.

— En ce cas, allons-y, dit Olivia en relevant le menton. Et assurons-nous de réussir, parce que nous n'aurons pas de seconde chance.

Becker et Irish suivaient la voiture où étaient montés Trace et Matt. Ils filaient vers le sud-est et la gare de triage, non loin de l'entrepôt où Tacey Rogers avait manqué mourir la nuit précédente.

Ils se garèrent dans une ruelle à quelques rues de l'adresse communiquée par Romano, descendirent de leurs véhicules et récupérèrent leurs armes.

Briana Salvatore se gara derrière eux et vint leur souhaiter bonne chance avant de remonter dans sa voiture. Elle verrouilla les portières et se renfonça dans son siège afin que personne ne puisse la voir.

Becker approcha de la BMW et attendit que Briana ait baissé sa vitre de quelques centimètres.

— Soyez vigilante, dit-il. Si quelqu'un arrive, filez d'ici.
— J'aimerais en faire plus pour vous aider, dit-elle.

Il secoua la tête.

— Prenez soin de vous et de votre bébé. C'est tout.

En passant derrière les bâtiments afin de rester invisibles depuis la route, les hommes coururent jusqu'au point de rendez-vous fixé par Romano. Là, ils se séparèrent pour encercler la zone.

Becker s'accroupit derrière une poubelle et attendit l'arrivée de Romano et de ses sbires.

Cinq minutes plus tard à peine, une camionnette blanche apparut entre deux entrepôts. Le conducteur se gara derrière le bâtiment où étaient postés les Outriders, en laissant tourner le moteur, mais personne ne descendit. Becker aurait aimé voir ce qui se passait à l'intérieur, mais les vitres teintées l'en empêchèrent.

Deux minutes plus tard, le SUV noir apparut à son tour.

Becker retint son souffle et pria pour que Romano n'abatte pas Olivia et Levi avant de s'emparer du tableau et de prendre la fuite.

Il épaula son fusil de technologie militaire et le pointa sur la portière de la camionnette, prêt à tirer.

Dès que le SUV s'immobilisa, Olivia descendit, le tableau à la main. Ses cheveux d'un noir de jais étaient dissimulés par le foulard bleu ciel et Briana, avec le seul recours de sa trousse de maquillage, était parvenue à remodeler son visage de telle sorte qu'elle était méconnaissable.

Elle tenait le tableau devant elle tel un bouclier, pensant probablement que Romano n'oserait jamais voir s'envoler quatre millions de dollars en lui tirant dessus.

La portière latérale de la camionnette s'ouvrit, et Romano en descendit, suivi de quatre hommes armés de fusils semi-automatiques qui prirent position autour de lui.

Romano se pencha et prit une jeune femme par le bras pour la faire descendre de la camionnette. Ses poignets étaient attachés dans son dos avec des liens en plastique, et sa bouche était couverte de scotch.

Olivia avança, les yeux étrécis, le visage grave.

— Relâchez ma sœur et je vous donnerai le tableau.

— Montrez-nous la toile, ordonna Romano.

Elle dénoua la ficelle, écarta le papier kraft et tourna le tableau vers Romano.

— Envoyez-la jusqu'à moi, dit-elle.

— Nous nous rencontrerons à mi-chemin, répliqua Romano.

Cela ne plaisait pas du tout à Becker. Il ne voulait pas qu'Olivia s'approche de cet homme.

— Montrez-moi vos mains, lança-t-elle.

Romano lâcha Jasmine pendant une seconde pour lui montrer qu'il n'était pas armé avant de désigner Levi d'un mouvement de la tête.

— Votre homme peut faire la même chose.

Levi montra ses mains avant de prendre Olivia par le coude pour la retenir près de lui.

— À mi-chemin, répéta Romano.

Les deux tandems avancèrent l'un vers l'autre, jusqu'à ne plus être séparés que de deux mètres.

Jusqu'ici, tout allait bien. Mais l'instinct de Becker lui disait que la partie ne serait pas gagnée aussi aisément. Il se méfiait de Romano comme de la peste. Il le mit en joue, prêt à lui trouer la peau s'il essayait de faire mal à Olivia, Jasmine ou Levi, et attendit la suite des événements en retenant son souffle.

— Donnez-moi le tableau, ordonna Romano.

— Pas avant d'avoir ma sœur, répliqua Olivia.

— Je l'enverrai quand le tableau sera entre mes mains.

Olivia fit un pas en avant et tendit le Wyeth à Romano. L'homme empoigna le cadre, mais Olivia ne lâcha pas prise pour autant.

— Le tableau est dans votre main. Envoyez-moi ma sœur.

Romano étrécit les yeux. Maintenant qu'il tenait le tableau d'une main et le bras de Jasmine de l'autre, il devait faire un choix.

Becker espéra que l'offre de Gunter le pousserait à prendre la bonne décision.

Romano poussa rudement Jasmine vers l'avant. Olivia fit un pas de côté, mais sans lâcher la toile.

— Levi, emmène-la jusqu'à la voiture.

— Je ne te laisserai pas seule, répondit-il.

Becker aurait pu embrasser son compagnon d'armes. Il se méfiait autant que lui de Romano et ne voulait pas laisser Olivia seule avec lui, fût-ce pour une seconde.

— Levi, répéta Olivia d'un ton rude, emmène ma sœur jusqu'à la voiture.

— Mais...

— Emmène-la, coupa-t-elle.

Levi poussa Jasmine derrière lui et se dirigea à reculons vers le SUV.

Becker tenait toujours Romano en joue.

D'un geste brusque, l'homme tira sur le tableau – mais Olivia ne lâcha pas prise. Il relâcha alors le cadre et passa un bras autour du cou d'Olivia.

Becker jura. Il ne pouvait pas tirer, sous peine de la toucher elle aussi. Comment avait-il pu laisser Romano poser les mains sur elle ? Il savait que cet homme était sans pitié. Il aurait dû se douter qu'il ne se contenterait pas de repartir après l'échange.

— Je sais que vos hommes sont en position, prêts à m'abattre et à abattre mes gardes, lança-t-il. Mais j'aurai brisé la nuque de cette jolie dame avant que vous ayez eu le temps de tirer. Réfléchissez bien. Si vous nous laissez repartir, je la déposerai au bord de la route à quelques kilomètres d'ici, sans lui faire aucun mal.

— Ne faites pas ça, dit Olivia. Tirez.

— S'ils tirent, ma chère, ils risquent de vous toucher, dit Romano.

— Tirez-moi dessus, dit Olivia. Le tableau sera fichu et n'aura plus aucune valeur.

— Vous n'êtes pas sérieuse ! s'exclama Romano. Ce tableau vaut des millions.

— Je me fiche de sa valeur. Tout ce que je sais, c'est qu'il ne vaut pas qu'on tue pour l'avoir. Vous n'avez jamais regretté que votre neveu meure en essayant de le voler. Vous avez essayé de tuer Tacey parce qu'elle m'avait dit où ma sœur était retenue prisonnière. Et maintenant, vous voulez vous servir de moi pour partir d'ici ? Eh bien, je ne suis pas d'accord.

Becker retint son souffle et grimaça. Le sang se ruait dans ses veines. Il ne savait pas ce qu'Olivia avait derrière la tête, mais il avait la désagréable impression qu'elle allait irriter Romano au point qu'il veuille la tuer. Il devait être prêt à tirer.

Le tableau toujours dans les mains, Olivia s'affaissa contre Romano. Quand l'homme se pencha pour la retenir afin que l'œuvre ne s'écrase pas sur le sol, elle se redressa brusquement. Sa tête heurta violemment le nez de Romano. L'homme glapit de douleur, la relâcha et tituba vers l'arrière.

Olivia s'élança vers l'avant. Quand Romano voulut se jeter sur elle, Becker pressa la détente.

Frappé en plein torse, l'homme s'écroula, face contre terre.

Ses sbires levèrent leurs armes, prêts à riposter.

— Vous êtes cernés, cria Trace d'une voix de stentor. Posez vos armes, et il ne vous sera fait aucun mal.

Comme ils hésitaient, Becker fit feu de nouveau. La balle se logea dans la camionnette, juste à côté de l'un des hommes de Romano.

Le bandit bondit vers l'arrière, jeta son arme et leva les mains. Ses acolytes suivirent son exemple.

Pendant que Becker les couvrait, Levi, Trace, Irish et Matt attachèrent les poignets et les chevilles des hommes de Romano avec des liens en plastique. Ensuite, Trace appela une ambulance pour Romano. Becker quitta sa position et courut vers ses compagnons. Il prit le tableau des mains d'Olivia et le posa sur la banquette arrière du SUV, avant de se retourner pour la prendre dans ses bras.

— Quand Romano t'a attrapée, j'ai vieilli de dix ans.

Il la serra contre lui et souffla pour calmer les battements effrénés de son cœur.

Un bruit de moteur se réverbéra sur les murs des entrepôts. La petite BMW blanche apparut entre deux bâtiments et s'arrêta dans un crissement de pneus. Briana descendit d'un bond et posa les yeux sur Olivia.

— C'est Nico. Il a été libéré et il veut que je lui apporte le tableau. S'il vous plaît, dites-moi que vous l'avez toujours.

— Nous l'avons. Et nous avons aussi le témoin qui peut le faire condamner à la prison à vie, dit Olivia.

Briana secoua tristement la tête.

— Jamais il ne se rendra. Vous allez devoir trouver un moyen de l'inciter à se montrer.

— Le Wyeth, dit Olivia.

Elle s'élança vers sa sœur, Becker sur les talons.

— Nous devons lui tendre un piège, reprit-elle. Aussi longtemps qu'il sera en liberté, ni Jasmine ni Briana ne seront en sécurité.

Levi avait libéré les poignets de Jasmine de leurs liens, et elle était en train de décoller le scotch posé sur sa bouche, d'un geste doux, pour ne pas se blesser.

Quand sa bouche fut libre, elle dit :

— Si vous devez tendre un piège à Nico, laissez-moi lui remettre le tableau moi-même.

Olivia secoua la tête.

— Pas question. J'ai cru mourir quand les hommes de Romano t'ont traînée hors de la maison. Je ne veux pas que tu te mettes une fois de plus en danger.

Jasmine prit les mains d'Olivia dans les siennes.

— Je ne suis plus une petite fille, dit-elle. Je peux prendre mes propres décisions et tirer les enseignements de mes erreurs. Nico a menti en plaidant non coupable. Je l'ai vu de mes yeux tuer Eduardo. Il doit payer pour son crime et être incarcéré avant de tuer de nouveau. Alors, laisse-moi faire ma part du travail, s'il te plaît.

— Non, protesta Olivia. C'est moi qui vais m'en charger. Nous venons tout juste de te retrouver. Jamais je ne pourrais supporter de te voir de nouveau en danger.

Briana fit un pas en avant.

— Je ne peux pas vous laisser faire ça. C'est mon mari. Mon erreur. C'est à moi de le faire.

Jasmine se tourna vers elle, perplexe.

— Qui êtes-vous ?

— Briana Salvatore, la femme de Nico, répondit Olivia. Elle nous a remis le tableau qui nous a servi à négocier ta libération. Mais je ne veux pas que ce soit elle qui rencontre Nico, parce qu'elle est enceinte.

Trace secoua la tête.

— Nico va s'attendre à ce que Briana le rejoigne au point de rendez-vous. Si ce n'est pas elle qui lui remet le tableau, il faut que ce soit quelqu'un qui lui ressemble. Jasmine est blonde, avec de longs cheveux, comme Briana. De dos, elle lui ressemble beaucoup.

Jasmine lui sourit.

— Merci pour le vote de confiance.

— Mais ne soyez pas trop sûre de vous, dit Trace avec un regard sévère. Vous êtes bien placée pour savoir que certaines situations peuvent dégénérer rapidement.

Le sourire de Jasmine s'effaça.

— C'est vrai.

Elle se tourna vers Briana.

— Où avez-vous décidé de vous retrouver ?

— Devant l'aire de jeux d'un parc, d'ici vingt minutes.

Jasmine secoua la tête.

— Il a commis un meurtre, et il a bien failli s'en tirer. Je veux voir son visage quand il se rendra compte qu'il est coincé… et tout ça, à cause d'un stupide tableau.

Olivia éclata de rire.

— Je n'aurais jamais cru entendre un jour ma sœur qualifier un tableau de « stupide ». Quel est ton credo, déjà ? Que toute œuvre d'art mérite le respect ?

Jasmine mit les mains sur ses hanches.

— Exactement. Mais même la plus fervente amatrice d'art peut devenir grincheuse quand elle est retenue en otage pendant trois jours.

Ensuite, elle se tourna vers Briana. Elle ne s'était pas changée depuis des jours, son visage était sale, ses cheveux blonds en bataille.

— Nous allons devoir échanger nos vêtements. Il me faudra aussi une brosse à cheveux, et je vendrais mon âme pour une brosse à dents.

Le cœur de Becker se gonfla devant la joie qui illuminait le visage d'Olivia. Elle était tellement heureuse d'avoir retrouvé sa sœur ! Il voulait la voir sourire ainsi beaucoup plus souvent.

Mais tandis que Jasmine et Briana échangeaient leurs vêtements, le sourire d'Olivia s'estompa, chassé par un regain d'appréhension.

Il fallait qu'ils réussissent. Tant que Nico n'était pas renvoyé derrière les barreaux, aucune de ces femmes n'était en sécurité.

17

Cette fois encore, l'équipe prit position et s'apprêta à capturer sa proie. Mais au lieu de se déployer autour d'un entrepôt, dans un quartier désert, ils encerclaient une aire de jeux où s'ébattait une nuée de petits enfants, sous le regard de leurs mères.

Becker et Olivia s'assirent sur un banc, main dans la main, comme un jeune couple amoureux. Sur un banc voisin, Jasmine attendait l'arrivée de Nico. Elle avait posé à côté d'elle le tableau enveloppé de papier kraft – cette œuvre qui semblait maudite malgré sa beauté. Elle s'était débarbouillée et recoiffée, et portait la robe noire et les talons aiguilles de Briana. Le chapeau noir à larges bords masquait suffisamment son visage pour qu'il soit impossible à Nico de voir qu'elle n'était pas sa femme, à moins d'être juste à côté d'elle. Elle avait glissé le portable d'Olivia sous sa robe, le doigt en suspens au-dessus de l'icône de l'enregistreur vocal.

Comme ils n'avaient pas prévenu la police, Nico n'avait aucun moyen de savoir que le témoin avait refait surface.

Olivia avait posé la tête sur l'épaule de Becker et surveillait sa sœur du coin de l'œil, le cœur battant. Elle pria pour que tout se passe bien. Elle n'avait pas retrouvé Jasmine pour la perdre à nouveau.

Un homme en pantalon gris et polo blanc approcha de Jasmine et Olivia se crispa. Les médias diffusaient suffisamment de photos de Nico Salvatore pour qu'elle le reconnaisse.

— C'est parti, chuchota-t-elle.

Ils étaient assez proches de Jasmine pour saisir en partie l'échange qu'elle allait avoir avec Nico. Elle espérait qu'ils en entendraient suffisamment pour intervenir quand ce serait nécessaire.

Trace avait décidé d'appeler l'inspecteur chargé de l'enquête pour meurtre cinq minutes avant l'heure du rendez-vous. Les autorités devaient savoir maintenant que le témoin était en vie et prêt à parler – et converger vers le lieu de rendez-vous. Trace leur avait demandé d'être discrets, pour ne pas effrayer les enfants.

Les enfants… Olivia s'inquiétait pour eux. Si Nico prenait peur, il pouvait en retenir un en otage.

Becker lui avait promis de l'en empêcher, ainsi que de l'empêcher de faire du mal à Jasmine ou de l'enlever. Olivia croyait sincèrement qu'il ferait de son mieux. Mais parfois, faire de son mieux ne suffisait pas à éviter une tragédie.

Nico alla droit vers le banc où Jasmine attendait, les chevilles croisées, le visage masqué par le chapeau à larges bords.

Le cœur dans la gorge, Olivia regarda l'assassin s'asseoir à côté de sa sœur et prendre sa main dans la sienne.

— Tu ne portes pas ma bague, dit-il.

Olivia se figea. Ils avaient pensé aux vêtements, aux chaussures, au chapeau et aux cheveux, mais pas à l'alliance.

Pourtant, il fallait que Jasmine retienne le meurtrier jusqu'à l'arrivée de l'inspecteur. S'il disait quelque chose de compromettant, tant mieux, mais leur but principal était de l'amener à se montrer et de lui remettre le tableau pour qu'il soit arrêté en sa possession.

Ensuite, Trace négocierait un marché avec l'inspecteur : en échange de son témoignage au tribunal, Briana ne serait pas inquiétée pour avoir dissimulé le tableau.

— Comment en sommes-nous arrivés là ? demanda-t-il.

Olivia retint son souffle en priant pour que Nico ne remarque pas que la voix de sa femme avait changé. Jasmine s'était exercée à reproduire ses inflexions, mais... se laisserait-il berner ?

— Un mariage ne peut pas survivre sur des mensonges, répondit Jasmine. Et il ne peut pas durer si l'un des conjoints maltraite l'autre et menace de le tuer.

Nico se raidit.

— Je ne pouvais pas faire autrement. Tu ne m'écoutais pas.

— Rien ne peut justifier que l'on batte quelqu'un comme tu m'as battue.

— Qu'est-ce qui ne va pas chez toi ? Jusqu'ici, tu ne m'avais jamais tenu tête.

— Peut-être que j'ai changé, dit Jasmine. Peut-être que je ne veux pas être l'épouse d'un assassin.

Olivia sentit les muscles de Becker se tendre. Il était prêt à passer à l'action.

De l'autre côté de l'aire de jeux, plusieurs berlines noires se garèrent le long du trottoir. Des hommes en pantalon et veston de sport en descendirent. À moins de se retourner, Nico ne pouvait pas les voir approcher.

Il ne se retourna pas. Il posa la main sur le tableau et dit :

— Ed n'aurait jamais dû essayer de résister. Ce n'était pas un guerrier. Sa famille doutait de sa loyauté. Pour le tester, elle lui a demandé de recourir à ses compétences en matière d'informatique pour désactiver l'alarme de la galerie. On m'avait dit qu'il ne voulait pas voler ce tableau, et je m'attendais à ce qu'il me le donne sans faire d'histoire. Mais j'ai été forcé de le lui prendre.

— Personne ne t'a forcé à prendre quoi que ce soit, Nico. Tu as tué Eduardo de sang-froid et tu as pris le tableau.

— Et alors ? Il n'y a ni témoin ni preuve contre moi.

Il se leva en prenant le tableau dans ses deux mains.

— Jamais je n'aurais dû t'aider en cachant ce tableau, reprit Jasmine.

Il souffla avec irritation.

— Tu es faible. Quand je t'ai demandé de m'épouser, tu as dit que tu voulais des enfants. Est-ce que tu m'en as donné ? Non. Et maintenant, tu es enceinte d'un bâtard qu'il m'a suffi de menacer pour que tu t'effondres. Oui, tu es faible ; faible et infidèle. Je devrais te tuer pour avoir terni le nom des Salvatore.

— Non..., dit une voix derrière le banc où se trouvaient Nico et Jasmine. Non, Nico. C'est toi qui as terni le nom des Salvatore en tuant Eduardo.

Surpris, Nico fit volte-face et découvrit sa femme, vêtue des habits sales de Jasmine.

— Qu'est-ce que c'est que ça ? demanda-t-il. Qui est cette femme ?

Il arracha le chapeau de la tête de Jasmine et la fusilla du regard.

— Bon sang, mais qui êtes-vous ?

Elle se leva et passa derrière le banc avant de répondre.

— Je suis le témoin.

Le visage écarlate, Nico voulut enjamber le banc pour se jeter sur elle, mais Becker était déjà derrière lui pour l'en empêcher. Le criminel se débattit, mais Becker était bien plus fort que lui.

Jasmine lui prit le tableau des mains et le tendit à l'inspecteur, qui était arrivé au moment où Nico se jetait sur Jasmine. Il passa les menottes à Nico et lui lut ses droits.

— Mais vous les connaissez déjà, n'est-ce pas ? Et maintenant que nous avons notre témoin et le tableau volé, vous allez passer un long moment derrière les barreaux.

— Vous n'avez rien contre moi, riposta Nico. C'est sa parole contre la mienne.

Jasmine sortit le portable de sa cachette et passa l'enregistrement de leur conversation, au cours de laquelle il avait reconnu le meurtre.

Nico jura, et l'inspecteur l'entraîna vers les voitures. L'un de ses adjoints prit le téléphone qui contenait ses aveux et remercia Jasmine d'avoir contribué à son arrestation. Elle inclina la tête vers Olivia et les membres des Outriders.

— Ce n'est pas moi qu'il faut remercier, mais eux. Ils ne m'ont pas abandonnée.

Olivia prit sa sœur dans ses bras et la serra contre elle.

— Jamais je ne t'abandonnerai. Tu es ma famille.

Jasmine secoua la tête.

— Comment le concept de famille peut-il avoir des sens tellement différents ?

— Je ne sais pas, mais je suis heureuse d'avoir retrouvé la mienne.

Elle serra de nouveau sa sœur dans ses bras et leva les yeux vers l'homme qui se tenait auprès d'elles, l'homme qui avait pris une place si importante dans sa vie, en si peu de temps... Un homme qui n'aurait aucun mal à devenir un membre de sa famille, si elle s'autorisait à l'y inviter, et qu'il acceptait.

— Rentrons à la maison, dit-elle, tant pour Jasmine que pour Becker.

Jasmine monta dans le SUV, mais Olivia attendit que Becker ait fini de parler avec les policiers. Quand il la rejoignit enfin, elle le regarda, les sourcils froncés.

— Qu'est-ce qu'il y a ? demanda-t-il.

— Je pense que ta mission est terminée.

— Celle-là, oui, répondit-il. Mais je suis sûr que Trace m'en trouvera d'autres.

— Tu vas donc rester à Whiskey Gulch ?

Il hocha la tête avant de froncer les sourcils.

— Est-ce que tu veux que je reste ?

Un sourire fendit son visage.

— Oui. Je le veux. Nous n'avons pas encore eu notre premier rendez-vous.

— Je croyais que tu avais dit que nous avions dépassé ce stade.

Il la prit dans ses bras et plongea le regard dans le sien.

— Arrêtons de tourner autour du pot, reprit-il. Nous nous posons tous deux la même question : est-ce que nous voulons aller plus loin ? Ma réponse est oui, oui et oui.

Il ponctua chaque « oui » d'un baiser.

— Je t'ai dit il n'y a pas très longtemps que je pensais être amoureux de toi. Je veux tenter l'aventure pour m'en assurer.

— C'est parfait, parce que je veux la tenter, moi aussi, répondit-elle. Mais je ne vois aucune raison d'aller lentement. Je suis pratiquement certaine d'en savoir assez sur toi pour remplacer « Je pense que je t'aime » par « Je sais que je t'aime ».

Il écarta les cheveux d'Olivia de son front et y planta un baiser.

— Je pense exactement la même chose. Et maintenant, rentrons chez nous.

Épilogue

Olivia apparut à la porte de la cuisine, un plateau de boissons dans les mains.

— Est-ce que tu as racheté des clous ? demanda-t-elle.

L'expert de l'assurance était passé, les matériaux nécessaires avaient été commandés... Avec l'aide des Outriders, elle pouvait enfin reconstruire sa maison.

— J'en ai pris à la quincaillerie, répondit Becker.

Jasmine sortit à son tour, un autre plateau dans les mains.

— Où est-ce que tu veux que je pose les sandwichs ? demanda-t-elle.

— Sur n'importe quelle table, répondit Olivia.

Jasmine alla poser le plateau de sandwichs au poulet et à la salade sur l'une des tables de pique-nique disposées dans la cour.

Becker gravit les marches flambant neuves du porche, prit le plateau de boissons des mains d'Olivia et le porta jusqu'aux tables.

— Pas d'alcool avant que le travail soit fini, lança-t-il à ses compagnons.

Les Outriders gémirent en riant.

— Je ne vous remercierai jamais assez d'être venus m'aider, dit Olivia. Au moins, ce trou sera bouché avant qu'il pleuve.

Becker remonta sur le porche et la prit dans ses bras.

— Tout prétexte leur est bon pour faire la fête. En plus, je leur ai promis qu'ils auraient des steaks et de la bière quand le dernier clou aurait été enfoncé.

— Autrement dit, « mange ton casse-croûte et mets-toi au boulot », dit Irish. Mais je n'oublie pas qu'il y a quelque part un steak qui porte mon nom et qui n'attend que d'être mis sur le gril.

Il prit Tessa par la taille et l'embrassa fougueusement.

— Si quelqu'un marche sur un clou ou s'écrase un doigt ou un orteil, l'équipe médicale est parmi nous.

Elle lui donna une tape sur le bras.

— Je sais aussi manier un marteau. Pour tout dire, j'attends ce moment depuis des semaines.

— Moi aussi, renchérit Lily. J'adore donner des coups de marteau quand je suis énervée. Ça me défoule.

Trace l'attrapa par-derrière.

— Et qu'est-ce qui pourrait bien t'énerver ?

Elle éclata de rire.

— Toi.

Elle l'embrassa, prit la moitié d'un sandwich au poulet et s'éloigna en dansant.

Levi aida Dallas à passer une ceinture à outils autour de sa taille fine.

— J'ai entendu dire que le procès de Nico se tiendrait dans trois mois, dit la jeune femme.

— Effectivement, confirma Becker. Olivia et moi irons témoigner avec Jasmine.

— Est-ce que je vous ai dit que j'avais eu des nouvelles de Briana ? demanda Olivia en prenant un sandwich.

Elle alla s'asseoir à côté de Becker et poursuivit :

— Elle a décidé de rester dans la propriété des Salvatore.

— Quoi ? demanda Jasmine, perplexe. Pourquoi donc ?

— Pour que le bébé puisse avoir un père, répondit Olivia.

Elle considérait Briana comme une amie et elle était sincèrement heureuse que sa vie prenne un tour plus agréable.

— Est-ce que tu vas finir par nous dire qui est le père de cet enfant ? demanda Jasmine.

— Bien sûr. C'est Vincenzo Salvatore.

— Le père de Nico ? s'exclama Aubrey.

— J'aurais pu te le dire, dit Matt.

Aubrey lui donna une légère tape sur le bras.

— Alors, pourquoi est-ce que tu ne l'as pas fait ?

— Parce que ça ne me regardait pas, répondit-il.

Aubrey souffla.

— Les hommes…

Rosalyn s'assit face à Olivia et la dévisagea.

— Tu n'as pas cessé de sourire depuis que nous sommes arrivés. Jamais je ne t'ai vue aussi heureuse. Qu'est-ce qui se passe ?

Les joues d'Olivia s'enflammèrent. Elle coula un regard timide vers Becker, qui secoua la tête en réprimant un sourire.

— Tu ferais aussi bien de leur dire. Tu es incapable de garder un secret, de toute façon.

Il tendit la main, et Olivia y déposa la sienne.

— Nous allons avoir un bébé.

Jasmine se leva d'un bond.

— Comment ? s'exclama-t-elle. Quand ?

Un sourire radieux s'épanouit sur son visage.

— Je vais être tante ?

Olivia éclata de rire.

— Comment ? De la façon habituelle. Quand ? Dans huit mois. Et oui, tu vas être tante.

Becker se pencha, embrassa Olivia et souleva sa main pour que tous puissent voir le diamant qui étincelait à son doigt.

— Et vous êtes tous invités au mariage. Elle a dit oui.

— Le mariage ? répéta Jasmine. Quand doit-il avoir lieu ?

Elle leva les yeux au ciel et ajouta :

— Tu aurais pu me prévenir, quand même ! Je suis ta sœur !

— Nous n'avons pas encore fixé de date, mais le plus tôt sera le mieux, répondit Olivia en riant. Je veux pouvoir rentrer dans ma robe de mariée.

— Que diriez-vous de l'organiser sur le Whiskey Gulch Ranch, dans un mois ? proposa Rosalyn.

— Un mois ? répéta Becker, l'air déçu. Pas avant ?

Olivia pressa sa main.

— Ça me semble parfait.

— Je pensais que tu ne voulais pas que nous allions trop lentement.

Il porta la main de sa fiancée à ses lèvres et l'embrassa.

— Est-ce que tu plaisantes ? s'exclama Jasmine en levant les bras au ciel. Un mois nous suffira à peine. Il faut trouver une robe, prévoir la musique, le buffet, les arrangements floraux, organiser l'enterrement de vie de jeune fille, la fête prénatale… Mon Dieu ! Nous n'aurons jamais assez d'un mois !

— Pour ma part, je me contenterais d'un mariage en jean et T-shirt devant un juge de paix, répliqua Becker en souriant. Tout ce que je veux, c'est qu'elle vienne et qu'elle dise « Oui ».

— Je viendrai, dit Olivia. Rien ne pourra m'en empêcher. J'ai trouvé mon âme sœur.

— Et c'est la même chose pour moi.

— En ce cas, pourquoi attendre ? demanda-t-elle en se tournant vers Rosalyn. Est-ce que nous pourrions tout organiser pour le week-end prochain ?

Rosalyn éclata de rire.

— Bien sûr.

Becker embrassa Olivia et se tourna vers ses frères d'armes.

— Vous avez entendu ce qu'a dit la dame. Le mariage aura lieu le week-end prochain.

Des vivats s'élevèrent des tables.

— Mais ce n'est pas une raison pour attaquer la bière tout de suite, prévint Becker. Nous n'en avons pas encore fini. Il va nous falloir une maison.

Il prit Olivia dans ses bras.

— Je t'aime, Olivia Swann. J'ai hâte que tu deviennes ma femme.

— Je t'aime aussi, Becker Jackson. J'ai hâte que nous commencions à vivre le restant de nos vies ensemble.

ELIZABETH HEITER

Au péril de leur vie

Traduction française de
CATHERINE VALLEROY

BLACK ROSE
HARLEQUIN

Titre original :
SNIFFING OUT DANGER

© 2022, Harlequin Enterprises ULC.
© 2023, HarperCollins France pour la traduction française.

1

Ce n'était pas pour *ça* qu'elle avait déménagé à trois mille kilomètres.

Les dents serrées, Ava descendit de sa voiture de patrouille et ouvrit la portière à sa coéquipière à quatre pattes. Son regard vola vers les montagnes, puis revint se poser sur l'herbe haute devant elle. Une rangée d'arbres cachait en partie la petite maison rectangulaire à la peinture écaillée et aux volets clos. L'homme qui avait choisi de vivre sur ce terrain, à la périphérie de Jasper, ne voulait pas être dérangé, c'était évident. Surtout par la police.

Ava tapota sa jambe et Lacey, un berger allemand de 2 ans, bondit sur le sol. Oreilles dressées, elle tint son nez au vent, regarda autour d'elle, puis considéra Ava.

— Allez, on y va, dit Ava en avançant lentement vers la maison.

Tandis que Lacey flairait le sol, elle inspecta les environs. Harold Bingsley, l'homme dont on lui avait demandé de vérifier qu'il allait bien, était connu pour son addiction à la méthamphétamine. La chienne avait entamé son dressage à la détection de narcotiques avant même qu'Ava ait quitté Chicago pour cette ville de l'Idaho mille fois plus petite.

Cette mission de routine était sans grand risque, mais cinq ans de patrouille puis de travail aux narcotiques avaient appris à Ava qu'aucune tâche n'était tout à fait dépourvue de danger. Il ne fallait jamais baisser sa garde. Pas même ici.

Elle s'était garée dans la rue, hors de vue de la maison, au cas où la voiture de patrouille rendrait Harold nerveux. Selon sa sœur, qui avait appelé depuis l'Oregon, il ne répondait plus au téléphone depuis une semaine. Peut-être était-il en colère parce qu'elle avait encore essayé de le convaincre de se rapprocher de la famille. « Une dispute sans fin », avait-elle dit. Mais il n'avait aucun ami et, depuis qu'il s'était sevré, personne ne lui rendait visite. Elle craignait qu'il soit blessé ou malade.

Cette mission était bien loin de la dernière intervention d'Ava à Chicago, une descente de plusieurs agences dans un laboratoire clandestin de stupéfiants. Dès que le SWAT avait dégagé la voie, elle s'y était engouffrée avec ses collègues. Après coup, elle avait apprécié les poignées de main de félicitations des agents fédéraux.

Elle avait passé cinq mois à préparer ce coup de filet. C'était censé être son ticket gagnant pour des responsabilités plus importantes au sein de la police judiciaire de Chicago. Mais, dès son retour au commissariat, elle avait rendu son insigne et son arme.

Son cœur se serra un peu lorsqu'elle se rappela le froncement de sourcils de son chef et ses mots :

— Tu es sûre que c'est ce que tu veux ?

Repoussant ces souvenirs, elle se concentra sur son environnement. En dehors du terrain sur lequel se dressait la maison d'Harold, la rue était bordée de bâtiments commerciaux. Du moins l'avait-elle été. C'étaient maintenant des entrepôts abandonnés, dont les façades s'effritaient peu à peu, gâchant une vue autrefois agréable.

C'était un beau samedi du mois de mai, et Harold était probablement retranché chez lui au lieu de profiter du soleil. Non qu'il y ait beaucoup de choix en matière de divertissements à Jasper, mais il aurait pu se rendre en voiture à la Salmon River et nager ou pique-niquer au bord de l'eau, maintenant que la température remontait enfin.

Si Ava n'avait pas été d'astreinte, c'est probablement ce qu'elle aurait fait. C'étaient ces montagnes sereines et cette rivière paresseuse, si différentes de l'agitation de Chicago, qui l'avaient attirée ici. Ça, et le charmant petit centre-ville encadré par des sommets enneigés. La vue exceptionnelle de la petite maison repérée en ligne avait achevé de la décider.

Au départ, cette réinstallation était pour elle une aventure plutôt qu'une défaite. Trois mois plus tard, cet optimisme avait fait long feu, même si les beautés naturelles de Jasper étaient incontestables.

Contournant la berline et la moto rouillée stationnées dans l'allée, Ava s'approcha de la porte d'entrée. Une main sur la crosse de son arme, elle observa Lacey.

La chienne s'arrêta à côté d'elle, la fixant de ses intelligents yeux marron. Mais elle ne s'assit pas. Ce qui signifiait que, jusque-là, elle n'avait pas détecté de drogue.

Écartant Lacey, Ava se positionna à distance de la porte, tout en allumant sa radio pour annoncer :

— Je suis au domicile de Bingsley.

— Bonne chance, fit la voix joyeuse de Jenny Dix, l'unique répartitrice de la police de Jasper.

Ava leva les yeux au ciel. La *chance* aurait été d'être chargée d'une véritable affaire. La *chance* aurait été d'atterrir dans une ville où on apprécierait ses années d'expérience. Au lieu de quoi, on lui avait attribué une chienne comme coéquipière et des missions de bleue. Lorsqu'elle avait tenté de se joindre à ses collègues à la brasserie locale, elle avait eu l'impression d'être laissée de côté et elle était rentrée chez elle de bonne heure.

En réalité, la *chance* aurait été de ne pas avoir dû quitter Chicago, pour commencer. Elle effleura le médaillon sous son uniforme, renfermant les photos de sa famille, laquelle n'avait jamais approuvé son choix de carrière. Une famille désormais perdue pour elle.

Concentre-toi, s'ordonna-t-elle. Elle avait pris sa décision. C'était un nouveau départ et, si elle voulait que ça marche, il fallait qu'elle y mette du sien. Si elle devait tout reprendre de zéro, sa carrière, ses amitiés, son sentiment d'appartenance, eh bien, qu'il en soit ainsi.

Carrant les épaules, elle frappa à la porte et donna à sa voix une nuance d'autorité bienveillante.

— Monsieur Bingsley ? Je suis l'agent Callan, de la police de Jasper. Votre sœur nous a appelés pour s'assurer que vous alliez bien.

Elle écouta attentivement, prête à dégainer s'il se montrait avec une arme. Il n'avait pas de permis, mais il avait été arrêté en possession d'une arme par le passé.

N'entendant rien à l'intérieur, elle frappa à nouveau, plus fort.

— Monsieur Bingsley ? Il faut que vous me confirmiez que vous allez bien, sinon je vais devoir entrer pour m'en assurer.

Toujours rien. Réprimant un soupir, et espérant qu'elle n'allait pas trouver un cadavre, elle prit position pour ouvrir la porte d'un coup de pied. Une bouffée d'adrénaline l'envahit, faible rappel de l'excitation des descentes de la brigade des narcotiques à Chicago.

Son rire ironique s'étrangla dans sa gorge lorsque la porte s'ouvrit et qu'Harold apparut, un pistolet tremblant violemment dans sa main.

Ava braqua son arme avant même d'avoir pris conscience de l'avoir dégainée. Elle se glissa devant Lacey, qui était dressée à détecter mais pas à attaquer. Le cœur battant, elle dit néanmoins d'une voix posée :

— Je suis là pour vous aider. Posez votre arme.

Il tourna vers elle son pistolet qui tressautait sur un rythme effréné. Les bras tendus, le doigt posé sur la détente, elle ne voulait pas tirer.

— Harold, votre sœur pensait que vous étiez malade. C'est tout. Vous n'avez pas d'ennuis, d'accord ? Posez cette arme.

Le regard d'Harold sautait d'un objet à l'autre sans s'y attacher. De sa main libre, il gratta son visage au teint grisâtre, laissant des éraflures rouges. L'arme continuait de rebondir dans sa main, et son doigt approchait de plus en plus de la détente.

Ava retint un juron. Il était complètement défoncé. Sans doute en pleine crise de paranoïa. Les pieds solidement ancrés au sol, elle reprit d'une voix égale :

— Harold, je voudrais que vous lâchiez cette arme avant de vous blesser.

Le regard de Bingsley se posa sur son propre pistolet, et il fronça les sourcils comme s'il n'avait pas conscience de le tenir. Il le fixa un long moment, faisant aller et venir son index sur la détente.

Ava carra les épaules, souhaitant mentalement avoir un gilet pare-balles.

Harold leva l'arme.

— Non ! cria Ava en recourbant l'index.

Mais il jeta le pistolet dans l'herbe haute et s'éloigna d'une démarche boiteuse.

Rengainant son revolver, Ava courut après lui. Il faisait au moins dix centimètres et vingt-cinq kilos de plus qu'elle. Mais il avait aussi une quinzaine d'années de plus et n'était pas du tout en forme. En outre, elle avait son entraînement pour elle. Elle se jeta sur lui et le plaqua au sol, atterrissant rudement sur son dos.

Avant qu'il puisse récupérer, elle lui tira les bras dans le dos et le menotta, puis le palpa pour vérifier qu'il n'avait pas d'autre arme, tandis qu'il marmonnait des insanités dans l'herbe.

Allumant sa radio, elle annonça :

— J'ai arrêté Bingsley. Il a braqué une arme sur moi.

La réponse de Jenny se perdit sous les jurons d'Ava quand la chienne se mit à courir vers les entrepôts abandonnés.

— Lacey !

L'animal tourna la tête pour la regarder, émit un aboiement et continua à courir.

Remettant Harold sur ses pieds, Ava l'entraîna. Lacey avait-elle senti quelque chose ? Elle n'avait pas réagi devant la maison, bien qu'Harold ait sûrement de la drogue en sa possession.

Voyant Lacey accélérer, Ava se mit à trotter, Harold trébuchant à ses côtés.

À l'orée du premier entrepôt, un bâtiment massif couvert de graffitis, Lacey s'assit. Signe qu'elle avait senti quelque chose. Ava sentit son cœur accélérer, excitée par la possibilité de tomber sur une véritable affaire. Mais Lacey n'avait probablement flairé que la cachette d'Harold. À moins qu'il ne s'agisse de la cache plus importante d'un dealer.

— Brave fille, dit-elle à la chienne en la rattrapant finalement.

Lacey lui jeta un coup d'œil en agitant la queue, et Ava fit halte pour lui caresser la tête. Contrairement à d'autres chiens policiers, qui exigeaient des friandises ou des jouets, la récompense favorite de la chienne était un bon grattement derrière l'oreille.

Tout en vérifiant qu'il n'y avait personne alentour et que le bâtiment était effectivement abandonné, Ava ralluma sa radio. Elle dit doucement :

— Lacey vient de m'indiquer un entrepôt à côté de la maison de Bingsley. Je vais aller y jeter un coup d'œil.

— Tiens-moi au courant si tu as besoin de renforts, fit immédiatement la voix de Jenny.

— Ça va pour l'instant, répondit Ava, en essayant la poignée de la porte.

Elle s'ouvrit facilement, avec un grincement aigu qui la fit tressaillir. Ava jeta un coup d'œil à Harold, qui se frottait le visage sur son épaule.

— Il y a quelqu'un là-dedans ?

Bingsley se contenta d'un haussement d'épaules, sans qu'elle sache s'il s'agissait d'une réponse ou d'un grattement.

— Reste là, dit-elle à Lacey, en jetant un regard prudent à l'intérieur.

La lumière se déversait par les fenêtres sales, éclairant des machines abandonnées dont Ava ne put que supputer l'usage. Il y avait des traces de pas dans la poussière et quelques bouteilles de bière, de même que des déchets éparpillés sur le plancher, mais en dehors de cela, l'espace était vide.

Ouvrant la porte un peu plus grand, Ava poussa Harold contre le mur extérieur et l'avertit :

— Ne bougez pas.

Puis elle pénétra à l'intérieur – pas assez pour ne pas pouvoir rattraper Harold s'il tentait de s'enfuir, mais suffisamment pour avoir une meilleure vue de l'entrepôt.

Ce qu'elle vit alors lui donna la chair de poule.

Elle recula lentement, respirant à toute allure et cherchant sa radio à tâtons.

Ce n'était pas de la drogue que Lacey avait trouvé. C'était une bombe.

2

— La police de Jasper vient d'appeler. Ils sont tombés sur une bombe. Ils ont besoin de toi immédiatement.

Les paroles de son chef firent frissonner Eli Thorne. Sa ville natale de McCall n'était pas bien grande. Même quand les touristes venaient multiplier la population par deux, il était plus susceptible d'être appelé pour une bagarre dans un bar que pour neutraliser un engin explosif. Lorsqu'il avait effectué sa formation à l'école de déminage du FBI, son chef avait trouvé qu'il perdait son temps.

Cette opinion s'était modifiée lorsque, l'année précédente, quelqu'un avait posé une bombe à Little Ski Hill durant la saison hivernale et avait failli détruire l'une de leurs meilleures attractions sportives. Sans parler du fait qu'on n'aurait pas eu le temps d'évacuer avant qu'Eli neutralise la bombe.

Eli se pencha sur son bureau, calculant le meilleur trajet pour Jasper.

— Qu'est-ce qu'on sait ?
— Pas grand-chose. Juste une adresse. La répartitrice prendra contact avec toi quand tu seras en route.
— J'y vais.

Il courut jusqu'à son SUV, alluma le gyrophare et la sirène et démarra en trombe.

Jasper était à une heure de route au nord de McCall et, comme la plupart des petites villes de l'Idaho, ne disposait pas de son propre spécialiste en déminage. Cela signifiait qu'on dépêchait Eli chaque fois que quelqu'un prononçait le mot *explosif*.

La plupart du temps, il ne s'agissait que de fausses alertes. Il était surprenant de voir tout ce que les gens prenaient pour des bombes. Mais s'il y avait une vraie menace, une heure était un long trajet. Si la bombe était amorcée, cette heure-là pouvait faire la différence entre la vie et la mort.

Eli accéléra en parcourant la route touristique de Payette Lake, puis en empruntant l'US-95 vers le nord. L'arrière de son véhicule était plein d'équipements acquis au fil des ans. Des équipements qui s'étaient nettement améliorés après que son intervention à la station de ski lui avait valu le rang de capitaine.

À 33 ans, il était le plus jeune capitaine de la police de McCall. Il ne s'arrêterait pas en si bon chemin. Il adorait son travail, adorait sa ville et avait l'intention de rester dans la police jusqu'à ce que ses jambes ne puissent plus le porter.

Avec un sourire, Eli contourna un type en Corvette, qui semblait ignorer la limite de vitesse. L'homme eut l'air surpris et ralentit.

Ayant dépassé la plupart des voitures, Eli pressa l'accélérateur et fit le trajet jusqu'à Jasper en vingt-deux minutes. Là, il ralentit pour manœuvrer prudemment entre les voitures et les flâneurs du centre-ville. Puis il se rendit à l'autre bout de la ville, dans l'un des rares quartiers de Jasper où les bâtiments délabrés l'emportaient sur les maisons anciennes.

Quelques voitures de police bloquaient la rue, mais l'une d'elles recula pour le laisser passer avant même qu'il baisse sa vitre. D'autres patrouilleurs barraient l'extrémité de la rue. Entre ces deux barrages, il n'y avait rien d'autre qu'une maison décrépite et des entrepôts visiblement abandonnés.

Eli se gara aussi près que possible de l'entrepôt en question. La plupart des policiers se tenaient en dehors du périmètre, mais l'une d'entre eux montait la garde en face de l'entrepôt, un chien à ses côtés.

Un peu plus jeune que lui, elle avait une peau brun clair, des cheveux noirs relevés en chignon sur le dessus de la tête et une expression sévère. Le berger allemand à côté d'elle avait l'air plus amical. Il agita la queue dès qu'Eli descendit de voiture.

— Eli Thorne ? demanda la femme, d'un ton aussi austère que son expression.

Il était habitué à ce que les gens lui soient reconnaissants d'arriver. Se demandant si c'était avec lui qu'elle avait un problème ou avec la vie en général, il lui jeta un bref coup d'œil, fit le tour de son véhicule et ouvrit la portière arrière.

— C'est moi. Qu'est-ce que vous avez ?

— Je suis l'agent Ava Callan, dit-elle en regardant l'intérieur de la voiture avec curiosité.

Les vitres teintées dissimulaient aux regards un équipement onéreux. Repoussant la bâche, il dévoila un assortiment impressionnant, comprenant une tenue de déminage, un kit tactique et un robot démineur avec accessoires, manettes et écran.

— J'avais un prisonnier avec moi lorsque j'ai repéré l'engin, alors je ne me suis pas approchée, dit Ava d'un ton sérieux, tout en contemplant l'équipement. C'est Lacey qui m'a désigné la porte.

Le berger allemand agita la queue en entendant son nom, et Ava lui gratta machinalement l'oreille.

— Techniquement, c'est une chienne renifleuse de drogue. Du moins, c'est dans ce but que je l'ai dressée. Mais elle a eu un bref dressage à la détection d'explosifs avant que je commence à travailler avec elle. Une bonne chose.

Tandis qu'elle parlait, Eli souleva prudemment le robot et le posa sur le sol avec un grognement. Il était de taille moyenne, à savoir que lorsque le bras et la pince n'étaient pas dépliés, il tenait juste dans son SUV. Mais il pesait trois cents kilos. Le coût de l'engin avait été couvert par un don un commissariat, et s'il le faisait tomber, ils ne pourraient pas le remplacer. Mais il valait bien son prix : c'était une machine sophistiquée qui roulait sur les rails, pouvait grimper les escaliers, ouvrir les portes et soulever jusqu'à quarante kilos.

Il laissa sa tenue dans la voiture pour l'heure. Elle était lourde et encombrante et, avec un peu de chance, il n'en aurait pas besoin. Les alerte à la bombe étaient souvent sans fondement. Le robot était beaucoup plus utile que la combinaison de toute façon.

Tandis qu'il le mettait en marche, Ava l'observa.

— Depuis la porte, ça ressemblait incontestablement à une bombe, continua-t-elle sur le même ton d'irritation maîtrisée.

Une irritation à son égard parce qu'il n'était pas arrivé assez vite ? Parce qu'il ne lui prêtait pas assez attention ? Ou parce que personne ne s'était proposé pour surveiller l'entrepôt avec elle ? Connaissant le commissariat, Eli ne pensait pas que c'était de la peur de leur part. Pour une raison quelconque, Ava n'était pas bien intégrée dans l'équipe.

— Je ne voulais pas m'approcher. Ma spécialité, ce sont les narcotiques.

Il lui jeta un regard surpris en commençant à manœuvrer le robot. Il connaissait la plupart des agents de Jasper, mais il n'en avait jamais rencontré qui ait une expérience des narcotiques. Et, avec ou sans son attitude, il se serait souvenu d'elle.

Si cela lui arrivait de sourire, elle devait briser les cœurs. Peut-être était-ce pour cela qu'elle ne le faisait pas.

— Je n'ai aucune expérience des explosifs, termina Ava, l'air légèrement embarrassée.

— C'est pour ça que je suis là, lui dit-il en actionnant les manettes.

Les mouvements lui revenaient instinctivement.

Le robot avança vers l'entrepôt à cinq kilomètres à l'heure, poussa la porte et pénétra à intérieur, tandis qu'Eli surveillait l'écran déplié à l'arrière de son SUV.

Ava se rapprocha pour lire les mesures. Il s'efforça de ne pas remarquer qu'elle sentait légèrement le beurre de cacao.

— C'est un sacré équipement pour un bled perdu de l'Idaho.

— Vous n'avez encore rien vu, marmonna Eli, dont l'attention était fixée sur l'image relayée par la caméra à fibre optique.

Les machines rouillées, les journaux et la couverture crasseuse, suggérant que quelqu'un s'était abrité là, ne retinrent son attention qu'un instant. Il se concentra sur l'amas de fils électriques et de tuyaux galvanisés.

Son pouls accéléra lorsque le robot approcha de la table en bois éraflé, ce qui lui donna une meilleure vue de l'engin. Des capuchons étaient visibles à chaque bout des tuyaux. Un simple minuteur de cuisine était raccordé à la bombe. Sommaire, mais efficace.

— Vous avez eu raison de m'appeler, dit-il à Ava.

— Elle est amorcée ?

— C'est ce que nous allons voir maintenant.

Le minuteur ne semblait pas remonté, mais cela ne voulait pas dire que la bombe n'était pas amorcée. Elle n'avait peut-être pas explosé au moment voulu. Une fausse manœuvre pouvait la déclencher, à supposer qu'elle soit convenablement assemblée.

À l'aide des manettes, il amena le robot derrière la table pour mieux voir l'arrière de l'engin. Le câble ne semblait pas relié au minuteur, ce qui expliquait sans doute pourquoi l'explosion n'avait pas eu lieu. Mais elle le pouvait encore.

Il positionna le robot de sorte à pouvoir prendre un cliché aux rayons X, une fonctionnalité formidable dont il était encore étonné que le commissariat ait accepté de la financer. Mais ils avaient bénéficié d'une série de dons généreux après l'attentat manqué à Little Ski Hill.

Passant à l'autre écran, Eli fixa l'image, l'étudiant de près. La tension quitta alors ses épaules et son cou, et il reposa la manette.

— Quoi ? demanda Ava, qui le talonnait tandis qu'il se dirigeait vers l'entrepôt.

— Elle n'est pas amorcée. Il y a une mèche, mais pas de détonateur.

— Alors à quoi sert-elle ?

Eli pivota vers elle, et elle s'arrêta net, assez près pour qu'il remarque la plénitude de ses lèvres non maquillées et l'intelligence de son regard.

— Vous avez vu quelqu'un s'enfuir par l'arrière quand vous êtes arrivée ?

— Non. Mais étant donné la disposition des lieux, s'il avait pris ses précautions, je ne l'aurais sans doute pas vu.

Elle désigna l'épaisse rangée d'arbres derrière l'entrepôt.

— Eh bien, nous avons deux options. Ou bien vous l'avez interrompu avant qu'il puisse insérer le détonateur. Ou bien il faisait seulement des expériences et il a une autre cible à l'esprit.

Ava le fixa d'un air préoccupé.

Quelle que soit l'explication, Eli avait l'intuition que ce ne serait pas la dernière fois qu'on le convoquerait à Jasper.

3

Le dimanche, Eli était généralement en congé. Mais ce jour-là, il était retourné à Jasper avec son équipement et une valise, après que son chef avait accepté de le prêter temporairement. Avec un poseur de bombe en liberté, les heures supplémentaires des agents de Jasper ne suffiraient pas. Il leur fallait un expert.

Installé dans la grande salle de réunion, avec un café et une part du fameux strudel de Theresa Norwood, Eli regarda autour de lui. La salle était remplie d'agents. Il en connaissait certains depuis des années, et ceux-là le saluaient de la main ou d'un bonjour sonore, mais d'autres lui étaient totalement inconnus. Cependant, il se surprit à chercher du regard une femme au regard direct et à l'expression sévère.

Ava était un peu trop agressive pour quelqu'un qui ne faisait pas partie de la police de Jasper depuis plus de six mois. Mais il y avait de l'intelligence dans son regard et une raison à sa manière de faire cavalier seul. Si elle était spécialisée dans les narcotiques, cela voulait dire qu'elle venait d'une grande ville. Peut-être avait-elle commis une faute dans un poste précédent. Ou peut-être s'était-elle dit qu'elle progresserait plus vite dans une ville avec une criminalité et une police moins importantes. De toute façon, elle ne semblait pas avoir l'esprit d'équipe. Il ne pouvait s'empêcher d'être curieux quant à ce qui l'avait conduite dans ce minuscule bourg de montagne, dont la plupart des gens n'avaient jamais entendu parler.

Ava se glissa dans la pièce lorsqu'elle fut presque pleine et s'appuya au mur du fond, Lacey à ses côtés. Un autre chien policier, un retriever, était assis à côté du lieutenant Brady Nichols, de l'autre côté de la salle. Le chef de la police de Jasper, Doug Walters, était un fervent supporter de l'Académie canine Daniels, un établissement de dressage de chiens. Il avait acquis un bon nombre de chiens pour le commissariat, au fil des ans, et en avait eu un lui-même avant d'être promu à son poste.

Malgré l'autre chien, malgré les sièges vides, Ava se tenait à l'écart. L'absence de salutations à son égard confirma l'impression précédente d'Eli.

Lorsque le chef monta sur le podium, Eli se força à détacher le regard d'Ava. Doug avait la soixantaine et il avait été promu chef six ans auparavant, mais il faisait depuis toujours partie de la petite ville. Eli avait collaboré avec lui en plusieurs occasions et l'avait trouvé franc et équitable.

— On va bousculer un peu l'ordre du jour, aujourd'hui, dit le chef lorsque les conversations s'arrêtèrent dans la pièce. Tout d'abord, nous avons quelques affaires de routine. Avec l'arrivée de la saison touristique, nous constatons une légère hausse dans les larcins et les vols à l'étalage, alors ouvrez l'œil. Hier soir, des agents ont dû intervenir dans une bagarre devant le Millard's Diner. L'un des protagonistes n'est pas originaire de la ville, mais nous avons sa description et celle de son véhicule. Le lieutenant Hoover va vous faire passer ça.

Le chef s'interrompit et inspira avec force, son teint pâle paraissant cireux sous l'éclairage au néon.

— Maintenant, quant à la raison de la présence du capitaine Thorne… Comme vous l'avez sans doute entendu dire, l'agent Callan et Lacey ont trouvé une bombe hier.

Nous avons eu de la chance, elle n'était pas amorcée, mais elle contenait bien des explosifs, et nos collègues de la scientifique ont confirmé que si elle avait été amorcée, elle aurait pu causer des dégâts sérieux.

Passant outre les murmures des agents, il continua :

— Nous devons supposer que celui qui l'a fabriquée a accès aux matériaux nécessaires et qu'il fera sans doute une autre tentative. Nous allons donc constituer une équipe de travail pour préciser l'ampleur de la menace.

Les agents hochèrent la tête, quelques-uns jetant un bref regard à Eli, sans doute dans l'espoir d'être choisis. Pourchasser un poseur de bombe était le genre de mission qui ne se présentait pas souvent, voire jamais dans une ville comme Jasper. Eli savait que son équipe serait réduite, sans doute pas plus de trois policiers. Il avait déjà à l'esprit ceux sur qui il pouvait compter.

— Avant d'en arriver à cette équipe, continua le chef, j'ai une mauvaise nouvelle. L'agent Callan a recherché hier soir le propriétaire de l'entrepôt où l'on a trouvé l'engin. La plupart d'entre vous se souviennent sans doute de JPG Lumber, qui a déposé le bilan il y a trois ans.

De nombreux policiers hochèrent la tête.

— L'agent Callan a confirmé que les propriétaires ont déménagé dans un autre État. Il n'y a donc pas de cible évidente. Étant donné que la porte n'était pas cadenassée et que quelqu'un a squatté l'entrepôt à un moment donné, il n'y a sans doute pas de lien avec l'entreprise. Nous allons tout de même dresser la liste de ceux qui y travaillaient et rechercher ceux qui auraient pu l'utiliser comme lieu de montage, s'il s'agissait seulement d'expérimentation.

— Et les empreintes ? Ou un indice quelconque sur le squatteur ? lança Jason Wright, le néophyte du service.

Il était jeune – cela ne faisait que six ans qu'il était sorti de l'université – mais avide de bien faire. Autrefois placé dans la famille du propriétaire de l'Académie Daniels, il s'était engagé dans la police avec le désir de faire ses preuves et de rendre ce qu'on lui avait donné. Dès l'instant où il l'avait rencontré, Eli avait été touché par sa personnalité. Quand le chef lui donnerait l'occasion de nommer les hommes qu'il voulait, il avait l'intention d'y inclure Jason.

Le chef laissa échapper un rire sans humour et passa une main dans ses cheveux clairsemés.

— On a des tonnes d'empreintes, pour la plupart dégradées. Mais sur les matériaux de la bombe ? Absolument rien.

Eli se sentit glacé. L'absence d'empreintes suggérait que le poseur de bombe portait des gants. Ava l'avait sans doute interrompu avant qu'il puisse terminer sa tâche.

Un entrepôt désert, loin de tout en dehors de la maison d'un célibataire reclus, était une cible étrange, mais peut-être l'objectif n'était-il pas de blesser quiconque. Du moins pas encore. Le but principal était peut-être de provoquer la peur.

La bombe n'était pas amorcée lorsque Eli était arrivé, mais c'était uniquement à cause de l'absence de détonateur. Lorsqu'il avait démantelé l'engin, il avait constaté le soin avec lequel le poseur de bombe avait procédé. S'il l'avait voulu, Eli en était certain, il aurait pu fabriquer une bombe beaucoup plus grosse et beaucoup plus mortelle.

Qu'il s'agisse d'une simple expérimentation ou d'une tentative avortée, l'usage de gants impliquait que le poseur de bombe ne prenait aucun risque. Il ne s'agissait pas d'une bombe unique, pour laquelle il se fichait qu'on sache qui il était. C'était quelqu'un qui voyait loin. Cela le rendait d'autant plus dangereux.

— Le capitaine Thorne et son équipe vont tenter d'identifier le squatteur et de l'interroger. Pour l'instant, nous n'avons aucune raison de penser que c'est lui qui a monté la bombe. Mais le capitaine Thorne se chargera de cette évaluation. Ensuite, son équipe et lui examineront d'autres pistes. Trois agents vont se consacrer à cet objectif. Arrêtons ce type avant qu'il fasse de vrais dégâts. Capitaine Thorne ?

Eli hocha la tête et s'avança vers le podium. Il avait bien parié, il aurait trois agents pour l'aider. Un bon chiffre, et il savait exactement qui il voulait.

Il garda un air sérieux, mais une excitation familière montait en lui. La possibilité d'arrêter quelqu'un qui voulait du mal à cette ville et de l'envoyer en prison.

— Merci, chef Walters. La plupart d'entre vous me connaissent, mais pour ceux qui ignorent qui je suis, je vous l'assure : je suis peut-être capitaine dans la police de McCall, mais je vais me consacrer entièrement à cette affaire. Nous faisons tous partie de la même communauté, et je serai ravi de vous aider à arrêter ce malfaiteur. À cette fin, j'aurai le plaisir de travailler avec quelques-uns d'entre vous.

Il regarda Brady Nichols, qui était adossé à sa chaise. Teint olivâtre et courte barbe, le lieutenant n'était à Jasper que depuis deux ans, mais lui et sa chienne pisteuse faisaient désormais partie des meubles. Eli avait collaboré avec lui par le passé et l'avait trouvé sérieux et concentré. Il ressemblait un peu à un ermite, mais il était doué d'un calme et d'une confiance qui mettaient les agents et les civils à l'aise.

— Lieutenant Nichols, j'espère que vous pourrez nous aider.

Brady hocha la tête et se redressa un peu sur sa chaise.

— Nous n'aurons probablement pas besoin de Winnie, du moins au début.

Le retriever baissa le nez et se laissa glisser à terre. Brady lui adressa un sourire affectueux et lui caressa le dos.

— Ne vous inquiétez pas. Si on doit pister quelqu'un, elle sera la chienne de la situation.

Le retriever releva la tête et frappa le sol de sa queue.

Eli tourna les yeux vers Jason. Le jeune Noir était assis au bord de sa chaise, tapotant sur la table, l'air plein d'espoir.

Ce qui lui manquait en expérience, il le compensait par sa ténacité.

— Agent Wright, j'aimerais aussi vous avoir dans l'équipe.

Tandis que Jason réprimait un grand sourire, Eli se tourna vers le chef, qui hocha la tête. Cette enquête serait une bonne expérience pour l'agent débutant.

Eli survolait la pièce du regard, cherchant son dernier homme, quand le chef fit un pas en avant.

— Agent Callan, nous aimerions aussi que Lacey et vous fassiez partie de l'équipe.

Eli eut un petit sursaut de surprise. Il essaya de le dissimuler en détachant les yeux du sergent Dillon Diaz – un homme plein de charme, capable d'alléger l'ambiance dans les pires moments – pour contempler Ava. La nouvelle policière qui ne parvenait pas à s'intégrer, ni même à apprécier Jasper.

Elle lui rendit son regard avec la même crispation des dents. Cette fois, il y avait un mélange de frustration et de satisfaction dans ses yeux. Aucun doute, elle savait qu'il n'avait pas eu l'intention de la choisir. Et elle se sentait trahie, car c'était elle qui avait localisé la bombe au départ.

Il lui sourit pour lui montrer qu'il approuvait le choix du chef, même si sa propre irritation montait. C'était le territoire du chef, mais c'était lui qui aurait dû choisir son équipe.

Elle ne lui rendit pas son sourire et se contenta de le fixer comme s'il venait de la défier.

Tandis que le chef congédiait le reste des policiers, Eli s'efforça de repenser la stratégie qu'il avait eue à l'esprit. Ava représentait une inconnue qui le contrarierait.

D'autant plus qu'un poseur de bombe courait en liberté, probablement impatient de faire une autre tentative.

4

Eli Thorne ne l'aimait pas.

Ava grinça des dents à cette idée. Cela n'aurait pas dû avoir d'importance. Elle n'était pas là pour se faire aimer mais pour travailler. Mais quand on mettait sa vie en jeu, forger des liens avec ses collègues faisait une grande différence. Ce qui lui était venu naturellement à Chicago lui faisait l'effet d'une lutte sans fin à Jasper.

Le capitaine de police de McCall était un étranger, mais il semblait plus à l'aise qu'elle au commissariat de Jasper. Avec sa démarche décontractée et son sourire facile, Eli projetait une aura de confiance en toutes circonstances.

Elle n'était pas sur sa liste. Malgré le fait que c'était elle qui avait trouvé la bombe, malgré le fait qu'elle avait été la seule à attendre devant l'entrepôt, tandis que tous les autres se tenaient à distance.

Il avait choisi Jason Wright, alors il n'avait sans doute rien contre les Noirs. Était-ce parce qu'elle était une femme ? Elle avait déjà dû affronter cela – la police était encore en grande majorité masculine – mais elle n'avait pas perçu de sexisme chez lui.

Alors qu'est-ce que c'était ?

Sur la banquette arrière, Lacey gémit. Tournant légèrement la tête, Ava tendit le bras et lui caressa la tête.

— Qu'est-ce qu'il y a, Lacey ?

La chienne s'appuya au siège avant, pressant sa tête contre l'épaule d'Ava. Celle-ci ne put s'empêcher de sourire. C'était presque comme si l'animal percevait ses idées noires et voulait lui remonter le moral.

— Ne t'inquiète pas, Lacey. On est en congé ce matin et on va s'amuser un peu.

Elle sentit le corps de la chienne trembler et comprit qu'elle agitait la queue.

Elles se dirigeaient vers l'Académie Daniels pour s'entraîner. Mais pour Lacey – et même pour elle –, il s'agissait plutôt d'amusement que de travail.

Le dressage des chiens policiers était très sérieux, mais on le faisait en amusant les chiens, pour les aider à apprécier le travail quand cela comptait. Lacey aimait cela et agitait la queue chaque fois qu'elles allaient à l'académie.

Ava éprouvait le même plaisir là-bas. De tous les endroits de Jasper, c'était celui où elle se sentait le plus à l'aise, où elle avait l'impression d'être chez elle.

L'académie était située au nord de Jasper, à l'autre bout de la ville par rapport à sa petite maison, et à quinze minutes en voiture du commissariat. C'était son jour de congé, mais elle aurait eu une bonne excuse pour s'arrêter en chemin et voir si des progrès avaient été faits. Manquer le début d'une enquête, en plus d'être celle que le chef avait imposée, lui donnait la sensation d'une série d'obstacles supplémentaires à franchir.

Elle serra les mains sur le volant et s'efforça d'inspirer profondément, tandis que les yeux bleu pervenche et le sourire contagieux d'Eli lui revenaient en mémoire. Un sourire qu'il semblait adresser à tout le monde. Mais, avec elle, ce sourire paraissait tempéré et forcé.

Laisse tomber, se dit Ava en passant sous le grand panneau en bois décoré d'un berger allemand et du logo de l'académie.

Pourtant, le sourire d'Eli, qui s'était assombri lorsque le chef avait annoncé qu'il voulait Ava et Lacey, puis s'était à nouveau élargi mais sans conviction, n'avait pas quitté l'esprit d'Ava lorsqu'elle se gara. Faisant sortir Lacey de la voiture, elle s'abrita les yeux du soleil matinal et contempla le terrain. Derrière elle se dressait la maison principale. Le ranch grouillait d'activité. Les deux chevaux qu'avait recueillis Emma, un doux quarter horse et un appaloosa noir et blanc, étaient sortis de la grange, près du chenil. Sur le parcours d'agilité, un limier et un malinois s'entraînaient avec leurs maîtres.

En se dirigeant vers le parcours, elle vit Emma qui venait vers elle à longues enjambées, vêtue d'un jean et d'une chemise de flanelle. Ava ne put s'empêcher de sourire en la voyant lever la main en guise de salut. La propriétaire de l'académie n'avait que quelques années de plus qu'elle et était la personne avec laquelle elle se sentait le plus d'affinités à Jasper.

— Ava ! Lacey !

Emma se pencha pour caresser Lacey, faisant briller dans ce mouvement les mèches blondes de sa queue-de-cheval.

— Tu es déjà revenue pour une remise à niveau ?

Elle lui adressa un large sourire en se redressant, et Ava sentit la tension quitter ses épaules devant son comportement amical.

— En quelque sorte.

Ava fourra les mains dans les poches de son jean, débattant intérieurement de ce qu'elle devait dire. Emma était proche du chef de la police, qui l'avait prise sous son aile lorsque son père adoptif, un agent maître-chien, avait été tué dans l'exercice du devoir. Mais cela ne voulait pas dire qu'il lui parlait des enquêtes. Décidant d'omettre leur découverte à l'entrepôt, Ava reprit :

— Je sais que Lacey était dressée à la détection d'explosifs avant que je commence à travailler avec elle. J'ai pensé que nous pourrions nous exercer un peu ensemble.

Emma plissa légèrement les yeux.

— Pour une raison en particulier ? Un chien peut avoir plusieurs spécialités, c'est vrai, mais je croyais que tu avais décidé de te concentrer sur la détection de stupéfiants.

— Elle peut faire les deux. Ce serait du gâchis de ne pas entretenir ses deux compétences.

Lacey leva la tête comme pour jauger, elle aussi, si Emma gobait ce mensonge.

— Je n'ai rien contre, dit Emma.

Mais elle observait Ava avec acuité, comme si elle ne croyait pas à son histoire.

— Laisse-moi te préparer quelque chose. Piper s'occupe de nos dernières recrues sur le parcours d'agilité.

Ava jeta un coup d'œil au parcours en question, où Piper Lambert, une jolie rouquine qui était le bras droit d'Emma, montrait à un homme latino comment pousser un limier à entrer dans un tunnel. Sans doute un membre de l'équipe de recherche et secours, l'autre client de l'académie.

Tandis qu'Emma repartait vers le chenil, où elle rangeait les équipements, Ava entendit qu'on l'appelait. Elle se tourna vers la maison et vit Jason Wright flâner dans sa direction, main dans la main avec Tashya Pratt. La jeune technicienne vétérinaire logeait chez Emma et travaillait aussi à l'académie. Apparemment, elle sortait avec le petit bleu de la police de Jasper.

Ava se força à sourire. Elle aimait bien Tashya, qui était un peu timide mais très douée avec les animaux. Quant à Jason, bien qu'il soit assez amical, il essayait de faire son trou au commissariat. Traîner avec une étrangère de Chicago, que l'on n'avait pas jugée digne de faire équipe avec un être humain, n'était pas la meilleure chose à faire dans son cas.

— Qu'est-ce que tu fais ici ? interrogea Jason en s'arrêtant pour caresser Lacey.

— Un peu de dressage à la détection d'explosifs. Et toi ? Tu es en congé, aujourd'hui ?

Jason secoua la tête.

— Non, il faut que j'y aille dans une heure.

Il éleva la main de Tashya et y déposa un baiser.

— Je me suis dit que j'allais convaincre Tashya de manger un morceau avec moi avant d'aller au boulot.

— Salut, Ava !

Tashya lui sourit et dit à Jason :

— Je vais juste prévenir Emma.

Elle s'éloigna en direction du chenil, dont Emma venait de sortir, les bras chargés.

— Tu as du nouveau sur l'enquête ? questionna Ava, se demandant si le capitaine avait tenu le bleu plus au courant qu'elle.

Jason remua les pieds mais ne lâcha pas son regard.

— Pas encore. Et toi ?

Ava secoua la tête. La confirmation qu'elle n'était pas plus négligée que quiconque en termes d'information la réconforta un peu, étant donné que le chef n'avait pas approuvé sa requête de travailler ce jour-là. Il l'avait avertie qu'une enquête comme celle-ci, bien que demandant du temps, pouvait aussi tourner au marathon. Il ne voulait pas qu'elle épuise ses forces avant de commencer. Si elle comprenait sa logique, cela la contrarierait tout de même.

— C'est bon, lança Tashya en revenant vers eux avec Emma.

Jason hocha la tête et lui prit la main. Ils s'éloignèrent en direction de la route.

— Ils sont mignons, n'est-ce pas ? dit Emma avec un large sourire. Je sais qu'ils sont adultes maintenant, mais je les ai eus en placement tous les deux et je ne peux pas m'empêcher d'être fière de la manière dont ils ont tourné.

Ava jeta un coup d'œil au couple, surprise. Elle savait qu'Emma accueillait des adolescents placés, mais elle n'avait que sept ans de plus que Jason.

— C'est dur ? D'accueillir des adolescents ?

Emma lâcha un bref éclat de rire.

— Oh oui ! Un peu comme de s'installer à l'autre bout du pays quand on ne connaît personne.

Ava dut avoir l'air surprise, car Emma lui adressa un sourire compréhensif.

— Ne t'inquiète pas. Tu y arriveras. Maintenant, donne-moi deux minutes pour me préparer, et ensuite on va faire faire des pointes de vitesse à Lacey.

En entendant son nom, la chienne agita la queue.

Tandis qu'Emma se dirigeait au petit trot vers les bois où elle effectuait une partie du dressage, Ava caressa la tête de Lacey. Ce mouvement l'apaisa, calmant la nostalgie intense qui l'avait saisie.

Ses collègues de la police de Chicago ne voulaient pas qu'elle parte. Ses amis l'avaient poussée à rester et lui avaient répété que son frère avait seulement besoin de temps, qu'il finirait par lui pardonner. Mais ses parents étaient morts depuis cinq ans. Cinq années durant lesquelles elle avait tendu la main à Komi, essayant de faire amende honorable pour quelque chose qu'elle n'aurait jamais pu prévoir.

Cillant pour retenir les larmes qui lui montaient aux yeux, Ava inspira à fond. Si Komi ne lui avait pas encore pardonné, il ne le ferait jamais. Et comme la seule famille qui lui restait la détestait, elle avait quitté Chicago.

Elle devait trouver le moyen de faire de Jasper son avenir.

5

— Commençons par ce que nous savons, lança Eli à son équipe, tôt le mardi matin.

À l'attention d'Ava, qui n'était pas là la veille, il résuma les choses.

— Hier, nous avons effectué des recherches sur JPG Lumber, l'entreprise qui possédait l'entrepôt.

Pinçant les lèvres, elle se redressa un peu. Sans doute irritée qu'il passe en revue ce qu'elle savait déjà. Mais un examen sommaire du statut de la défunte entreprise n'était pas la même chose qu'une étude approfondie des griefs qui avaient pu perdurer après la faillite ou de l'accès aux anciens locaux.

Pour le moment, tout ce qu'ils savaient du poseur de bombe, c'était qu'il était capable d'en fabriquer une et qu'il avait choisi un entrepôt déserté. Étant donné qu'on pouvait trouver des plans partout sur Internet, l'entrepôt était leur meilleure piste.

— JPG Lumber, qui fabriquait des charpentes, est restée ouverte sept ans, mais c'était une très petite entreprise, qui ne pouvait pas rivaliser avec ses concurrentes. Selon les propriétaires, qui sont nés dans la région mais ont déménagé dans l'Oregon après la faillite, ils n'ont jamais eu de problèmes avec personne. La banque a repris l'entrepôt, mais comme pour les autres bâtiments de la rue, il n'y avait aucune demande. Il est donc resté vide depuis leur départ, il y a trois ans.

Ava parut retenir un commentaire, tandis que Brady et Jason hochaient la tête. Ils avaient déjà entendu tout cela la veille.

— Nous avons une liste des employés que nous avons commencé à étudier hier. Certains ont quitté la ville quand l'entreprise a fait faillite, mais la plupart sont encore ici. Aucun suspect évident ne ressort, bien qu'une poignée d'entre eux aient un casier judiciaire pour des délits allant des violences conjugales aux vols à l'étalage. Aujourd'hui, je voudrais étudier cette liste de plus près et contacter les anciens propriétaires des autres entrepôts de la rue, qui auront peut-être autre chose à dire. Je veux aussi inspecter le quartier, pour voir si on peut trouver ceux qui squattaient l'entrepôt.

— C'est plutôt désert, là-bas, dit Ava d'une voix soigneusement modulée.

— Oui, ce n'est pas gagné, approuva Eli. Mais pour l'instant, la seule indication que nous ayons, c'est que celui qui a fabriqué cette bombe a choisi cet entrepôt. Il doit bien y avoir une raison à cela.

— Ça pourrait être une simple question de commodité, dit Brady en grattant sa courte barbe. Les gens d'ici savent qu'il est vide. S'il voulait un endroit pratique, c'est bien choisi. Il était peu probable qu'on le remarque et, dans un entrepôt vide, il n'y aurait pas eu de dégâts.

Il haussa les épaules.

— À supposer qu'il soit en train de s'exercer pour quelque chose de plus important, ce qui pour moi est logique.

— Je suis d'accord, dit Jason, d'un ton un peu hésitant, mais avec un regard assuré. À qui ça ferait du mal de faire sauter un entrepôt abandonné ? À la banque ? Ce n'est même pas une banque locale. En plus, ils ont fait une croix dessus, puisque personne n'essaie de le vendre.

— La cible est étrange, approuva Eli, mais le fait que le gars portait des gants me titille. S'il est aussi prudent que ça, pourquoi laisser les pièces de la bombe exposées ? À moins que nous l'ayons interrompu pendant qu'il l'amorçait.

— Ou qu'il voulait que quelqu'un la trouve, proposa Ava. Pour mettre la ville en émoi. Pour provoquer la peur.

Eli s'efforça de ne pas montrer son scepticisme.

— Lacey et toi l'avez trouvée par hasard. Quelle était la probabilité que quelqu'un entre là-dedans ?

— Peut-être avait-il l'intention de passer un appel anonyme ou s'est-il dit que la porte ouverte finirait par attirer l'attention. Ou encore que le squatteur reviendrait, argumenta Ava tout en caressant la tête de Lacey.

Le berger allemand était calme, les yeux mi-clos, donnant une image bien éloignée de son incroyable talent de détection.

— C'est tout à fait possible, approuva Eli, surtout parce qu'il ne voulait pas avoir l'air de démolir systématiquement ses idées.

Pourtant, son instinct lui soufflait qu'il y avait une autre raison, parce que trois jours s'étaient écoulés depuis qu'Ava et Lacey avaient trouvé la bombe, et la presse ne s'était pas emparée de l'information. Si le poseur de bombe voulait provoquer la peur, il aurait dû laisser un autre explosif. Non, ce type avait une cible spécifique en tête.

— Brady et Jason, qu'est-ce que vous pensez de continuer à vous renseigner sur les employés de JPG Lumber aujourd'hui ? suggéra Eli. Voyez s'ils ont gardé du ressentiment envers la société, s'ils connaissent quelqu'un dont c'est le cas ou qui se sert de l'entrepôt vide.

— Bonne idée, dit Brady en se levant pour s'étirer.

Il avait laissé Winnie chez lui ce jour-là. Le retriever n'avait pas aimé cela, mais c'était plus logique d'avoir une chienne de détection plutôt qu'une pisteuse.

— Pas de problème, dit Jason, dont la détermination dissimulait la nervosité.

Eli contempla Ava, dont les yeux marron clair étaient remplis de méfiance.

— Et si toi, moi et Lacey faisions un peu de porte-à-porte ?
— Bien sûr, dit-elle.

Mais il comprit tout de suite qu'elle trouvait que c'était une perte de temps, le genre de travail qu'on confiait à un bleu. Lacey avait l'air plus partante : dressée sur ses pattes, elle décrivit un cercle rapide et le fixa.

Eli se mit à rire et la caressa.

— Bonne chienne.

Puis il regarda Ava.

— Prenons ma voiture. Je doute que nous en ayons besoin, mais ça ne peut pas faire de mal d'avoir mon équipement sous la main.

Elle acquiesça en silence. Il n'avait jamais eu tant de mal à faire ami-ami avec un ou une collègue. Bien sûr, il y avait des agents qu'il n'aimait pas beaucoup, avec qui il ne serait pas sorti après le travail. Mais au boulot, il s'entendait généralement avec tout le monde.

Cela dit, il avait commencé sur un mauvais pied avec elle, quand le chef l'avait choisie. Il aurait préféré que Walters lui en parle avant et l'annonce lui-même. Réprimant sa frustration et espérant qu'il n'avait pas commis une erreur en faisant équipe avec elle ce jour-là, il la conduisit à son SUV. Tandis qu'ils embarquaient, il lui demanda :

— Alors, qu'est-ce qui t'a amenée à Jasper ?

Il sortit du parking en attendant sa réponse. Le temps qu'elle prit lui indiqua qu'il avait choisi le mauvais sujet de conversation.

— J'avais envie de changer d'air. J'ai toujours vécu dans une grande agglomération, alors je pensais qu'une petite ville serait sympa. Que ça me donnerait l'occasion de me détendre, de ralentir un peu.

C'était le genre de réponse qu'elle avait dû répéter pour prévenir les questions supplémentaires. Mais il était dans la police depuis assez longtemps pour repérer un mensonge. Au lieu de l'interroger, il s'efforça de parler de lui.

— J'ai grandi à McCall – c'est à environ une heure au sud de Jasper – et j'y suis revenu après l'université. J'adorais cette région, j'adorais que tout le monde se connaisse et veille sur tout le monde. Quand j'étais plus jeune, je savais que je voulais être policier – ma mère faisait partie de la police jusqu'à mon adolescence. Mais je me disais que je ferais partie d'un commissariat plus grand, un peu plus excitant.

Il sourit, se rappelant ses études à l'université de Boise. Il avait apprécié les possibilités que cela lui offrait, mais le sentiment de familiarité qu'il avait connu lui avait manqué. De même que la manière dont les gens souriaient et se saluaient dans la rue, dont ils s'entraidaient sans qu'on ait à le leur demander. Aussi, après avoir fini l'académie de police, il avait postulé dans sa ville natale. Il ne l'avait jamais regretté.

— C'est incontestablement différent de Chicago, remarqua Ava.

À la manière dont elle l'avait dit, on pouvait se demander si c'était une bonne chose.

Il l'imagina à Chicago, en uniforme, marchant dans les rues, exsudant la confiance en elle. Il l'imagina même en dehors du travail, vêtue de façon décontractée, comme il l'avait vue la veille au commissariat, en jean et débardeur vert fluide, ses cheveux frisés lâchés sur les épaules. À Chicago, elle passait probablement ses soirées dans des restaurants et des bars avec ses amis. Ici, ses options étaient limitées, car la plupart des établissements fermaient à 21 heures.

Il lui vola un autre regard, puis reporta les yeux devant lui lorsqu'ils atteignirent la rue où la bombe avait été trouvée. Il se demandait si elle resterait à Jasper. Ou si le rythme urbain lui manquerait et si elle déciderait que ce qu'elle avait fui n'était pas si mal, après tout.

Bien qu'il semble systématiquement la prendre à rebrousse-poil, il espérait qu'elle resterait. Peut-être n'était-ce que pour le plaisir d'un bon défi, mais il voulait avoir le temps de créer des liens avec elle et de la convaincre qu'il était un bon meneur d'équipe. Et de découvrir pourquoi elle était venue à Jasper.

Il se gara au bout de l'allée de Bingsley. Harold allait être présenté au juge plus tard dans la journée, pour avoir braqué une arme sur un agent de police et pour possession d'arme non enregistrée. Pour l'instant, sa maison était vide.

— On fait quelques pas ? demanda Eli en descendant de voiture.

Ava le rejoignit rapidement, Lacey à ses côtés.

— Pas de laisse ? questionna Eli, surpris.

En parlant, il se rendit compte qu'elle n'en avait pas lorsqu'il l'avait rencontrée à l'entrepôt, pas plus qu'au commissariat.

Ava caressa la tête de la chienne, et Lacey tira un peu la langue en pressant la tête contre sa main.

— Elle n'en a pas besoin. J'en ai quelques-unes à la maison, au cas où nous fouillerions une zone dangereuse. Mais la plupart du temps, je n'en prends pas.

Eli hocha la tête, impressionné, et considéra la chienne.

— Je sais qu'aucun des autres entrepôts n'est occupé, mais allons tout de même y jeter un coup d'œil. Ce n'est pas gagné, ajouta-t-il en la voyant accepter d'un air réticent, mais…

— C'est logique, dit-elle.

Son ton laissait entendre qu'elle n'appréciait pas de devoir le faire elle-même. Il aurait voulu lui expliquer. On n'était pas à Chicago, ils formaient une petite équipe et il ne lui avait pas demandé de s'en charger parce qu'elle était nouvelle ou en guise de punition. Elle aurait dû le comprendre, puisqu'il était avec elle.

Il lui jeta un regard de biais tandis qu'ils faisaient le tour de l'entrepôt jouxtant celui où la bombe avait été découverte. Lacey flairait l'air à mesure de leur avancée. Peut-être était-ce un mauvais point qu'Ava retenait contre lui, le signe que non seulement il pensait qu'elle méritait des tâches de débutante, mais qu'en plus il ne lui faisait pas confiance pour s'en charger seule.

Cette idée le fit grimacer, mais il n'était pas certain qu'elle apprécie davantage la vérité. À savoir qu'il avait compté sur le fait qu'en collaborant avec lui, elle finirait par céder à son charme. Pas dans le sens romantique du terme, mais sur le plan professionnel.

Ava tira la porte arrière de l'entrepôt en secouant la tête. Elle repéra une fenêtre brisée à trois mètres cinquante de hauteur et plissa les yeux.

— C'est un point d'accès. J'ai vu des gens escalader des hauteurs impressionnantes pour pénétrer dans un bâtiment. Mais, en général, la récompense est plus gratifiante.

Elle désigna le mur de brique inégal.

— Il y a des points d'appui suffisants si on sait ce qu'on fait, mais le verre est très hérissé. En outre, même si quelqu'un était entré par là, je pense qu'il serait quand même sorti par la porte.

Eli approuva de la tête. Dans les petites villes, les jeunes s'ennuyaient assez pour faire des choses farfelues, mais escalader la façade d'un bâtiment n'était pas très courant. Briser une fenêtre proche du sol semblait plus probable.

— Voyons voir le suivant.

Tandis qu'il marchait, il remarqua que le regard d'Ava pivotait de droite à gauche, comme si elle se trouvait dans une rue animée et non dans une zone désertée. Des oiseaux pépiaient au loin et un faucon décrivait un cercle paresseux dans le ciel, mais il n'y avait pas trace d'être humain.

La même chose se reproduisit lorsqu'ils pénétrèrent sur le terrain du dernier entrepôt de la rue, qui était autrefois la propriété d'un fabricant de meubles. De même que la société de composants électroniques voisine, l'entreprise avait déménagé dans une plus grande ville. La plupart des employés des deux sociétés étaient partis avec elles. Ces deux délocalisations s'étaient produites longtemps auparavant et n'avaient pas mis autant de gens au chômage que JPG Lumber.

— Je ne pense pas qu'on va trouver quoi que ce soit ici, dit Ava, les mains sur les hanches.

Debout au bout de la rue, après le dernier entrepôt, elle contemplait les montagnes. Entre les entrepôts et les montagnes, il n'y avait rien d'autre que la forêt et une route de terre sinueuse qui menait à des fermes. Il était possible que quelqu'un soit entré dans les entrepôts, mais personne n'habitait assez près pour y remarquer une activité inhabituelle.

Lacey, qui était restée aux côtés d'Ava tout du long, se coucha et posa la tête sur ses pattes, comme si elle aussi était découragée. Eli soupira en s'arrêtant près de la chienne pour la caresser.

— Il va falloir trouver une autre tactique.

Il essayait de ne pas laisser paraître sa frustration. Les enquêtes de police étaient souvent ainsi : beaucoup de travail fastidieux avant de trouver la clé de l'affaire.

Il espérait qu'Ava n'avait pas perçu son inquiétude. Parce que, quel que soit le but du poseur de bombe, Eli était certain qu'il n'en avait pas fini.

Le temps passait, les minutes s'égrenaient. Ce qu'ils ne savaient pas, c'était combien de temps il leur restait.

6

— J'ai trouvé le squatteur, annonça Brady en reposant son téléphone.

Ava leva les yeux des rapports qu'elle lisait depuis son retour. Elle jeta un coup d'œil à Eli, dont les yeux brillaient avec intensité, tandis qu'une ombre de sourire étirait ses lèvres, comme s'il était impatient de procéder à un interrogatoire.

— Qui est-ce ?

Jason se leva d'un bond au bout de la table et rejoignit Brady.

Ava tourna la tête vers Brady, mais son regard resta attaché à Eli et à ce sourire fantôme. Quand elle avait une nouvelle piste, elle était sérieuse et concentrée. Elle n'aurait pas dû s'étonner que la réaction d'Eli soit l'excitation et l'impatience. Elle avait connu des policiers comme lui, qui se délectaient de leur métier comme s'il s'agissait d'un jeu.

Elle n'avait jamais compris cela, toutefois. Elle aimait ce qu'elle faisait, appréciait la satisfaction de mettre un criminel derrière les barreaux ou d'aider quelqu'un qui en avait besoin. Mais elle ne se réveillait pas impatiente de se mettre en chasse.

— Son nom est Ashton Newbury, annonça Brady en lisant les notes qu'il avait prises. 25 ans. Il vit dans l'une des fermes situées à un ou deux kilomètres de l'entrepôt.

— Je reconnais ce nom, dit Ava en essayant de se souvenir.

— Il est sur la liste des employés qui travaillaient autrefois pour JPG Lumber. C'était son premier emploi. Il y a débuté quand il avait 18 ans et s'est retrouvé sans travail à 22 ans quand ils ont fermé. Depuis lors, il a eu des emplois de courte durée dans des fast-foods, mais c'est tout. Il vit chez ses parents, à la ferme, mais selon un de ses amis, qui travaillait aussi chez JPG, il est connu pour aller dormir au vieil entrepôt quand ses parents et lui se disputent. Apparemment, ils ont une relation conflictuelle.

— Est-ce que l'un d'entre nous devrait aller lui parler ? demanda Jason.

— Pourquoi ne pas y aller tous ? suggéra Eli. C'est probablement exagéré, mais nous ne pouvons pas écarter la possibilité que la personne qui squatte l'entrepôt ait aussi fabriqué la bombe. Que savons-nous d'autre sur Ashton ?

Brady plissa ses yeux marron en se penchant sur son clavier pour taper. Une minute plus tard, il secoua la tête.

— Pas grand-chose. Il n'a pas de casier.

Les doigts d'Ava volèrent au-dessus du clavier. Elle survola rapidement les résultats de recherche, avide d'apporter sa contribution.

— Il n'y a pas grand-chose non plus sur les réseaux sociaux. Ashton a fait part de ses griefs envers JPG et la manière dont ils ont *trahi leurs employés*. Ce sont ses propres mots.

— C'est récent ? demanda Eli.

— L'année dernière. Apparemment, il a été licencié du fast-food où il travaillait, et il se plaint de tous les emplois qu'il a eus. Sa plus grosse rancune semble dirigée contre JPG, sans doute parce que c'est là qu'il a travaillé le plus longtemps.

— Et ses parents ? questionna Eli en regardant Jason.

Le bleu traversa la pièce pour reprendre son ordinateur et se mit à taper. Dix minutes plus tard, alors qu'Ava examinait encore les réseaux sociaux, Jason annonça :

— Les parents ont des antécédents.

— Quel genre d'antécédents ?

— Nous sommes allés à la ferme plusieurs fois, la première il y a onze ans. Cette fois-là, c'est Ashton qui a appelé pour dire que son père le menaçait. Les fois suivantes, c'était un voisin. Les fermes sont éloignées l'une de l'autre, mais il travaillait dans ses champs et a entendu des hurlements.

— Pas d'arrestation ? demanda Ava en fronçant les sourcils.

— Le rapport dit que lorsque les agents sont intervenus, tout le monde dans la maison a prétendu que tout allait bien. Aucune blessure apparente, alors ils ne pouvaient rien faire. Au premier appel, le lieutenant Hoover – c'était lui qui était alors de garde – a pensé qu'Ashton, qui avait 14 ans à l'époque, avait peur.

Eli hocha la tête, lèvres pincées et sourcils froncés.

— Donc, on a un gamin qui a grandi dans une famille violente et qui n'a pas pu garder un emploi depuis qu'il a été licencié. Je n'ai rien découvert qui indique une connaissance des explosifs, mais ça ne veut pas dire grand-chose de nos jours. Il a grandi ici. Quelqu'un le connaît ?

Ava secoua la tête, mais Eli regardait Brady et Jason.

— Je ne vis ici que depuis deux ans, répondit Brady. Mais je pense que j'ai rencontré ses parents à une fête communale. Je me souviens qu'ils étaient assez polis, qu'ils ont parlé de leur ferme. Je crois qu'ils sont connus pour leur maïs doux.

— Oui, ce sont eux, ajouta Jason. Newbury Farms fournit des légumes à un grand nombre de restaurants ici. Je connais les parents de vue. Ils possèdent une grosse ferme. Au lycée, les jeunes avaient coutume d'aller dans l'un de leurs champs pour boire.

— Et Ashton ? Il a à peu près ton âge, non ?

— Il était à l'école avec moi, une classe au-dessus, mais il séchait tout le temps. Je le reconnaîtrais mais je ne lui ai jamais parlé. C'était une petite école, mais c'était un de ces gosses qui se tiennent à l'écart. Je me souviens quand même qu'il était intelligent. C'est juste qu'il n'aimait pas l'école.

— D'accord. Allons lui parler, déclara Eli. Mais on y va en douceur.

Brady se leva, et les autres le suivirent. Lacey trottait à côté d'Ava d'un pas élastique. Ava lui caressa la tête tout en pressant l'allure pour rester à la hauteur d'Eli. Il ne faisait que cinq centimètres de plus qu'elle, mais il se déplaçait comme un coureur.

Elle lui jeta un regard en biais et distingua le sourire qu'il affichait toujours. Il y avait quelque chose d'attirant dans son énergie, de magnétique dans la manière dont ses yeux s'ouvraient quand il souriait, ce qui était fréquent.

Peut-être était-ce son truc pour se lier avec les gens. Elle l'essayerait, mais le comportement d'une femme qui souriait souvent donnait lieu en général à une tout autre interprétation.

— Jason, pourquoi ne te présentes-tu pas avec Brady, puisque Ashton te reconnaîtra ? suggéra Eli, tandis qu'Ava repoussait ses pensées vagabondes. Ava et Lacey vérifieront qu'il n'y a pas d'explosifs, et je serai en renfort.

Le bleu hocha la tête et lança un coup d'œil à la fois nerveux et excité à Eli.

— Ta voiture ? lança Brady, et Eli ouvrit les portières avec un bip.

Eli et Brady sautèrent à l'avant, tandis qu'Ava et Lacey se serraient à l'arrière avec Jason. Durant le trajet, Jason caressa Lacey avec un peu de nervosité, puis plus lentement, comme si la présence de la chienne l'apaisait.

Ava réprima un sourire et tapota le cou de l'animal. En plus d'être une formidable chienne policière, Lacey était aussi une femelle sensible, qui détectait l'humeur des gens.

— Je ne veux pas les faire paniquer, dit Eli sans quitter la route des yeux. Alors, Ava, on va rester sur le côté. Lacey peut détecter les explosifs d'assez loin, non ?

— Ça dépend. S'ils sont à proximité, oui. S'ils sont enfermés dans une grange ou un truc du genre, alors probablement pas. Mais ça dépend aussi des composants. Certains possèdent un spectre olfactif plus fort que d'autres.

Eli s'arrêta devant la ferme – une énorme parcelle de terrain qui avait l'air nue sans les plants de maïs qui la recouvriraient bientôt.

Ava survola le champ et distingua un petit mouvement au fond. Ils se garèrent avant qu'elle puisse décider s'il s'agissait d'une biche ou d'un être humain.

— On dirait qu'il y a quelqu'un là-bas, dit-elle.

— Ouvrez l'œil, dit Eli tandis qu'ils descendaient de voiture.

Brady et Jason remontèrent l'allée jusqu'à la porte. Ava et Lacey s'engagèrent dans le champ de gauche, et Eli prit celui de droite. Si on regardait par la fenêtre on pouvait les voir, mais si Ashton et ses parents ignoraient que la police était là, ils ne verraient que Brady et Jason. Avec un peu de chance, cela les mettrait plus à l'aise.

Le regard d'Ava passa plusieurs fois de Lacey à la porte latérale, jusqu'à ce qu'ils atteignent la façade avant de la maison. Elle se décala alors légèrement pour ne pas être en vue de la porte, à laquelle Brady frappait.

Après une minute d'attente, il leva le poing pour frapper encore lorsque la porte s'ouvrit.

Tout sembla alors se dérouler en même temps. Lacey avança vivement vers la porte et s'assit. Une alerte.

Ava sentit sa nuque se hérisser. Au même moment, quelque chose bougea dans son champ de vision périphérique. Tirant son arme, elle pivota au moment où un homme qu'elle supposa être le père d'Ashton se ruait par la porte latérale et braquait une carabine sur elle.

7

Ce qu'il avait envisagé comme un entretien de routine avait tourné au vinaigre. Mais son équipe réagit très vite. Eli espéra que ce serait assez rapide.

Tandis que Brady dégainait son arme et pivotait pour faire reculer Ava, Jason braqua la sienne sur Ashton, lui ordonnant de ne pas bouger. Lacey tourna la tête mais, sans ordre d'Ava, resta plantée où elle était.

Eli tourna le coin à l'autre bout de la maison, espérant que l'homme au fusil ne l'avait pas vu. Ou au moins qu'il soit trop concentré sur Ava et Brady pour se rendre compte de ce qu'il faisait.

Newbury s'était-il rendu compte de ce qu'Ashton avait fait et pensait-il que la police était là pour l'arrêter ? Pensait-il qu'ils étaient là pour une autre raison ? Eli n'avait aucun moyen de le savoir. Mais quiconque braquait une arme sur des policiers n'avait pas la conscience tranquille.

S'ordonnant de faire vite, Eli contourna la maison par l'arrière, vérifiant les fenêtres au fur et à mesure. Pour l'instant, personne ne savait où était Mme Newbury ni si elle était armée.

Son cœur battit plus fort lorsqu'il imagina Ava face à un fusil. Il ignorait pourquoi elle était venue dans cette petite ville. Il ignorait comment elle se débrouillait avec un civil armé, si elle avait la gâchette facile, si elle réagissait lentement ou si elle savait désarmer quelqu'un. Il se rappela que tout le temps qu'ils avaient collaboré, aussi court soit-il, elle s'était montrée professionnelle et compétente.

Cela ne diminua pas son anxiété.

Arme brandie, il ralentit en arrivant au coin de la maison, et jeta un regard derrière le mur avant de s'approcher lentement. Newbury se tenait à l'autre angle, tourné vers Ava. Il avait le doigt sur la détente, et les muscles de ses bras saillaient.

Un faux pas et Newbury le verrait à la périphérie de son champ visuel, ce qui pouvait le pousser à tirer. Eli s'éloigna de l'angle, sortant du même coup de la ligne de tir de Newbury.

La voix d'Ava s'éleva, calme et posée.

— Monsieur Newbury, nous sommes ici pour vous parler. Tout ça ne résout rien. Posez votre fusil.

Eli ne voyait qu'une partie de son corps : son bras tenant le pistolet, sa jambe, sa joue et son front. Mais il se la représentait en totalité, cette peau lisse, ces pommettes parfaites, ces yeux sérieux, tout cela devant un fusil chargé. Il fut parcouru d'une sorte de convulsion et maudit sa distraction. Voir quelqu'un se faire braquer était désagréable, mais il avait trop d'expérience pour que cela influence sa capacité à agir.

Newbury secoua la tête, mais son fusil ne bougea pas d'un iota. *Un tireur expérimenté*, pensa Eli, et son estomac se noua.

Un mélange de colère et de nervosité s'entendait dans la voix de Newbury.

— Sortez de chez moi ! Vous n'avez pas le droit de rôder par ici.

— Personne ne rôde, reprit Ava d'un ton méthodique. Nous avons quelques questions à poser à votre fils, sur son ancien lieu de travail. C'est tout. Vous devez poser votre arme et nous laisser effectuer notre travail.

Le fusil s'abaissa légèrement.

— C'est à propos de l'ancien emploi d'Ashton ?

Il semblait soulagé, bien qu'encore méfiant.

— Oui, monsieur. Nous devons l'interroger sur quelque chose qu'il a pu voir. Cela ne prendra pas longtemps.

Il y eut une longue pause. Eli visa l'arrière de la tête de Newbury. Depuis sa position, il était hors de l'angle de tir d'Ava et elle était hors du sien. Si le doigt de Newbury se déplaçait sur la détente, une balle dans la tête l'empêcherait d'achever le mouvement. Cela pouvait sauver la vie d'Ava.

Il sentait monter la tension dans sa poitrine, une anxiété pesante et inconnue. McCall et Jasper étaient de petites villes, avec un faible taux de criminalité. Il avait déjà dégainé son arme, il avait même tiré sur quelqu'un. Mais il n'avait jamais tué personne dans l'exercice de ses fonctions.

— D'accord, dit Newbury en baissant son fusil.

Un soupir de soulagement échappa à Eli, et Newbury fit mine de se retourner.

— Monsieur, je vais vous demander de poser votre arme, dit Ava, ramenant son attention sur elle.

Eli sentit pratiquement l'homme se tendre. Mais après une autre minute, il s'exécuta. Tandis qu'Ava lui expliquait ce qui allait se passer, Brady s'avança vivement et lui passa les menottes, remettant la carabine à Ava. Avec un regard soulagé en direction d'Eli, il escorta Newbury jusqu'à la voiture, tandis qu'Eli rengainait son arme. Ava l'imita, apparemment bien moins secouée que lui.

— Allons parler à Ashton, dit-elle d'un air sérieux.

Eli la suivit jusqu'au-devant de la maison. Il jeta un coup d'œil à Brady qui, à côté de Newbury, derrière le véhicule, leva les pouces.

Son SUV était fait pour transporter du matériel, pas pour véhiculer un prisonnier. Eli regretta soudain de ne pas avoir pensé à prendre une deuxième voiture. Mais Newbury semblait calme, écoutant ce que Brady lui disait.

Ava et Eli firent halte à quelque distance, tandis que Jason disait à Ashton :

— Vous pouvez sortir, s'il vous plaît ? Nous avons quelques questions à vous poser.

— Quoi ?

Les mains levées, Ashton contempla tour à tour Eli et Ava, Jason, Brady et son père. Ses longs cheveux blonds lui tombaient sur les yeux et son jean et son T-shirt étaient maculés de terre et de poussière. Il se mordit la lèvre en marmonnant :

— Je n'ai rien fait.

Jason interrogea Eli du regard tandis qu'Ashton sortait, les mains toujours levées.

Eli hocha la tête. Il voulait que Jason prenne l'initiative. Ashton était visiblement nerveux. Avec un peu de chance, un échange avec quelqu'un de son âge le rendrait moins anxieux.

— Vous avez des armes sur vous ? demanda Jason.

— Non ! s'exclama Ashton en soulevant son T-shirt pour montrer la taille de son pantalon.

En le laissant retomber, il ajouta à mi-voix :

— Je ne suis pas comme mon père.

— Merci, Ashton, dit Jason. Votre mère est là ?

— Non. Elle est allée faire les courses. Dieu merci, ajouta-t-il dans un murmure.

— D'accord. Nous voulons juste vous poser quelques questions sur le vieil entrepôt de JPG Lumber.

Ashton fronça les sourcils et piétina l'herbe à plusieurs reprises.

— C'est parce que j'y dors ? Écoutez, des fois, faut que je m'en aille. J'ai pas les moyens d'avoir mon propre appart jusqu'à ce que je trouve du boulot, et je ne supporte pas de retourner des hamburgers toute la journée. Qui s'en soucie, de toute façon ? Personne ne l'utilise depuis des années.

Jason jeta un coup d'œil à Eli, puis à Lacey, toujours assise, l'air attentif.

— Donc, vous vous servez de cet endroit pour y dormir ?

— Oui. La porte est ouverte depuis des années. Je n'ai jamais rien pris, c'est pas comme si je pouvais faire sortir une machine, de toute façon. Il n'y a rien d'autre qui vaille de l'argent. Et même comme ça, je ne le prendrais pas.

— Quand y êtes-vous allé pour la dernière fois ? questionna Jason.

— Vendredi soir. Samedi matin, j'ai découvert que mon père avait brûlé mes vêtements. C'était ce que je méritais pour m'être enfui, qu'il a dit.

Il se rembrunit.

— Salopard.

— Vous avez déjà vu quelqu'un d'autre là-bas ? demanda Ava.

Eli lui jeta un coup d'œil et vit que son visage exprimait une curiosité modérée. Mais la tension de son corps la trahissait.

— Non, dit Ashton en fronçant à nouveau les sourcils. Pourquoi ?

— Vous avez des connaissances sur les explosifs ? questionna Eli.

Ashton le dévisagea, les yeux écarquillés.

— Non.

Il regarda tour à tour Jason et Eli.

— Qu'est-ce que vous voulez dire ?

— Vous êtes sûr que vous n'y avez jamais vu personne, Ashton ? reprit Jason. Réfléchissez soigneusement. C'est important.

Il secoua la tête.

— Jamais. J'y dormirais pas si quelqu'un d'autre le fréquentait. J'irai passer la nuit chez un copain.

— Et votre père ? insista Ava.

Ashton la regarda, l'air désorienté.

— Quoi, mon père ?

— Il sait où vous allez ? Il vous a déjà suivi ?

— Sûrement pas. Je ne lui dis pas, ni à ma mère. Avec ma chance, ils viendraient en voiture pour me hurler dessus.

Ava acquiesça, mais elle regardait Eli, pas Ashton. Elle inclina la tête.

— Excusez-nous une minute, dit Eli en comprenant son message.

Il s'éloigna de quelques pas avec elle.

— Qu'est-ce que tu en penses ?

D'une voix grave, Ava répondit :

— Qu'il dit la vérité. Je pense que Lacey m'a alertée à cause de ses vêtements. À en juger par leur aspect et leur odeur, il ne ment pas en disant qu'il n'en a pas d'autres. S'il était là samedi matin, c'était probablement avant que le poseur de bombe laisse son engin. Mais je parierais que celui-ci est venu plus d'une fois. Je pense qu'Ashton a des traces d'explosifs sur ses vêtements parce qu'il s'est trouvé à proximité de là où le type travaillait.

Eli hocha la tête. Il pensait la même chose.

— Ce qui veut dire que l'entrepôt est bien l'endroit où il s'exerçait et non pas sa cible. Peut-être que tu avais raison à propos de ses plans. Peut-être qu'il a vu Ashton là-bas avant – même si Ashton lui-même ne l'a pas vu – et qu'il a laissé cette bombe inerte pour qu'on la trouve. Mais pas nous. Quelqu'un dont il pensait qu'il en parlerait.

Ava acquiesça, l'air troublé.

— Je sais que c'était ma théorie, et je continue de soutenir l'idée qu'il essaie de répandre la peur. Mais la cible est-elle la ville entière ? Est-ce qu'il veut faire peur à tout le monde ? Ou tu penses qu'il y a une autre raison au fait qu'il ait choisi l'entrepôt ?

— J'aimerais bien le savoir, dit Eli.

Il jeta un coup d'œil à Ashton, qui avait l'air plus effrayé que coupable. Ils devraient le surveiller de près, au cas où il les aurait roulés. Mais au fond de lui, Eli savait qu'il n'était pas le poseur de bombe.

Cela faisait trois jours qu'ils avaient découvert l'explosif, et ils n'étaient pas plus près d'identifier celui qui l'avait laissée là. Combien de temps leur restait-il avant qu'il n'en fabrique une autre ? Et la prochaine serait-elle amorcée ?

8

Rien ne ressemblait à l'Idaho.

Eli inspira profondément l'air propre et frais et sentit la tension de leur virée matinale se dissiper. Il se faisait tard, et il était venu en ville manger un morceau. Mais, au lieu de se diriger vers le Millard's Diner comme il en avait eu l'intention, il s'était arrêté au parc.

Loin de n'être qu'un espace vert au milieu des bâtiments, le parc ressemblait plutôt à un prolongement du reste de la région. Avec les montagnes en toile de fond, on aurait dit que c'étaient les commerces et les maisons qui avaient été parachutés au milieu de la nature. Si on y ajoutait le charme suranné du centre-ville, on avait l'impression d'être transporté un siècle en arrière.

Le soleil se couchait en rayant le ciel de rose et de violet, et l'air rafraîchissait. Malgré cela, un grand nombre de familles étaient venues profiter de la douceur après un hiver particulièrement froid et enneigé. Bien qu'Eli apprécie de disposer d'un peu de plus de commodités à McCall – plus de restaurants, plus de spectacles, plus de famille et d'amis –, il se voyait bien prendre sa retraite dans un endroit comme Jasper. Il s'imaginait passant la journée à pêcher et nager dans la Salmon River, s'asseyant sur une terrasse surélevée pour contempler les bois la nuit, sa femme à ses côtés. Il n'avait pas encore trouvé cette dernière, mais il savait qu'elle serait comme lui, qu'elle aimerait cette paix et cette tranquillité.

— Eli, bonjour !

Il y avait de la surprise et de la circonspection dans cette voix. Eli la reconnut avant même de se retourner. Il se représenta son visage, toujours calme et professionnel même après avoir affronté un homme avec un fusil de chasse.

— Bonjour, Ava. Toi aussi, tu es venue te détendre ?

Apparemment, elle était passée se changer chez elle. Elle arborait à présent un jean moulant, un top blanc qui mettait son teint en valeur et un petit médaillon en or qui détonait un peu sur elle. Ses cheveux étaient lâchés sur ses épaules en une masse frisée dont quelques mèches pendaient devant ses yeux.

Il se sentit mû par une attirance inattendue.

À côté d'elle, Lacey agitait la queue. Eli se pencha pour la caresser, profitant de ce geste pour ne pas fixer trop longtemps la maîtresse.

— C'est une belle soirée, dit Ava. Et je dois dire que je ne suis pas une grande cuisinière.

— Pour ma part, j'aime cuisiner, avoua Eli. Mais je n'ai pas eu le temps de faire des courses. Et la seule chose qu'il y avait dans le frigo de l'appartement, c'étaient des glaçons. Tu veux qu'on aille manger un morceau ?

Elle eut l'air d'hésiter un peu, aussi ajouta-t-il vivement :

— On pourrait parler de l'affaire.

Les rides qui étaient apparues entre ses yeux s'effacèrent et elle hocha la tête.

— Bien sûr. Il faudra demander une table dehors à cause de Lacey.

À la mention de son nom, la chienne agita la queue, et Ava lui caressa la tête en souriant.

— Et si on allait au Rose Café ? proposa-t-il.

Le Millard's Diner servait des hamburgers auxquels il ne cessait de penser depuis la fin de journée. Mais c'était aussi un lieu de rendez-vous pour les flics et, pour des raisons qu'il ne voulait pas examiner de trop près, il voulait avoir l'occasion de mieux connaître Ava sans être interrompu ou subir des regards curieux. Ce petit restaurant à l'écart du centre-ville était un peu plus cher. Mais il proposait des plats savoureux et avait une clientèle familiale.

Ava parut surprise mais soulagée.

— D'accord. Ils ont des tables dehors.

Eli lui jeta un coup d'œil tandis qu'ils s'éloignaient du centre-ville. Lacey trottait à ses côtés, comme d'habitude sans laisse. Il repensa au peu qu'Ava lui avait dit d'elle-même lorsqu'ils s'étaient rencontrés à l'entrepôt. D'une certaine manière, cela lui semblait bien plus loin que trois jours auparavant.

— Alors, tu étais spécialisée dans les narcotiques à Chicago ?

Elle haussa les sourcils, comme surprise qu'il s'en souvienne. Il y avait quelque chose de nostalgique dans son ton lorsqu'elle répondit :

— Oui. C'est quelque chose qui m'a toujours intéressée. J'ai dû commencer comme tout le monde par des patrouilles, mais dès qu'un poste s'est ouvert aux narcotiques, j'ai sauté dessus. C'était une super équipe. Je venais juste de finir de participer à une grosse affaire inter-agences quand je suis venue ici.

Son débit de parole, qui avait gagné en vitesse et en excitation à mesure qu'elle parlait, ralentit vers la fin.

— Moi, j'ai grandi à McCall, dit Eli d'un ton léger, espérant qu'elle lui confierait pourquoi elle était venue à Jasper. Je suis allé à l'université dans une grande ville et, même si ça m'a plu, j'étais impatient de revenir ici.

Il lui sourit lorsqu'ils arrivèrent au restaurant. Une hôtesse leur assura qu'il n'y avait pas de problème pour accueillir Lacey et les mena à une table sur la terrasse, près d'une petite fontaine. L'espace était vide, en dehors d'un couple et de deux petits enfants qui gloussaient en mangeant leur dessert. La terrasse était entourée de treillages qui commençaient à verdir. Dans un mois ou deux, ils seraient entièrement fleuris.

Tandis qu'Ava regardait le menu, Eli fit mine de lire le sien. Il était déjà venu plusieurs fois et savait ce que proposait le restaurant. Il épia donc Ava, essayant d'imaginer le meilleur moyen pour briser la glace. Elle faisait partie de son équipe, qu'il l'ait choisie ou non. En dehors du travail, elle semblait plus à l'aise. Sa posture était plus détendue et elle semblait plus accessible.

Tandis qu'elle posait le menu, il reprit là où il en était resté, caressant l'espoir que s'il se confiait à elle, elle ferait de même.

— Toute ma famille vit à McCall, mes parents et mes deux frères plus jeunes. Même mes grands-parents, qui ont plus de 80 ans, vivent à proximité. Mes tantes, mes oncles et la plupart de mes cousins habitent aussi dans un rayon de deux cents kilomètres. Mes parents ont grandi à une rue l'un de l'autre. Ils se sont rencontrés à l'âge de 12 ans.

Un sourire mélancolique retroussa les lèvres d'Ava.

— C'est formidable. Mes parents sont venus de la République dominicaine et se sont installés à Chicago quand j'étais bébé. Toute ma famille élargie est encore là-bas. Je ne les ai pas vus depuis des années.

Son sourire s'éteignit, et Eli eut envie de déplacer sa chaise pour la serrer dans ses bras. Au lieu de quoi, il demanda :

— Et tes parents ? Tes frères et sœurs ? Tu en as ?

Lacey gémit, et Ava se tourna pour la rassurer, mais Eli vit le chagrin brut dans son regard.

— Tout va bien, dit Ava à Lacey, même si Eli savait que la chienne réagissait à la tristesse d'Ava.

— Vous avez choisi ? dit la serveuse en apparaissant devant leur table avec un sourire candide.

Ava commanda rapidement, et Eli l'imita, attendant que la serveuse s'en aille pour dire :

— Je suis désolé si c'était un sujet sensible.

— Ça ne fait rien.

Elle lui adressa un sourire peu convaincant.

— C'est juste que je ne suis plus proche de ma famille. Ma carrière s'est mise entre nous.

— Oh...

Eli s'efforça d'en déchiffrer davantage sur son visage, mais son expression était fermée et son regard lointain.

Sa propre famille lui avait fourni un soutien incroyable. Bien sûr, il avait suivi les traces de sa mère, alors il aurait été difficile pour eux de le détourner de cette voie.

Il y eut un silence embarrassant, mais avant qu'Eli trouve quelque chose à dire, elle reprit :

— Pour être honnête, c'était un défi de venir ici. Pas vraiment parce que je ne connaissais personne – enfin, je suppose que ça en fait partie –, mais parce que tout est très *différent* de ce à quoi j'étais habituée.

La mélancolie était de retour dans sa voix.

— À Chicago, même quand on est seul, on est entouré de gens qui vaquent à leurs occupations. Ici, c'est un peu comme si tout le monde connaissait tout le monde, sauf moi.

Elle haussa les épaules sans le regarder.

— Je ne me suis pas encore adaptée.

Chicago lui manquait visiblement, ainsi que la vie qu'elle y avait menée. Une part d'elle avait envie d'y retourner. Ça, au moins, c'était facile à comprendre. Il ignorait toujours pourquoi elle était venue à Jasper. Il ne savait pas pourquoi elle n'avait pas encore trouvé le moyen de s'intégrer, mais il se demandait de plus en plus si ce n'était pas parce qu'elle était trop réservée, parce qu'elle dressait devant elle un mur que les gens qui ne la connaissaient ne savaient comment surmonter. Pourtant, elle avait choisi une ville formidable. Il voyait bien Ava se sentir complètement chez elle à Jasper.

Elle avait fait du bon travail avec l'équipe ce jour-là. Même sans savoir pourquoi elle avait quitté Chicago pour un emploi inférieur à Jasper, il s'était senti à l'aise avec elle dans une situation dangereuse. Et à en juger par les réactions de Brady et Jason, ils avaient éprouvé la même chose.

Le problème était donc peut-être purement social, cette barrière qu'elle opposait faisant que les gens pensaient qu'elle ne voulait pas vraiment faire partie de leur communauté et qu'elle était plus heureuse toute seule.

Eli avait rencontré beaucoup des habitants de Jasper au fil des ans, mais même si cela n'avait pas été le cas, se montrer amical était naturel chez lui. Il pouvait trouver le moyen de la faire accepter, de lui démontrer qu'elle avait choisi le bon endroit pour s'installer.

— Quoi qu'il en soit, reprit-elle, tandis qu'il prenait conscience du silence qui s'était étiré entre eux, en ce qui concerne l'affaire, je me disais qu'il n'y a pas vraiment d'emplacement pour se garer près de l'entrepôt. Le parking partagé entre l'ancien bâtiment de JPG et le suivant n'est pas en bon état, et une voiture garée dans la rue aurait été visible de chez Bingsley. Peut-être que le poseur de bombe s'est garé plus loin et est venu à pied, mais ça n'aurait pas été facile pour lui de repartir en vitesse.

Eli acquiesça, alors que son attention était encore fixée sur le moyen de l'aider à s'intégrer. S'il pouvait faire ça, peut-être resterait-elle à Jasper.

Son pouls accéléra à cette idée, à l'idée de pouvoir passer plus de temps avec elle. Il l'aimait sincèrement, comprit-il. Derrière son armure – sans doute due au fait d'être une policière noire dans une grande ville –, il y avait une personne réellement intéressante. Une personne qu'il voulait mieux connaître. Une personne qu'il pouvait imaginer dans un autre rôle que celui de collègue. Une véritable amie. Peut-être même plus.

— Eh bien, qu'en penses-tu ? demanda Ava, tandis qu'il essayait de se représenter un lien romantique avec elle.

Voyant qu'il ne répondait pas, elle poursuivit :

— J'ai vérifié avant de quitter le commissariat, et Bingsley a été relâché ce soir. Le juge lui a donné une peine d'intérêt général et une amende pour l'arme non enregistrée. Il était incontestablement défoncé quand je l'ai arrêté, mais en supposant qu'il ne se procure pas immédiatement de la drogue, je crois qu'il me parlera.

Eli acquiesça à nouveau distraitement. En la voyant plisser les yeux, il répondit :

— Oui, je pense que c'est une bonne idée. Parce que ça m'inquiète qu'on n'ait pas d'autre piste. J'ai l'impression qu'on se contente de réagir, qu'on attend le prochain mouvement du poseur de bombe.

Ces paroles le mirent à nouveau en mode professionnel et il fronça les sourcils.

— Il faut qu'on prenne les devants, parce que si le poseur de bombe voulait qu'on trouve son dispositif, il doit savoir que nous l'avons. Et s'il avait l'intention d'effrayer toute la ville, ça n'a pas marché.

Ava avait l'air aussi préoccupé que lui.

— Ce qui veut dire qu'il fera quelque chose de beaucoup plus radical la prochaine fois.

9

Tout en regardant les chiens sur leur parcours, à proximité du chenil, Ava remonta la fermeture Éclair de sa veste à capuche pour lutter contre le frais vent matinal. Elle frotta ses mains l'une contre l'autre, essayant de se réchauffer et regrettant de ne pas s'être arrêtée en chemin pour acheter un café. Mais elle n'avait qu'une heure avant de devoir prendre son poste, et elle voulait s'entraîner le plus possible à la détection d'explosifs avec Lacey. Si Eli et elle avaient raison, il y aurait bientôt une autre bombe en ville.

Eli. Le capitaine de McCall lui avait paru bien différent la veille au soir de ce qu'il était la première fois, à l'entrepôt. Mais à ce moment-là il se concentrait sur sa tâche, et elle avait eu du mal à se faire entendre de lui. La veille, il s'était montré plus doux et plus ouvert.

— À quoi penses-tu ?

Il y avait de l'amusement dans la voix d'Emma et, lorsque Ava se retourna, elle en lut sur son visage aussi.

— Tu ne m'as pas entendue t'appeler ?

La gêne la fit rougir.

— Non. Désolée. Je suppose que mon esprit vagabondait.

Emma la fixa d'un air perplexe, et Ava ajouta :

— Je me disais juste que je ne fais pas vraiment partie de cette région.

C'était en partie vrai. En entendant Eli parler de son amour pour sa ville, de ses amis et de sa famille, elle l'avait éprouvé de manière encore plus aiguë. Elle n'avait personne.

Emma pencha la tête et rassembla ses cheveux en queue-de-cheval.

— Jasper est une ville où les gens se serrent les coudes. Tant d'entre eux ont vécu ici toute leur vie, depuis des générations... Ils sont amicaux quand on les connaît, mais ça peut être difficile quand on vient de l'extérieur. Crois-moi, je le sais. Je suis venue ici à l'âge de 8 ans, issue d'une famille qui n'était pas... bonne. Mais c'était tout ce que j'avais connu.

Ava regarda autour d'elle, surprise. Elle avait entendu dire qu'Emma avait hérité du ranch de ses parents.

Emma sourit, déchiffrant apparemment ses pensées.

— Rick et Susan Daniels m'ont accueillie quand j'ai été placée. Susan m'a officiellement adoptée après la mort de Rick, quelques années avant qu'elle meure elle-même.

Son sourire s'évanouit, remplacé par une expression douce-amère.

— Ils m'ont légué cet endroit.
— Je suis désolée.

Son propre deuil était récent et les mots pesaient sur sa langue, mais Ava ne put se résoudre à les prononcer.

— Ils me manquent toujours, mais je sens leur présence quand je dresse les chiens, et quand j'accueille des jeunes comme ils l'ont fait. Même s'ils sont partis, cet endroit, ces gens, eh bien... c'est ma famille. Ça n'a pas toujours été facile. Il y a eu des moments où je me disais que ma place n'était pas ici. Mais durant la pire période, après la mort de mon père, le chef Walters m'a tendu la main et m'a offert le soutien dont j'avais besoin.

Elle esquissa un sourire embarrassé.

— Il m'a sortie de maison de correction, en fait.

La surprise d'Ava dut se voir, car Emma poursuivit :

— Les gens pensent que je fais partie du décor, surtout avec tout le travail que je fais pour la police. Mais ça n'a pas toujours été le cas. Tous ceux qui viennent ici passent par la même étape, ils ont l'impression qu'ils sont les seuls à ne pas connaître la recette. C'est comme ça, les petites villes, quand on ne connaît pas les gens ni leur histoire. Mais ça finit par venir. Tout ce qu'il faut, c'est s'ouvrir un peu.

Emma la fixa, attendant qu'Ava dise quelque chose. Mais l'anxiété lui nouait l'estomac, et les mots ne sortaient pas. Parce qu'elle craignait qu'on la rejette ? Ou parce que prononcer des mots à voix haute leur donnerait du poids et l'obligerait à affronter les choses au lieu de fuir ?

Elle avait le cœur serré, alourdi par un mélange de colère et de chagrin dont elle n'avait pas réussi à se débarrasser en cinq ans.

Lacey laissa échapper un gémissement bas et s'appuya contre sa jambe, la déséquilibrant un peu.

Emma posa une main sur son bras et le pressa. Il y avait de la compréhension dans son regard lorsqu'elle dit :

— Les chiens sont sensibles. Ils perçoivent le chagrin.

Ava considéra Lacey et plongea le regard dans ses gentils yeux marron. Elle n'avait jamais travaillé avec un chien policier et n'avait pas beaucoup d'expérience des chiens en général. En lui caressant la tête d'une main tremblante, elle lui dit :

— Tout va bien, Lacey. Tout le monde va bien.

— Tu as des amis dans l'Idaho, dit Emma d'un ton doux et sincère.

— Merci.

La voix d'Ava était un peu fêlée et elle toussa, essayant de réprimer des émotions qu'elle tenait normalement en laisse. Elle ne connaissait pas bien Emma, mais la propriétaire de l'académie s'était toujours montrée amicale avec elle, l'invitant même plusieurs fois à dîner après le dressage.

Ava avait toujours refusé, car elle se sentait exclue lorsque Emma plaisantait avec Tashya et les trois adolescents qui travaillaient au ranch. Maintenant, elle regrettait de ne pas avoir accepté son offre.

Emma pencha la tête et lui adressa un large sourire.

— Allez. Je sais que je ne suis pas la seule ici que tu aies impressionnée. Ne me dis pas que Walters n'est pas content du travail que vous faites, toi et Lacey.

Un sourire timide s'esquissa sur le visage d'Ava.

— Je crois qu'il l'est.

Son sourire s'élargit lorsqu'elle repensa à son dîner avec Eli.

— Et le chef de l'équipe avec laquelle je travaille sur une nouvelle affaire semble avoir surmonté son aversion initiale envers moi, c'est un soulagement.

— Pourquoi aurait-il eu de l'aversion envers toi ? questionna Emma, comme si elle n'y croyait pas.

Ava haussa les épaules.

— Je ne sais pas bien s'il ne m'aimait pas ou s'il ne voulait pas travailler avec moi.

Emma leva la main.

— Les gens s'en tiennent à ce qui est familier, c'est tout. Parfois, il faut leur montrer comment changer. Qui est le chef de l'équipe ?

— Le capitaine Thorne. Eli. Il vient de McCall. Tu le connais ?

Ava se surprit à espérer que oui, pour qu'elle puisse lui en parler. Mais Emma secoua la tête, et Ava s'affaissa un peu sur elle-même. Emma plissa les yeux. D'une voix mi-taquine, mi-curieuse, elle lança :

— Tu t'intéresses au capitaine Thorne, pas vrai ?

Ava rougit.

— Non.

Ce déni était venu trop vite et avec trop de force. Un rire bref s'échappa des lèvres d'Emma, puis elle sourit.

— Si tu le dis…
— C'est un collègue, insista Ava. Je ne suis même pas sûre de l'apprécier.

Mais dès qu'elle eut prononcé ces mots, elle s'avisa qu'ils n'étaient pas vrais. Elle ne l'avait pas aimé au début – ou, du moins, elle avait été dégoûtée par la manière dont il avait négligé de l'intégrer à son équipe. Pourtant, elle avait été impressionnée par ses compétences en matière de détection de bombes et par sa confiance en lui, qui frisait l'arrogance. Elle lui avait envié sa camaraderie facile avec les autres policiers et s'était interrogée sur son impatience à affronter le danger.

Ils ne se ressemblaient en rien. Malgré cela, malgré le début cahotique de leur relation, quelque chose avait changé la veille au soir, sur la terrasse au clair de lune. Elle avait eu un aperçu de l'homme sous l'uniforme, et elle avait été plus qu'intriguée. Intéressée.

Tandis qu'elle s'efforçait d'assimiler cette prise de conscience, Emma agita une main devant son visage.

— Allez, cesse de rêvasser et mettons-nous au dressage.

Lacey émit un aboiement joyeux et Ava repoussa sa confusion et sa nervosité. Elle réfléchirait plus tard à ce qu'elle devait faire de ses sentiments. Pour l'heure, il fallait se mettre au travail.

10

Eli ne prit conscience qu'il avait cherché Ava que lorsqu'elle et Lacey entrèrent dans la salle de réunion du commissariat.

Elles avaient toutes deux l'air en pleine forme. Lacey agitait la queue en trottant d'un pas élastique, tandis qu'Ava relevait la tête, le sourire aux lèvres.

Il ne put s'empêcher de sourire en retour.

— Salut.
— Salut.

Elle survola la pièce, s'attendant visiblement à y trouver Jason et Brady. Mais les autres policiers n'étaient pas encore arrivés. Elle remua les pieds et son sourire se fit légèrement timide.

— Alors, combien de temps tu restes à Jasper ?

Avant qu'il puisse répondre, elle ajouta vivement :

— Je veux dire, c'est un long trajet ? C'est pour ça que tu ne le fais pas tous les jours ? Je ne suis jamais allée à McCall. En fait, je ne suis allée nulle part dans l'Idaho, à part Jasper.

Il l'observa, essayant de déterminer si c'était son imagination ou si quelque chose avait changé depuis leur soirée de la veille. Elle semblait nerveuse, presque comme si elle éprouvait le même sentiment qu'il avait eu au dîner. Il essaya de cacher un élan de joie.

— C'est à une heure au sud de Jasper. Je me suis dit qu'il valait mieux loger ici, au cas où il se passerait quelque chose pendant les heures de repos. Une heure, c'est long quand on a une bombe prête à exploser. Mais McCall est une ville formidable. Tu l'aimerais. C'est une petite ville touristique, comme Jasper, mais en plus grand. Tu fais du ski ?

— Je n'ai jamais essayé, répondit Ava, dont le regard se posa sur la porte ouverte puis de nouveau sur lui. Mais ça a l'air amusant.

— Il y a des pistes superbes à McCall, dit Eli, espérant que Brady et Jason allaient prendre leur temps ce matin-là.

La veille, ils étaient restés jusqu'à la fermeture du restaurant, s'attardant avec leurs boissons longtemps après avoir fini de dîner. Il avait été surpris par le naturel avec lequel ils avaient parlé, après ces trois jours de gêne.

— Je sais que Jasper a beaucoup de sentiers de randonnée, et il y a la Salmon River pour le kayak, mais tu devrais essayer le lac Payette de McCall. Il y a aussi des tonnes de restaurants et de boutiques, des festivals artistiques et des concerts. Tu devrais venir quand tu auras un week-end de libre, je te montrerai la ville.

Elle acquiesça, puis baissa la tête et s'écarta légèrement de lui lorsque Jason et Brady pénétrèrent dans la pièce, parlant du chalet en rondins que Brady était en train de construire aux environs de Jasper.

Eli la regarda du coin de l'œil, espérant qu'il ne lui avait pas fait peur. Il ne s'était pas attendu à être attiré par elle, mais maintenant qu'il la connaissait un peu mieux, il avait envie d'en savoir plus. Le meilleur moyen de l'aider à s'intégrer était de lui faire visiter la région et de lui laisser entrevoir un véritable avenir pour elle.

— On dirait que le chalet progresse, dit-il à Brady.

À Ava, il expliqua :

— Brady construit sa maison tout seul.

— Impressionnant, commenta Ava, les sourcils haussés.

Brady laissa échapper un rire bref.

— Ce sera impressionnant si j'arrive à le finir. À ce moment-là, je vous inviterai tous à un barbecue.

Une ombre de sourire passa sur les lèvres d'Ava. Tout ce dont elle avait besoin, c'était d'un peu d'aide pour se faire des amis, et tout le monde l'aimerait autant que lui, songea Eli.

— Alors, c'est quoi, le plan, aujourd'hui ? demanda Jason.

Leur équipe n'était constituée que depuis trois jours, mais Eli voyait déjà la confiance de Jason s'améliorer. Le bleu était un bon policier, et Eli sentait qu'il avait un grand avenir devant lui. Il se tourna vers Ava.

— Ava a réfléchi à Bingsley et à ce qu'il a pu voir.

Ava se redressa et leur expliqua où elle pensait que le poseur de bombe avait dû se garer afin d'être à proximité de l'entrepôt. Brady et Jason acquiescèrent tous deux et Eli dit :

— Ava l'a arrêté il y a quatre jours, alors Bingsley n'a peut-être pas envie de lui parler. Pourquoi n'allez-vous pas l'interroger ?

Le sourire d'Ava s'effaça, en même que le bref sentiment qu'il la considérait comme faisant vraiment partie de l'équipe. Elle le dissimula en disant vivement :

— Attention à sa paranoïa. Il était défoncé quand je suis arrivée chez lui. Et armé.

Brady hocha la tête d'un air sérieux.

— On ne va pas se rejouer la scène de l'autre jour avec les Newbury.

— Qu'est-ce qu'on pense d'eux ? intervint Jason. Je veux dire que je doute qu'Ashton mentait. Pourtant, je ne pense pas qu'on puisse complètement écarter cette famille.

— Je suis d'accord, dit Eli. On va les garder à l'œil. Mais je crois qu'il est plus probable qu'Ashton ait vu quelque chose sans le savoir, plutôt qu'il soit le poseur de bombe.

Ava approuva d'un signe de tête, et il prit conscience qu'il avait observé sa réaction. Les craintes qu'il avait eues quelques jours auparavant, sur les raisons qui avaient pu la pousser à quitter Chicago, avaient disparu, remplacées par un solide respect pour sa capacité à jauger les menaces potentielles.

— Et quel sera votre angle de recherche pendant que nous allons voir Bingsley ? interrogea Brady.

Eli jeta un coup d'œil à Ava, qui avait l'air aussi incertaine que lui. Ils pouvaient chercher d'autres liens avec l'entrepôt, mais la liste serait peut-être longue.

— Pour l'instant, la seule chose à laquelle je pense en dehors de Bingsley, c'est l'entrepôt.

Les autres hochèrent la tête, l'air aussi découragé que lui. À moins que Bingsley ne leur donne une piste, l'affaire semblait être dans une impasse. Et ils avaient besoin de progresser immédiatement, avant que le poseur de bombe frappe à nouveau.

Ava jeta un coup d'œil discret à son téléphone. Cela faisait une heure que Brady et Jason étaient partis interroger Bingsley et ils n'avaient pas encore donné de nouvelles.

Elle leva les yeux en direction d'Eli, de l'autre côté de la table de conférence, s'attendant à le voir fixer son ordinateur. Au lieu de cela, il la regardait, une lueur pensive dans ses brillants yeux bleus. Elle sentit son pouls accélérer.

Lorsqu'il lui avait offert de lui faire visiter McCall, était-ce une vraie proposition ? Ou n'était-ce que la manière dont se traitaient habituellement les habitants des petites villes ?

Normalement, elle était assez douée pour déchiffrer les gens, mais cette fois elle n'en avait aucune idée. Elle avait grandi en ville, avec des parents qui l'avaient poussée à réussir et soutenue dans ses objectifs, jusqu'au moment où ils avaient cessé de le faire. Ses collègues dans la police avaient à peu près la même attitude : ils donnaient leur opinion telle quelle, bonne ou mauvaise. Pas d'ambiguïté, pas d'incertitude quant à leur position ou leurs motivations.

Mais ce n'était que sa perception des choses. Peut-être parce qu'elle ne se remettait jamais en doute elle-même. Lorsqu'elle rencontrait un homme qui l'intéressait, elle n'hésitait pas. Elle prenait une décision – poursuivre ou non – et s'y tenait.

Avec Eli, elle ne savait que faire. S'il ne faisait que se montrer amical, elle ne voulait pas se mettre en mauvaise posture en se comportant comme s'il s'agissait d'autre chose. Et s'il y avait *bien* autre chose, elle ne voulait pas l'encourager.

Ils étaient collègues. C'était tout ce qu'ils seraient jamais.

Juste au moment où elle prenait conscience que, perdue dans ses pensées, elle l'avait fixé trop longtemps, il lui adressa un sourire un peu amusé, qui fit battre son cœur plus fort.

— Comment se passent les recherches ? demanda-t-elle, mettant dans sa voix autant de distance professionnelle que possible.

Le sourire d'Eli se fit perplexe, puis il secoua la tête.

— Ça ne donne rien. Il y a environ soixante personnes qui travaillaient pour JPG au moment du dépôt de bilan et qui vivent toujours ici. Aucune n'a le profil d'un suspect. Certaines sont au chômage et quelques-unes ont un petit casier, mais rien qui corresponde à un poseur de bombe. Rien qui suggère une rancœur assez importante pour vouloir faire sauter l'entrepôt.

Cela ne la surprit pas.

— Je n'ai rien trouvé non plus. La liste des gens licenciés dans l'année précédant le dépôt de bilan est plutôt courte. Deux d'entre eux sont partis de Jasper et trois autres ont des emplois à plein temps et ne se manifestent pas de façon notable sur les réseaux sociaux. Je ne crois pas que JPG soit une piste utile.

Eli fourragea dans ses courts cheveux bruns, et elle ne put s'empêcher de remarquer qu'il s'y mêlait quelques fils roux.

— Je suis d'accord. Mais qu'est-ce que ça nous laisse, comme pistes ?

Ava jeta un coup d'œil à Lacey, couchée sur le plancher. En la voyant la regarder, la chienne leva la tête et agita la queue. Elle sourit à l'animal, qui lisait le langage non verbal mieux que n'importe quel être humain.

— Et si Lacey et moi allions explorer d'autres zones d'entrepôts abandonnés ?

Elle se tourna vers Eli.

— Si l'essai du poseur de bombe a été interrompu, il va sans doute faire une nouvelle tentative ailleurs. Et s'il a des habitudes, il va sans doute y retourner plusieurs fois. On pourrait avoir de la chance.

Eli se leva et s'étira, renversant la tête en arrière. Il ne faisait que cinq centimètres de plus qu'elle, mais l'uniforme noir de McCall soulignait son teint pâle et sa minceur.

Il n'était pas vraiment son type. Ni par l'apparence ni par la personnalité. Mais elle ne pouvait s'empêcher de penser à ce qu'il lui avait dit. *Tu devrais venir quand tu auras un week-end de libre, je te montrerai la ville.*

Un week-end. Pas une journée, même si c'était seulement à une heure de voiture. Cela ressemblait plus à une invitation amoureuse qu'amicale, mais Brady et Jason étaient arrivés avant qu'elle trouve la réponse appropriée.

Mais elle n'aurait pas accepté une chose pareille, peu importe son début d'attirance pour lui. Bien sûr, Eli retournerait à McCall à la fin de cette affaire, mais elle avait l'impression qu'il travaillait régulièrement en liaison avec le commissariat de Jasper. Sans parler du fait que, même séparés par des kilomètres de distance, les gens se connaissaient.

Elle avait entamé une fois une relation sur son lieu de travail. Lorsque les choses s'étaient terminées avec DeVante, la situation lui avait paru gênante, en dépit du fait qu'ils ne travaillaient pas aux mêmes horaires et se voyaient rarement. Une histoire comme ça avait le potentiel de détruire une réputation. Si elle voulait faire de Jasper son nouveau foyer, il ne fallait pas que des rumeurs courent sur ses relations avec un collègue, pas même le capitaine d'une autre police.

— Eh bien ?

Eli la fixait comme s'il attendait une réponse.

— Désolée, qu'est-ce que tu disais ?

Il lui lança un regard perplexe.

— Tu es prête ? Je viens avec toi. Si Lacey nous alerte, j'aurai mon équipement.

Refermant son ordinateur, Ava repoussa sa chaise, essayant de dissimuler sa nervosité. Elle aurait préféré rester seule pour mettre ses pensées en cohérence avec ses émotions. Parce que la présence d'Eli – ses enjambées souples, sa confiance en lui, le parfum boisé de son après-rasage – submergeait en quelque sorte ses sens.

À un moment donné, elle était passée de l'incertitude quant à ses sentiments à la certitude d'être bien trop attirée. Pourtant, elle ne laisserait pas ce béguin – parce qu'ils étaient bien trop différents pour qu'il s'agisse d'autre chose – la détourner de son objectif, à savoir se créer une nouvelle vie à Jasper.

11

Il n'existait pas beaucoup de bâtiments vides à Jasper.

Les trois entrepôts de la rue de Bingsley étaient une anomalie. Bien que la ville n'ait pas une très importante population, le tourisme ne cessait d'augmenter et les commerces en profitaient. Le dernier-né était une société de rafting et de promenades sur la rivière, qui devait bientôt fêter son inauguration.

Eli constatait une croissance similaire à McCall. Il était habitué à ce que la population se multiplie par deux ou trois durant l'été et les vacances. Jasper avait toujours été un peu excentrée. Il espérait qu'aucune des deux villes ne grandirait trop vite, perdant le charme et le sentiment de familiarité qui l'avaient ramené dans la région.

— Il n'y a pas grand-chose de vide dans le centre-ville, dit-il à Ava, tandis qu'ils parcouraient Main Street. La ville grandit plus vite qu'il n'y a d'espace disponible.

Elle laissa échapper un petit rire, et il se souvint qu'elle était accoutumée aux critères de croissance de Chicago. Il haussa les épaules.

— Je veux dire que si un bâtiment se libère, il ne reste pas longtemps vide. Les entrepôts sont différents parce que la plupart des commerces n'ont pas besoin de ce genre d'espace, et que ça ne vaut pas la peine de les convertir, d'autant plus qu'ils ne sont pas assez centraux.

— Alors, qu'est-ce qu'on a ? demanda Ava en se tournant sur le siège passager pour le regarder.

Il lui tendit le calepin posé sur le siège entre eux. Il y avait noté la liste des bâtiments abandonnés obtenue auprès du chef, lequel avait vécu toute sa vie à Jasper. Eli en connaissait quelques-uns, des endroits désertés depuis son enfance.

— Aucun de ceux-là n'est même situé aux abords de la ville.

Ava eut l'air déçu en survolant la courte liste.

— Il est peu probable que notre poseur de bombe ait choisi quelque chose d'aussi éloigné. L'idée de retourner là où nous avons trouvé la première bombe le rend sans doute nerveux. S'il n'y a rien d'autre aux alentours…

— Comme je le disais, le centre-ville est réduit, mais il y a beaucoup de demandes. Il attire surtout les touristes. Ils viennent pour les montagnes et la rivière et ensuite ils flânent au centre-ville. Ou bien ils font l'aller-retour à Jasper dans la journée, pour acheter des meubles. Ces entrepôts-là sont situés de l'autre côté de la ville, et je doute qu'ils se vident un jour.

Ava acquiesça.

— Si je ne louais pas un appartement déjà meublé, c'est là que je me serais installée.

— Tu loues, hein ?

Il y avait beaucoup de locations, surtout pour la saison touristique, et comme Ava avait déménagé durant la saison basse, elle était sans doute tombée sur une bonne affaire.

— C'était le plus sensé, répondit-elle sans s'étendre, en cherchant les adresses sur son téléphone.

Il la regarda, essayant de deviner à son expression si c'était plus sensé parce qu'elle n'était pas sûre de rester ou parce qu'elle avait choisi la maison sans l'avoir visitée. Avec une moue, elle se concentrait sur cette liste qui, pour sa part, l'avait déjà découragé.

Bien sûr, une étable en ruines sur un terrain de huit hectares constituait un lieu commode, et il était peu probable qu'il y ait beaucoup de dégâts si le poseur de bombe voulait faire un test. Mais il était aussi peu probable qu'une bombe y soit trouvée rapidement et fasse parler les gens. Et il était encore moins probable qu'elle effraie la population de la même manière qu'une explosion.

— Voici le premier, déclara Eli en se garant dans l'allée gravillonnée qui menait à la grange.

Le terrain était désert, la maison depuis longtemps en ruines, après qu'un incendie avait chassé les propriétaires. Seule l'étable avait survécu. D'un rouge passé, avec un gros trou dans le toit, c'était un repère bien connu des adolescents qui y venaient pour boire ou pour flirter. Au fil des ans, la police avait accru ses patrouilles et chassé toute activité.

Ava sauta de voiture, et Lacey la suivit. Toutes deux pénétrèrent dans le champ, où les mauvaises herbes étaient assez hautes pour cacher la vue.

— C'est plutôt sinistre.

Eli regarda autour de lui. Pour lui, c'était serein, tranquille, en dehors du pépiement des oiseaux et des bonds d'une biche dans un champ au loin.

— Qu'en pense Lacey ? demanda-t-il en observant la chienne.

Elle ne réagit pas à son nom et continua d'avancer, la truffe en l'air. Hyper concentrée sur sa tâche.

— Aucune alerte encore, répondit Ava en survolant les champs et la grange du regard.

Il était peu probable que quiconque se cache dans les champs mais on ne pouvait l'écarter, et Eli tendit l'oreille.

Lorsqu'ils atteignirent la porte de l'étable, qui était grande ouverte, Eli regarda à nouveau Lacey.

La chienne pénétra dans le bâtiment sur l'ordre d'Ava, mais ne montra d'aucune manière qu'elle avait flairé quelque chose.

Eli les suivit à l'intérieur, plissant les yeux pour scruter les coins obscurs des anciens box. Il resta derrière Ava et Lacey, les laissant travailler.

L'étable était humide, et l'odeur du foin pourri lui chatouilla les narines. Des canettes de bière vides et une poignée de mégots étaient entassés dans un coin, mais ils n'avaient pas l'air récents. Au-dessus de lui, un couple de tourterelles, niché au bord du toit, lançait son chant mélancolique.

— Quelque chose ? demanda-t-il à Ava lorsqu'ils eurent atteint le fond de l'étable.

Elle secoua la tête, sans surprise. Si le but était qu'on trouve la bombe et qu'on répande la nouvelle, elle aurait été laissée dans un lieu plus évident, là où des adolescents décidés à s'enivrer ou à se peloter l'auraient remarquée. Si l'objectif était de faire sauter l'étable, alors pourquoi laisser une bombe inachevée et risquer que la police la trouve comme ils l'avaient fait à l'entrepôt ? Dans ce cas, elle aurait été désamorcée immédiatement.

Pourtant, inspecter les bâtiments déserts était la meilleure piste qu'ils aient en dehors de Bingsley. Il jeta un coup d'œil à son téléphone, espérant des nouvelles de Jason ou Brady, mais il n'y avait rien.

— On se fait le suivant ? demanda-t-elle.

— Yep.

Tandis qu'il la raccompagnait à la voiture, elle lui dit :

— Il faudra peut-être que j'emmène Lacey à l'académie ce soir, pour lui donner une chance de m'alerter sur quelque chose. Je ne veux pas qu'elle se décourage.

Eli la regarda sourire tendrement au berger allemand.

— On va peut-être avoir de la chance.

Il s'efforçait d'être encourageant. Même s'il était peu probable qu'ils tombent sur quelque chose, cela avait tout de même été une bonne idée. C'était aussi plus amusant que de rester au commissariat pour fouiller de vieux classeurs.

Après avoir inspecté trois autres sites abandonnés – un silo en ruines, une maison saisie et un énorme hangar –, il leur était difficile de rester positifs.

Ava et même Lacey commençaient à avoir l'air irrité. Jusqu'à ce que son téléphone se mette à bourdonner. Eli le consulta et vit le nom de Brady.

— 5454, dit-il à Ava en lui tendant le téléphone. C'est le code.

Elle parut surprise qu'il lui donne aussi facilement son code pin, mais ne dit rien et le saisit pour lire les textos. Alors ses épaules s'affaissèrent et elle secoua la tête.

— Selon Brady, Bingsley ne semblait ni défoncé ni évasif, et il prétend qu'il n'a jamais vu de voiture inconnue ou de gens dans la rue. Il dit aussi qu'il n'est jamais allé dans aucun des entrepôts, qu'il n'avait pas de raison de le faire. Bien sûr, ça ne signifie pas que personne n'y est allé. Ça veut juste dire que Bingsley était trop défoncé ces derniers temps pour le remarquer.

Eli poussa un juron, puis lui adressa ce qu'il espérait être un sourire encourageant.

— C'était quand même une bonne idée de vérifier.

— J'aurais voulu que ça donne quelque chose, dit-elle.

— Nous avons encore trois endroits à visiter, lui rappela Eli, en s'arrêtant devant le suivant, un vieux moulin en bord de rivière.

Il avait été transformé en café, puis en glacier, avant d'être fermé définitivement pour des questions de sécurité.

Tandis qu'ils descendaient de voiture, Eli entendit le rire étouffé de gens qui naviguaient sur la rivière. Peut-être un groupe qui faisait du kayak. L'eau était tranquille, ce jour-là, et des oies se lissaient les plumes sur la rive.

Le parking, avec son béton fracassé et ses tables de pique-nique en bois délavé, était vide. Le vieux moulin – Eli y pensait toujours ainsi, car il l'avait vu fonctionner enfant – avait l'air fermé à double tour. Les fenêtres étaient crasseuses et une planche était clouée en travers de la porte. La roue en bois, en partie recouverte de mousse, constituait toujours un repère pour lui sur la rivière.

Il fit halte une minute, se remémorant la dernière fois qu'il était venu là avec ses parents. Son père et sa mère riaient en pagayant en tandem, et ses frères se moquaient les uns des autres en se bloquant le chemin à tour de rôle. Il avait pagayé plus paresseusement à l'arrière du groupe, savourant la brûlure du soleil et imaginant l'avenir quand la famille s'agrandirait ; son frère avait parlé de demander sa petite amie en mariage cet après-midi-là.

Tandis que ses frères étaient engagés dans des relations sérieuses, lui était toujours célibataire. Il n'était pas pressé de se marier mais, ce jour-là, il avait ressenti un élan d'anxiété à l'idée qu'il ne se passait rien pour lui dans ce domaine.

Il se représenta soudain Ava dans un kayak près de lui, les cheveux lâchés sur les épaules et la tête renversée dans un grand éclat de rire. L'image le prit par surprise. Il chancela alors qu'elle-même accélérait l'allure.

Il devait se concentrer sur sa tâche, rester professionnel. Il ne pouvait pas se laisser distraire par cette attirance, laisser son désir de l'aider se transformer en flirt. Une fois l'affaire bouclée, il pourrait envisager de lui demander de sortir avec lui. Mais pas maintenant. L'image d'Ava face à lui lors d'une vraie sortie était encore imprimée dans son esprit, mais il s'efforça de l'ignorer.

Et, à mesure que son fantasme s'évanouissait, une autre sorte d'anxiété lui fit plisser les yeux.

Lacey courait vers le moulin, Ava à côté d'elle. Eli jeta un coup d'œil à son SUV, se demandant s'il devait prendre son équipement, puis décida de les rejoindre d'abord. Au moment où il les rattrapait, devant une porte légèrement entrouverte, Lacey s'assit.

— Elle a trouvé quelque chose, dit Ava en passant un œil à travers l'ouverture.

Elle regarda Eli, une lueur d'inquiétude dans ses grands yeux marron.

— Je crois qu'il y a une bombe.

12

— N'entre pas, cria aussitôt Eli.

Bien que Lacey n'ait pas bougé, Ava l'attrapa par le collier et jeta un regard alarmé à Eli.

— Il y a un fil de détente ou un déclencheur quelconque ? En franchissant la porte, on va déclencher la bombe ?

— Non... Je ne sais pas.

Il repoussa la panique qui l'avait saisi lorsqu'il avait entendu le mot *bombe*. Il n'y avait aucune raison de penser que le poseur de bombe ait piégé la porte. Mais la police avait trouvé l'autre engin, si bien que le malfaiteur devait compter sur le fait qu'ils allaient fouiller d'autres bâtiments. Il ne fallait pas écarter cette possibilité.

— Laisse-moi m'équiper et entrer le premier, dit Eli en s'approchant et en jetant un regard à l'intérieur.

Le moulin était aménagé comme une boutique de glacier, avec un long comptoir qui serpentait jusqu'au fond. Des tabourets de toutes les couleurs de l'arc-en-ciel étaient alignés devant. Il ne restait que ça et un vieux congélateur, dont la porte avait été ôtée. Sur le comptoir reposait un amas de fils et de fusibles. Visiblement les composants d'une bombe, mais rien n'avait été assemblé.

Eli fronça les sourcils, survolant l'espace en quête d'autre chose.

— Tu as vu une bombe assemblée ou juste des pièces ?

Ava s'avança à côté de lui, l'effleurant de l'épaule. Son parfum de beurre de cacao lui parvint aux narines, aussi distrayant qu'apaisant. Elle désigna les fils et les fusibles.

— Je suppose que non. J'ai vu ce qu'il y avait sur le comptoir et Lacey m'a alertée, alors j'ai supposé que c'était une bombe.

Elle se tourna vers lui, et son haleine vint lui effleurer le menton.

— Ça n'en est pas une ?

L'arc de sa bouche était si près qu'il aurait pu la toucher en oscillant. Voyant qu'il la fixait sans répondre, elle recula en heurtant l'encadrement de la porte.

— Eli, ce n'est pas une bombe ?

Concentre-toi. Il se maudit pour sa distraction. Durant ses dix années dans la police, il n'avait jamais perdu sa concentration, peu importent les diversions ou les émotions. Comment pouvait-il l'avoir dans la peau aussi vite ? C'était pour ça qu'il ne pouvait se rapprocher d'elle avant que l'affaire soit terminée.

— Non. Ce sont des composants, bien sûr. Mais elle n'est pas assemblée.

Le bras tendu en travers du seuil, il balaya l'espace du regard, cherchant un engin assemblé. On ne pouvait écarter cette possibilité. Mais il ne vit rien.

Le poseur de bombe avait manifestement voulu que quelqu'un trouve ces pièces. Un kayakiste qui se serait arrêté ? Quelqu'un qui appellerait la police puis le dirait à ses amis et publierait une photo sur les réseaux sociaux ? Ou la police ? Si cette dernière hypothèse était la bonne, sachant qu'ils n'avaient rien laissé filtrer à destination du public la première fois, quel était le but du jeu ?

— Soyons prudents, dit Eli, dont l'instinct lui hurlait que quelque chose clochait. Lacey et toi, vous restez dehors et tu appelles le commissariat. Je vais enfiler ma tenue et entrer.

Lorsqu'il se tourna vers elle, il vit qu'Ava tenait toujours le collier de Lacey.

— Ça t'inquiète que ça ressemble à un piège ?
— Pas toi ?
— Si.

Elle regarda autour d'elle. Eli suivit son regard vers les grands arbres, les hautes herbes et la rivière qui coulait au bout du champ. Bien sûr, on aurait pu tirer un bateau sur la rive pour explorer le moulin. Mais, contrairement à l'étable, cet endroit n'était pas connu pour attirer les intrus.

Eli s'agenouilla près de la porte pour examiner la serrure. Elle avait incontestablement été forcée, sans doute avec un pied-de-biche.

— Appelle pour le signaler, dit-il à nouveau, en retournant à toutes jambes vers son SUV.

Il entendit Ava et Lacey le suivre, entendit Ava parler au chef au téléphone tandis qu'il enfilait sa lourde tenue de déminage. Avec le casque, tous ses sens lui paraissaient étouffés. Seules ses mains étaient libres de travailler.

— Sois prudent, fit la voix d'Ava derrière lui, tandis qu'il avançait vers le moulin avec un sac plein d'outils.

Il se retourna pour la regarder. Elle s'abritait d'une main du soleil, et son regard paraissait inquiet. Il hocha la tête et se remit à progresser, passant mentalement chaque étape en revue.

Sur le seuil, il se plia en deux, cherchant un fil. Ne voyant rien, il inspira un bon coup et entra. Rien ne se passant, il prit conscience que son cœur avait battu fort jusqu'à cet instant.

L'intérieur du moulin était couvert de poussière, mais pas assez pour rendre évidentes des traces de pas. Eli s'agenouilla avec difficulté, en raison de sa tenue. Il y avait plusieurs traces au sol, comme si quelqu'un y avait traîné les pieds, mais seulement près des matériaux.

Il parcourut le sol du regard, cherchant un autre engin. Puis il fit la même chose à hauteur de taille et enfin, debout. La seule chose remarquable était l'amas de fusibles et de câbles sur le comptoir, comme une pile de cadeaux. Un briquet reposait à côté.

Eli s'agenouilla à côté du comptoir, examinant le dessous des matériaux. Une bombe amorcée pouvait exploser si on déplaçait les fils et les fusibles. Il n'y avait rien.

Les sourcils froncés, il se releva et passa derrière le comptoir, puis dans la pièce du fond. Elle était minuscule, ne contenant qu'un évier, quelques placards et un espace vide où il devait y avoir eu un lave-vaisselle autrefois. Lentement, il ouvrit les placards, mais ils ne dissimulaient rien d'autre qu'une vieille boîte de crème.

Il arpenta à nouveau tout le bâtiment, puis alluma sa radio.

— À ce que je vois, tout va bien, Ava. Tu peux amener Lacey pour qu'elle nous le confirme ?

Il était compétent mais ne voyait pas à travers les murs. Un chien de détection comme Lacey pouvait flairer une bombe dissimulée. Et faire la différence entre les matériaux de la bombe posés sur le comptoir et une autre bombe, ailleurs.

— On arrive, dit Ava. Les renforts aussi.

Elle prit plus longtemps que prévu, mais lorsqu'elle entra, elle lui dit :

— Lacey et moi avons d'abord inspecté l'extérieur.

Se tournant vers l'animal, elle lui ordonna :

— Cherche la bombe, Lacey.

La chienne agita la queue et suivit Ava. Au lieu de se diriger vers les composants, Ava lui fit décrire un cercle autour de la pièce, en lui indiquant de flairer à certains endroits. Lorsqu'elles revinrent au comptoir, Lacey s'assit à côté de la pile de matériel.

Ava lui caressa les oreilles.

— C'est bien, Lacey, c'est bien.

La queue du berger allemand frappa le sol. Puis Ava ordonna :

— Cherche la bombe, Lacey.

Et elle la conduisit dans la pièce arrière.

Lorsqu'elles en ressortirent, Ava secoua la tête.

— Il n'y a rien d'autre.

Eli acquiesça en silence. Il avait envie d'ôter son casque, mais cela aurait été trop difficile de tenir en même temps ses outils. Et il voulait examiner de plus près ce qu'ils avaient trouvé.

Pliant les genoux, il se mit au niveau des matériaux. Il y avait tout un assortiment de fusibles, représentant autant d'options pour fabriquer une bombe. Cela lui nouait l'estomac. Celui qui avait fait ça avait soit passé une éternité en ligne à effectuer des recherches, soit avait une réelle expérience de la fabrication d'engins explosifs.

— Eli…

Un mélange d'excitation et d'urgence dans la voix d'Ava le fit se retourner.

Elle était penchée près de lui, mais son regard était braqué sur le petit briquet bleu. Elle le désigna d'un index légèrement tremblant.

— Est-ce que…

Eli retint son souffle lorsque la lumière venant de la fenêtre l'éclaira sous le bon angle. Une empreinte. Ils se regardèrent dans les yeux, aussi surpris l'un que l'autre.

— Je crois que nous avons enfin une ouverture, dit-elle d'une voix excitée.

Cela signifiait que, très bientôt, il pourrait lui demander de sortir avec lui.

13

Dès qu'elles pénétrèrent dans le commissariat, Lacey capta la frénésie ambiante et se mit à danser autour d'Ava. Celle-ci regarda autour d'elle, cherchant l'équipe.

— Beau boulot, Callan ! lui lança le sergent Diaz en passant près d'elle.

Elle sursauta devant ce compliment.

— Que s'est-il passé ?

Il fit halte et se retourna vers elle.

— L'empreinte que tu as trouvée au vieux moulin a une correspondance dans le système.

L'excitation la saisit à son tour, et elle pressa le pas, se dirigeant vers la salle de réunion. Lorsqu'elle y entra, Lacey la contourna et alla s'asseoir aux pieds d'Eli.

Celui-ci se mit à rire et caressa la tête de la chienne. Puis il fixa Ava, l'excitation faisant briller ses yeux bleus.

— Nous avons un suspect.

— Qui est-ce ?

Brady, qui était assis en bout de table, tourna son ordinateur vers elle.

— Elle s'appelle Jennilyn Sanderson. Elle a un casier judiciaire pour des faits de violence, c'est pour ça que ses empreintes sont répertoriées.

Ava regarda tour à tour Eli, Brady et Jason, lequel était debout au coin de la pièce, tapotant sur ses jambes comme s'il ne pouvait rester immobile. L'anxiété la prit aussi, et l'envie de mettre Sanderson derrière les barreaux avant qu'elle puisse faire sauter quoi que ce soit.

Elle se demanda depuis combien de temps l'équipe était là. Elle vola un regard à l'heure affichée par l'ordinateur de Brady et constata qu'elle était ponctuelle. Mais pour une raison quelconque, elle avait l'impression d'être en retard.

— On va demander un mandat d'arrestation ?

— Pas encore, répondit Eli. Il faut procéder avec prudence.

— Pourquoi ?

À la manière dont Brady et Jason fronçaient légèrement les sourcils, ils connaissaient déjà la réponse.

L'irritation la prit d'avoir raté tant de choses ce matin-là. Cela faisait partie des problèmes qu'elle avait depuis son arrivée : elle se sentait toujours exclue.

Eli plissa légèrement les yeux et fit la moue comme s'il devinait ses pensées. Son regard croisa celui d'Ava et le soutint, et elle comprit ce qu'il allait dire.

— Ça vient juste de sortir. Tu n'as pas manqué grand-chose. Le technicien a tout passé en revue, les câbles et les fusibles. La seule chose qui portait une empreinte était le briquet.

— Un bon avocat lui sauvera la mise en disant que le briquet n'a aucun rapport avec le reste, dit Brady en roulant des yeux. Peu importe qu'il ait été juste à côté, c'est le seul élément qui porte une empreinte. Pour être sûrs de l'épingler, il nous faut davantage. Mais il ne faut pas l'effrayer.

Ava acquiesça, tout en résistant à l'envie de regarder à nouveau Eli. La pression, qui aurait dû diminuer puisqu'ils avaient une suspecte, augmentait au contraire. Tout se compliquait quand on ne voulait pas arrêter tout de suite un suspect.

— Elle portait probablement des gants quand elle a déposé les câbles et les fusibles, mais laisser le briquet n'était pas intentionnel. Elle l'avait avec elle et elle ne l'a pas essuyé parce qu'elle n'avait pas l'intention de le laisser.

— Exactement, dit Eli. Donc, c'est une chance et une malchance.

Ava approuva. C'était bon parce qu'ils avaient un nom. Mauvais parce que c'était une preuve trop circonstancielle.

— On va quand même la voir, non ?

— Bien sûr, mais il faut d'abord étudier ses antécédents. Tu es entrée cinq minutes après que nous ayons la nouvelle, alors nous n'avons pas encore examiné son casier.

Le soulagement lui dénoua les épaules, et Eli lui fit un petit signe de tête, comme s'il savait qu'elle s'était inquiétée.

Arrachant son regard à celui, trop clairvoyant, d'Eli, Ava contempla la photo de Jennilyn Sanderson sur l'écran de Brady. Sur ce cliché d'identité judiciaire, elle arborait un rictus colérique et sa peau pâle était marbrée de rouge. Ses fins cheveux bruns, coupés à hauteur d'épaule, étaient emmêlés, et son T-shirt était déchiré au niveau de la manche, comme si elle sortait d'une bagarre. L'expression belliqueuse de ses yeux noisette disait qu'elle l'avait gagnée.

— À quoi était due son arrestation ? demanda Ava.

— À une bagarre dans un bar, répondit Brady. Apparemment, c'était un pugilat général, si bien que beaucoup de gens ont été arrêtés ce soir-là. C'était il y a un peu plus de cinq mois. Je n'étais pas de garde, mais je me rappelle en avoir entendu parler.

— J'étais là, intervint Jason, mais pas à l'intérieur. Je gérais les gens au-dehors. La bagarre a attiré une sacrée foule. C'étaient les fêtes, il y avait beaucoup d'étrangers venus pour le festival hivernal. Ça ne peut pas se comparer au carnaval de McCall, dit-il à Eli en souriant, mais ça attire tout de même des gens. Ce soir-là, un grand nombre de clients étaient venus au bar après le festival.

— Chez Bartwell ? questionna Ava, surprise qu'une bagarre ait éclaté dans un bar de flics.

Jason secoua la tête.

— Non. Au Shaker Peak.

Le Shaker Peak était connu pour ses piliers de bar et sa piste de danse, tandis que le Bartwell Brewing offrait de la bière pression et des jeux tels que le flipper ou les fléchettes. Si ce dernier était propre et moderne, le Shaker Peak était sombre et malfamé et faisait son beurre sur les gros buveurs.

— Ça ne m'étonne pas, dit-elle, se rappelant la seule fois où elle était entrée, l'ayant pris pour *le* bar où allaient les policiers de Jasper après le travail.

Elle avait regardé autour d'elle, vu un vieil homme en salopette, la tête sur le bar, et un barman à l'air suprêmement ennuyé, et elle était ressortie. Pendant des jours, elle avait cru que ses collègues lui avaient fait une farce, jusqu'à ce qu'elle comprenne qu'elle s'était trompée d'établissement.

— Voyons ce qu'on peut apprendre d'autre sur Sanderson, dit Eli en s'asseyant, le regard déjà braqué sur son ordinateur.

Lacey regarda tour à tour Eli et Ava, puis suivit le premier et se coucha à ses pieds. Eli se mit à rire et s'interrompit pour caresser son poil.

— Tu mérites bien une pause, ma fille ! Tu as fait du beau boulot en nous aidant dans cette affaire.

Elle leva légèrement la tête pour le regarder en frappant le sol de sa queue, puis la reposa sur ses pattes.

La morsure de jalousie qu'éprouva Ava la surprit. Lacey la suivait partout, qu'elles soient au travail ou non. Ava avait même déplacé le panier de Lacey dans sa chambre, car le berger allemand avait pris l'habitude de rester auprès d'elle la nuit. Lacey et elle s'entendaient bien depuis que le chef les avait chargées de faire équipe.

Avant cela, Ava avait travaillé avec les agents disponibles, d'abord avec Brady lors de plusieurs missions, et une fois avec Jason. C'était différent de Chicago, car la taille réduite du commissariat faisait que les agents travaillaient souvent seuls. Lorsque le chef lui avait amené l'un des chiens dressés d'Emma, elle s'était sentie offensée.

Un affront qui venait sûrement de son incapacité à s'intégrer dans la police de Jasper. Pourtant, depuis qu'elle faisait équipe avec Lacey, elle en était venue à apprécier la valeur de sa coéquipière. Elle s'entendait mieux avec Lacey qu'avec toute autre personne à Jasper. Voir la chienne s'attacher si rapidement à Eli la faisait donc douter du lien qu'elle avait cru partager avec elle.

— J'ai aussi un rapport d'incident, dit Brady, la tirant de ses pensées.

Elle s'empressa de rejoindre l'équipe à table.

— Quel incident ? demanda Eli.

— Un homme a appelé pour dire que Jennilyn avait démoli sa voiture. On y est allés, mais le temps qu'on arrive, elle était partie. Peu après, le type a changé d'avis et a déclaré que c'était un accident. Ça n'en était clairement pas un selon le rapport, et on a fait le suivi. Mais pour finir, aucune arrestation n'a eu lieu.

— On sait pourquoi ? demanda Ava.

Brady secoua la tête.

— C'est Dillon qui y est allé, alors il en sait probablement plus que moi.

— Quand était-ce ? questionna Eli.

— Il y a quatre mois.

— Donc, pas longtemps après l'incident au bar. Autre chose de plus récent ? demanda Eli.

— Non. Rien avant la bagarre non plus, bien que je ne reconnaisse pas son nom. Je ne pense pas qu'elle vive ici depuis très longtemps.

Brady regarda Jason.

— Je crois qu'elle est serveuse au Shaker Peak. Elle me semble vaguement familière, dit celui-ci. Mais tu as raison, je ne crois pas qu'elle réside depuis longtemps à Jasper.

— Autre chose dans la base ? reprit Eli.

— Non, répondit Brady.

— Et les réseaux sociaux ?

— Rien d'évident, dit Jason. Mais elle pourrait se servir d'un surnom et ne pas avoir indiqué sa ville de naissance, ce qui fait d'autant plus de comptes à vérifier. Ça prendrait beaucoup de temps.

Eli hocha la tête et s'adossa à sa chaise.

— Qui est l'agent qui a procédé à son arrestation ? demanda-t-il à Brady.

— Le capitaine Rutledge.

Eli leva brièvement les yeux au ciel, puis acquiesça.

— Ava, pourquoi n'irions-nous pas voir Dillon Diaz et Arthur Rutledge, puis rendre visite à Sanderson ?

Les regards de Brady et Jason se portèrent simultanément sur elle. Bien qu'Eli et elle aient beaucoup fait équipe dans cette affaire, elle lut un mélange de ressentiment et de surprise dans leurs yeux.

Elle voulait cette chance de faire ses preuves. C'était logique d'emmener un chien de détection pour cet interrogatoire. Mais elle était la nouvelle qu'on choisissait pour participer à la meilleure part de l'enquête. Elle ne voulait pas que ses collègues pensent qu'elle bénéficiait d'un traitement de faveur. Son regard croisa celui d'Eli, et elle y vit la même étincelle d'intérêt que lors de leur soirée au restaurant. Elle détourna vivement les yeux, souhaitant pouvoir éliminer son propre intérêt aussi facilement. Parce que si elle n'avait pas déjà suffisamment de raisons de restreindre leurs relations au plan professionnel, elle venait d'en trouver une.

14

— Capitaine, vous pourriez nous donner un coup de main ? appela Eli en rattrapant l'homme sur le parking.

Arthur Rutledge soupira et jeta un coup d'œil à sa montre en se tournant vers Eli et Ava. Lorsqu'il vit Lacey, ses lèvres adoptèrent un pli déplaisant, et il fit un pas en arrière, ce qui rappela à Eli qu'il n'aimait pas les chiens.

Eli et Arthur faisaient tous deux un mètre quatre-vingts, mais chaque fois qu'il lui parlait, Eli aurait pu jurer que l'autre tentait de se grandir encore.

Repoussant ses cheveux bruns, qu'un coup de vent avait rabattus sur ses yeux, Arthur demanda :

— De quoi s'agit-il ? J'allais me chercher un café.

— Vous avez peut-être entendu dire que nous avons un suspect dans l'affaire de la bombe.

L'air plus intéressé, Arthur acquiesça.

— Qui est-ce ?

— Elle s'appelle Jennilyn Sanderson. Vous l'avez arrêtée il y a environ cinq mois, durant une bagarre au Shaker Peak.

Arthur, qui avait la cinquantaine mais tentait de paraître plus jeune avec une coupe de cheveux juvénile, retroussa les lèvres un long moment, puis secoua la tête.

— Vous parlez de cette grosse bagarre ? J'ai arrêté beaucoup de gens, ce soir-là. Le nom ne me dit rien.

— Je crois qu'elle était serveuse au Shaker Peak. Ava, tu peux sortir le rapport d'arrestation ?

Avant qu'elle puisse ouvrir son ordinateur, Arthur hocha la tête.

— Ah oui, je me souviens d'elle. Une ancienne de l'armée, elle savait se battre.

Il se frotta les jointures, comme s'il se remémorait une arrestation musclée.

— L'armée ?

Ava jeta un regard entendu à Eli, et celui-ci hocha la tête.

— On va devoir effectuer des recherches pour voir si elle a une expérience des explosifs.

— Oui.

Arthur croisa les bras.

— Plusieurs personnes en ont parlé lorsque je les ai interrogées sur la bagarre. Je crois que ça lui plaisait de le faire savoir, parce qu'elle portait un T-shirt militaire. Elle n'était pas grande, peut-être un mètre soixante-sept ou soixante-huit, mais elle avait une sacrée musculature. Beaucoup de ceux que nous avons arrêtés ce soir-là ont été libérés sur caution le lendemain, mais pas elle. Elle est passée au tribunal et a été condamnée à une peine d'intérêt général. Elle avait envoyé un type à l'hôpital.

Surpris, Eli demanda :

— Elle n'a eu que du travail d'intérêt général ?

Arthur fronça les sourcils, comme si cela ne lui plaisait pas.

— Elle aurait écopé de plus, mais des tas de gens ont témoigné que c'était le type qui avait frappé le premier et qu'elle ne faisait que se défendre. Si vous me demandez mon avis, elle aurait pu le contrer sans lui casser le bras, mais qu'est-ce que j'en sais ?

Il haussa les épaules, les yeux au ciel.

— Je ne suis pas juge.

— De quoi vous souvenez-vous d'autre sur l'incident ? questionna Ava.

Arthur la fixa quelques secondes d'un air vaguement inamical, et Eli se demanda s'il y avait quelque chose là-dessous. Pas la raison pour laquelle Arthur ne s'entendait pas avec elle – cela pouvait être tout et n'importe quoi, depuis le fait qu'elle avait un chien jusqu'à son statut de nouvelle recrue –, mais si cela contribuait à l'attitude défensive d'Ava. Après tout, Rutledge était le commandant en second de la police de Jasper. Eli se demanda s'il existait une manière délicate de dire à Ava de ne pas prendre à cœur ce que faisait Arthur.

— Comme je vous l'ai dit, c'était une grosse bagarre. La plupart des policiers qui étaient de garde ce soir-là y sont allés. L'un dans l'autre, on a probablement arrêté une douzaine de personnes. Il y en avait plein d'autres qui se tenaient sur les côtés, en train de regarder.

— Qui a entamé la bagarre ? insista Ava, les dents serrées.

Arthur ricana.

— Des types qui avaient trop bu et qui ont commencé à faire des remarques grossières à des femmes sur la piste. C'était des stupidités inoffensives, mais les femmes se sont rebiffées, et peu de temps après, les gens se sont mis à se battre.

Au lieu de discuter sa définition d'« inoffensive », Eli demanda :

— Vous vous rappelez autre chose à propos de Sanderson ?

Rutledge baissa les yeux, puis dit finalement :

— En dehors du fait qu'elle était agressive et qu'elle a résisté à l'arrestation ? Je pense qu'elle était peut-être là avec quelqu'un. Je me souviens qu'elle travaillait, mais j'ai le sentiment que quelqu'un était venu la voir ce soir-là. Peut-être un petit ami ? Je ne sais pas s'il faisait partie de ceux qui ont été arrêtés, ou s'il est juste resté assis à regarder sa petite copine s'en prendre à un type.

— Merci.

Eli adressa un bref texto à Brady pour lui demander de rechercher un éventuel petit ami de Sanderson.

Tandis qu'ils reprenaient la direction du SUV, Arthur les rappela.

— Vous voulez savoir ce que j'en pense ? Je crois que Sanderson a mauvais caractère. Elle n'a pas hésité à se jeter dans la mêlée, même si ça n'avait rien à voir avec elle. Je la verrais bien faire sauter quelque chose. Elle semble du genre à prendre les choses personnellement et à les pousser un peu trop loin.

Eli hocha la tête tandis qu'Arthur prenait une paire de lunettes noires dans sa poche de chemise, les chaussait et retournait à son véhicule. Il n'avait jamais apprécié le capitaine, mais le poste de commandant en second ne lui était sûrement pas échu par hasard. Ce qui signifiait que son opinion sur les suspects était sans doute fondée.

— Allons lui rendre visite, dit Eli.

— Et si on allait voir Diaz d'abord ? dit Ava. Il s'est occupé de cet incident où Sanderson a démoli une voiture.

Eli était impatient de se mettre en action, mais plus ils auraient d'informations, mieux ils seraient préparés à cette conversation.

— Oui, allons le trouver... Oh ! le voilà.

Il désigna les portes vitrées, que Dillon venait de franchir.

— Hé, Dillon, vous avez une seconde ?

Le sergent irlando-hispanique hocha la tête et se dirigea vers eux à longues enjambées.

— Que se passe-t-il ?

Eli lui parla de leur suspecte. Avant qu'il ait fini de lui rappeler l'incident de la voiture, Dillon hocha la tête, l'air troublé.

— Oui, je me souviens d'elle. Je n'ai pas du tout aimé cette intervention.

— Pourquoi ? demanda Ava, tandis que Dillon se penchait pour caresser Lacey, qui le regardait d'un air d'attente.

— Eh bien, le type qui a appelé pour signaler que sa voiture avait été vandalisée l'a fait depuis son travail. Il est vendeur dans l'un des magasins de meubles de la périphérie, je ne me rappelle pas lequel. En tout cas, un soir, il a trouvé sa BMW complètement défoncée. On aurait dit que quelqu'un s'était acharné dessus à coups de batte de base-ball. Tout avait été cabossé ou brisé, en dehors du pare-brise avant, où le mot *salopard* avait été gravé, sans doute avec une clé. Pas le genre de choses qu'on peut réparer facilement. La personne qui avait fait ça n'y était pas allée de main morte. L'idée, c'était de rendre sa voiture irrécupérable.

— Et votre enquête vous a mené à Sanderson ?

— Eh bien, c'est le type – Kellerman, il s'appelait, Kurt Kellerman – qui nous a parlé d'elle. Il nous a donné son nom immédiatement et nous a dit qu'elle le menaçait depuis un bon moment. Il a dit qu'il ne l'avait pas vue, mais qu'il était certain que c'était elle.

— Sur quoi portait leur désaccord ? questionna Ava.

— Il a prétendu qu'il ne savait pas, répondit Dillon, mais il était clair qu'il mentait. Je n'ai pas pu lui faire cracher le mobile qu'elle pouvait avoir. Alors je suis allé la voir au bar où elle travaille, le Shaker Peak. Elle a prétendu que ce n'était pas elle, mais elle m'a fourni un tas d'hypothèses. Comme quoi le type aurait pu agresser sexuellement une de ses amies. Comme quoi cette amie aurait eu peur de porter plainte. Comme quoi porter plainte serait une perte de temps. Comme quoi un type qui aurait fait ça mériterait un châtiment.

Ava fronça les sourcils.

— Vous pensez que Sanderson a bousillé la voiture de Kellerman pour venger une agression sexuelle sur son amie ?

— Oui. Je suis presque certain que c'était quelqu'un qui travaillait au bar, parce que Sanderson baissait la voix et ne cessait de regarder autour d'elle. Au début, j'ai pensé qu'elle ne voulait pas qu'on sache qu'elle était accusée de quelque chose, mais ensuite, j'ai compris qu'elle surveillait quelqu'un en particulier. Et qu'elle voulait rester discrète plus sur l'agression que sur ses propres actes. J'ai essayé de la convaincre de nous laisser parler à son amie, en vain. Si bien qu'en l'absence d'autres éléments, je ne pouvais pas faire grand-chose concernant l'agression elle-même. Quant à la destruction de la voiture, Sanderson a pris bien soin de rester dans le domaine de l'hypothèse. Elle n'a jamais avoué quoi que ce soit.

— Alors quoi ? lança Eli. Vous n'avez pas pu prouver que Sanderson avait vandalisé la voiture ?

— Non. À dire vrai, j'avais l'impression d'enquêter sur la mauvaise personne. Mais nous avions un rapport, et j'ai donc poursuivi. Mais quand je suis allé voir Kellerman, le jour suivant, pour obtenir plus de détails, il a complètement modifié son discours. Le premier jour, il maudissait Sanderson, il disait que ça faisait des mois qu'elle le persécutait et qu'elle avait finalement trouvé l'occasion de s'en prendre à lui. Quand je suis revenu, sa colère était retombée. Il m'a dit qu'il avait réfléchi et qu'il s'était trompé, que Sanderson n'avait rien à voir avec tout ça. Il ne voulait plus porter plainte et se débrouillerait avec son assurance.

— Vous avez une idée de ce qui a causé ce changement ? demanda Eli, soupçonnant ce que serait la réponse.

— Je crois que Sanderson lui a rendu visite. Elle a dû l'effrayer, selon moi. Peut-être qu'il s'est dit qu'il avait de la chance de s'en sortir comme ça, qu'il valait mieux ne pas tenter le diable et voir l'amie en question porter plainte pour agression sexuelle.

Eli hocha la tête.

— Quelle est votre opinion sur Sanderson ? Vous la verriez en poseuse de bombe ?

Dillon fit la moue.

— Je ne sais pas. Je n'ai pas eu l'impression qu'elle recourrait à quelque chose d'aussi hasardeux qu'une bombe. Mais elle se méfie visiblement des autorités. Elle a mentionné avoir fait partie de l'armée, mais elle ne porte manifestement pas la police dans son cœur. Elle semblait contrariée non seulement par mon enquête mais par ma personne même.

Avant qu'Eli puisse faire une remarque, Dillon poursuivit :

— Je peux comprendre. Mais je pense qu'il s'était passé autre chose, parce qu'en dépit de sa fierté évidente d'avoir fait partie de l'armée – elle portait une casquette militaire quand je l'ai interrogée –, elle parlait du commandement militaire de la même façon.

Ava regarda Eli.

— Brady et Jason devraient peut-être essayer de fouiller son passé militaire ? Voir si elle a quitté l'armée dans des circonstances problématiques ?

Eli acquiesça et adressa un autre texto à Brady.

— Alors, est-ce que je pense que Sanderson pourrait être la poseuse de bombe ? répéta Dillon.

Eli leva les yeux.

— Oui, dans les circonstances adéquates, je la vois bien se charger d'une sorte de mission vengeresse.

Ava adressa un regard préoccupé à Eli, tandis qu'il se demandait quoi d'autre Sanderson pouvait avoir envie de venger.

— Le truc, reprit Dillon d'un ton de mauvais augure, c'est que si c'est bien elle, elle est douée. Ce magasin a des tas de caméras de sécurité, et elle n'en a bousillé qu'une avant de démolir la voiture.

— Comment l'a-t-elle neutralisée ? demanda Ava.

— Avec une carabine à air comprimé, répondit Dillon. Un tir parfait. Il a suffi d'un coup, et la caméra a été grillée.

Tandis qu'Ava hochait la tête sans surprise, Dillon continua :

— Elle est prudente et elle ne craint pas de se salir les mains. Honnêtement, j'ai du mal à la voir faire sauter une bombe qui blesserait ou tuerait des innocents, mais peut-être que quelque chose l'a mise en colère et qu'elle pense que les responsables sont nombreux – à l'échelle de toute la ville. Si c'est elle, vous feriez bien de la mettre vite fait derrière les barreaux.

15

— Et maintenant ? questionna Ava en considérant Eli sur le siège passager de sa voiture de patrouille.

Même si c'était idiot, être au volant lui donnait un élan de confiance après leur conversation avec le capitaine Rutledge qui lui avait laissé un goût amer. Chaque fois qu'elle était en contact avec lui, elle avait la même sensation : elle était l'étrangère, et tout le monde le savait. Ce n'était pas quelque chose de manifeste, seulement la manière dont il la regardait, comme s'il dévisageait une suspecte. Le genre de choses qu'elle ne pouvait pas dénoncer sans qu'il l'accuse de se faire des idées.

Ava essaya de se débarrasser de ce sentiment et de se concentrer sur l'affaire. Ils se dirigeaient vers la maison de Jennilyn Sanderson pour l'interroger. Ce serait une partie délicate : il leur faudrait obtenir des informations sans lui faire comprendre qu'ils la considéraient comme suspecte. Ou sans lui faire comprendre qu'elle était la suspecte *principale* et la pousser à agir. Après ce qu'ils avaient appris du sergent Diaz et du capitaine Rutledge, Ava craignait que cette ligne ne soit très mince.

— On ne va pas parler du tout du briquet, dit Eli. Si elle sait que nous avons ses empreintes, elle va paniquer.

— Oui, je suis d'accord. On pourrait commencer par le moulin ? Nous comporter comme si nous enquêtions sur des dégâts ou des graffitis et dire que quelqu'un l'a vue là-bas ? Feindre de croire qu'elle sait peut-être quelque chose d'utile là-dessus ?

— Et si on essayait cette approche, mais à propos de l'entrepôt ? En tentant de justifier sa présence là-bas, elle pourrait nous donner un indice sur la nature de son ressentiment. Il semble plus probable qu'elle ait un lien direct avec l'entrepôt qu'avec le moulin. Ça pourrait nous aider à comprendre quelle sera sa prochaine cible et à prendre de l'avance sur elle.

Ava hocha la tête. S'ils pouvaient identifier un mobile, cela les aiderait à retrouver une bombe éventuelle, mais aussi à obtenir un mandat l'heure venue.

— Ce qui me préoccupe dans les deux approches, c'est l'idée que ces deux lieux n'ont été choisis que parce qu'ils étaient déserts. Et si les explosifs ne servaient qu'à provoquer la peur et que le lieu lui-même n'avait aucune importance ? Et si elle gardait la cible véritable pour plus tard, quand toute la ville sera terrorisée ? On dévoilerait notre jeu trop tôt.

— Oui, ça m'inquiète aussi, dit Eli. Mais je ne sais pas comment l'appréhender autrement.

Il soupira.

— Je suis impatient de lui parler, mais nous devons peut-être faire plus de recherches d'abord.

Ava arrêta le véhicule au bord de la route, près d'un champ de maïs, et Lacey passa la tête entre les sièges.

En se tournant pour la caresser, Ava lui dit :

— Nous ne sommes pas encore arrivés, Lacey. Un peu de patience. Tu vas bientôt te mettre au travail.

Bien que la chienne ait à peine bougé, se contentant de laisser pendre sa langue, Ava aurait pu jurer que cette promesse la faisait sourire. Se tournant vers Eli, elle reprit :

— On devrait appeler Brady et Jason pour en débattre. Nous nous sommes un peu précipités après la nouvelle de l'empreinte. Il faut peut-être planifier davantage. En plus, cela nous donnerait la possibilité de savoir s'ils ont découvert autre chose.

Eli avait pris son téléphone dans sa poche avant qu'elle ait fini de parler.

— Bonne idée.

Il appela Brady et, lorsque le lieutenant décrocha, le mit sur haut-parleur.

— Ava et moi ne sommes pas loin de chez Sanderson. Nous espérions que vous auriez trouvé quelque chose qui pourrait nous aider.

— Désolé, répondit Brady. Nous n'avons pas découvert le nom du petit ami. Nous ne l'avons pas trouvée elle non plus sur les réseaux sociaux. Et nous n'avons aucune information sur les raisons pour lesquelles elle a quitté l'armée. Nous avons effectué des recherches, mais la seule chose que nous ayons découverte, c'est qu'elle a acheté une maison à Jasper il y a environ six mois. Elle n'est pas là depuis longtemps.

Eli adressa un signe de tête à Ava, et elle comprit ce qu'il pensait. C'était au moins quelque chose. Si Sanderson n'avait vécu que six mois à Jasper, ou bien elle était arrivée avec un ressentiment préexistant, ou bien quelque chose s'était produit durant cette période. Dans tous les cas, cela réduisait le champ des recherches.

— Nous devrions nous concentrer sur les incidents qui se sont déroulés depuis son arrivée et qui ont pu constituer un déclencheur pour elle, suggéra Ava.

— Jason étudie déjà cet angle, répondit Brady. Bien qu'il se fonde sur ce que disait Eli dans son texto tout à l'heure, à savoir que Sanderson se considère peut-être comme un ange vengeur, il ne sera pas facile de trouver ce qui l'a mise en colère.

— Mais ça vaut le coup de le chercher, dit Eli.

— Oh ! incontestablement, renchérit Brady. Mais je doute qu'on trouve quelque chose avant que vous lui alliez lui parler. Désolé.

— Eh bien, c'était seulement en partie la raison de notre appel, remarqua Eli en glissant un regard malicieux à Ava. Nous voulions aussi définir une stratégie. J'ai fait preuve d'un peu trop de hâte en venant ici sans plan.

Ava secoua la tête, ne voulant pas le laisser penser qu'elle l'avait critiqué. Elle était prudente par nature mais elle admirait la manière dont il se fiait à son instinct. Ils devaient aller voir Sanderson. Attendre encore lui donnerait la possibilité de définir sa prochaine cible, sans qu'eux-mêmes soient en meilleure posture pour l'arrêter. Un faux pas pouvait équivaloir littéralement à une explosion.

Eli lui adressa un bref sourire en retour, et elle sentit la force de ce sourire l'imprégner tout entière. Une rougeur inattendue lui enflamma les joues et la poitrine.

Le sourire d'Eli s'éteignit, remplacé par une flamme dans ses yeux. Elle fut la première à détourner le regard. Elle avait toujours été attirée par des hommes qui approchaient le monde de la même manière qu'elle, avec prudence et un plan à long terme. Apparemment, elle n'avait pas seulement bouleversé toute sa vie, mais aussi sa manière d'évaluer les autres.

Peut-être était-il temps, après s'être sentie coupable si longtemps, de se donner un peu de liberté. Et peut-être que les contraires s'attiraient vraiment.

Pourtant, la liberté ne signifiait pas détruire son avenir en courant après un collègue. Il lui fallait seulement ne pas être trop dure avec elle-même. Un peu de rêverie n'avait jamais fait de mal à personne. Parce que Eli Thorne n'était peut-être pas son type habituel, mais ses brillants yeux bleus et son sourire confiant valaient bien qu'on y rêve.

Elle s'efforça de ne pas sourire mais elle vit les yeux d'Eli se plisser, comme s'il soupçonnait ce qu'elle pensait.

Les paroles de Brady lui parvinrent avec un temps de retard, et Ava essaya de se concentrer.

— Je pense que vous devriez l'interroger sur l'entrepôt, disait-il. Ignorer tout à fait le moulin. L'entrepôt est le lieu le plus probable vu son mobile.

— Oui, nous avons évoqué la possibilité de dire qu'on l'a vue près de l'entrepôt, dit Eli à Brady. Mais si ce n'était qu'un endroit pratique pour tester une bombe…

— On n'aboutira à rien, conclut Brady.

Ava sentit l'excitation monter en elle.

— Et si on adoptait une tout autre approche ? On peut toujours dire que quelqu'un l'a vue près de l'entrepôt. Si elle nous donne une raison légitime pour y être allée, tant mieux. Mais si on bavarde avec elle un moment, qu'on la met à l'aise puis qu'on se montre francs avec elle ? Ou, du moins, qu'on feint de se montrer francs ?

— Qu'est-ce que tu veux dire ? demanda Eli.

— Eh bien, peut-être qu'elle prétendra qu'elle n'était pas à proximité ou qu'elle donnera un nom, qu'elle essaiera de nous conduire sur une fausse piste. Quoi qu'elle dise, on peut continuer à l'interroger sur ceux qu'elle a pu voir ou sur les indices qui ont pu lui indiquer que quelqu'un était venu. Si on continue dans cette direction assez longtemps, avec un peu de chance, elle aura l'impression que ce n'est pas après elle que nous en avons.

Eli hocha lentement la tête.

— Un bon point. De toute façon, elle saura qu'elle est sur notre radar. C'est une bonne idée de ne pas lui mettre trop la pression. De lui donner le sentiment que nous voulons qu'elle nous aide, pour qu'elle ne soit pas poussée à agir plus tôt.

— Voilà. Vous vous souvenez de ce qui s'est passé quand le sergent Diaz lui a parlé de la voiture ? leur rappela Ava.

— Elle a donné son mobile sans avouer quoi que ce soit, dit Brady, une nuance d'admiration dans la voix.

— Exactement. On lui pose des questions puis on se comporte comme si on lui apprenait avec réticence que c'est parce qu'on a trouvé des matériaux explosifs. Comme ça, on verra si elle est prête à émettre une théorie sur les raisons pour lesquelles quelqu'un voudrait fabriquer une bombe.

Il y eut une longue pause, et elle vit au sourire qui se dessinait sur les lèvres d'Eli qu'il approuvait ce plan. La fierté la remplit, le sentiment qu'elle pouvait y arriver : elle pouvait trouver le moyen de s'intégrer. Elle ne pourrait peut-être pas regagner tout ce qu'elle avait perdu en quittant Chicago, mais elle pouvait encore se construire un avenir où elle serait heureuse.

Elle était tellement avide de se sentir heureuse à nouveau, de se débarrasser de cette culpabilité injuste ! De cesser de se rejouer la déception sur le visage de ses parents, la fureur dans les yeux de son frère. De tout recommencer. D'avoir enfin le sentiment de faire partie de quelque chose, quelque part.

— C'est une super idée, dit finalement Brady dans le silence.

— Ça pourrait très bien marcher, approuva Eli. Nous te dirons comment ça se passe, assura-t-il à Brady.

Puis il la fixa.

— Tu es prête à faire ça ?

— Allons faire avouer son mobile à notre suspecte, dit Ava, en reculant sur la portion vide de la grand-route.

Ils firent le trajet jusque chez Sanderson en quinze minutes. La maison de deux étages, décorée de bardeaux et de volets bleus, était plutôt petite. Elle semblait encore plus petite en raison de son environnement. La barmaid vivait sur un grand terrain boisé, avec les montagnes en arrière-plan.

Ava sentit un frisson lui parcourir la peau lorsqu'elle arrêta la voiture sur la route et en descendit. Ici, l'herbe était coupée, non pas laissée à l'abandon comme autour de l'étable, mais elle lui donnait le même sentiment d'inquiétude. Son regard survola le jardin et elle observa les fenêtres de la maison, essayant de voir quelqu'un derrière.

— Tu es prête ? demanda Eli en la rejoignant de son côté de la voiture.

Repoussant sa nervosité, qui était plus probablement due à cet environnement peu familier qu'à une véritable menace, Ava hocha la tête et ouvrit la portière arrière pour Lacey.

— Allons-y.

Eli se déplaçait comme à son habitude, avec confiance, se dirigeant vers la maison sans un regard en arrière. Pas vraiment avec intrépidité, mais avec une assurance dont Ava disposait rarement sans avoir d'abord élaboré un plan A et un plan B. Restée sur place plus longtemps que prévu, elle se dépêcha de le rattraper, tandis que Lacey trottait à ses côtés.

Ava était à trois mètres derrière lui lorsque Lacey se mit à aboyer, avec un timbre guttural qui la fit sursauter. Eli leur jeta un regard puis se remit à marcher. Il lui désigna le côté de la maison, où une sorte d'édifice était visible entre les arbres. Un appentis, comprit Ava. Eli leva les mains, imitant le mouvement de quelqu'un qui court, puis se mit lui aussi à courir. Avait-il vu Sanderson ? Les avait-elle repérés et s'était-elle enfuie ? Et si oui, cela signifiait-il qu'elle pensait qu'ils venaient l'arrêter ?

Des pensées embrouillées se bousculaient dans sa tête. Essayant de comprendre ce qui se passait, Ava scruta la ligne des arbres et se mit à courir après Eli, sans voir personne.

Lacey ne cessait d'aboyer, avec toujours plus de frénésie.

Avait-elle repéré Sanderson ? La chienne n'aboyait presque jamais, surtout quand elle était au travail. Elle ne l'alertait pas non plus, ne s'asseyant pas pour indiquer qu'elle avait détecté de la drogue ou des explosifs. L'effroi envahit Ava, heurtant sa poitrine avec la force d'un bolide.

— Eli, *non* ! lui hurla-t-elle, tandis que Lacey la dépassait en courant.

La chienne se plaça devant lui, aboyant dans sa direction, puis s'élança vers lui comme pour le faire reculer. Ava le vit lui jeter un regard désorienté.

Puis tout fut englouti dans une énorme déflagration.

16

Ava s'efforça d'ouvrir les yeux et de s'orienter. Le sifflement dans ses oreilles était insupportable. Ses poumons se contractèrent péniblement, refusant de laisser passer l'air, et le monde autour d'elle vacilla. Le brouillard gris laissa apparaître de soudaines taches bleues, de petites étincelles dansant au milieu.

Que s'était-il passé ? Que voyait-elle ? Son esprit était aussi brumeux que son environnement. Elle cilla à plusieurs reprises pour ajuster sa vision.

Elle était allongée dans l'herbe, sur le dos. Là où se trouvait auparavant le ciel, il n'y avait que de la fumée grise et de petites flammèches, qui voletaient en scintillant dans le vent.

Une bombe avait explosé.

Frappée par cette prise de conscience, Ava sentit ses poumons se contracter à nouveau et elle tenta de repousser la douleur pour se redresser sur ses coudes.

Où était Eli ? Où était Lacey ?

La panique la prit, une peur ancienne qui fit trembler ses membres et lui remplit les yeux de larmes. *Non, non, non. Pas encore une fois.*

L'incendie qui avait englouti ses parents ne venait pas d'une bombe, mais d'un accident de voiture. Elle ne l'avait pas vu, mais dès qu'elle l'avait appris, elle n'avait cessé de l'imaginer. Ce soir-là, chez elle, après avoir quitté l'hôpital où on lui avait dit qu'ils étaient morts avant même l'arrivée de l'ambulance, elle avait vu les images à la télévision. Un énorme carambolage, avec ses parents au milieu. Son frère avait été épargné, car il avait décidé à la dernière minute de voyager seul. Dans son esprit, c'était elle qui était à blâmer.

Ces flammes, d'un rouge et d'un orange sinistres, dominaient encore parfois ses cauchemars. Et maintenant, elles flambaient devant elle.

La jolie petite maison qui se dressait là quelques minutes auparavant n'était plus qu'un amas de ruines noircies. Des poutres, des débris de toutes sortes et une baignoire sur pieds étaient éparpillés autour d'elle. L'odeur de bois et de plastique brûlés lui irritait les poumons et lui piquait les yeux.

Et Eli et Lacey ? Ava se releva en chancelant, se sentant terriblement instable. Ou peut-être étaient-ce la fumée et les flammes dans l'air qui créaient l'illusion que tout était en mouvement ? Devant un mur de flammes qui montait jusqu'à cinq ou six mètres, il y avait deux silhouettes, immobiles dans l'herbe.

— *Nooooonn !*

Le hurlement lui avait échappé, terrifié et angoissé. Déchirée par le chagrin, elle se plia en deux, cherchant son souffle. La vue brouillée par les larmes, elle avança en trébuchant. Une prière entrecoupée lui monta aux lèvres, l'espoir désespéré qu'ils soient seulement inconscients.

Elle se figea en voyant Eli bouger. Son bras avait tressailli en se repliant. L'avait-elle imaginé ?

Scrutant la fumée, elle se remit en marche, plus vite. Elle eut l'impression qu'il lui fallait une éternité pour atteindre Eli, bien qu'il ne soit pas si loin. Elle se laissa tomber à genoux à côté de lui. Il grogna et roula sur le flanc.

Un énorme soupir de soulagement lui échappa, et elle s'essuya le visage de l'avant-bras pour éponger ses larmes.

Elle cilla en sentant une soudaine douleur aux yeux et remarqua la suie et le sang sur son bras.

— Est-ce que ça va ?

Elle s'entendait à peine elle-même par-dessus ses battements de cœur et le sifflement résiduel dans ses oreilles.

— Ça va, l'assura Eli tandis qu'elle le palpait, cherchant des blessures.

Il était couvert de cendres. La jambe de son uniforme était lacérée, et Ava acheva de la déchirer, vérifiant la peau au-dessous. Une grande écorchure se voyait, laissant suinter du sang, mais elle était superficielle. Il avait d'autres blessures, des éraflures sur le front, du sang et de l'herbe sur les mains, mais rien de trop grave.

— Ça va, répéta-t-il, et elle tourna le regard vers Lacey, couchée à quelques mètres de lui.

La chienne gémit, et ses pattes tressautèrent comme si elle essayait de se remettre debout. Avec un autre gémissement, elle retomba sur le sol.

Se relevant péniblement, Ava vit du sang sur son arrière-train, ainsi qu'un court morceau de bois. Les larmes lui montèrent aux yeux et elle cilla pour les retenir.

— Lacey, ne bouge pas, ma fille.

Elle courut vers le berger allemand, dont la queue tapa une fois le sol. L'animal leva légèrement la tête et lui jeta un regard suppliant.

— Bonne chienne, Lacey, bonne chienne.

Consciente du tremblement terrifié de sa voix, Ava caressa gentiment la chienne, essayant de juger de la gravité de sa blessure.

Le morceau de bois noirci – elle n'avait aucune idée d'où il venait – était enfoncé assez profondément pour avoir teinté de rouge le poil de Lacey. Pas assez profond pour avoir touché un organe, cependant. Qu'en savait-elle ?

En tant que policière, elle avait une formation aux premiers secours, mais elle n'était pas vétérinaire. Elle ignorait s'il fallait laisser le morceau de bois ou l'enlever. Elle ignorait si Lacey allait s'en sortir.

— Il faut l'emmener chez le vétérinaire, dit Eli, apparaissant soudain à leurs côtés.

Ava hocha la tête, espérant qu'il avait les réponses qui lui manquaient.

— Je vais la porter à la voiture, et nous appellerons sur le trajet, dit Eli.

Ava continuait de caresser Lacey, sentant les larmes monter à nouveau à cause de tout le sang qui lui tachait les mains.

— Tu crois qu'on peut la bouger ?
— Il faut l'emmener chez le véto, répéta Eli.

Il regarda autour d'eux et avisa un grand pan de bois – peut-être un morceau de table – dans l'herbe à quelques mètres. Il alla la ramasser mais la rejeta immédiatement en jurant.

— Elle est trop chaude.
— L'appentis.

Ava désignait l'édifice vers lequel il courait quand la maison avait sauté. C'était une petite structure en métal vert foncé, en partie cachée par les arbres. Des planches de tailles diverses étaient posées contre la façade.

Tandis qu'Ava restait avec Lacey, lui murmurant qu'elle allait s'en sortir, Eli courut vers l'appentis. D'une certaine manière, alors qu'il venait de sortir de l'inconscience, il semblait plus assuré sur ses jambes qu'elle-même. Sa main planait au-dessus de son holster, et Ava se souvint qu'il avait cru voir quelqu'un juste avant l'explosion.

Elle balaya cette zone du regard, scrutant la porte de l'appentis, toujours fermée. Vide ? Ou bien était-ce une cachette bien pratique ? Donnant sur des bois assez denses pour qu'on y reste à l'affût.

Jennilyn les avait-elle vus arriver ? Avait-elle piégé sa propre maison pour la faire sauter après que d'autres bombes auraient été posées en ville ? Leur arrivée avait peut-être modifié ses plans. Elle avait peut-être décidé de fuir par l'arrière et de faire sauter sa maison en les prenant avec elle.

Était-elle toujours dans les parages, armée ?

Ava posa la main sur son holster et parcourut les bois du regard, cherchant une tache de couleur, un mouvement insolite. Elle ne vit rien, en dehors d'Eli et ses longues enjambées. Il s'empara de la plus grande planche, revint en courant vers elles et lui donna calmement des instructions pour hisser Lacey.

La chienne gémit lorsqu'ils la déposèrent sur la planche, mais elle les laissa la déplacer sans autre plainte. Eli et Ava se dirigèrent vers la voiture, tenant chacun une extrémité de la civière improvisée, se frayant un passage entre les débris. Ils chargèrent Lacey à l'arrière et Ava monta à côté d'elle pour la tenir, tandis qu'Eli se mettait au volant et activait la sirène. Puis ils se rendirent à toute allure chez le vétérinaire, tandis qu'Ava répétait machinalement des prières pour Lacey.

17

L'odeur âcre des matériaux brûlés – plastique, bois et métal – lui picotait la bouche et le nez. Une heure plus tard, elle ne s'était pas dissipée et ne faisait que se rappeler à ses poumons qui sifflaient à chaque inspiration.

Eli et Ava étaient assis dans la salle d'attente du vétérinaire depuis quarante-cinq minutes, sans nouvelles de Lacey. On l'avait immédiatement emmenée en chirurgie, tandis qu'Eli rapportait l'explosion de la bombe à la police de Jasper et signalait la silhouette qu'il avait cru voir courir. Était-ce son imagination ? Ou Jennilyn, assez désespérée pour faire sauter sa propre maison afin de se débarrasser d'Ava et de lui ?

Quel que soit le cas, cette explosion n'était pas due à un engin artisanal. C'était une bombe beaucoup plus grosse, beaucoup plus puissante.

Durant ses multiples conversations téléphoniques avec les agents de Jasper, il avait tenu la main d'Ava. Elle était assise, muette, à côté de lui, fixant le mur, ne semblant rien remarquer autour d'elle. En état de choc.

Ce fut seulement à ce moment-là qu'elle tourna vers lui un regard un peu flou et dit d'une voix rauque :

— Je devrais y retourner. Leur donner un coup de main sur la scène.

Il se tourna vers elle, contempla les taches de suie sur son visage et son uniforme, l'herbe et la terre qui souillaient son bras et sa jambe. Il y avait aussi de la terre sur sa joue, et sa peau, au-dessus, était écorchée et légèrement enflée. De profondes estafilades couraient sur le dessus de ses mains, pleines de sang séché.

C'était sa voix qui l'avait ramené à la conscience lorsqu'il était allongé devant la maison de Sanderson. Le chagrin et la panique qu'il y avait entendus l'avaient poussé à ouvrir les yeux et à bouger.

— Tes collègues s'occupent de la scène. Tu n'as pas besoin de t'inquiéter de ça maintenant.

Eli lui pressa gentiment la main.

— Lacey va s'en sortir. Marie est une bonne vétérinaire. Selon elle, Lacey supportera bien l'opération.

Ava bougea la tête de haut en bas, en une imitation d'acquiescement, comme si elle ne l'écoutait qu'à moitié.

— Ava…

Il prit son autre main et la tira jusqu'à ce qu'elle se tourne vers lui. Elle cilla à plusieurs reprises et parut finalement le voir. Ses jolis yeux bruns se remplirent alors de larmes, qui roulèrent sur ses joues. Dégageant sa main, elle s'essuya les yeux et baissa la tête.

— Je suis désolée de craquer. Je devrais être plus professionnelle. Mon boulot…

— C'est un traumatisme, la rassura-t-il.

— Ce n'est qu'une chienne, dit Ava d'une voix fêlée.

Eli la fixa une minute, surpris, puis demanda doucement :

— Tu n'as jamais eu d'animal de compagnie, n'est-ce pas ?

Elle secoua la tête, ce qui fit tomber des boucles de son chignon. Eli les coinça derrière ses oreilles pour pouvoir voir son expression. La peur. La culpabilité. La honte.

— Une fois qu'on connaît un animal, on développe un lien particulier avec lui. Si tu n'as jamais eu de chien, tu ne t'y attends pas. Mais ils sont tellement spéciaux ! Ils ont des émotions et sont capables d'aimer, tout comme nous. Tu ne devrais pas avoir honte de l'aimer. C'est une chienne formidable.

Ava plissa le front.

— Je n'ai pas honte. C'est juste que...

Elle soupira.

— Certains maîtres-chiens parlent de leur animal comme si c'était seulement un outil au service de la loi. C'est ce à quoi je m'attendais en faisant équipe avec elle. Je ne pensais pas...

Elle secoua la tête, puis détourna le regard.

— C'est dur de ne pas les aimer une fois qu'on les connaît, dit-il. J'ai grandi avec des chiens, des chats et un lapin, alors je sais à quel point c'est terrifiant quand un animal qu'on aime est blessé ou malade.

Elle ramena les yeux sur son visage, mais il sentit qu'elle ne lui prêtait que partiellement attention.

— Tu n'as plus d'animal ?

— En fait, si. Il est chez mes parents depuis que je suis à Jasper. Je ne savais pas quels seraient mes horaires. C'est un terre-neuve, qui s'appelle Bear, parce que quand je l'ai ramené pour la première fois à la maison, les petits garçons qui vivent à côté – des jumeaux de 3 ans – ont crié à leur mère que j'avais un ours chez moi.

Elle haussa les sourcils.

— C'est un gros chien.

Eli se mit à rire.

— Il faut le lui dire à lui. Il pense qu'il est un chien de salon.

Son amusement passé, il pressa à nouveau la main d'Ava, ce qui lui fit baisser les yeux.

— Il s'entendrait bien avec Lacey.

Tout en le disant, il se rendit compte qu'il avait envie de les présenter, de voir Ava et Lacey dans son jardin, chez lui. Il voulait la connaître mieux.

Il l'avait senti quand ils avaient dîné ensemble. Peut-être même avant cela, s'il était honnête avec lui-même. Et à chaque moment qu'ils passaient ensemble, cette envie grandissait. Le désir de la voir en dehors du travail, de faire connaissance avec elle non comme policière mais comme personne.

Ava contempla leurs mains d'un air perplexe, comme si elle ne s'était pas rendu compte qu'Eli tenait la sienne depuis une heure. Se libérant gentiment, elle s'affaira à remonter ses cheveux en chignon.

— Ava ?

La voix douce la fit bondir de son siège. Eli la rejoignit auprès de Marie Beaumont, la vétérinaire de Jasper. Cette femme l'avait toujours frappé, car elle était prudente avec tout le monde, mais généreuse dans son affection pour les animaux.

Marie coinça une courte mèche de cheveux bruns derrière son oreille et posa une main sur le bras d'Ava.

— Elle vient de sortir de chirurgie, tout va bien.

Tout le corps d'Ava parut se détendre, et Eli éprouva le même soulagement.

— Je peux la voir ? demanda Ava.

— Une minute, mais elle n'est pas encore réveillée. On va la garder en observation quelques jours, pour surveiller ses points de suture. Mais je ne doute pas d'une guérison complète.

Ava poussa un gros soupir et ferma brièvement les yeux. Puis elle murmura :

— Merci.

— Il faudra quelques semaines avant qu'elle reprenne son activité normale et ses devoirs de chienne policière, mais elle est solide. Le morceau de bois était plus déchiqueté que je ne l'aurais aimé, mais il n'a percé aucun organe.

La vétérinaire, qui était un peu plus petite et un peu plus replète qu'Ava, lui adressa un sourire gentil.

— Venez. Je vais vous montrer.

Ava jeta un regard interrogateur à Eli. Il n'attendit pas qu'elle pose la question et dit :

— Je viens aussi, si ça ne pose pas de problème. Lacey m'a sauvé la vie.

Avant qu'ils atteignent la pièce où Lacey reposait, une jeune femme noire se précipita vers Ava et la serra dans ses bras. Celle-ci parut surprise mais lui rendit maladroitement son étreinte.

— Tashya, je ne savais pas que tu travaillais aujourd'hui.

— Tashya nous a donné un coup de main, dit Marie en adressant un sourire encourageant à la jeune femme.

— Merci, souffla Ava en la serrant un peu plus fort, avant de la lâcher et de pénétrer dans la salle de réveil derrière Marie.

En voyant Lacey bandée et endormie sur la table, elle laissa échapper un petit gémissement de détresse.

— Elle va bien, la rassura Marie, tandis qu'Eli prenait à nouveau la main d'Ava.

Cette fois, Ava la pressa avec force.

— Je sais que ça a l'air effrayant, mais je vous promets qu'elle va bien. Elle devrait se réveiller d'un moment à l'autre. Elle restera groggy quelque temps, mais avant que vous ne vous en aperceviez, elle sera prête à recevoir une vraie visite. Il faut juste un peu de temps.

Marie posa une main sur le bras d'Ava, l'empêchant d'avancer, si bien qu'elle fut forcée de la regarder.

— Pourquoi ne pas rentrer chez vous et vous reposer ? Vous pourrez revenir demain, Lacey sera réveillée et se sentira mieux. D'ici la fin de la semaine, croyez-moi, vous aurez du mal à l'empêcher de courir.

Ava hocha rapidement la tête, comme si elle s'efforçait de le croire. Eli lui tira doucement le bras.

— On y va et on laisse Lacey se reposer ?

Elle se tourna vers lui, les yeux toujours agrandis par la peur, et acquiesça. Mais au lieu de se diriger vers la porte, elle contourna Marie pour s'approcher de la chienne. Doucement, en l'effleurant, elle caressa la tête de l'animal. Puis elle se pencha et, dans un murmure dont elle pensait sans doute que personne ne l'entendrait, elle lui dit :

— Je suis vraiment désolée, Lacey. Tu vas t'en sortir, ma belle. Tu vas t'en sortir.

Puis elle recula lentement vers la porte, sans détacher son regard du berger allemand.

— Il faut que j'aille voir un autre patient, déclara Marie. Mais je vous préviendrai s'il y a du nouveau. Et vous pouvez appeler la réception pour vous informer, d'accord ? Vous connaissez nos horaires. Je vis à l'étage au-dessus, si bien que je jette toujours un coup d'œil aux patients en convalescence pendant la nuit.

Ava lui sourit. Elle avait toujours l'air sous le choc, mais la gratitude se lisait sur son visage.

— Merci.

— Allez vous reposer et vous occuper de vous-même, maintenant.

Marie regarda Eli et lui dit :

— Assurez-vous qu'elle le fasse, d'accord ?

— Oui, madame, promit-il à la femme, qui n'avait que quelques années de plus que lui.

Il escorta Ava au-dehors et lui ouvrit la portière passager. Elle eut l'air brièvement surprise : c'était sa voiture. Heureusement, elle n'avait pas été endommagée, en dehors d'un creux sur le capot causé par la chute d'un grille-pain presque intact.

Lorsqu'il s'installa au volant, Eli sentit l'adrénaline qui le portait depuis son réveil se dissiper soudainement. Cela le laissa dans un état d'épuisement tel qu'il se demanda s'il pouvait conduire. Mais Ava était incapable de le faire, aussi prit-il quelques inspirations jusqu'à ce qu'il se sente mieux. Puis il démarra et demanda :

— Où habites-tu ?

Ava se redressa sur son siège, fournissant un vaillant effort pour paraître normale.

— On ne devrait pas aller au commissariat ? Je suis sûre qu'il y a des choses à faire. Je veux voir comment ça se passe chez Sanderson et…

— Brady et Jason nous tiendront au courant, répondit Eli. Ils m'ont envoyé des textos pendant que nous étions chez la vétérinaire. Jusqu'ici, on ne sait pas grand-chose, en dehors du fait que personne n'a été vu près de l'appentis ou dans les bois. L'appentis était fermé à clé. Nous ne savons pas encore s'il y a des victimes dans la maison.

— Tu ne penses pas que…

— Nous ne servirons à rien pour le moment, coupa Eli. Je suis épuisé. Tu es épuisée. Nous avons besoin de nous laver et de nous reposer pour revenir demain matin, frais et dispos. Il y aura encore des tas de choses à faire. Si Sanderson a disparu, il faut espérer que cela freinera ses plans.

Il y eut une longue pause, durant laquelle il prépara d'autres arguments, mais elle finit par lui donner son adresse.

Heureusement, elle ne vivait pas loin du cabinet de la vétérinaire. Pourtant, lorsqu'il atteignit la courte allée qui menait à sa maison, une petite bâtisse de deux étages avec un porche circulaire et une splendide vue sur les montagnes, il comprit qu'il ne pouvait pas aller plus loin. Il avait déjà effectué des interventions stressantes, mais il ne se rappelait pas avoir été aussi épuisé depuis la bombe de Little Ski Hill.

Il coupa le moteur et jeta un coup d'œil à Ava, qui avait fixé le pare-brise en silence durant tout le trajet.

— Je ne crois pas avoir la force de repartir chez moi. Je peux entrer ?

La surprise se lut sur le visage d'Ava, suivie de l'incertitude. Avant qu'il puisse dire qu'il allait prendre un taxi, elle hocha la tête. D'une voix à peine plus haute qu'un murmure, elle dit :
— J'aimerais bien.

18

Ava vivait depuis des mois à Jasper, mais c'était la première fois qu'elle invitait quelqu'un chez elle.

Du coin de l'œil, elle vit Eli contempler son intérieur. Le hall d'entrée donnait directement dans la cuisine, qui elle-même ouvrait sur une grande pièce pourvue de baies vitrées. C'était cette vue des montagnes qui l'avait décidée à signer un bail de location depuis l'autre bout du pays.

Le rêve d'une nouvelle vie enveloppé dans un paysage serein. Elle s'y accrochait encore, mais chaque jour qui passait et qui la voyait échouer à s'intégrer lui donnait le sentiment que ce rêve s'éloignait.

Essayant de ne pas penser à tout ce qui restait hors d'atteinte, elle suivit Eli dans la grande pièce. Les meubles appartenaient à la location, un mélange de pièces en bois brut, qu'elle adorait, et de tissus à carreaux, dont elle aurait pu se passer. Elle n'avait rien ajouté de personnel, la plupart de ses affaires étant dans un garde-meubles à Chicago.

À l'époque, elle avait trouvé cela pratique. Pourquoi déménager ses meubles alors que la maison était déjà équipée ? Elle les ferait venir lorsqu'elle serait passée de la location à l'achat. Mais cela faisait plusieurs mois qu'elle était là, et elle n'avait même pas jeté un coup d'œil aux maisons à vendre. Soudain, elle se demanda si c'était sa manière de ne pas s'engager.

Elle voulait tout recommencer, et pourtant, elle avait laissé une part d'elle à Chicago. Une part qui espérait encore se réconcilier avec son frère. Une part qui aurait aimé pouvoir remonter le temps et ne pas insister pour que ses parents viennent à la cérémonie de remise des diplômes. Si elle ne le leur avait pas demandé, ils seraient encore en vie.

— Quelle vue splendide !

Il lui fallut une seconde pour assimiler les paroles d'Eli, mais elle se força à sourire. Un sourire tremblant, auquel elle renonça rapidement. Au lieu de quoi, elle acquiesça et dit :

— C'est pour cette raison que j'ai choisi cet endroit.
— La maison ? Ou Jasper ?
— Les deux.

Il hocha la tête, la dévisageant comme s'il voulait en savoir davantage. Cette idée la fit frissonner. Elle voulait avoir des amis, elle voulait nouer des liens qui feraient passer Jasper de simple lieu de séjour au statut de foyer. Mais tendre la main aux autres n'était pas facile.

À Chicago, elle n'avait jamais craint de se faire des amis. Elle était prudente au travail, bien sûr, surtout après l'échec de sa relation avec DeVante. L'expression de ses collègues quand on faisait allusion à lui la poussait toujours à se demander ce qu'ils avaient entendu dire. Mais il s'agissait de bien plus que d'une relation qui avait tourné à l'aigre un peu trop publiquement. Elle avait passé des années à essayer de reconstruire une des relations les plus importantes de sa vie – avec son frère – pour finir par échouer. Peu importe le tour qu'elle tentait de lui donner, sa venue à Jasper était l'aveu de cet échec.

— Pourquoi es-tu venue ici, Ava ?

Le ton d'Eli était doux et empathique, comme s'il savait déjà que la réponse comportait une tragédie.

En revenant à elle, elle se rendit compte qu'il ne se tenait plus devant les baies vitrées mais juste à côté d'elle. Le parfum boisé de son après-rasage se mêlait à l'odeur de fumée. Elle aurait parié qu'une demi-douzaine de lavages ne parviendraient pas à l'ôter de son uniforme et de ses cheveux.

La proximité d'Eli fit battre son cœur plus vite. Il lui semblait que plus elle tentait d'ignorer cette attirance, plus celle-ci s'accentuait. Ce n'était pas seulement du désir physique. Elle voulait être sincère avec lui et lui permettre de la connaître réellement. Et elle voulait le connaître en retour.

Elle inspira profondément, sentant son nez la démanger à cause de la fumée. Toutes les relations, qu'elles soient d'amitié ou d'amour, exigeaient un acte de foi. Peut-être le moment était-il venu de faire un saut dans l'inconnu.

Elle sortit le médaillon du col de son uniforme, heureuse qu'il n'ait pas été endommagé par l'explosion. L'ouvrant avec des doigts tremblants, elle le tendit à Eli pour le lui montrer. Il se pencha sur elle, l'enveloppant de son odeur enivrante.

— Mon frère Komi et mes parents.

Sa voix se fêla tandis qu'il fixait les photos, puis levait le regard vers elle, une inquiétude dans les yeux.

Elle referma le médaillon et recula d'un pas, fuyant sa sollicitude. Retournant au canapé, elle s'y assit et contempla par la fenêtre les montagnes au loin.

Eli prit place à l'autre bout, tourné vers elle, lui offrant toute son attention. Il attendit patiemment tandis qu'elle cherchait le moyen de raconter son histoire. Elle n'en avait jamais parlé à personne qui ne connaisse pas déjà au moins quelques détails. Les chaînes de télévision locales s'en étaient emparées, et peu importe combien de « Pas de commentaire » elle leur avait lancé, elles en avaient tout de même fait des sujets. Une histoire personnelle, faite de triomphe et de tragédie, c'était plus qu'il ne leur en fallait.

En effleurant le médaillon des doigts, elle commença :

— Mes parents n'approuvaient pas mon désir de devenir policière. Pas seulement parce qu'ils pensaient que c'était dangereux ou parce qu'il leur semblait qu'une femme n'avait pas sa place dans la police. Ces choses-là étaient entendues. Mais à cause du passif entre la police et notre communauté. Mes deux parents ont été arrêtés plus d'une fois en voiture, simplement en raison de la discrimination raciale, le fameux « délit de conduite en état de négritude ». Je voulais être policière pour aider les gens, surtout après avoir vu comment l'intervention de la police pouvait changer les choses pour eux. Mais, plus que tout, je voulais faire partie de la solution, faire partie du changement. Eux, ils pensaient que je les trahissais.

Elle soupira, fixant ses genoux et se remémorant les paroles amères que ses parents et elle s'étaient jetées à la tête dans les moments de tension. Une colère familière suivit, qui fut à son tour engloutie par le chagrin. Tout ce temps perdu à se dresser les uns contre les autres... Puis le temps avait manqué pour les faire changer d'avis. Et c'était le pire de tout.

— Quand je leur ai parlé de ma remise de diplôme, ils ont refusé de s'y rendre. Je me suis acharnée, jour après jour, pour obtenir leur soutien, même s'ils ne comprenaient pas. Je voulais qu'ils fassent passer leur amour pour moi avant leur haine du système.

Un sanglot monta dans sa gorge lorsqu'elle dit :

— Ça a marché. Je les ai convaincus. Parce qu'ils m'aimaient.

Eli se rapprocha d'elle et posa une main sur la sienne. Il ne la pressa pas et n'entremêla pas leurs doigts, il se contenta de la laisser là, dans une démonstration silencieuse de soutien, la seule chose qu'elle pouvait supporter à cet instant. Elle leva les yeux et contempla son visage, plein de sollicitude et de sympathie.

Sa voix prit un ton monotone et son regard s'égara vers les montagnes, sa source habituelle de réconfort.

— Il y a eu un carambolage sur l'autoroute ce jour-là. Dix-huit véhicules sont entrés en collision et les conducteurs et les passagers des sept premiers ont été tués, soit par le choc soit par l'incendie déclenché par les matériaux inflammables que transportait un camion. Les pompiers ne sont pas arrivés à temps. Mes parents étaient dans la septième voiture.

Si proches de la ligne de démarcation entre la vie et la mort.

— Ils sont morts en venant à ma remise de diplôme. Une chose à laquelle ils ne croyaient et parce que je les avais forcés à venir.

— Oh ! Ava, souffla Eli, je suis désolé.

Remplie d'amertume, elle pinça les lèvres et poursuivit :

— Je suis restée cinq ans dans la police de Chicago pour me prouver que j'avais choisi le bon métier et que leur mort n'était pas arrivée pour rien.

Encore une chose dont ces fichus reporters s'étaient emparés.

— J'ai passé cinq ans à essayer de convaincre Komi que ce n'était pas ma faute.

La main sur la sienne exerça une légère pression et les doigts s'entremêlèrent aux siens, mais au lieu d'être intrusifs, ils lui donnèrent la sensation d'être l'ancre dont elle avait besoin. Elle répondit à cette pression.

— Il y a cinq mois, j'ai encore essayé de joindre Komi. Je l'appelais tous les deux mois environ depuis l'accident et je lui laissais des messages. Il répondait rarement et, quand il le faisait, c'était toujours la même chose : il ne pouvait pas me pardonner.

Sa voix se fêla à nouveau.

— Il ne savait pas s'il y parviendrait un jour.

Elle prit quelques inspirations tremblantes, essayant de calmer le chagrin qui lui enserrait la poitrine, bloquait ses poumons et piquait ses yeux.

— Cette fois, il m'a dit d'arrêter de l'appeler. Il m'a dit que ça suffisait, qu'il était temps pour nous deux de cesser de feindre. Il m'a dit que je n'étais plus sa sœur.

— Tu sais que rien de tout cela n'est ta faute, dit Eli en lui caressant la paume du pouce.

Elle se tourna vers lui avec un sourire ironique.

— Intellectuellement, bien sûr. Ce n'était pas moi qui ai fait baisser la température ce jour-là. Ce n'était pas moi qui conduisais le camion qui a dérapé sur le verglas. Ce camion qui transportait des matériaux inflammables, qui ont pris feu quand la première voiture lui est rentré dedans, plus seize autres derrière. Mais ça ne m'empêche pas de me sentir coupable tous les jours. Et, honnêtement, je suis aussi en colère.

Elle n'avait jamais avoué cela à personne auparavant, pas plus qu'à elle-même. Le dire à voix haute lui parut libérateur.

— Je suis en colère que mon frère me tienne pour responsable, alors que nous aurions dû pleurer nos parents ensemble.

Elle inspira profondément et la tension dans la région de son cœur diminua légèrement.

— Ma famille élargie habite très loin. Je les adore, mais je ne les vois pas souvent. Mon frère n'a qu'un an de moins que moi, et nous avons toujours été proches. Nous aurions dû nous soutenir dans cette épreuve.

— Le chagrin pousse les gens à agir de manière irrationnelle, dit Eli. Il faut espérer qu'avec le temps, il s'en rendra compte.

— J'espère, dit Ava en serrant le médaillon dans sa main libre. Parce que, de bien des manières, j'ai l'impression de l'avoir perdu aussi ce jour-là.

Eli resta silencieux un long moment, sentant peut-être qu'elle avait besoin d'assimiler le poids de ses paroles et la complexité de ses sentiments. Puis il dit doucement :

— Je suis désolé que tu aies dû endurer tout ça. Nous ne nous connaissons pas très bien, toi et moi, mais je suis ton ami. Je te soutiendrai chaque fois que tu en auras besoin.

Elle pinça un peu les lèvres en entendant le mot *ami*, et elle se demanda s'il l'avait vu, car il se rapprocha un peu. Des mots se formaient sur ses lèvres, qu'elle n'était pas sûre d'être prête à entendre. Elle le coupa donc, en avouant :

— Je suis venue ici pour tout recommencer. C'était une façon d'effacer l'ardoise, de ne plus avoir à emprunter l'autoroute où mes parents sont morts ni de voir les journalistes me pourchasser. Je pensais que ce serait plus facile. Mais personne ne m'a aidée à m'intégrer.

Personne sauf Lacey, qui avait été blessée parce que Ava n'avait pas saisi assez vite ce que la chienne essayait de lui faire comprendre. Elle ne dit pas ces mots-là à voix haute, parce qu'elle savait que c'était irrationnel. Même si une part de la responsabilité lui revenait, ce n'était pas elle, la fautive. Ce n'était pas elle qui avait posé la bombe.

— Ça prend du temps, dit Eli. Les petites villes ont beaucoup d'avantages. Elles donnent un sentiment de cohésion et d'appartenance, contrairement à ce qu'il se passe ailleurs. Mais leurs habitants peuvent aussi être assez insulaires. Ça prend du temps de passer du statut d'étranger à celui d'habitant à part entière.

Ava hocha la tête. Elle reconnaissait la justesse de cette perspective mais savait que le problème venait en partie d'elle, de sa peur du rejet, sa méfiance lorsqu'il s'agissait de laisser les gens s'approcher, au risque de les perdre ensuite.

Elle s'irritait de ces sentiments, de craindre ce dont elle avait le plus besoin, à savoir des liens.

— Tu avais raison. J'aime Lacey. Je me sens plus proche d'elle que de n'importe qui d'autre. Mais c'est difficile de forger des liens au travail quand on n'est qu'une étrangère et que le chef pense qu'on ne pourra s'entendre qu'avec un chien.

Un air de surprise traversa le visage d'Eli, suivi d'un léger sourire.

— Ava... Le chef est un fan absolu du programme d'intégration des chiens dans la police. Il l'est depuis des années. Avant d'être chef, il était lui-même maître-chien. Te faire faire équipe avec Lacey n'était pas une punition, c'était un honneur. C'était sa manière de dire qu'il croit en toi.

Tandis qu'Ava tentait d'assimiler ces paroles aussi surprenantes que réconfortantes, Eli ajouta :

— Il faut être vraiment spécial pour être maître-chien.

Elle le dévisagea, absorbant l'intensité de son expression, la force de sa conviction. L'irritation et la culpabilité qu'elle éprouvait précédemment s'évanouirent, remplacées par quelque chose de totalement neuf. D'effrayant mais d'excitant. Quelque chose qu'elle avait attendu mais qu'elle avait eu trop peur de demander.

Avant de perdre courage, Ava se pencha en avant et passa les bras autour du cou d'Eli. Elle lut la surprise sur son visage, suivie par un franc désir, qui fit frémir son ventre.

Ses lèvres se posèrent sur les siennes, doucement au début, puis plus fort, l'encourageant à venir à la rencontre de sa langue.

Il n'hésita pas et aspira sa langue dans sa bouche avec une passion qui l'embrasa de la tête aux pieds, enflammant chaque centimètre de sa peau.

Elle glissa une main dans ses cheveux, attirant sa tête vers la sienne, tandis que l'autre se déplaçait vers le bas, sur les muscles saillants de son dos. Elle se rapprocha. L'angle du canapé la gênait, et il y avait trop d'espace et trop de vêtements entre eux.

De son côté, il avait posé les mains sur ses flancs et les avait laissées glisser sur sa taille avant d'empoigner ses hanches. Ses lèvres et sa langue s'activaient, accélérant le rythme, porteuses d'un goût de fumée et d'un parfum plus doux.

Un gémissement monta dans la gorge d'Ava, désespéré et passionné. Surprise, elle détacha les lèvres de celles d'Eli et s'écarta légèrement pour le regarder.

Il lui rendit son regard de ses yeux bleus dilatés, les lèvres humides et la peau légèrement rougie. Son souffle était aussi court que le sien. Une nouvelle vague d'émotion l'envahit. Le désir de se jeter dans ses bras, de se laisser emporter dans une danse où rien d'autre ne compterait qu'eux. Un mélange de peur et d'excitation quand elle sut exactement ce qu'elle voulait.

Et la certitude que ce n'était pas la bonne décision ni le bon moment. Elle laissa échapper un soupir tremblant et se leva.

— Je n'aurais pas dû faire ça. Nous sommes collègues. Je… Il faut que nous restions professionnels.

Eli se leva plus lentement, sans détacher son regard d'elle.

— Nous ne sommes de vrais collègues que jusqu'à la fin de cette affaire. Une fois qu'elle sera bouclée, je te courrai après par tous les moyens.

Sur ce, il lui adressa un large sourire.

Alors qu'il s'écartait, elle se sentit osciller vers lui. Comme si elle chutait à la rencontre de quelque chose d'inévitable.

19

Le vendredi matin, lorsqu'ils descendirent de sa voiture sur le parking du commissariat, Ava poussa un soupir de soulagement. Il n'y avait personne pour les voir arriver ensemble de bon matin.

Eli savait qu'il aurait dû éprouver la même chose. Il ne voulait pas que des rumeurs commencent à courir et qu'Ava soit mal à l'aise, surtout après ce qu'elle lui avait raconté la veille. Pourtant, il aurait aimé qu'elle n'ait pas l'air aussi soulagé.

Il aurait aussi aimé qu'elle n'ait pas été aussi gênée après l'avoir embrassé, ni aussi timide le reste de la soirée. Non qu'ils aient passé beaucoup de temps ensemble. Elle lui avait montré la salle de bains, et il s'était douché pour se débarrasser autant que possible de l'odeur de fumée. Il avait fourré son uniforme dans la machine à laver. Il atterrirait plus tard à la poubelle, mais ce soir-là Eli n'avait rien d'autre à porter. Il avait attendu la fin du lavage et du séchage vêtu d'une simple serviette de bain, et avait feint de ne pas remarquer les coups d'œil furtifs d'Ava pendant qu'ils dévoraient une pizza hâtivement décongelée.

Puis il avait gravi l'escalier, jusqu'à la chambre d'amis où il s'était écroulé jusqu'au lendemain matin. Il avait demandé à Ava de passer à son hôtel pour qu'il puisse se changer, car sa voiture était toujours sur le parking du commissariat.

Le trajet jusqu'au travail avait été ponctué de remarques légèrement embarrassées. Chaque fois que leurs regards se croisaient, Ava se mettait à gigoter. La seule fois où elle n'avait pas paru gênée, c'était quand ils s'étaient arrêtés à la clinique vétérinaire pour qu'elle voie Lacey. Durant tout ce temps, elle avait semblé trop préoccupée par la chienne pour avoir l'air nerveuse.

Ils avaient découvert Lacey groggy et souffrant manifestement. Mais elle se déplaçait et avait agité la queue frénétiquement en voyant Ava.

Ava et lui avaient caressé et complimenté la chienne jusqu'à ce que Marie leur dise avec un sourire compréhensif qu'elle avait encore besoin de repos. Alors ils avaient repris la voiture d'Ava, et celle-ci était retombée dans un silence anxieux.

À présent, elle s'engouffrait à l'intérieur du commissariat, sans le laisser profiter du fait qu'ils étaient seuls. Non qu'il ait dit ou fait quelque chose sur le parking. Il avait affirmé ses intentions la veille au soir. Il comprenait son désir de mettre en pause ce qui se passait entre eux. Mais il ne renonçait pas.

Dès qu'il l'eut rejointe à l'intérieur, ils furent entourés des autres policiers, qui leur demandèrent comment ils allaient avec force tapes dans le dos.

Eli expliqua que c'était grâce à Lacey, qui les avait avertis, qu'ils étaient saufs. Il avait cru qu'elle avait repéré la même silhouette que lui, courant vers les bois ou l'appentis. Rétrospectivement, avait-il bien vu une personne ? Ou n'était-ce qu'un animal, un daim, un caribou ou un élan ? Il n'en était pas sûr.

Tout était arrivé trop vite, un éclair coloré qui bougeait là où il n'y aurait pas dû en avoir. Puis tout avait explosé. Il avait volé dans les airs, trop vite pour se protéger le visage ou se préparer à une chute. Ensuite, il n'y avait plus rien eu jusqu'au cri torturé d'Ava, un cri qu'il avait réentendu dans ses cauchemars.

Tout ce qu'il savait, c'était que si Lacey ne s'était pas interposée, il aurait été en train de courir à toute vitesse quand l'explosion s'était produite. Il serait mort dans le jardin de Sanderson.

Il regarda Ava, qui paraissait déboussolée par toute cette attention, et se sentit envahi par le soulagement. Pas seulement parce qu'il n'était pas mort la veille, mais parce qu'il ne l'avait pas mise en situation de perdre encore quelqu'un dans un incendie.

Il ne la connaissait pas aussi bien qu'il l'aurait voulu, mais il savait qu'elle se reprochait – au moins en partie – de ne pas avoir compris plus vite l'avertissement de Lacey. Et si quelque chose lui était arrivé, elle se serait demandé s'ils auraient dû passer plus de temps à planifier et à effectuer des recherches.

La culpabilité qu'elle portait était injuste, et cela lui faisait mal au cœur. Elle avait vécu plusieurs deuils en peu de temps, tous liés au rêve qu'elle avait de devenir policière. Comment était-ce pour elle d'aller chaque jour au travail avec ce fardeau, même si elle savait en toute logique que ce n'était pas sa faute ?

— Salut, Eli, Ava, dit Jason en se frayant un chemin dans le groupe de policiers assemblé autour d'eux.

Les autres retournèrent lentement à leurs postes de travail.

— Comment allez-vous ?

Il posa une main sur le bras d'Ava avant qu'ils puissent répondre.

— Je suis tellement heureux que Lacey s'en sorte bien ! J'ai parlé à Tashya il y a dix minutes, et elle m'a dit qu'elle s'est mise sur ses pattes et qu'elle a mangé un peu. Marie et elle vont bien s'occuper d'elle pendant sa convalescence.

Ava acquiesça avec un sourire sincère, bien qu'elle ait toujours l'air légèrement embarrassé.

— Je suis allée voir Lacey ce matin, avant que nous... avant de venir. Je suis vraiment soulagée.

— Vous allez bien, vous deux ? insista Jason, en contemplant le pansement sur le front d'Eli et les égratignures sur la joue d'Ava. Parce que Brady et moi, on peut tenir le fort si vous avez besoin de plus de temps pour récupérer.

— Non, ça va, affirma Ava en fourrant ses mains bandées dans ses poches. Ce ne sont que quelques écorchures.

C'était en grande partie vrai. Eli n'avait mal nulle part en dehors de sa cuisse, où sa blessure élançait en permanence. Ava n'avait pas mentionné le fait qu'il avait brièvement perdu conscience. Il était sûr qu'elle aussi. Aucun d'eux n'avait été examiné par un médecin, ce qui était sans doute une erreur. Mais ils n'avaient pas de symptômes de commotion, et il s'était écoulé presque vingt heures depuis l'explosion.

— Nous sommes prêts à reprendre l'enquête, déclara Eli.

Il suivit Jason et Ava en direction de la salle de réunion.

— Qu'est-ce qu'on sait jusqu'ici ?

— Brady et moi sommes allés sur place dès que vous avez appelé, mais il n'y avait pas grand-chose à faire à part fouiller les bois et ouvrir l'appentis. Les pompiers ont dû éteindre l'incendie avant que quiconque puisse s'approcher de la maison. Nous sommes restés environ huit heures, puis le lieutenant Hoover et le sergent Diaz ont pris la relève.

Lorsqu'ils pénétrèrent dans la salle de réunion, Brady sauta sur ses pieds et se précipita vers eux en les regardant de haut en bas.

— Est-ce que ça va ? Je n'arrive pas à croire que Sanderson ait fait sauter sa propre maison.

Ava hocha la tête tandis qu'Eli assurait :

— Nous allons bien. Grâce à Lacey.

— C'est ce que j'ai entendu dire, dit Brady en jetant un regard impressionné à Ava. C'est une héroïne.

— En effet, approuva Ava. Nous espérons qu'elle sera de retour au travail d'ici quelques semaines.

— On a des nouvelles de Sanderson depuis l'explosion ? questionna Eli.

— Aucune, dit Brady. Elle n'est pas allée travailler hier soir, et son patron dit que c'est étrange qu'elle n'ait même pas appelé. Apparemment, c'est son employée la plus fiable. Il a entendu parler de l'explosion et a supposé que c'était une fuite de gaz. Il craignait qu'elle n'ait été présente chez elle. Mais Cal Hoover vient de nous confirmer qu'il n'y a aucun corps dans les décombres.

Ava lui jeta un coup d'œil, l'air non pas surprise mais troublée.

Sanderson qui faisait sauter sa propre maison, c'était comme une fin de partie, un geste désespéré. Avait-elle réagi de façon disproportionnée à l'idée qu'ils avaient plus de preuves qu'en réalité ? Ou les avait-elle vus et avait-elle simplement paniqué ? Dans tous les cas, allait-elle oublier sa rancœur et fuir Jasper ? Ou se cacher quelque part et fabriquer une autre bombe ?

— Je pense qu'il vaudrait mieux commencer par aller voir sa famille et ses amis, dit Eli.

— Vous avez trouvé quelque chose d'intéressant dans l'appentis ? demanda Ava en même temps.

— Juste des outils de jardinage ordinaires, répondit Jason.

— On en sait plus sur son engagement dans l'armée ? questionna Eli.

Brady secoua la tête.

— J'attends qu'on me rappelle. Mais tu sais comment c'est avec la bureaucratie. Tout ce qu'on m'a confirmé jusqu'à maintenant, c'est qu'elle a quitté l'armée avec les honneurs.

— Eh bien, c'est déjà quelque chose, remarqua Ava.

— Que savons-nous d'autre sur la bombe ? reprit Eli.

— C'était un gros engin artisanal, dit Brady. Pas du tout ce que vous avez trouvé à l'entrepôt ou au moulin. Comme vous vous en doutez, elle contenait beaucoup d'explosifs. Mais elle n'aurait pas causé autant de dégâts si elle n'avait pas été placée à côté de la chaudière à gaz, au sous-sol. Apparemment, le tuyau de gaz a cassé et a déclenché une explosion encore plus grosse. La bombe avait une minuterie et était télécommandée.

Eli fronça les sourcils.

— Est-ce qu'on sait si la minuterie était réglée ?

Brady secoua de nouveau la tête.

— On suppose que l'explosif était commandé à distance et que la minuterie n'avait pas été réglée, mais Sanderson doit avoir des nerfs d'acier pour vivre au-dessus d'un truc pareil. Ou une confiance suprême dans ses talents de fabricante de bombes. Parce que si quelque chose s'était déclenché par accident avant qu'elle soit prête…

Eli hocha la tête.

— C'est une possibilité, selon ce qu'elle utilisait comme commande à distance. Sans parler du fait que c'est plutôt extrême de mettre une bombe sous sa propre maison. Mais qui sait ? Peut-être qu'une fois la ou les bombes posées en ville, elle avait l'intention de retourner chez elle et de se suicider plutôt que d'attendre qu'on vienne l'arrêter.

Ava frissonna à cette idée.

— Est-ce qu'on a une idée de qui pourrait la cacher ?

Brady et Jason secouèrent la tête à l'unisson.

— Elle n'a aucune famille ici, dit Jason. Ses parents vivent au Kansas. J'avais l'intention de leur téléphoner aujourd'hui, pour voir s'ils ont des nouvelles d'elle, s'ils savent pourquoi elle s'est installée à Jasper et si elle a des rancunes particulières.

Eli approuva.

— Super. Pourquoi ne pas faire ça, Jason et toi ? Contactez ses parents et faites le suivi avec l'armée. Si elle a des amis dans la région, allez aussi les voir. Ava et moi irons au Shaker Peak, pour parler au patron et aux autres employés.

Jason et Brady acquiescèrent avant même qu'il ait fini de parler. Ava exhiba un sourire forcé en hochant la tête, et Eli s'efforça de ne pas réagir. C'était logique qu'ils continuent à faire équipe et laissent Brady et Jason collaborer. En outre, il voulait être sûr qu'elle allait bien après ce qui était arrivé à Lacey. Visiblement, elle n'aimait pas cette idée.

Peut-être était-elle simplement embarrassée et ne voulait-elle pas qu'il reparle de leur baiser – ce baiser renversant et révélateur. Ou peut-être craignait-elle qu'en travaillant trop souvent ensemble, ils ne finissent par se faire remarquer. Quel que soit le cas, il n'allait pas changer de plan maintenant.

Il lui fit signe de passer la première et la suivit hors de la salle de réunion. Tandis qu'ils traversaient la salle de garde, plusieurs policiers les arrêtèrent pour exprimer leur joie de les voir sains et saufs.

Eli coula un regard vers elle tandis qu'elle les remerciait et vit le sourire qui retroussait ses lèvres. Peut-être commençait-elle enfin à comprendre qu'on l'aimait ici, que cette communauté pouvait devenir la sienne.

Il avait eu l'intention de l'aider à s'intégrer, mais sa détermination à la voir rester à Jasper se renforça. Il lui faudrait du temps pour contourner ses défenses, même quand ils auraient cessé de travailler ensemble. Il ne la connaissait que depuis moins d'une semaine, mais il tenait une chose pour certaine : Ava Callan valait la peine qu'on fasse des efforts pour la connaître.

20

Le Shaker Peak était aussi lugubre qu'Ava s'en souvenait. De la faiblesse de l'éclairage – sans doute destinée à dissimuler la propreté douteuse des comptoirs – aux chaises qui grinçaient et à la peinture écaillée, le lieu était vraiment déprimant. Peut-être était-ce voulu. On y entrait pour boire, et l'atmosphère poussait à boire encore plus.

Ava jeta un coup d'œil aux seuls clients présents en cette matinée de vendredi : un homme blanc d'âge moyen pourvu d'une grosse moustache, portant costume et cravate mal ficelés et fixant son whisky d'un air morose. Et une femme latino dans une robe noire plus appropriée pour une soirée en boîte, qui fronçait les sourcils dans un box craquelé. Ses talons aiguilles étaient posés sur la table, à côté de sa bière et de ses cacahuètes.

Derrière le bar, une grande jeune femme noire, tatouée sur les deux bras, les regardait tout en essuyant le comptoir.

— Je peux vous aider ?

Eli s'avança, et Ava ne put s'empêcher de remarquer son assurance. Qu'il envoie un robot examiner une bombe dans un entrepôt ou parle à des gens au cours d'une enquête, c'était toujours avec la même confiance.

Ou qu'il dise à une femme qu'il lui courra après par tous les moyens... Ce souvenir fit monter la température d'Ava, et elle cilla à plusieurs reprises pour se concentrer.

Eli adressa un sourire cordial à la barmaid et baissa la voix pour lui demander :

— Vous connaissez Jennilyn Sanderson ?

La jeune femme plissa les yeux et jeta un coup d'œil à Ava.

— Qu'est-ce que les flics veulent à Jenny ?

— Votre patron ne vous a rien dit ? s'enquit Eli.

Elle plissa le front, et son expression passa de l'hostilité à l'inquiétude.

— Il m'a dit qu'il y avait eu une explosion chez elle. Une fuite de gaz, non ?

Elle resserra le poing sur son torchon.

— Mais elle n'était pas chez elle, n'est-ce pas ? Je ne lui ai pas parlé.

— Non, elle n'était pas chez elle, dit Ava.

La barmaid laissa échapper un soupir audible.

— Heureusement. Vous savez pourquoi elle n'est pas venue travailler ? Je veux dire, même en considérant que sa maison a sauté et qu'elle a sûrement des choses à faire, c'est bizarre qu'elle n'ait pas appelé. Elle est déjà venue bosser tellement malade qu'elle tenait à peine debout.

— On pourrait vous parler dehors ? demanda Eli.

La barmaid jeta un coup d'œil au client accoudé au comptoir, qui les écoutait visiblement. Les sourcils froncés, elle fouetta l'air de son torchon.

— Mêle-toi de tes affaires, John !

Puis elle cria vers le fond du bar :

— Pete, je prends une pause cigarette !

— Encore ? fut la réponse. Dépêche-toi !

— Allez…

Sans attendre que le dénommé Pete prenne le relais, elle se dirigea à grands pas vers la porte et sortit en plissant les yeux dans le soleil.

— Recommençons de zéro, dit Eli. Je suis le capitaine Eli Thorne et voici l'agent Ava Callan.

— Sasha, se présenta la barmaid.

— Sasha, nous aimerions vous poser quelques questions sur Jennilyn. Vos réponses nous aideront peut-être à la retrouver.

Les sourcils froncés, la barmaid les regarda tour à tour.

— Elle a disparu ?

Il y eut une longue pause, puis elle soupira et sortit une cigarette qu'elle alluma.

— En effet, dit Ava, résistant à l'envie d'agiter la main pour dissiper la fumée. Nous essayons de comprendre pourquoi. Vous la connaissez bien ?

— Bon, elle a commencé à travailler ici il y a six mois, quand elle s'est installée à Jasper. Le Shaker Peak n'a pas besoin de plus d'une barmaid à la fois, sauf les week-ends, mais Jenny et moi, on échange souvent nos soirées de travail. Et on travaille souvent ensemble les week-ends.

Elle haussa les épaules, mais ses mouvements étaient nerveux et elle tirait fort sur sa cigarette.

— On a fini par devenir bonnes copines. Je ne peux pas croire qu'elle a disparu. Vous pensez qu'il lui est arrivé quelque chose ? Que ça a un lien avec cette fuite de gaz ?

— Nous n'en sommes pas sûrs, dit Eli. Qu'est-ce que vous pouvez nous dire d'elle ? Était-elle préoccupée ces derniers temps ? En colère contre quelqu'un ou quelque chose ?

— Qu'est-ce que vous voulez savoir ? Jenny, c'est Jenny. Elle est plutôt coriace, si vous voulez la vérité. Il vaut mieux ne pas l'embêter. Et il ne vaut mieux pas m'embêter non plus quand elle est dans les parages. Parce que, vous savez, la plus grande partie des clients ici ne s'intéressent qu'à la boisson, mais comme dans tous les bars, il y en a qui cherchent la bagarre. Ou bien l'alcool les désinhibe et ils se disent que c'est une bonne idée de harceler une femme.

— Donc, ils savent tous que Jennilyn ne le supporterait pas ? demanda Ava. Que c'est elle, la videuse ?

Sasha se mit à rire, un son anémique qui ne correspondait pas à sa voix grave.

— J'imagine. Je veux dire, elle a effectivement jeté quelques types dehors.

— Quelqu'un en particulier ? demanda Eli.

— Pas vraiment. Seulement ceux qui l'avaient cherché. Mais vous savez, elle était dans l'armée, elle a des capacités.

Ava échangea un regard discret avec Eli.

— Quel genre de capacités ?

— Elle est forte. Je veux dire, elle n'est pas si grande...

En regardant Ava, elle précisa :

— Quelques centimètres de moins que vous. Mais elle a des muscles de tueuse. Ses biceps ?

Elle rit à nouveau.

— Je ne sais pas où elle les a pris. Elle dit qu'elle ne va jamais à la musculation. Je suppose qu'elle a des haltères chez elle.

Son amusement s'évanouit aux mots « chez elle » et elle tira plusieurs fois sur sa cigarette.

— Vous savez ce qu'elle faisait dans l'armée ? questionna Eli.

Sasha haussa les épaules.

— Non, je n'en sais rien. Qu'est-ce qu'on *fait* dans l'armée, de toute façon ? On se bat, je suppose.

— Et les explosifs ? insista Eli. Elle s'y connaissait en explosifs dans l'armée ?

Sasha les regarda tour à tour, perplexe. Puis elle secoua la tête rapidement.

— Oh non ! Impossible. Vous croyez que Jenny a fait sauter sa propre maison ? Pourquoi aurait-elle fait ça, bon sang ?

— Nous n'en sommes pas certains, dit prudemment Ava. Mais certains indices vont dans ce sens. Que ce soit elle ou non, il est vraiment important que nous lui parlions.

Sasha pinça fortement les lèvres, laissant sa cigarette brûler. Au moment où Ava se préparait à insister, elle déclara :

— Écoutez, je sais que Jenny a mauvais caractère, mais ça, ça n'a aucun sens. Elle ne ferait rien sauter, surtout pas sa propre maison ! Je veux dire, oui, elle avait la tête sous l'eau avec son crédit, vu qu'elle ne pouvait pas compter sur son crétin d'ex. Mais bon débarras. C'est elle qui l'a jeté dehors, elle préférait devoir de l'argent plutôt que d'avoir encore affaire à lui. En tout cas, ça ne l'a pas dévastée au point de vouloir faire sauter la maison pour se débarrasser de ses souvenirs.

Ava sentit le regard d'Eli sur elle lorsqu'elle demanda :

— Quel est le nom de son ex ?

— Dennis quelque chose. Dennis… Ryon ! C'est ça. Écoutez, si vous allez lui parler, ne croyez rien de ce qu'il vous… Ouille !

Sasha laissa tomber son mégot de cigarette, qui venait de lui brûler les doigts, et l'écrasa du pied. Soufflant sur ses doigts, elle marmonna :

— Il y a du ressentiment entre eux.

Ava était nerveuse, impatiente de bouger et d'aller voir Dennis Ryon. Peut-être pourrait-il leur dire où se cachait Jennilyn. Peut-être représentait-il une cible potentielle qu'il fallait mettre en garde.

Elle jeta un coup d'œil à Eli, qui demanda :

— Encore une chose, Sasha. Vous savez où irait Jennilyn si elle avait besoin de se cacher ?

— Non, répondit Sasha en se rembrunissant. Écoutez, c'est une bonne copine, mais nous sommes surtout collègues, d'accord ? Je ne suis jamais allée chez elle. Nous ne nous voyons pas en dehors du bar.

Elle jeta un coup d'œil aux fenêtres grises de saleté de l'établissement puis se détourna. Par-dessus son épaule, elle ajouta :

— Quand vous la trouverez – et que vous comprendrez que ce n'est pas elle qui a fait sauter sa maison –, rendez-moi service et dites-lui de nous appeler, d'accord ?

Sans attendre de réponse, elle disparut à l'intérieur du bar.

21

Retrouver Dennis Ryon ne fut pas facile.

Trois heures après qu'ils eurent quitté le Shaker Peak, Eli arrêta son SUV dans le parking du Salmon Creek Motel, un motel bon marché situé dans la périphérie de Jasper. Bien que la véritable attraction soit la Salmon River, loin de l'établissement, la clientèle était nombreuse. Les chambres étaient louées par des hordes de touristes qui passaient d'une petite ville à l'autre pour skier en hiver et nager en été. Elles étaient également louées à long terme, surtout durant la saison basse.

Au début, Eli avait pensé que Dennis avait quitté la ville après sa rupture avec Jennilyn. Ils avaient appelé Brady et Jason pour les tenir au courant et leur demander de contacter la famille de Jennilyn. Brady avait rappelé vingt minutes plus tard, pour dire que les parents de Jennilyn n'avaient jamais rencontré Dennis mais le détestaient.

Jennilyn l'avait rencontré à l'armée et tous deux l'avaient quittée à la même époque. Alors que ses parents s'attendaient à ce qu'elle revienne au Kansas pour s'y installer, elle leur avait annoncé que Dennis et elle allaient emménager ensemble. Ils voulaient partir à l'aventure, trouver un endroit où aucun d'eux n'avait jamais vécu et y acheter une maison. Leur seule exigence était que ce soit calme et à taille humaine. Et, apparemment, pas à proximité du Kansas.

Dennis et Jennilyn avaient acheté la maison ensemble, mais à cause des dettes de Dennis, seul le nom de Jennilyn apparaissait sur l'emprunt immobilier. Quand il était parti le mois précédent – ils ne savaient pas ce qui avait causé la rupture –, Jennilyn s'était retrouvée avec une maison qu'elle n'avait pas les moyens de payer. Pourtant, elle ne voulait pas rentrer chez eux, s'étaient-ils lamentés.

— Quelle impression vous a donnée la famille ? avait questionné Ava tandis qu'Eli la contemplait.

Le brillant soleil matinal passant par le pare-brise soulignait le contour sombre de ses yeux marron clair et faisait briller sa peau lisse et douce, de même qu'il éclaircissait des mèches de ses cheveux, donnant envie à Eli de défaire son chignon.

Elle avait dû sentir qu'il la fixait, parce que son regard s'était tourné vers lui, avait brièvement soutenu le sien – juste assez pour déclencher un éclair de désir – puis s'était résolument tourné vers le pare-brise.

— Pas bonne, avait dit Brady. Ils n'ont pas été d'une grande franchise. Ils voulaient qu'elle revienne pour les aider. Mais ils ne parlaient que du salaire de l'armée et du fait qu'elle aurait dû se montrer loyale envers ceux qui l'ont élevée.

— Ils ne semblaient pas si inquiets que ça quand nous leur avons dit qu'elle avait disparu, avait renchéri Jason. Ils étaient seulement en colère, comme s'ils pensaient qu'elle avait juste quitté Jasper sans leur dire où elle allait.

— Donc, elle n'a probablement plus de contacts avec eux, avait soupiré Ava.

— J'en doute.

D'un ton découragé, Brady avait ajouté :

— Tout ce qu'ils ont pu nous dire sur l'endroit où pourrait se trouver Dennis, c'est qu'il logeait très certainement dans un motel. Ils pensaient qu'il faisait durer les choses dans l'espoir que Jennilyn le reprenne. Apparemment, c'est elle qui a rompu.

— Pensaient-ils qu'elle le ferait ? avait demandé Eli.

— Je n'en sais rien.

Après avoir raccroché avec Brady et Jason, Ava et lui avaient fait le tour des hôtels, des motels et même des campings de la ville. Jasper était petite, mais comme le tourisme était la principale industrie, les établissements d'hébergement ne manquaient pas.

Après la cinquième visite infructueuse, ils avaient opté pour des appels téléphoniques, demandant aux gérants si Dennis Ryon faisait partie de la clientèle. Certains avaient refusé de répondre, et Eli les avaient notés pour pouvoir aller les interroger. D'autres n'avaient entendu que le mot « police » et s'étaient plongés dans leurs registres. Ils avaient finalement eu une touche au Salmon Creek Motel.

— Comment tu veux aborder ça ? demanda Eli, sachant désormais qu'Ava aimait avoir un plan.

De son côté, dans des entrevues comme celle-ci, il suivait son instinct et laissait le ton de la conversation le guider. Mais il n'était pas inflexible. Et il voulait qu'Ava sente qu'elle avait son mot à dire dans l'enquête.

Elle se tourna vers lui, et Eli ne put s'empêcher de regarder ses lèvres. Elle l'avait stupéfié en l'embrassant et, depuis, il avait du mal à se concentrer sur autre chose qu'une stratégie pour reproduire ce baiser.

— Selon Sasha, Dennis veut que Jennilyn lui revienne, déclara Ava d'un ton très professionnel.

Si professionnel qu'il songea qu'elle avait peut-être deviné le fil de ses pensées. Il lui adressa un large sourire, et elle s'interrompit avant de reprendre d'un ton plus précipité :

— Je pense qu'il faut qu'on soit prudents, qu'on ne lui donne pas l'impression que ce qu'il nous dit pourrait valoir des ennuis à Jennilyn et ruiner ses chances de se remettre avec elle. Mais il pourrait avoir une bonne idée de ce qu'elle hait suffisamment pour le faire sauter avec une bombe.

— Je suis d'accord. Donc on adopte l'angle « Vous nous aidez à l'aider » ?

Ava hocha la tête et ouvrit sa portière.

— Oui. Allons-y.

Surpris, il pressa le pas pour la rattraper. Il déteignait peut-être sur elle si elle pensait que ce plan suffisait. Comme elle avait déteint sur lui en le poussant à suggérer qu'ils en aient un.

Ils formaient une bonne équipe. Cette pensée ne le surprit pas, mais ralentit son pas tandis qu'il la regardait avancer à longues enjambées déterminées.

Il avait toujours eu une vision de lui dans un avenir lointain, assis sur un porche comme celui de la maison d'Ava, se prélassant dans une balancelle tandis que sa femme – dont les traits restaient flous – bavardait dans un rocking-chair à ses côtés. Et à cet instant, il se représentait Ava dans ce rocking-chair, Lacey à ses côtés, tandis que Bear était couché à ses pieds.

Repoussant cette image – il était bien trop tôt pour ce genre de fantasme –, il se dépêcha de la rejoindre en la voyant frapper avec force à la porte de la chambre 113.

L'homme qui ouvrit avait plus ou moins l'âge d'Ava. Ses cheveux châtains étaient coupés court et ses biceps – découverts par un débardeur – bien développés. Seule une légère bedaine trahissait le fait qu'il avait abandonné la discipline militaire. Il fronça les sourcils. Une confusion mêlée de nervosité était une réaction courante à une visite de la police.

— Que puis-je faire pour vous ?

Eli se rapprocha d'Ava.

— Dennis Ryon ?

Voyant l'homme hocher la tête, il dit :

— Nous aimerions vous parler de Jennilyn Sanderson.

Le froncement de sourcils s'accentua, mais une lueur passa dans ses yeux noisette, comme s'il était heureux d'avoir l'occasion de parler d'elle.

— Elle s'est encore bagarrée et elle veut que je paye sa caution ?

— Pas exactement, dit Ava. Vous avez récemment parlé à ses amis ou sa famille ?

Dennis se rembrunit.

— Non. Jenny et moi avons rompu il y a un mois.

Il haussa les épaules, mais c'était un geste forcé, furieux.

— Elle changera d'avis. Elle le fait toujours. Mais elle ne s'entend pas avec sa famille, alors je ne leur ai jamais vraiment parlé. Et je n'ai pas parlé à ses *amies*.

Il avait craché le dernier mot avec tant de haine qu'Eli eut envie de creuser la question, mais Ava poursuivit :

— Je suis navrée d'avoir à vous l'annoncer, mais sa maison a explosé aujourd'hui. Elle va bien, s'empressa-t-elle d'ajouter, mais nous avons des raisons de croire que c'est Jennilyn elle-même qui l'a fait sauter.

Dennis écarquilla les yeux et les considéra tour à tour. Mais ses lèvres tremblaient.

Amusement réprimé ? Peur ? Eli n'en était pas sûr. Il étudia de plus près l'homme, essayant de le déchiffrer. Dennis avait manifestement des émotions conflictuelles vis-à-vis de Jennilyn : amour, colère, exaspération. Serait-ce suffisant pour qu'il les aide ? Ou allait-il au contraire se refermer comme une huître ?

Quand Dennis reprit la parole, ce fut d'une voix soigneusement modulée.

— Pourquoi Jenny ferait-elle sauter sa propre maison ? Je veux dire, je sais qu'elle est furieuse d'avoir à tout payer depuis notre rupture, mais qu'est-ce que je pouvais faire, continuer à payer alors que je n'y vis plus ? En plus, elle adore cette baraque. Nous avons visité un tas de petites villes avant d'atterrir ici. Jasper, c'était son idée. J'aurais préféré continuer à chercher. N'y voyez pas d'offense, mais ce trou pourrait offrir un peu plus d'emplois, pas vrai ?

Voyant qu'aucun d'eux ne répondait, il soupira.

— Écoutez, je ne sais pas pourquoi vous pensez que Jenny a fait sauter sa maison. Mais c'est impossible.

Ses paroles exprimaient une certitude, mais sa manière de les regarder n'était pas convaincante.

— Elle a pourtant des connaissances en matière d'explosifs, n'est-ce pas ? dit Eli.

— Oui, bon…

Dennis fourra les mains dans les poches de son jean.

— Et alors ? Écoutez, je sais qu'elle a des problèmes de… maîtrise de la colère, mais ça ne veut pas dire qu'elle *ferait sauter un truc* !

— Quel genre de problèmes ? demanda Ava.

Dennis haussa les sourcils.

— Je croyais que vous étiez au courant de la bagarre au bar. Et de la fois où elle a démoli la voiture de ce type avec une batte de base-ball. Mais elle ne s'est jamais servie d'une bombe.

Il les considéra tour à tour, comme pour s'assurer qu'ils gobaient ses paroles.

— Contre qui d'autre est-elle en colère, Dennis ? demanda doucement Ava.

— Non. Je ne… je ne vous aiderai pas à lui chercher des ennuis.

— Peut-être que vous l'aidez à se tenir à l'écart des ennuis, dit Eli.

Dennis fixa le sol un moment, et Eli fit signe à Ava d'attendre en silence.

Enfin, il leva les yeux, les mâchoires serrées, mais avec la même joie réprimée dans le regard, comme s'il croyait que cette affaire était son ticket gagnant pour revenir dans la vie de Jennilyn.

— Peut-être le propriétaire du bar ? Elle disait toujours que c'était un lâche, qu'il n'osait pas affronter les fauteurs de troubles. Qu'elle devait s'occuper elle-même des voyous.

Eli hocha la tête, remarquant du coin de l'œil l'inquiétude d'Ava.

— Et qui d'autre ?

— Je ne sais pas. Peut-être la banque ? Elle était furieuse qu'ils nous aient proposé un taux d'intérêt supérieur à cause de mon insolvabilité. Elle ne voulait pas prendre le crédit toute seule. Je ne le voulais pas non plus, ajouta Dennis vivement. Mais elle était vraiment en rage. Elle se plaignait tout le temps du responsable des prêts.

— C'est quelle banque ? questionna Eli. Et vous connaissez le nom du responsable des prêts ?

— Jasper Financial. Vous savez, celle qui est située à côté des magasins de meubles. Je ne me souviens pas du nom du type, mais il portait tout le temps un ridicule costume à carreaux. Vous ne pouvez pas vous tromper.

— Vous pensez à quelqu'un d'autre ? insista Ava.

Quand Dennis eut secoué la tête, Eli demanda :

— Et l'endroit où Jennilyn pourrait s'être réfugiée ? Chez un ou une amie, dans un hôtel, sous un autre nom ? Un squat, un camping ?

Les sourcils froncés, Dennis secoua la tête avec raideur.

— Je ne sais pas.

— Vous en êtes sûr ? insista Ava. Parce que si on la retrouve, on pourra l'empêcher de commettre l'irréparable.

Ces paroles flottèrent dans l'air un long moment, mais lorsque Dennis leva les yeux pour croiser le regard d'Ava, puis d'Eli, ce fut avec dureté.

— J'en suis sûr.

22

— Tu penses qu'il sait où se cache Jennilyn ? demanda Eli en regardant Ava, assise sur le siège passager.

Ils avaient appelé Brady et Jason, qui étaient maintenant en route pour la banque. Ava et lui retournaient au bar qui, dans leur esprit, était la cible la plus probable.

— Je n'en sais rien.

Le front plissé, elle tapotait l'écran de la console.

— Il a changé de comportement quand nous lui avons demandé où elle était. Il était presque en colère. Comme s'il savait qu'elle était chez une amie alors qu'elle aurait pu loger chez lui. Lorsqu'il a parlé de ses amies, c'est le seul moment où il a paru vraiment enragé.

— Tu l'as remarqué, hein ?

— Oui. Et vu la manière dont Sasha parlait de lui, il semble que l'hostilité soit réciproque. Mais je doute que sa détestation des amies de Jennilyn nous en apprenne davantage sur ce que sera sa prochaine cible.

— Mais si Sasha est une si bonne amie, pourquoi Jennilyn prendrait-elle le bar pour cible ? Au risque de la tuer ?

Cette idée perturbait Eli depuis qu'ils étaient remontés dans le SUV. S'il fallait se fier aux propos de Rutledge, confirmés par les dires de Sasha et Dennis, alors une rancœur particulière de Jennilyn contre le propriétaire du bar semblait l'hypothèse la plus probable. Si la bombe correspondait à l'escalade d'une violence déjà manifeste – contre des hommes agressant des femmes –, un homme laissant ce genre de chose se produire dans son établissement faisait une cible potentielle crédible. Pourtant, Eli n'était pas sûr que Jennilyn prenne le risque de blesser ou tuer son amie en faisant cela.

— Elle doit connaître les horaires de Sasha, suggéra Ava. Ou bien elle a réglé la bombe pour qu'elle explose après la fermeture. De cette manière, elle ôterait son gagne-pain au propriétaire sans mettre quiconque en danger.

— Peut-être, dit Eli d'un ton songeur, espérant qu'Ava avait raison. Elle a bien démoli la voiture de ce type au lieu de l'assommer. Et même si elle a envoyé quelqu'un à l'hôpital, ce n'était qu'un bras cassé, pas un cou brisé.

Ava hocha la tête et capta le regard qu'il posait sur elle.

— C'est vrai. Elle a certainement les muscles nécessaires pour faire bien pire.

— Mais pourquoi répartir les bombes ? se demanda tout haut Eli. Pourquoi effrayer toute la ville si ses cibles sont spécifiques ?

— Je n'en sais rien, répondit Ava, tandis qu'il s'arrêtait devant le bar.

C'était l'heure du déjeuner, et il y avait quelques voitures de plus garées dans le parking.

— Peut-être que nous nous trompons. Peut-être qu'elle ne faisait que s'exercer avec les matériaux.

— Alors pourquoi les laisser là où on pouvait les trouver ? Je veux dire, ce n'est pas comme si ça la rendait nerveuse de les avoir chez elle, étant donné qu'elle a piégé sa propre maison.

Ava lui jeta un regard préoccupé tandis qu'ils descendaient du SUV.

— On a incontestablement raté quelque chose.

— Tu parles au propriétaire pendant que je commence à inspecter les lieux ? suggéra Eli.

— D'accord, dit Ava en se dirigeant vers l'entrée d'un pas décidé.

De son côté, Eli survola la rue et l'établissement du regard.

La nuque hérissée, il cassa les épaules en revoyant mentalement l'explosion de la maison. Sa blessure à la jambe l'élança et sa respiration accéléra lorsqu'il repensa au mouvement qu'il avait vu dans les arbres. Ce n'était pas seulement sa vie qui avait été en jeu, mais aussi celle d'Ava. C'était lui qui avait couru vers les arbres, vers la personne qu'il avait cru voir. Et il l'avait fait avec détermination, en se fiant à son instinct. En près d'une décennie de travail policier, cet instinct ne l'avait jamais trompé. Les agents avec lesquels il travaillait se fiaient autant à lui que lui-même. Mais Ava était derrière lui ce jour-là, bien trop près. Jennilyn avait-elle fait sauter la maison en sachant qu'ils seraient blessés mais pas tués ? N'était-ce qu'un avertissement ? Ou avait-elle commis une erreur en voulant mettre un terme définitif à leur enquête ? Allait-elle essayer de les retrouver et refaire une tentative ?

Il ne vit personne, en dehors d'une jeune femme avec une poussette. Ignorant l'anxiété qui lui mordait le ventre, il suivit Ava à l'intérieur.

Il fit halte sur le seuil, cillant pour s'adapter à la pénombre, et jeta des regards autour de lui pour repérer de possibles cachettes. Ava, elle, se dirigea droit vers le comptoir.

La barmaid qui se trouvait derrière – une rouquine mince comme un fil – la regarda approcher, fronça les sourcils lorsqu'elle demanda à voir le patron, puis lui fit signe de passer derrière le bar pour gagner la pièce du fond.

Le même client était au comptoir, avachi au-dessus d'une série de verres de toutes tailles. La femme assise dans le box du fond était partie, mais un groupe d'hommes avait pris place au centre de la salle, parlant fort. Leur table était surchargée de bouteilles de bière et de verres à whisky.

— Tu te joins à nous, le flic ? lança l'un d'eux au milieu des rires de ses copains.

Sans leur prêter attention, Eli fit le tour de la salle, regardant sous les tables et derrière le vieux flipper, qui n'avait pas l'air d'avoir servi depuis une décennie. Des endroits où il aurait été facile de glisser une bombe. Jennilyn avait pu l'apporter dans son sac à main et la fourrer sous une table. Ou la mettre dans un autre coin, plus difficile d'accès, moins susceptible d'être repéré si quelqu'un roulait sous la table, une occurrence assez probable dans un endroit comme celui-là. Ou peut-être l'avait-elle déposée lorsque le bar était vide et qu'elle était seule à y travailler.

Les hommes le regardèrent une minute, s'interrogeant à voix haute sur ce qu'il cherchait, en l'accompagnant d'insultes chuchotées. Finalement, ils renoncèrent à attirer son attention et se remirent à boire.

Seule la barmaid continuait de le suivre des yeux, l'air méfiant. Lorsqu'il atteignit le bar, elle demanda :

— Qu'est-ce que vous cherchez ?

À la manière nerveuse dont elle frottait le comptoir avec un torchon, il se douta que Sasha lui avait parlé de la bombe.

— Notre présence ici n'est qu'une précaution, répondit Eli en soutenant son regard d'un air confiant.

Il n'y avait aucune raison de déclencher une panique, d'autant plus que, jusque-là, il n'y avait pas trace de bombe.

— Votre coéquipière est au fond, dit-elle lorsque Eli passa derrière le bar pour inspecter les étagères sous le comptoir.

Sa coéquipière. Pour le moment, c'était vrai. Il voulait trouver la bombe, localiser Jennilyn et en finir avec cette affaire au plus vite, afin de demander à Ava de sortir avec lui. Mais il aimait aussi travailler côte à côte avec elle.

Ava était une bonne policière, une bonne maîtresse-chien. Elle était sagace et consciencieuse, et bien qu'il ait adoré les frissons d'excitation, il appréciait son approche plus lente et méthodique. Il aimait même le silence amical qui accompagnait leurs trajets. Tout cela lui manquerait quand il retournerait à McCall.

Il jeta un coup d'œil aux portes battantes menant à la pièce du fond, puis revint aux étagères chargées de bouteilles. Il les inspecta une par une, s'assurant que Jennilyn n'en avait pas vidé une pour y glisser sa bombe. C'était fastidieux. La poussière montait des bouteilles qu'il déplaçait, lui démangeant le nez. Néanmoins, un clapotis révélateur s'échappait de chacune d'elles.

Le découragement l'envahissait à mesure qu'il progressait sans résultat. Une bombe de la bonne taille pouvait facilement être dissimulée. Dans un lieu où beaucoup de gens pouvaient tomber dessus, Eli était certain que Jennilyn avait choisi un bon emplacement. En atteignant le bout du bar, il regarda à nouveau autour de lui, s'assurant qu'il n'avait rien oublié. Il était sur le point de passer dans la pièce du fond, lorsque Ava en poussa les portes, manquant le renverser.

— Désolée, dit-elle.

Puis elle secoua la tête.

— Il n'y a rien là-dedans.

— Tu es sûre ?

— Oh oui ! J'ai tout vérifié. Non qu'il y ait grand-chose. Ils ne servent pas de nourriture, en dehors des cacahuètes et des chips, alors il y a surtout des placards de verres et un bureau dans un coin, couvert de papiers. C'est beaucoup plus petit qu'on ne croirait, mais j'ai regardé aussi dans le placard du tableau électrique. Rien.

Eli fronça les sourcils.

— Et le patron ? Tu lui as dit qu'on voulait inspecter sa maison ?

Ava acquiesça.

— Oui. Il n'a pas envie de venir et il nous a dit de faire comme chez nous. J'ai suggéré qu'il change les serrures du bar, mais il ne veut pas dépenser d'argent.

Eli soupira. Remarquant que la barmaid écoutait, il désigna la porte de service de la tête. Le groupe d'hommes au centre de la salle se fit un plaisir d'émettre des commentaires grossiers sur le passage d'Ava. Secouant la tête, elle accéléra le pas sans relever.

Les dents serrées, Eli leur jeta son regard le plus agressif avant de la suivre dehors. Avant qu'il puisse lui demander pourquoi elle ne réagissait pas aux saletés proférées par ces types, elle lui dit :

— Si le bar est sa cible, elle y a encore accès. Elle pourrait s'y faufiler la nuit et déposer la bombe. Peut-être qu'on aura de la chance chez le proprio – elle a l'air du genre à choisir une cible spécifique –, mais je m'inquiète, Eli.

— Moi aussi, dit-il, pensant à toutes les cibles potentielles.

À tous les types de bombes que Jennilyn avait pu manipuler dans l'armée. Sans parler des connaissances qu'elle avait pu glaner sur la manière de piéger les gens quand ils s'y attendaient le moins.

— Je crois qu'il faut qu'on cesse de chercher où elle *pourrait* être allée, pour la trouver là où elle *est* maintenant.

23

— Aucune trace de bombe, dit Eli en raccrochant avec Brady.

Les sourcils froncés, Ava prit place sur le siège avant du SUV, sale et épuisée après avoir inspecté l'extérieur de la maison du propriétaire du bar. Elle avait des piqûres de moustique sur la nuque et, inexplicablement, sur les jambes, pourtant couvertes par son pantalon d'uniforme.

Eli avait une allure encore pire, le visage encrassé de poussière et les cheveux en bataille. Son uniforme, noir comme ceux de la police de Jasper, était tellement couvert de poussière qu'on n'en distinguait plus la couleur.

Tout ça pour rien. Si Jennilyn avait le propriétaire du Shaker Peak en ligne de mire, elle prenait son temps.

— Brady et Jason sont allés à la banque voir le responsable des prêts ?

— Oui, confirma Eli. Ils ont aussi inspecté sa voiture.

Ava hocha la tête, se rappelant comment Eli avait examiné la voiture du propriétaire du bar avec un miroir escamotable. Rien là non plus.

Le jour avait laissé place à la nuit tandis qu'ils cherchaient, sans aboutir nulle part. Ils perdaient leur temps. Un temps que Jennilyn mettait à profit pour se cacher de mieux en mieux. Un temps qui lui permettait d'élaborer un nouveau plan ou de poser une bombe dans un lieu auquel ils n'avaient pas pensé.

En soupirant, Ava regarda Eli du coin de l'œil, tandis qu'il passait une vitesse. Découverts par les manches remontées de son uniforme, les muscles de ses avant-bras saillaient. Même couvert de poussière, il avait quelque chose d'attirant qui faisait que le regard d'Ava s'attardait sur lui malgré elle.

Il lui adressa un sourire lent, le coin des yeux plissés, avant de reporter son attention sur la route. Il l'avait aussi regardée lorsqu'ils avaient inspecté la maison du propriétaire du bar. Il lui jetait des regards brefs et scrutateurs, comme s'il essayait d'en deviner plus sur elle malgré ce qu'elle lui avait déjà dévoilé de son passé.

Sept jours. Cela semblait impossible qu'elle ne le connaisse pas depuis plus longtemps. Leur proximité, la pression de l'enquête intensifiait tout. Mais c'était davantage que cela. C'était comme si leurs deux personnalités s'emboîtaient parfaitement, comme si leurs ressemblances et leurs différences formaient un tout. Comme s'ils étaient faits l'un pour l'autre.

Inévitable. C'était ce qu'elle avait éprouvé après l'avoir embrassé. Après qu'il avait promis de lui laisser du temps.

Un frisson d'excitation la parcourut, et elle lui jeta un autre coup d'œil. Elle avait envie que cette enquête prenne fin immédiatement, elle avait envie d'éprouver le plaisir coupable que lui procureraient les faveurs d'Eli Thorne.

Trop tôt, se rappela-t-elle. Et même si ce n'était pas trop tôt, elle ne commettrait pas deux fois la même erreur. Elle ne risquerait pas de s'aliéner des collègues qu'elle commençait à peine à connaître pour une *possibilité* de relation.

Peut-être que ce qu'il lui fallait, c'était que cette enquête traîne en longueur afin de lui donner l'occasion de mieux le connaître. Peut-être se rendrait-elle compte à ce moment-là qu'il s'agissait d'une attirance sans véritable point commun, qui s'éteindrait aussi vite qu'elle s'était enflammée.

Mais en sentant à nouveau son regard sur elle, en se forçant à regarder par la vitre, elle sut que c'était la peur qui parlait en elle. La crainte d'être tombée amoureuse, et celle qu'il s'éloigne, la laissant seule.

En lui chatouillant la jambe, le bourdonnement de son téléphone la fit sursauter. Elle le prit et sentit son cœur accélérer en voyant le nom d'Emma s'afficher à l'écran.

— Emma, dit-elle précipitamment, tu as des nouvelles de Lacey ?

Le berger allemand avait paru aller bien lorsqu'ils étaient passés le voir le matin même, mais Ava savait avec quelle promptitude un pronostic médical pouvait changer.

La main d'Eli se referma sur la sienne, la ramenant brusquement au présent. Elle se rendit compte qu'Emma parlait.

— Lacey va bien ? répéta-t-elle.

Il y eut une brève pause, puis Emma déclara fermement :

— Elle va bien, Ava. J'ai parlé avec Marie il y a quelques heures, et elle allait très bien.

Un soupir de soulagement échappa à Ava et elle fit un signe de tête à Eli, qui pressa sa main. Réprimant ses larmes, elle se concentra sur la voix d'Emma, tandis que ses doigts tressaillaient, noués à ceux d'Eli.

— Si quelque chose se passait, Marie t'appellerait avant quiconque, l'assura Emma. J'appelais seulement pour savoir comment *toi*, tu vas.

Ava se sentit réchauffée par l'impression qu'elle avait plus d'amis à Jasper qu'elle n'en avait conscience.

— Merci. Je vais bien. Juste un peu stressée. C'est bizarre de ne pas avoir Lacey avec moi.

En le disant, elle s'aperçut combien c'était vrai. À Chicago, son coéquipier et elle s'entendaient bien. Elle faisait confiance à Shaun pour la couvrir, mais ils n'étaient pas amis. Leur lien était fait de nécessité. S'il était absent un jour et qu'elle avait un coéquipier différent, elle n'éprouvait pas une impression de manque.

Maintenant, même si elle aimait travailler avec Eli – beaucoup plus qu'elle ne s'y était attendue, et pas seulement parce qu'elle était attirée par lui –, elle se surprenait à jeter constamment des coups d'œil à côté d'elle, s'attendant à y voir Lacey. Et elle avait chaque fois un pincement de déception.

— Elle sera de retour avant même que tu t'en rendes compte, prédit Emma. Dans l'intervalle... tu travailles toujours avec ce beau capitaine ?

Ava se sentit rougir et jeta un bref coup d'œil à Eli, espérant qu'il n'avait pas entendu. Il fixait le pare-brise, apparemment distrait. Mais la main qui tenait la sienne lui pressa les doigts lorsqu'elle regarda dans sa direction. Ramenant les yeux devant elle, Ava prit un ton neutre pour dire :

— Oui, nous sommes en train de travailler, en fait.
— Oh...

D'une voix taquine, Emma déclara :

— Alors je te laisse retourner à ce que tu fais. Dis bonjour au capitaine pour moi.

— Non, dit Ava, refusant de mordre à l'appât.

Emma se mit à rire. Lorsque Ava raccrocha, Eli lui demanda :

— Lacey va bien ?

— Oui. C'était seulement Emma, qui voulait savoir comment j'allais.

— Gentil de sa part, dit Eli en s'arrêtant dans le parking du commissariat.

Ava vit le capitaine Rutledge le traverser avec un gobelet du Millard's Diner et, près de l'entrée, le chef sourire à ce que lui disait la secrétaire, Theresa Norwood.

Soudain consciente de leurs mains nouées, Ava se sentit mal à l'aise. Pourtant, lorsque Eli reprit la sienne, ce contact lui manqua immédiatement. Descendant de voiture, elle leva la main pour saluer Arthur, mais celui-ci pénétra dans le commissariat sans paraître la remarquer.

Le chef haussa les sourcils en les voyant approcher.

Avec un temps de retard, Ava brossa son uniforme des deux mains, délogeant un nuage de poussière qui la fit tousser mais n'améliora guère son apparence.

— Comment ça s'est passé aujourd'hui ? demanda Walters tandis que Theresa les saluait d'un signe de tête et retournait à l'intérieur.

Ava secoua la tête.

— On a fait chou blanc.

Le chef les considéra tour à tour, puis revint à Ava.

— Je peux vous dire un mot, agent Callan ?

— Je te retrouve à l'intérieur, dit Eli en lui adressant un sourire encourageant.

— Bien sûr, chef. À propos de quoi ?

— Eh bien, tout d'abord, comment va Lacey ?

Elle se sentit un moins nerveuse.

— Elle va s'en sortir, Dieu merci.

— Bon. J'ai appelé Marie moi-même pour demander de ses nouvelles, mais un maître-chien connaît mieux son chien que quiconque. Lacey et vous, vous faites une bonne équipe.

Le compliment la fit sourire, et elle se rappela les paroles d'Eli.

— Merci de me l'avoir attribuée.

Il hocha la tête avec un regard entendu.

— En fait, je voulais vous parler d'autre chose. Je sais que vous n'avez pas eu l'occasion de répondre à un appel avec le capitaine Rutledge, mais vous avez un peu travaillé avec lui depuis que vous êtes arrivée à Jasper. Comment ça s'est passé ?

— Oh...

La question semblait incongrue par rapport aux événements, et Ava s'efforça de trouver une réponse honnête.

— Il semble bien connaître la ville. Et les procédures policières n'ont pas de secret pour lui.

Le chef fit la moue en plissant un peu les yeux.

— C'est vrai. Mais ses compétences personnelles ? Sa collaboration avec les collègues, avec le public ? Ceci reste entre nous, ajouta-t-il.

— Eh bien, je ne suis pas là depuis très longtemps, esquiva Ava. Je suis sûre qu'un peu de distance permet d'affirmer son autorité dans une petite ville.

Un sourire hésitant se dessina sur les lèvres du chef.

— J'apprécie votre sens de la diplomatie, Ava. Et je comprends. Merci pour votre opinion.

Se retournant, il se dirigea vers sa voiture personnelle avant qu'elle ait pu demander à propos de quoi il voulait son opinion. Par-dessus son épaule, il cria :

— Pas d'heures supplémentaires, agent Callan. Je veux que vous vous reposiez. L'enquête pourrait durer un moment, et j'ai besoin que vous soyez fraîche et dispose demain et les jours suivants. Pas que vous vous épuisiez à la tâche.

— Oui, monsieur, répondit-elle en regardant l'heure sur son téléphone.

Techniquement, son service était déjà fini.

— Tout va bien ? demanda Eli lorsqu'elle entra dans la salle de réunion.

Elle hocha la tête, en regardant autour d'elle. En dehors d'eux, la pièce était vide.

— Nous venons de manquer Brady et Jason. Le chef les a renvoyés chez eux.

Eli sourit d'un air penaud.

— Selon Rutledge, le chef veut aussi qu'on rentre chez nous.

— Oui, il me l'a dit.

Elle haussa les épaules.

— C'est vrai qu'une douche me ferait du bien, mais je m'inquiète. Je n'aime pas cette impression d'avoir un temps de retard. On doit rater une cible.

— On ne va probablement pas la trouver ce soir, dit Eli, qui avait l'air plus content qu'elle d'avoir fini la journée.

Peut-être était-ce simplement parce qu'elle n'avait pas envie de lui dire au revoir et de rentrer chez elle, dans une maison vide et silencieuse ?

— Tu veux qu'on aille manger un morceau ? Je parie que Millard Junior nous laissera nous asseoir sur la terrasse, même couverts de poussière comme nous sommes.

Bien qu'elle vienne de penser qu'elle aimerait passer plus de temps avec lui, Ava ne put s'empêcher de jeter un coup d'œil par la porte ouverte, espérant que personne n'avait entendu cela.

Eli esquissa un demi-sourire.

— Il faudrait inviter l'équipe s'ils étaient encore là.

— Oh…

Elle remua les pieds.

— Oui, bien sûr.

Intérieurement, elle débattait : d'une part, elle avait envie de tout le temps qu'elle pouvait passer avec lui, mais les rumeurs n'allaient-elles pas se mettre à courir si elle se montrait avec lui dans ce bar de flics ? Puis elle repoussa son anxiété. Oui, sa rupture avec DeVante avait fait plus de bruit qu'elle n'aurait voulu. Mais si elle voulait véritablement prendre un nouveau départ, elle ne devait pas laisser le passé l'empêcher de créer de nouveaux liens.

Elle hocha la tête, un mouvement rapide qui lui parut être un pas dans la bonne direction.

— Allons-y.

Eli sourit, cette fois d'un large sourire qui plissa le coin de ses yeux.

Elle ne put s'empêcher de le lui rendre, le cœur battant. Durant cette semaine, Eli l'avait aidée à se former une vision totalement différente de ce que pouvait être son avenir à Jasper. Et plus le temps passait, plus elle avait l'impression qu'il allait y tenir une grande place.

24

Le Millard's Diner était plus silencieux que d'habitude. Normalement, le vendredi soir, des grappes de policiers prenaient un dernier café ou mangeaient un hamburger avant de rentrer chez eux. Aujourd'hui, il n'y avait qu'un groupe de jeunes filles dans un box, qui s'arrêtèrent de glousser assez longtemps pour contempler, bouche bée, Ava et Eli, lesquels venaient d'entrer, couverts de poussière.

Ava se sentit soulagée mais comprit que ce n'était pas parce qu'il n'y avait pas de collègues pour la voir avec Eli. C'était parce qu'ils ne seraient pas obligés d'inviter quiconque à leur table. Elle aurait Eli pour elle toute seule.

Elle le regarda. Il lui avait parlé de son chien, de son sentiment d'être tellement chez lui qu'il passerait toute sa vie dans la région. Mais elle voulait en savoir davantage.

Elle voulait savoir s'il était proche de sa famille et ce qu'il faisait avec ses amis. Elle voulait connaître ses loisirs et savoir comment il en était venu à s'occuper de déminage. Elle voulait *tout* savoir.

Lorsqu'il leva les yeux vers elle, elle lui adressa un petit sourire, soudain submergée par l'intensité de ses sentiments. Puis elle se tourna vers le patron du restaurant, qui se tenait derrière le comptoir, attendant leur commande.

Millard Junior les considérait avec étonnement.

— On dirait que vous avez eu une longue journée. Café ? demanda-t-il, tandis que sa femme, Vera, les dévisageait d'un air soupçonneux.

— Et des hamburgers, dit Ava en jetant un coup d'œil interrogateur à Eli.

Il confirma d'un signe de tête, et elle ajouta :

— Nous mangerons dehors, sur la terrasse.

Le visage de Vera s'éclaircit un peu, mais elle continua de les observer tandis qu'ils gagnaient la porte. Ava lui jeta un coup d'œil avant de sortir et s'efforça de ne pas rire de son regard appuyé. Elle avait entendu de jeunes flics parier sur celui qui parviendrait à la faire sourire.

Après qu'ils se furent installés à une table pour deux sur la terrasse, Ava contempla Eli. Elle vit sa fatigue à la manière dont il s'adossait à sa chaise avec un soupir. Mais ses yeux bleus étaient toujours vifs et attentifs. Focalisés sur elle.

Bien qu'ils soient crasseux, cette soirée avait davantage l'air d'un rendez-vous romantique que leur dîner à la terrasse du Rose Café. Peut-être parce qu'elle le connaissait mieux, ou parce qu'elle l'avait embrassé, ou parce qu'il avait affirmé son intention de lui faire la cour. Il avait promis d'attendre, mais là, tout de suite, elle ne voulait plus attendre.

Cette idée la rendit légère et lui fit presque tourner la tête. Elle baissa les yeux pour qu'il ne se doute pas de ses pensées. Ce n'était pas parce qu'elle avait envie de quelque chose qu'elle devait agir aussitôt. Et puis, lorsqu'il serait de retour à McCall, il serait assez loin pour que personne ne s'en préoccupe. Était-ce vraiment si important de tracer une frontière artificielle entre travail et vie privée ? Ou le moment était-il venu de franchir cette ligne et de voir sur quoi débouchait cette attirance ?

— Et voilà.

Ava sursauta en entendant la voix de Millard Junior. Elle le remercia d'un signe de tête lorsqu'il posa deux tasses de café, du sucre et de la crème sur la table.

— Les hamburgers arrivent, dit-il par-dessus son épaule en retournant à l'intérieur.

Ava croisa le regard d'Eli et y lut de la surprise.

— Parle-moi de toi, Eli.

Il se redressa, le regard rivé au sien d'une manière qui lui serra le ventre.

— On se croirait à un premier rendez-vous. J'aurais dû mieux m'habiller.

Son ton était taquin, mais elle hocha la tête.

— Oui, moi aussi. Mais peut-être que c'est mieux comme ça. On peut partager le beau comme le laid et voir où ça nous mène.

Il lui adressa un de ses sourires lents, terriblement sexy malgré sa figure poussiéreuse.

— Par où dois-je commencer ?

Elle se pencha en avant et posa le menton sur un poing.

— Parle-moi de ta famille.

Elle savait déjà qu'il était proche de ses parents. Il ne pouvait venir que d'une famille unie, pas comme la sienne, qui se disputait tout le temps.

— Eh bien, je t'ai déjà dit que mes parents sont ensemble depuis leur enfance. Toute la famille vit à McCall ou dans les environs. J'ai deux frères plus jeunes, Benjamin et David. Ben s'est fiancé il y a quelques semaines. J'espère que je serai de retour à McCall pour la fête, à la fin du mois.

Elle acquiesça, bien que l'idée de le voir partir, même dans quelques semaines, ait creusé un vide en elle.

— Tes frères sont dans la police aussi ?

— Non. Mais ma mère l'était, jusqu'à mon adolescence. C'est la raison pour laquelle je voulais faire ça. Mais ils travaillent tout de même dans le public. Ben est travailleur social, et David finit un diplôme de droit.

— Waouh !

Ava essaya d'imaginer un monde où la plus grande partie de sa famille travaillerait dans des domaines proches. Elle eut un pincement de jalousie à l'idée de la camaraderie facile qu'il semblait partager avec les membres de sa famille, mais elle le repoussa, ravie qu'Eli ait des liens solides. C'était sans doute ce qui faisait de lui ce qu'il était, si généreux et amical.

— Et ton père ?

— Il est charpentier, répondit Eli. C'est drôle, parce que même si mes frères et moi avons suivi plus ou moins les traces de notre mère, nous travaillons tous le bois durant notre temps libre.

— Vraiment ?

Une image d'Eli ponçant une vieille table, en sueur et couvert de sciure, lui traversa l'esprit. Elle contempla ses mains, avec leurs longs doigts agiles, si sûres lorsqu'il manipulait les commandes du robot démineur. Le souvenir de ces doigts plantés sur ses hanches pendant qu'elle l'embrassait la fit frissonner.

Il pencha légèrement la tête, une ombre de sourire sur les lèvres, comme s'il déchiffrait le cours de ses pensées.

— Et pourquoi le déminage ? lâcha-t-elle, essayant de se concentrer sur lui et non sur ses fantasmes.

Il se mit à rire.

— Un hasard total ! J'ai entendu parler de ce programme du FBI – enseigner aux policiers les techniques les plus avancées – et je me suis dit que ça avait l'air marrant.

Il haussa les épaules.

— Ça l'était.

Avant qu'elle puisse poser une autre question, il demanda :

— Et toi alors ? Qu'est-ce qui t'a poussée à entrer dans la police ?

— Quand j'avais 15 ans, j'avais un ami spécial. On faisait les quatre cents coups ensemble. Des trucs stupides, comme pénétrer dans des propriétés privées, par exemple. Je ne faisais que tester les limites, essayer d'exprimer mon indépendance.

Elle haussa les épaules, se rappelant son frisson d'excitation lorsqu'elle se faufilait quelque part où elle n'était pas censée être. Rétrospectivement, tout cela lui semblait idiot et potentiellement dangereux. À l'époque, c'était une part de liberté dans une vie régie par trop de règles.

— Mon ami fuguait constamment. Je savais que sa vie à la maison était dure, mais je ne savais pas à quel point jusqu'à ce que nous nous faufilions dans un building abandonné du centre-ville. Il a ouvert une fenêtre et, alors que je croyais que nous allions nous asseoir pour contempler la ville, il m'a dit de rentrer chez moi. J'ai compris qu'il allait sauter.

Eli poussa un juron à mi-voix.

— Je me suis approchée de lui. Je n'ai jamais eu le vertige, mais sachant ce qu'il avait l'intention de faire…

Elle avait été terrifiée.

— Je savais qu'il ne sauterait pas tant que je le regardais. C'était un trop bon ami. Et il ne l'a pas fait. J'ai appelé la police pendant qu'il me suppliait en pleurant de partir. Ils sont arrivés, et l'un d'eux a passé une heure à lui parler, à lui promettre de l'aider.

— Waouh, dit doucement Eli.

— Oui. À l'époque, je ne savais pas combien c'était difficile d'intervenir dans les violences domestiques. Mais nous l'avons cru tous les deux. D'une manière ou d'une autre, ce policier a fait son boulot. Il est passé voir ses parents et, en un rien de temps, mon ami a déménagé chez une tante à l'autre bout du pays. Il me manquait mais il m'écrivait, et je voyais bien qu'il allait mieux. En tout cas, ce jour-là, j'ai décidé que j'allais devenir policière.

— C'est l'une des choses que je préfère dans la police, aider les gens. Ce fil invisible qui nous relie tous, si on l'accepte.

Ava sourit.

— Je n'y avais jamais pensé comme ça.

Pour elle, être policière, c'était aider les gens, mais même à Chicago elle n'avait jamais éprouvé le sentiment de faire partie d'un grand tout. Elle n'avait jamais pensé que toute la ville participait du même ensemble. Surtout avec ses parents qui voyaient tous les porteurs d'uniforme comme des ennemis – c'était une perspective qu'elle comprenait même si elle ne la partageait pas. Peut-être que dans une ville plus petite comme Jasper, où la possibilité de finir par connaître tous les habitants était réelle, elle aurait ce sentiment un jour.

— Qu'est-ce que…

La sonnerie du téléphone d'Ava interrompit Eli. Elle le prit dans sa poche pour le faire taire, tandis que Vera déposait silencieusement les hamburgers sur la table. Mais elle vit alors le nom sur l'écran.

— Komi, murmura-t-elle, incapable d'y croire.

Son cœur se mit à tambouriner. Était-il arrivé quelque chose à l'un de leurs parents éloignés ? Après tout ce que son frère avait dit, elle n'imaginait pas qu'il puisse appeler pour une autre raison. Elle prit la ligne en récitant une prière silencieuse. La peur dans la voix, elle demanda :

— Komi ? Que s'est-il passé ?

Eli lui tendit la main par-dessus la table, et elle y posa la sienne, acceptant ce soutien. Au fond de son esprit, cela semblait facile et naturel de se reposer sur lui.

— Ava, dit son frère d'une voix douce et sérieuse.

Le silence s'étirant, Ava insista :

— Que s'est-il passé ? Il est arrivé quelque chose de grave ?

— De grave ? Non, rien.

Komi soupira.

— Écoute, Ava, je sais qu'après tout ce que j'ai dit...

Le pouls d'Ava ralentit un peu lorsqu'elle comprit qu'il n'y avait pas de mauvaise nouvelle, puis reprit un rythme plus rapide. Était-il possible que son frère l'appelle pour lui pardonner ?

— Je sais...

Il laissa échapper un rire bas, au rebours de sa personnalité habituelle. Le cœur d'Ava lui faisait mal, simplement d'entendre sa voix.

— Je sais que j'ai été injuste avec toi. Je sais que ce n'est pas ta faute si papa et maman sont morts.

Une pause, puis il accéléra :

— Et ce n'est pas juste de ma part de te le reprocher. C'est seulement que... je ne peux pas m'en empêcher. Je ne sais toujours pas si je vais pouvoir surmonter ça, si nous pourrons revenir un jour à ce que nous étions. Mais...

— Mais quoi ? insista-t-elle lorsqu'il se tut à nouveau.

L'espoir montait en elle, presque douloureux par son intensité.

— Tu me manques, Ava. Tu me manques vraiment.

— Tu me manques aussi, dit-elle, aveuglée par les larmes.

Eli lui pressa la main, et la seule chose qu'elle vit fut son sourire.

— Voilà, c'est ça, dit Komi dans un rire.

D'un ton plus sérieux, il ajouta :

— C'est tout ce que je peux dire maintenant, Ava. Quand tu es partie de Chicago, j'ai compris que, malgré toutes les fois où je t'avais repoussée, je m'attendais quand même à ce que tu sois là, à ce que tu restes à proximité. Même si nous ne nous parlions plus jamais.

Cette idée lui pinça le cœur.

— Je sais combien tout ce que j'ai dit était injuste, Ava. Je suis vraiment désolé de ne pas pouvoir éprouver autre chose juste en claquant des doigts. Même si je sais qu'en toute logique, tu as souffert autant que moi.

Peut-être plus, pensa Ava sans le dire. Komi était son petit frère. Il n'avait qu'un an de moins qu'elle, mais elle s'était toujours sentie responsable de lui. Lorsque leurs parents étaient morts, elle n'avait pas seulement voulu être une grande sœur pour lui, elle avait eu besoin de ce rôle pour elle-même. Sans cela, il ne lui restait que du chagrin.

— Je voulais entendre ta voix, reprit Komi. Je voulais savoir si on pourrait tout reprendre de zéro. Qu'on essaie, au moins. J'ai encore besoin d'espace, ajouta-t-il avant qu'elle puisse acquiescer. Mais je voulais que tu saches que tu me manques. Nous deux, en tant que famille, ça me manque. Je t'aime, Ava.

— Je t'aime aussi, murmura-t-elle en fermant les yeux, submergée par la joie.

Elle avait renoncé à Komi en déménageant à Jasper. Elle avait renoncé à ce lien fraternel. Elle avait renoncé à sa vie à Chicago pour abandonner derrière elle le rappel constant de la perte de sa famille.

C'était un petit pas, mais bien plus important que ce à quoi elle s'attendait, cinq ans après la mort de leurs parents. Cinq mois après que Komi avait rejeté ces faux départs et ces courants hostiles qui affligeaient chacune de leurs conversations.

Soudain, revenir à la vie qu'elle avait laissée derrière elle semblait possible.

25

— Il y a quelque chose qui me dérange dans cette histoire avec Jennilyn, déclara Ava dans le silence.

Eli acquiesça, pleinement d'accord avec elle, bien qu'il ait autre chose en tête. Il voulait parler du changement d'humeur spectaculaire qui avait eu lieu lorsque son frère avait appelé.

Il était content pour Ava. Vu ses larmes et la joyeuse incrédulité qui s'était peinte sur son visage, il avait compris avant même qu'elle le lui dise ce que son frère voulait. Il avait également compris ce qu'elle n'avait pas dit : si Komi lui pardonnait, elle allait probablement rentrer à Chicago.

Il ne la reverrait jamais. Il n'y avait aucun sens à poursuivre une relation s'ils vivaient dans des États différents. De son côté, il ne se voyait pas quitter la ville qui était la sienne. Du côté d'Ava, il était clair que ses liens avec Chicago étaient très forts. Il n'imaginait pas un avenir où ils pourraient être heureux en ayant quitté les lieux qu'ils considéraient comme leurs foyers.

Alors, où cela les menait-il ? Passer du temps avec elle, peu importe combien, valait sans doute le déchirement. Mais bon sang, il ne voulait *pas* souffrir. Il ne voulait *pas* entamer quelque chose en sachant qu'il le regretterait un jour.

À en juger par la manière dont elle était passée du flirt au travail après la conversation avec son frère, elle éprouvait la même chose. Au moins, il *savait* maintenant, au lieu de ne comprendre que lorsque Ava et lui auraient poussé les choses plus loin. Parce qu'il n'y avait aucun doute dans son esprit : s'il laissait Ava Callan l'approcher plus près, il ne voudrait jamais la laisser repartir.

Mais il lui était difficile de se sentir soulagé quand tout ce qu'il voulait, c'était la prendre dans ses bras et la convaincre de rester.

— C'est juste que je ne suis pas sûre de ce que c'est, dit Ava, et Eli s'efforça de revenir à leurs moutons.

Il lui fallut une minute pour se souvenir de quoi elle parlait.

— Bien sûr. Jennilyn. Il y a quelque chose qui cloche. Je ne sais pas non plus ce que c'est.

— On est censés rentrer chez nous, dit Ava en se mordillant la lèvre. Le chef a insisté pour qu'on ne fasse pas des heures supplémentaires. Mais quelque chose me dit qu'on a raté quelque chose d'important. Je ne veux pas repousser ça à demain.

Tout en tendant de l'argent à Vera, Eli fit signe à Ava qu'il réglait aussi sa part.

— On pourrait passer au bar, suggéra-t-il. Ce n'est pas loin d'ici, à pied. On pourrait demander à voir l'amie pour le compte de qui elle a démoli cette voiture. C'est quelqu'un qui travaille avec elle, n'est-ce pas ?

— Oui.

Ava poussa un juron.

— Tu penses que c'était la barmaid qui était là quand nous y sommes allés tout à l'heure ? J'étais tellement concentrée sur la recherche de la bombe qu'il ne m'est pas venu à l'esprit de l'interroger. J'essayais juste de faire en sorte qu'elle n'écoute pas et ne commence pas à répandre des rumeurs.

— C'est vrai, dit Eli. Nous avons commis la même négligence. Mais à ce moment-là, nous occuper de la maison du patron du bar était plus important.

— On va y remédier de ce pas, dit Ava, en sautant sur ses pieds.

Eli la suivit lentement, observant sa démarche résolue, les boucles qui s'échappaient de son chignon. Il s'efforça d'imiter son énergie, mais la déception pesait sur sa poitrine, la certitude que quelque chose de formidable lui avait échappé avant même qu'il ait pu s'en emparer. Normalement, il se serait battu. Il aurait continué à chercher des moyens d'intégrer Ava, de l'encourager à rester. Mais il savait combien sa relation avec son frère était importante pour elle, combien il lui manquait. Eli ne pouvait pas saboter ses chances de récupérer cela, peu importe le coût pour lui.

— Reprends-toi, marmonna-t-il pour lui-même en pressant le pas pour la rattraper. Lorsqu'il la rejoignit, Ava demanda :

— Qu'est-ce que tu as dit ?

— Remuons-nous, dit Eli.

Elle plissa les yeux, comme pour signifier son incrédulité, mais n'insista pas.

— Avec un peu de chance, on va découvrir du nouveau. Je ne sais même pas ce que je cherche.

— Moi non plus, dit Eli. Mais mon instinct me dit lui aussi qu'on a loupé quelque chose.

Elle pressa le pas, et Eli s'efforça de se maintenir à sa hauteur, impressionné par sa vitesse. Lorsqu'ils pénétrèrent dans le bar, la barmaid était là.

Elle fronça les sourcils en les voyant revenir. Aucun des clients – quelques types en grande conversation et une femme qui fixait le mur d'un air absent – ne parut remarquer leur allure dégoûtante.

Au comptoir, Ava se pencha vers elle et dit à voix basse :

— Je me demande si vous savez pourquoi nous sommes venus tout à l'heure.

— Vous cherchiez des indices sur l'endroit où se cache Jenny ?

— Pas exactement, répondit Eli, surpris.

Il avait supposé qu'elle était au courant pour la bombe.

— Vous savez ce qui est arrivé à Jennilyn.

Elle haussa les épaules en contemplant son vernis à ongles écaillé.

— Le patron a parlé d'une fuite de gaz. Il mentait, bien sûr, mais Sasha est partie avant que je puisse l'interroger.

— Jennilyn est-elle une amie à vous ? questionna Ava.

— Oui, en quelque sorte. Je ne la connais pas si bien que ça, mais elle défend les gens quand ils en ont besoin.

— Elle vous a défendue ? demanda Eli.

Elle croisa son regard. Ses yeux étaient légèrement injectés de sang et ses paupières tombantes. Il y avait de la méfiance en eux.

— Oui, elle l'a fait. Donc, quoi que vous cherchiez, quoi que vous pensiez d'elle, je ne vous aiderai pas.

Eli lança un regard à Ava, lui demandant silencieusement de prendre le relais. La barmaid réagirait sans doute mieux avec une femme.

— Nous essayons d'aider Jennilyn, dit Ava.

La femme souffla d'un air dédaigneux.

— Vraiment, insista Ava. Nous faisons tous partie de la même communauté. Nous devons veiller les uns sur les autres.

Eli lui jeta un regard en coin, ne voulant pas la distraire, vu l'effet de ses paroles. L'attitude défensive de la barmaid se détendit un peu et son regard perdit de son hostilité. *Si seulement les paroles d'Ava étaient vraies, si seulement elle avait l'intention de continuer à faire partie de cette communauté…*, songea Eli.

— Quel est votre prénom ? demanda Ava de la même voix douce.

— Amber.

— D'accord, Amber. Je sais que Jennilyn a démoli la voiture d'un type parce qu'il avait fait quelque chose de terrible à une de ses amies.

À la manière dont Amber sursauta, Eli comprit que c'était bien elle.

— Ce n'est pas la première fois que Jennilyn donnait un coup de main, n'est-ce pas ?

Tandis qu'Amber hochait lentement la tête, Ava ajouta :

— Je sais qu'elle s'est aussi mêlée d'une bagarre pour défendre des femmes qu'on harcelait.

— Elle est toujours prête à s'interposer entre le danger et nous, dit doucement Amber. J'aimerais bien être aussi courageuse qu'elle.

— Écoutez-moi, Amber. C'est une chose de frapper quelqu'un, de lui casser un bras ou de démolir une voiture. Les gens s'en remettent. Une bombe, c'est tout autre chose. Une bombe pourrait anéantir l'avenir de Jennilyn.

Amber laissa tomber les bras et contempla tour à tour Ava et Eli, les yeux écarquillés.

— Quelle bombe ?

— Ce n'était pas une fuite de gaz, dit Ava.

Les yeux d'Amber s'agrandirent encore, et elle plaqua une main sur sa poitrine.

— Quelqu'un a fait *sauter* sa maison ? Pourquoi ? À cause de ce qu'elle a fait pour moi ?

— Non, Amber. C'est *elle* qui a fait sauter sa propre maison, précisa Ava.

Amber secoua la tête avant même qu'Ava ait fini de parler.

— Impossible !

— Je sais que ça semble étrange, mais c'était sa manière de prendre la fuite. Elle l'a amorcée plus tôt que prévu, dit Eli.

Amber eut l'air de vouloir protester, mais Ava lui coupa la parole :

— Nous sommes venus tout à l'heure pour voir si elle avait posé une bombe au bar, parce que son ex nous a dit qu'elle en veut au patron de sa passivité. Qu'elle est fatiguée d'intervenir à sa place.

Amber continuait de secouer la tête, faisant tomber ses cheveux écarlates sur sa figure.

— Son ex vous a dit ça ? s'esclaffa-t-elle. Écoutez, ce n'est peut-être pas un boulot de rêve, ici…

Elle agita vaguement la main en direction de la salle.

— Ce n'est un boulot de rêve pour personne, hein ? Mais la paye est correcte. Et Jenny a des *amis*, ici. Contrairement à Dennis, que personne n'aime. Il n'a même pas pu garder un boulot. Même l'armée l'a jeté dehors.

Cela fit à Eli l'effet d'une ruade dans la poitrine.

— L'armée l'a jeté dehors ? Je croyais que Jennilyn et lui avaient démissionné pour entamer une nouvelle vie.

— Oui, bon, c'est elle qui a démissionné. S'il n'avait pas été renvoyé, elle se serait probablement réengagée.

— Vous savez où se trouve Jennilyn ? demanda Ava d'une voix tendue, saisie du même pressentiment que lui.

Amber haussa les épaules.

— Non. Mais Jenny n'est pas seulement coriace, elle est intelligente. Si sa maison a sauté, ce n'est pas à cause d'elle. C'était quelqu'un d'autre, peut-être quelqu'un qui n'a pas supporté son humiliation. Si c'est le type qui m'a agressée…

Amber déglutit bruyamment et continua :

— Elle ne se cache pas de la police, elle se cache parce qu'on essaie de la tuer.

Eli retint une bordée de jurons, soudain certain de ce qu'ils avaient manqué.

Ce n'était pas Jennilyn qu'ils devaient trouver. C'était Dennis – qui s'était complètement joué d'eux.

26

— Il s'appelle Dennis Ryon ?

La voix de Brady sortait du haut-parleur de la voiture. Ils l'avaient appelé après avoir fait leur rapport au chef. Brady avait paru fatigué lorsqu'il avait décroché, mais Ava avait été impressionnée par la vitesse à laquelle il s'était remis en mode travail.

— C'est ça, confirma Eli. Nous l'avons vu il y a environ six heures au Salmon Creek Motel. Nous y allons maintenant. Dans l'intervalle, nous espérions que Jason et toi pourriez effectuer des recherches sur lui.

— J'appelle Jason et je vais au commissariat dès qu'on aura raccroché, déclara Brady.

— Selon la barmaid du Shaker Peak, Dennis a été renvoyé de l'armée. C'est sans doute par là qu'il faut commencer, intervint Ava.

Elle regarda Eli du coin de l'œil. Il était concentré sur la route, les deux mains sur le volant, l'air parfaitement réveillé. Le regret la prit à nouveau, et elle s'efforça de le repousser, se rappelant qu'elle agissait comme il le fallait. Elle aimait trop Eli pour s'engager dans quelque chose qui n'avait pas d'avenir.

Plus tôt dans la soirée, elle avait éprouvé pour la première fois un élan d'excitation à l'idée de bâtir son avenir à Jasper. En quelques jours, les choses avaient finalement commencé à bouger. Elle progressait avec ses collègues. Elle avait accepté la force et l'importance de ses liens avec Lacey. Et la possibilité d'une relation avec Eli lui paraissait juste.

Mais Komi était sa famille. Pendant cinq ans, elle avait fait tout ce qu'elle pouvait pour réparer leur relation. S'il était enfin disposé à se réconcilier avec elle, elle ne voulait pas être à trois mille kilomètres. Elle devait être là, pour qu'il voie qu'elle était toujours prête à former une famille avec lui.

Chicago lui manquait. Ses amis aussi, de même que l'activité de la ville et la camaraderie de ses collègues aux narcotiques. Jasper lui manquerait aussi, quand elle la quitterait. Mais elle n'y avait vécu que quelques mois. Elle ne pouvait échanger une vie qu'elle avait toujours connue contre une vie qu'elle commençait à peine à construire.

Pourtant, le chagrin ne diminuait pas lorsqu'elle contemplait le profil d'Eli. Il lui était devenu si familier en une semaine ! L'idée de le quitter, d'abandonner les possibilités qui lui venaient à l'esprit quand elle le regardait, lui paraissait également erronée.

— Ava, ton téléphone sonne…

Elle sursauta. Elle était tellement perdue dans ses pensées qu'elle ne s'était pas aperçue que Brady avait raccroché.

— C'est peut-être Amber, ajouta Eli tandis qu'elle s'efforçait de sortir l'appareil de sa poche.

Avant de quitter le bar, ils avaient essayé de persuader Amber de leur dire où se trouvait Jennilyn. Elle avait hésité assez longtemps pour qu'Ava soupçonne qu'elle le savait, ou du moins en avait une idée. Néanmoins, elle avait refusé de le leur dire et n'avait accepté qu'à contrecœur de lui faire passer un message.

— Allô ? répondit Ava juste avant que la communication aboutisse sur sa messagerie vocale.

— Êtes-vous l'agent Callan ?

La voix n'était pas familière, et l'enthousiasme d'Ava diminua.

— En effet.

— Jennilyn Sanderson à l'appareil.

Les yeux écarquillés, Ava brancha le haut-parleur.

— Jennilyn, merci de nous appeler.

Eli la regarda, la surprise inscrite sur son visage.

— Oui, bon, Amber m'a dit que vous pensiez que j'avais fait sauter ma propre maison.

— Si ce n'est pas vous, qui l'a fait ? demanda Ava d'un ton égal.

— Vous vous fichez de moi ? lança Jennilyn avant de marmonner : Et les gens se demandent pourquoi je ne fais pas confiance à la police !

— Nous sommes allés chez vous parce que nous avons trouvé quelque chose qui vous appartenait à côté de matériaux explosifs, dit Ava, espérant qu'elle ne commettait pas une erreur.

Depuis qu'ils avaient parlé à Amber, son sentiment que quelque chose clochait avait disparu. Elle était pratiquement certaine de savoir ce qu'ils cherchaient, mais elle ne voulait pas le souffler à Jennilyn. Il fallait que ce soit elle qui le dise.

— Ce salopard, cracha Jennilyn. C'est pas étonnant. Parce que je l'ai jeté, ça ne lui suffit pas d'essayer de me tuer, il veut me faire porter le chapeau pour ma propre mort.

Le regard d'Eli vola vers le sien, et Ava hocha la tête, devinant ce qu'il pensait. Dennis n'essayait pas de faire porter le chapeau à Jennilyn. Du moins n'était-ce pas son objectif premier. Il avait une autre cible.

— Vous parlez de votre ex, Dennis Ryon ? questionna Ava toujours de la même voix neutre.

— Oui, je parle de Dennis, lança Jennilyn et elle souffla bruyamment. Écoutez, ce type… Il est devenu effrayant. Ce n'est plus l'homme que j'ai connu.

— Racontez-moi ce qui s'est passé, l'encouragea Ava, espérant que Jennilyn les éclairerait non seulement sur le pourquoi des bombes mais sur leur cible.

Peut-être pourrait-elle leur fournir assez d'éléments pour qu'ils puissent lancer un mandat d'arrêt.

— Comment a-t-il changé ?

— Quand je l'ai rencontré dans l'armée, il était incroyable, super motivé. Puis on l'a accusé de mauvaise conduite. Je n'ai pas eu tous les détails, mais ils prétendaient que lorsqu'il était outre-mer, il avait assommé des civils, leur avait donné des coups de pied et leur avait craché dessus. Il était furieux, il disait qu'on l'accusait parce qu'on ne l'aimait pas. Il prétendait que l'incident avait été monté en épingle, que les civils en question présentaient une menace réelle, et qu'il leur avait seulement demandé de quitter la zone. Il disait qu'une partie de son unité n'aimait pas le fait qu'il prenne des initiatives, et que quand les civils avaient déposé cette fausse plainte, quelques types avaient témoigné contre lui. Pour moi, c'était logique. J'ai toujours pensé qu'il avait confiance en lui, mais parfois ça frisait l'arrogance. Il n'avait pas des tonnes d'amis.

Elle poussa un gros soupir.

— En tout cas, quand l'armée l'a renvoyé, il m'a demandé de partir avec lui. Ça ne faisait que quelques mois que nous sortions ensemble, mais je me voyais un avenir avec lui. Je veux dire que je savais, d'une manière jamais éprouvée jusque-là, que nous étions faits l'un pour l'autre.

Le regard d'Ava se posa sur Eli sans qu'elle puisse l'en empêcher. Il la regardait également, exprimant la même certitude que la sienne. Une certitude profonde quant au fait qu'ils partageaient un lien spécial, le genre d'intuition qui ne lui faisait jamais défaut. Mais les intuitions pouvaient se révéler fausses. Jennilyn en était la preuve, de plus d'une manière.

Ce fut Eli qui rompit le premier leur contact visuel et reporta les yeux sur la route. Avec un peu de chance, avant qu'ils arrivent au motel où logeait Dennis, Jennilyn ou leur équipe leur donneraient les munitions nécessaires pour l'arrêter.

— Je comprends, dit doucement Ava, en gardant le regard fixé sur le téléphone.

— Je me suis trompée, dit Jennilyn. Il m'a fallu un moment pour le comprendre, mais après que j'ai accepté de partir avec lui, nous avons décidé de nous installer dans une ville inconnue. Nous avons visité un tas d'endroits, qui ne valaient rien d'après lui. Finalement, j'ai mis les pieds à Jasper. C'était ça. Je me disais que tout ce qu'il nous fallait, c'était une seconde chance, tout reprendre de zéro, et que ça marcherait pour nous.

— Que s'est-il passé ? demanda Ava, voyant qu'elle se taisait.

— Que ne s'est-il pas passé ! s'exclama Jennilyn avec amertume. Il s'est disputé avec tout le monde chez Handall's Furniture, où il était chauffeur-livreur. Avec ses collègues, avec son patron. Il détestait les amies que je m'étais faites, il pensait qu'elles disaient du mal de lui et il voulait que je cesse de les voir, même si la plupart étaient mes collègues. En plus, il ruminait ce qui lui était arrivé dans l'armée, et il disait que ce n'étaient pas seulement quelques types qui avaient menti, que c'était tout le système qui s'était chargé de l'enfoncer. Il disait qu'il aurait dû encore être dans l'armée, en train de faire un métier qu'il adorait. Il a commencé à s'en prendre à moi. J'essayais d'être compréhensive, mais ça n'arrêtait pas d'empirer, jusqu'à ce que je comprenne que ce n'étaient pas les autres qui lui créaient des problèmes, c'était lui qui se les créait tout seul.

— Donc, vous avez rompu avec lui, dit Ava.

— Oui. Et il ne l'a pas bien pris. Il a commencé à hurler que j'étais comme les autres. Il a même défoncé un mur d'un coup de poing. Je n'avais jamais vu ce côté de lui avant.

— Vous aviez peur de lui ?

— Bon sang, oui. Vous savez, je ne suis pas une chiffe molle. Dennis fait dix centimètres et quarante kilos de plus que moi, mais j'ai le même entraînement que lui. Je ne montre pas si facilement ma peur. Pourtant, il y avait quelque chose dans ses yeux, quand je lui ai dit de partir…

Ava voulut la questionner sur la formation de Dennis, mais Jennilyn reprit la parole, cette fois plus vite, la voix chargée d'irritation et de peur.

— J'ai changé les serrures, mais il a trouvé le moyen d'entrer. Il a déchiré mes vêtements et il a bousillé mon ordinateur.

— Vous avez contacté la police ?

Ils n'avaient rien trouvé en examinant les antécédents de Jennilyn, mais ils l'envisageaient comme suspecte, non comme victime.

— Non. Je ne… Je ne voulais pas le rendre encore plus enragé. Une de mes amies possède un camping-car, alors je le lui ai emprunté et je me suis installée… eh bien, quelque part où Dennis ne penserait pas à me chercher. Je me disais que ça allait passer. Ensuite, j'ai entendu dire qu'il avait été licencié de son nouveau boulot, et j'ai compris que ça allait remettre une pièce dans la machine. Je commençais à me dire qu'il fallait que je quitte Jasper pour être débarrassée de lui.

Ava sentit à nouveau le regard d'Eli sur elle, et elle n'eut pas besoin de le regarder pour savoir ce qu'il pensait. Une série de rejets, de l'armée, de sa petite amie, de ses employeurs… Un schéma de ce type était toujours inquiétant, surtout quand la personne avait des antécédents de violence.

Bien qu'ils n'aient pas vérifié si Dennis avait un casier judiciaire, Ava soupçonnait que l'armée ne s'était pas trompée en le renvoyant.

— Jennilyn, est-ce que Dennis a reçu une formation aux explosifs dans l'armée ?

Il y eut une pause, puis Jennilyn avoua :

— Nous en avons reçu une tous les deux. C'est là que je l'ai rencontré au départ, dans une formation au déminage.

Avant qu'Ava puisse demander plus de détails, elle s'empressa de dire :

— Mais je vous jure que je n'ai jamais posé de bombe. Honnêtement, je n'ai même pas eu l'occasion d'en désamorcer une avant que Dennis soit renvoyé et que je décide de partir avec lui.

— Et Dennis ?

— Je n'en sais rien. Écoutez, ça fait plusieurs semaines que je n'habite plus chez moi, depuis que Dennis est venu tout casser. J'allais quand même travailler, même si je savais qu'il pourrait me retrouver. Je me disais qu'il finirait par venir mais, stupidement, je pensais qu'il ne ferait pas une scène devant d'autres gens.

— Il est venu ? questionna Ava.

— Non. Mais mon voisin m'a appelée pour me dire que ma maison avait sauté. J'étais en route pour le boulot, et j'ai fait demi-tour immédiatement. Je n'ai pas appelé ni rien, parce que j'avais trop peur. Je savais que c'était Dennis. Pour l'instant, je me cache, mais il finira par me retrouver si je reste dans les parages. Alors, je vais mettre les voiles avant qu'il comprenne où je suis.

— Nous pouvons vous aider…, commença Ava.

— Non. Je vous ai appelée parce que Amber m'a dit que vous pensiez que c'était moi qui avais fait sauter ma maison. Je ne vais pas le laisser détruire ma réputation en plus de tout le reste. Mais si vous croyez que je vous fais confiance pour me protéger, vous ne m'avez pas bien écoutée. Je sais comment ça tourne quand un homme harcèle une femme.

— Faire sauter une maison, c'est beaucoup plus grave que du harcèlement, remarqua Ava.

— Oui, eh bien, si vous aviez fait quelque chose quand il harcelait ses collègues, je ne serais pas dans cette situation maintenant !

Il y eut une brève pause, puis Jennilyn dit, plus calmement :

— Vous voulez vous occuper de Dennis, parfait. Mais ne vous attendez pas à ce que je fasse votre boulot à votre place.

Elle raccrocha avant qu'Ava puisse ajouter autre chose.

— Je ne pense pas que Dennis voulait que nous trouvions la bombe à l'entrepôt de JPG, dit Eli.

Il fallut une minute à Ava pour comprendre la direction qu'il prenait.

— Tu penses qu'il s'exerçait, qu'il avait besoin d'un endroit où laisser les matériaux étant donné qu'il loge dans un motel, où l'équipe de nettoyage les aurait trouvés ? Il a mis des gants par précaution, pas parce qu'il s'attendait à ce qu'on les trouve. Donc, quand nous les avons découverts, il s'est inquiété que ça puisse nous conduire à lui.

— Oui, c'est ça. Je crois que c'est à ce moment-là qu'il a décidé de nous donner Jennilyn, avec l'autre ensemble de composants. Quand il s'est introduit chez elle, il n'a pas seulement tout détruit. Il a aussi pris son briquet. Quelque chose qui portait ses empreintes. C'est pour ça que tout le reste était propre. Parce que, cette fois, nous étions censés le trouver.

— Nous avons eu de la chance, fit remarquer Ava.

— Oui. Je pense que nous lui avons mis des bâtons dans les roues. Il a amorcé la bombe, et ensuite il avait l'intention de la déposer quelque part en ville, puis d'appeler pour signaler le vieux moulin.

Ava hocha lentement la tête, assemblant les pièces du puzzle.

— Il voulait que notre enquête se dirige vers Jennilyn, puis faire sauter sa maison pendant que nous lui parlions. Il voulait qu'elle ait l'air d'avoir paniqué et de s'être fait sauter elle-même.

— Exactement. Mais nous avons trouvé le briquet trop tôt. Il nous a probablement suivis jusque chez Jennilyn. Ou peut-être que nous sommes arrivés peu après qu'il avait posé la bombe. De toute façon, c'est lui qui a paniqué quand je l'ai vu dans les bois.

— Tu es sûr que c'était lui ?

Eli se mit à rire.

— Non. Mais c'est ma théorie.

— C'est logique. Tu crois que son plan originel était de retrouver Jennilyn et la tuer pendant que nous fouillions la maison, puis quitter la ville ? Ou peut-être qu'il voulait la tuer avant et laisser son corps dans la maison pour que nous le trouvions dans les décombres ?

— Ça correspondrait à ce qu'elle disait de son agressivité croissante, expliqua Eli, en s'arrêtant de l'autre côté de la rue, hors de vue des chambres.

— Oui, dit Ava, troublée. Il pourrait s'en prendre à tous ceux dont il pense qu'ils lui ont porté tort. Ce serait une longue liste. Ses collègues, l'armée, les amies de Jennilyn... Si elle nous dit la vérité – et je crois que oui –, Dennis est l'incarnation du type qui reproche ses échecs aux autres et qui a envie de les tuer pour ça.

Eli jeta un coup d'œil à son téléphone qui reposait, silencieux sur la console entre eux.

— Brady nous enverra un texto s'il a quelque chose, mais je pense qu'on ne devrait pas attendre.

— Oui, je suis d'accord. Si Dennis se tient au courant, il sait sans doute que nous sommes allés au bar pour parler aux collègues de Jennilyn. Il sait que ce n'est qu'une question de temps avant que son nom apparaisse. Il faut qu'on le double. Peut-être en utilisant le même prétexte que ce matin, en posant des questions à propos de Jennilyn, pour le pousser à se couper ?

— En espérant que, pendant ce temps, Brady et Jason nous trouveront assez d'informations pour un mandat d'arrêt ?

Eli hocha la tête.

— Oui. Si on n'y arrive pas à temps, au moins, on peut garder l'œil sur lui, nous assurer qu'il ne pose pas une autre bombe.

— Tu es prêt ? demanda Ava, la main sur la poignée de la portière.

— Allons-y, dit Eli.

Elle traversa la rue à sa suite, tandis qu'il contournait les buissons qui leur cachaient la vue des chambres. Puis il se mit à courir, et elle s'élança après lui, le cœur battant, la main à proximité de son arme. Elle vit alors pourquoi il avait accéléré l'allure.

La porte de la chambre de Dennis était grande ouverte, et un homme en combinaison de ménage se tenait sur le seuil. Il eut l'air stupéfait lorsqu'ils arrivèrent en courant et leva les mains en l'air tandis qu'Eli jetait un coup d'œil dans la chambre et jurait.

— Où est-il ? demanda Ava.

L'homme secoua la tête.

— Je n'en sais rien. Il a rendu sa chambre il y a une heure.

27

Dennis Ryon avait disparu.

Ava et Eli firent immédiatement leur rapport, et toutes les patrouilles se mirent à sa recherche. En attendant, ils retournèrent au commissariat pour étudier les pistes et rassembler assez d'indices pour justifier un mandat d'arrêt lorsqu'ils le retrouveraient.

Ava se contempla dans le miroir des toilettes des femmes, où elle était allée se rafraîchir. Bien qu'elle se soit vigoureusement frotté le visage et les mains, sa peau avait toujours une bizarre teinte grisâtre. Ses yeux étaient cernés et ses épaules affaissées. Elle se sentait aussi épuisée qu'elle en avait l'air, et ce n'était pas seulement parce qu'elle avait déjà fait plus que sa part. C'était l'ensemble de ce qui lui arrivait. Une semaine auparavant, elle essayait encore de s'intégrer parmi ses collègues et ses voisins de Jasper. Elle se sentait perdue et solitaire.

Depuis lors, Lacey avait failli mourir, et ce moment lui avait fait comprendre à quel point elle comptait sur sa coéquipière à quatre pattes. Elle avait finalement fait un pas vers la réconciliation avec son frère. Elle avait enfin commencé à se lier avec ses collègues. Elle avait rencontré Eli.

Lorsque Komi avait appelé, elle s'était sentie prête à jeter par-dessus bord tout ce qu'elle avait construit à Jasper et à repartir en courant à Chicago. Mais en fixant le médaillon autour de son cou, elle se demanda si c'était vraiment le lieu auquel elle appartenait.

Elle aimait sa carrière dans la police de Chicago, elle aimait travailler aux narcotiques. Mais cette semaine, elle avait enfin pris le pli. L'excitation liée à son poste à Jasper avait commencé à la gagner, la possibilité d'être une véritable policière, comme elle en rêvait depuis ses 15 ans. L'idée de quitter Lacey la paniquait. La chienne n'était pas seulement sa coéquipière – la meilleure coéquipière qu'elle ait jamais eue –, elle faisait aussi partie de sa famille.

Elle avait déjà perdu tant de membres de sa famille... Elle ne voulait pas repasser par là. Si elle partait, Lacey comprendrait-elle qu'Ava ne pouvait l'emmener, qu'un chien policier appartenait à la police ? Ou se sentirait-elle trahie et dévastée comme elle lorsque Komi l'avait exclue de sa vie ?

Et puis il y avait Eli. Elle venait de le rencontrer, mais il représentait plus qu'un intérêt transitoire. Si elle lui en donnait le temps, elle savait qu'il deviendrait quelqu'un d'important dans sa vie. Trouverait-elle quelqu'un comme lui à Chicago ? *Non*, murmura une voix dans sa tête. Il n'existait personne comme Eli.

Pourtant, comment pouvait-elle négliger l'occasion de se réconcilier avec Komi, qui avait été comme son ombre la plus grande partie de sa vie ? Le petit frère qui lui avait manqué si cruellement ces dernières années ?

Passant une main sur ses yeux, Ava fixa durement son reflet comme si la réponse s'y trouvait. Tout ce qu'elle vit, ce fut une femme à l'air légèrement paniqué, quelqu'un qui n'avait aucune réponse. Ni dans la vie, ni dans cette affaire.

— Reprends-toi, dit-elle à mi-voix.

Ce n'était pas le moment de prendre de grandes décisions. Pour l'instant, elle devait effectuer son travail et arrêter Dennis Ryon avant qu'il pose une bombe. Après avoir jeté l'essuie-main en papier dans la poubelle, elle carra les épaules et retourna dans la salle de réunion.

Pendant qu'elle faisait un brin de toilette, Brady et Jason étaient arrivés. Tous deux semblaient épuisés. Brady, qui était toujours rasé de près, avait une ombre sur la mâchoire, et Jason ne cessait de se frotter les yeux.

Eli avait également pris le temps de se nettoyer. Il y était mieux arrivé qu'elle, car non seulement sa peau était propre, mais son uniforme aussi. Il avait même l'air plein d'énergie, et ses brillants yeux bleus soutinrent son regard juste assez longtemps pour lui donner une sensation d'intimité sans attirer l'attention.

Ava rougit, tandis que des images d'Eli défilaient dans son esprit. Lorsqu'elle l'avait rencontré, ultraconcentré sur son robot détecteur de bombes. Lorsqu'ils avaient inspecté les entrepôts ensemble. Au Rose Café, lorsqu'il lui avait accordé toute son attention, comme si elle était la personne la plus importante du monde. Chez Jennilyn, quelques secondes avant que la maison saute, lorsqu'elle avait su qu'il était en danger. La veille au soir, lorsque la déception s'était lue sur son visage parce qu'elle était passée du flirt au travail.

Tandis qu'Eli racontait à Brady et Jason la version longue de ce qu'il leur avait dit au téléphone, Ava s'imagina avec lui dans l'avenir. Leurs mains s'effleurant lorsqu'ils étaient au travail, leurs yeux échangeant des regards secrets. Leurs lèvres se rapprochant inexorablement. La rencontre de sa famille, la recherche d'une maison avec lui. Quelque chose de permanent, entre Jasper et McCall.

Elle cilla pour repousser ces images et se concentrer sur les paroles d'Eli.

— On va se partager le travail. Comme Dennis n'a pas de casier judiciaire, Ava et moi allons essayer de reconstituer son passé. On verra si on peut recontacter Jennilyn et on va inspecter les réseaux sociaux. Essayer de trouver de qui il est proche et les lieux où il pourrait se cacher. Jason et Brady, je veux que vous vous concentriez sur sa nouvelle cible. Si on ne peut pas le retrouver, il faut que nous devancions une nouvelle explosion.

— Bien sûr, dit Jason.

— Oui, je crains qu'il ait pris la tangente, ajouta Brady. Il a pris ses précautions parce qu'il sait que vous l'avez en ligne de mire. De toute façon, maintenant, on a trois options. Soit il se planque quelque part pour élaborer un plan. Soit il a quitté la ville et a renoncé à se venger dans l'immédiat. Soit il a avancé son plan, quel qu'il soit, et nous n'avons pas beaucoup de temps avant une autre bombe.

— Je suis d'accord, approuva Eli. Je doute qu'il ait quitté la ville. J'espère qu'il s'est trouvé une autre cachette, peut-être chez un ami ou dans un camping. Autrement, nous avons un jour, voire quelques heures avant qu'il pose une autre bombe.

Eli pressa sa nuque de la main, essayant de soulager la tension qui y était logée après de longues heures devant l'ordinateur. Jusque-là, ce qu'il avait découvert n'avait rien de surprenant ou d'utile.

Dennis Ryon était un solitaire, presque inexistant sur les réseaux sociaux. Il n'avait qu'un compte, sans photo. Quelques personnes l'avaient tagué sur des clichés au fil des ans, camarades de l'armée ou collègues. Mais même sur ces photos, il était à l'écart et avait l'air de s'ennuyer.

Eli et Ava avaient recontacté Jennilyn, mais elle avait peu à dire sur les éventuels amis de Dennis. Ils s'étaient éloignés, leur avait-elle dit, sans qu'elle sache s'il lui en restait ou pas.

Quant aux cibles potentielles, c'était le contraire. Elles étaient trop nombreuses pour qu'on puisse les vérifier une par une. Des ex-camarades de l'armée – deux d'entre eux vivaient dans les environs de Jasper –, des collègues de chez Handall's ou Blaze, là où il avait dit à Jennilyn qu'il allait repartir de zéro. Sa tentative pour lui prouver qu'il allait changer. Il avait été renvoyé avant même l'ouverture, peu de temps après leur rupture. Puis il y avait les amies de Jennilyn au bar, des femmes dont il croyait qu'elles l'avaient poussée à rompre.

Ils avaient mis au courant tout le personnel du commissariat et s'étaient assurés que les policiers en patrouille surveillaient les cibles potentielles. Avec un peu de chance, peut-être repéreraient-ils Dennis. Jusque-là, tout cela n'avait donné aucun résultat.

— Il est 6 heures, annonça Brady.

Eli cligna des yeux, essayant d'éclaircir sa vision. Avaient-ils vraiment passé toute la nuit à travailler ?

— Il me faut un café et un truc à manger, ajouta Brady. Sinon je vais m'écrouler.

— Le Millard's Diner ouvre à 6 heures, intervint Jason. Je vais y aller avec toi et acheter à manger.

Il regarda Eli et Ava.

— Vous voulez quelque chose ?

— Un café, dirent-ils à l'unisson.

Eli contempla Ava. Elle avait l'air fatigué, mais il y avait de la détermination dans ses yeux bruns. Des boucles s'étaient échappées de son chignon, qu'elle repoussait derrière ses oreilles d'un air absent. Deux d'entre elles s'étaient à nouveau libérées, et Eli avait terriblement envie de détacher le reste de sa chevelure.

Repoussant cette pensée, il ajouta :

— De quoi manger, ce serait super. N'importe quoi avec des protéines. Je pense que j'ai exploité toute l'information qu'on pouvait trouver ici. Il faut qu'on sorte maintenant.

— Pareil pour moi, dit Ava à ses collègues. Merci, ajouta-t-elle lorsque Brady et Jason s'en furent en hâte.

En la voyant se lever et composer un numéro, Eli se mit également debout. Au lieu de s'étirer comme il l'avait prévu, il s'aperçut que ses pieds le menaient vers elle. Soudain, il fut assez proche pour passer la main dans les boucles qui dansaient sur ses joues.

— Allô, Marie ? J'appelais juste pour savoir… Ah bon ?

Un sourire se peignit sur le visage d'Ava et elle leva les yeux, le bonheur prenant le dessus sur l'épuisement.

— D'accord… D'accord. Merci !

En raccrochant, elle dit à Eli :

— Lacey est guérie. Je pourrai la ramener à la maison demain après-midi.

— C'est formidable, dit-il, imaginant la joie de la chienne quand elle verrait Ava, et vice versa.

Se penchant en arrière, il jeta un coup d'œil dans la salle de garde à travers la paroi vitrée de la salle de réunion. Elle était vide, la plupart des policiers étant dans les rues en train de chercher Dennis. Reportant son attention sur Ava, il dit doucement :

— Quoi que tu décides de faire après la fin de cette affaire, je te soutiendrai.

La surprise se lut dans son regard, suivie d'une incertitude qui lui dit qu'il avait encore une chance. Essayant de réprimer son espoir, il se rapprocha un peu et ajouta :

— Mais je dois au moins m'assurer que tu sais à quel point j'ai envie que tu restes.

Elle cilla un peu, et il vit le désir remplacer l'incertitude. Il tendit alors la main pour repousser une mèche derrière son oreille et la laissa glisser sur sa peau douce. Les yeux d'Ava se dilatèrent et elle oscilla légèrement vers lui.

C'était une mauvaise idée de l'embrasser en plein commissariat. Mais son émotion le poussa à se pencher en avant et à presser les lèvres sur sa bouche. Doucement, en savourant la plénitude de ses lèvres, la manière dont ses paupières s'abaissaient, dont ses mains se plaquaient sur sa poitrine.

Du pouce, il lui caressa la joue, tandis que ses autres doigts jouaient dans ses cheveux.

Elle soupira, entrouvrit les lèvres, et il ne put résister à l'envie de glisser la langue dans sa bouche, tout en la serrant contre lui de sa main libre. Les mains d'Ava se crispèrent sur sa poitrine, comme si elle hésitait entre le repousser ou l'attirer à elle.

Un bruit dans la salle de garde la poussa à s'écarter, le regard flou.

Il regarda derrière lui, mais il n'y avait personne. Il inspira encore une fois son odeur, ce parfum enivrant de beurre de cacao qui commençait à lui manquer chaque fois qu'elle n'était pas là. Puis il se força à reculer d'un pas, pour ne pas ternir sa réputation.

Ava, reste. Les mots étaient coincés dans sa gorge, et il se força à ne pas les prononcer, pour ne pas lui mettre la pression.

— Je...

Ava se mit à rire avec nervosité, en ramenant ses mèches de cheveux dans son chignon.

— Je n'aurais pas dû faire ça. Nous devons nous concentrer sur le travail.

Il lui sourit, se rappelant la première fois qu'elle l'avait embrassé. Se rappelant qu'il lui avait promis de lui faire la cour dès que l'enquête serait terminée.

— C'est moi qui suis à blâmer, cette fois, dit-il. Mais chaque fois que tu auras envie de profiter de l'instant, j'en serai très heureux.

Elle cligna des yeux plusieurs fois, puis laissa s'épanouir un sourire. Cependant, il s'effaça lentement, et son regard devint pensif. Quelque chose dans ses yeux fit battre le cœur d'Eli.

— Je crois que…

Elle fut interrompue par l'entrée précipitée de Brady et Jason, les mains vides.

— Il y avait la queue au Millard's Diner, dit Jason, hors d'haleine. Des gens qui sont venus pour des manifestations.

— Un rassemblement d'ex-militaires est prévu dans quelques heures à la Bartwell Brewing Company. Et c'est aussi l'inauguration du Blaze's River Tours and Rafting, précisa Brady.

Tandis qu'Ava jurait doucement, Eli déclara :

— Alors c'est ça. Ce doit être une de ces manifestations. Nous venons de trouver la cible de Dennis.

28

— Mais laquelle ? demanda Jason en les regardant tour à tour. Bartwell ou Blaze ? L'armée qui l'a renvoyé ou l'entreprise qui l'a viré ?

Eli sentit son pouls accélérer, saisi d'anxiété à l'idée de se tromper.

— Jennilyn disait que c'est toute l'armée qu'il blâme maintenant, pas seulement des individus. D'un autre côté, Blaze était un job récent, pas aussi apprécié, mais la personne qui l'a renvoyé sera probablement à l'inauguration.

Eli haussa les épaules.

— Je vois bien Dennis choisir l'une ou l'autre.

— À quelle heure commencent-elles ? demanda Ava.

Eli la regarda, essayant de ne pas penser à ce qu'elle allait dire avant que Jason et Brady fassent irruption dans la pièce. Elle avait eu l'air sérieux, non comme si elle s'apprêtait à le rembarrer mais comme si elle voulait lui donner de l'espoir, lui dire qu'elle n'avait pas encore pris sa décision. Si c'était le cas, serait-ce mal de sa part de faire de son mieux pour la convaincre de rester ? Il repoussa ces pensées, se concentrant sur l'urgence du moment, tandis qu'Ava continuait à parler.

— S'il a choisi une manifestation, il ne vise sans doute pas des personnes en particulier. Il cherche à envoyer un message, soit à toute l'armée, soit à toute la ville.

Cette sombre prédiction entraîna un bref moment de silence dans la salle, puis Jason reprit la parole :

— Le rassemblement des vétérans commence à 9 heures, mais selon des militaires qui achetaient des cafés, il y a déjà la queue. L'inauguration de Blaze démarre à 8 heures, mais là aussi les gens attendent déjà, parce qu'ils offrent des bons cadeaux pour du rafting. Les cinquante premiers clients auront aussi des billets de tombola gratuits.

Ava consulta son téléphone.

— Il est 6 h 30. Il ne nous reste pas beaucoup de temps pour effectuer une fouille sérieuse de chacun des bâtiments, plus les éventuels aménagements extérieurs.

— Sans parler de désamorcer ce qu'on trouvera, compléta Eli. D'autant plus qu'on ne peut pas écarter l'hypothèse que Dennis ait choisi les *deux* événements. S'il y a deux bombes, je ne peux pas être partout à la fois.

Brady poussa un juron.

— Diviser pour régner ? Jason et moi, on peut fouiller Bartwell, étant donné que le rassemblement des vétérans commence un peu plus tard. Ava et toi, allez chez Blaze. Si on trouve quelque chose chez Bartwell avant que vous ayez fini, on enverra quelqu'un prendre la relève de votre côté. On peut demander au chef d'ordonner à tout le monde de se tenir prêt à évacuer l'un ou l'autre des lieux. Si nous n'avons pas fini la fouille, je pense que nous devrions nous retirer des deux manifestations à 7 h 30.

Eli hocha la tête et héla le chef, qui passait devant la salle de réunion. Celui-ci fit demi-tour pour les rejoindre. Son visage buriné était sérieux, ses yeux noisette intenses.

— Que se passe-t-il ?

— Nous pensons savoir quelle sera la cible de Dennis, déclara Eli.

Il expliqua leur plan au chef. Celui-ci regarda Ava.

— J'aimerais bien que nous ayons Lacey avec nous.

— Moi aussi, répondit Ava, mais elle n'est pas encore prête...

— Non, la coupa le chef, je n'étais pas en train de suggérer que vous la rameniez. C'est une policière aussi. Je ne mettrai pas le reste de sa carrière en jeu pour une enquête, aussi importante soit-elle. En outre, elle ne serait pas d'attaque pour effectuer ses tâches. Le plan que vous avez est bon. Je vous fais confiance pour faire ce qui doit être fait.

Il jeta un coup d'œil à sa montre.

— Mais vous avez une heure. Ensuite, nous évacuerons les bâtiments et tout ce qui se trouve à proximité. Si une bombe explose dans le centre-ville, surtout de la taille de celle de la maison Sanderson...

— Il pourrait y avoir beaucoup de dégâts, compléta Eli, sentant la pression monter.

Un samedi matin, même ceux qui ne s'intéressaient à aucun des deux événements seraient en ville, profitant de la chaleur printanière.

— Je reste aux commandes, dit le chef. Appelez-moi par radio si vous avez besoin de quoi que ce soit.

Tandis qu'ils se hâtaient de franchir la porte, il leur cria :
— Bonne chance !

Eli courut à son SUV, revigoré par une bouffée d'adrénaline. Il fit mentalement l'inventaire de son équipement et décida qu'il entrerait seulement avec un assortiment d'outils standard, plus son scanner à rayons X portable. Ce serait plus facile à transporter et il pourrait manœuvrer beaucoup plus vite qu'avec le robot, surtout avec beaucoup de gens autour. Il ne voulait pas déclencher une panique.

Il agita la main à l'intention de Brady et Jason quand ceux-ci montèrent en voiture et prirent la direction de Bartwell, gyrophare et sirène éteints. Le trajet n'était pas très long jusqu'à la brasserie, située dans une ruelle derrière Third Street. Blaze était encore plus près, sur Main Street, comme le commissariat. Suivi d'Ava, Eli sauta dans son SUV et sortit du parking.

Il ne put s'empêcher de remarquer combien de gens étaient déjà dehors, promenant des chiens ou des poussettes, riant, insouciants. Profitant du premier week-end de l'année, durant lequel la température allait dépasser les vingt degrés.

— Pourquoi on n'a pas un orage ? marmonna Eli.

— On va arriver à temps, répondit Ava avec assurance. Il ne fera pas sauter cette bombe avant que l'inauguration soit bien engagée. Quelle que soit sa cible, il voudra qu'on se souvienne de l'explosion.

Eli hocha la tête, mais il ne pouvait s'empêcher de se représenter le souffle qui l'avait renversé à la maison Sanderson. Une explosion déclenchée par Dennis.

— Il faut qu'on ait l'air normal, qu'on feigne de ne pas être pressés, dit-il tandis qu'il se garait en face de chez Blaze.

La queue serpentait déjà sur le trottoir, pleine de gens qui riaient et bavardaient, les gosses piochant dans des sacs de pop-corn. Les employés fourmillaient, tendant des prospectus et désignant le kayak exposé devant le magasin. Le grand prix de l'heureux gagnant de la loterie, disait le panneau.

Eli envoya un texto à Brady, répétant ce qu'il avait dit à Ava.

— Essaie de ne pas attirer l'attention. Interroge les gens sur Jennilyn quand on arrivera.

Les yeux bruns d'Ava lui lancèrent un regard circonspect.

— Tu crains que s'il nous repère…

— Il déclenche la bombe plus tôt, oui.

29

Eli plaqua un sourire sur son visage en balançant son sac de nylon noir sur son épaule. Celui-ci pouvait passer pour une sacoche de portable, mais il contenait des outils de désamorçage : câbles, crochets, couteaux suisses, pinces, mousquetons, miroirs et boussole. Tout ce dont il aurait besoin pour désactiver la bombe s'ils en trouvaient une. Mais il n'avait pas pris sa tenue de déminage.

Il jeta un coup d'œil à Ava, qui avait eu l'air inquiet lorsqu'il lui avait dit qu'il laissait sa tenue et le robot dans la voiture. Il lui adressa un hochement de tête confiant, espérant qu'elle ne verrait pas qu'il était aussi nerveux qu'elle.

D'habitude, il arrivait sur un site suspect avec une angoisse prudente, se fiant à sa formation et à son équipement. D'habitude, derrière l'inquiétude concernant ce qu'il pouvait trouver courait une sorte d'excitation. Il savait qu'il pouvait désamorcer tout ce sur quoi il tomberait. Il était fier de protéger sa communauté.

Mais ce jour-là, l'excitation était totalement absente, remplacée par une barre sur l'estomac. Était-ce son instinct qui lui disait qu'ils allaient au-devant de problèmes ? Ou sa crainte pour Ava, qui allait entrer avec lui dans un bâtiment susceptible de sauter ?

Un peu des deux, comprit-il. Elle lui adressa un signe de tête, comme si elle aussi essayait de faire bonne figure.

Traversant la foule à longues enjambées, Eli survola du regard le terre-plein devant le magasin, cherchant où une bombe pouvait se cacher. Le kayak exposé était l'option la plus évidente. Comme Ava bavardait avec quelques personnes dans la queue, leur demandant innocemment s'ils connaissaient Jennilyn Sanderson et si quelqu'un l'avait vue récemment, Eli feignit de rattacher sa chaussure près du kayak.

En se penchant, il regarda dans l'embarcation et le long de l'armature métallique qui la soutenait. Il n'y avait rien. Après un nœud rapide à son lacet, il se redressa et dit à Ava sur un ton destiné aux oreilles environnantes :

— Allons voir à l'intérieur si quelqu'un a vu Jennilyn.

Ava hocha la tête, remercia les gens à qui elle avait parlé et le suivit, tandis qu'il demandait aux employés qui gardaient la porte de les laisser passer.

À la minute où Eli pénétra à l'intérieur, il sentit une enclume se poser sur sa poitrine. Le magasin faisait au moins trois cents mètres carrés. Il était rempli d'articles de rafting et de camping, chaque rayon constituant une cachette potentielle. Et c'était sans compter avec les bureaux et les zones de stockage qu'il ne pouvait voir. Il était impossible d'inspecter tout ça en moins d'une heure.

Les clients n'étaient pas encore autorisés à entrer, mais une demi-douzaine d'employés s'activaient dans la salle, redressant les articles et déposant des prospectus sur toutes les surfaces disponibles.

Eli balaya l'espace des yeux, essayant de deviner ce qu'avait fait Dennis s'il avait voulu dissimuler une bombe. Se pliant en deux, il prit un miroir dans son équipement et commença à inspecter le dessous des étagères et des comptoirs.

— Qu'est-ce qu'il fait ? demanda l'une des employées.

— Une inspection de sécurité. Nous nous assurons que rien n'est instable, dit Ava à voix haute avant de demander à Eli : Je peux t'aider ?

Quelques employés leur jetèrent des regards perplexes puis reprirent leurs occupations.

Eli lui tendit le miroir.

— Aide-moi à vérifier.

Une demi-heure plus tard, le corps endolori de s'être plié tant de fois en deux, il rejoignit Ava.

— Tu as trouvé quelque chose ?

Elle secoua la tête. Jurant à mi-voix, Eli arrêta une employée qui passait à proximité et lui demanda :

— Où est le propriétaire ?

L'air éreinté, la femme désigna vaguement un homme qui venait d'entrer. Puis elle se détourna pour continuer à distribuer des prospectus.

Eli suivit Ava sans se donner la peine de feindre, maintenant qu'ils étaient à l'abri des regards inquisiteurs. Où que se trouve Dennis, ce n'était pas dans le magasin.

— Vous êtes le propriétaire ? demanda Ava à un gros homme aux cheveux gris et au sourire contagieux.

— C'est moi, dit-il.

Son sourire s'évanouit devant leur air solennel.

— Blaze Peterson. Que puis-je faire pour vous ? Si c'est à propos de la foule, nous allons compter les gens qui entrent. Nous connaissons le règlement incendie.

— Il ne s'agit pas de ça, dit Eli à mi-voix. Vous avez vu Dennis Ryon récemment ?

— Dennis ?

Blaze se rembrunit.

— J'ai dû le virer il y a quelques semaines. Je croyais qu'il ferait l'affaire à la gestion du stock, étant donné sa musculature et son passage dans l'armée. Mais il n'arrêtait pas de se bagarrer avec les autres employés et de jouer les petits chefs.

— Est-il possible qu'il ait toujours accès au magasin ? demanda Eli.

— J'aimerais dire que non, répondit sombrement Blaze. Je ne lui ai jamais donné de clé. Il n'avait pas assez d'ancienneté pour ça. Mais je l'ai entendu se vanter auprès d'un employé en disant que, dans l'armée, il avait appris à entrer n'importe où et que nos serrures étaient de la camelote.

— Vous avez des raisons de penser qu'il est venu récemment au magasin ? questionna Ava.

Blaze passa son poids d'un pied sur l'autre, l'air soudain nerveux.

— Pourquoi ?

— Nous pensons qu'il pourrait cibler quelqu'un pour se venger. Simplement, nous ne savons pas qui.

Blaze serra les poings.

— Eh bien, je peux vous dire qu'il m'a menacé quand je l'ai licencié. L'air qu'il avait m'a fait peur, je dois l'avouer. Vous pensez qu'il a l'intention de gâcher notre inauguration ?

— Notre but est de l'en empêcher, dit Ava. Quel est le rayon avec lequel Dennis était le plus familier ? Est-ce qu'il travaillait plus particulièrement à quelque chose, est-ce qu'il passait du temps quelque part durant ses pauses ?

Eli hocha la tête, appréciant son raisonnement. Il était impossible de fouiller tout le magasin avant l'heure limite. Il était plus probable qu'ils doivent évacuer, ce qui signifiait prendre le risque que Dennis déclenche la bombe durant l'évacuation. En commençant par un endroit familier à Dennis, peut-être auraient-ils de la chance.

— Oui, bien sûr, répondit Blaze. Après l'ouverture, il était censé être guide accompagnateur. C'était un bon kayakiste et il s'est familiarisé avec la rivière et le tour prévu. Jusque-là, il nous aidait au stock. Comme vous voyez, la surface du magasin n'est pas idéale, et nous voulions autant d'espace que possible. Alors nous avons descendu le stock au sous-sol.

Blaze désignait une porte marquée « Réservé au personnel ». Eli s'en approcha au pas de course, Ava sur les talons. Si l'on voulait causer le maximum de dommages à un bâtiment, le sous-sol était un bon endroit où placer une bombe. Sans parler du fait que Dennis avait déjà choisi cet emplacement pour faire sauter la maison de Jennilyn.

— Il y a une entrée par l'extérieur, aussi, leur cria Blaze.

Une urgence dans sa voix incita Eli à se retourner.

— Un monte-charge au fond. Au cas où on doive sortir des bateaux par là. Je sais que j'ai fermé à clé quand je suis parti hier soir, mais j'ai trouvé la porte ouverte ce matin, quand je suis arrivé à 6 heures.

Échangeant un regard préoccupé avec Ava, Eli poussa la porte du sous-sol. Son cœur battait de plus en plus vite. L'escalier était mal éclairé, et leurs pas résonnèrent sur le ciment lorsqu'ils dévalèrent les marches. En bas, il trouva un autre interrupteur et le fit basculer.

Son anxiété se mua en sentiment de défaite lorsqu'il contempla l'espace, aussi vaste que le magasin au-dessus. De grandes étagères métalliques l'occupaient. D'énormes cartons portant des photos de kayaks et de canoés étaient empilés sur les étagères les plus basses, et des cartons plus petits occupaient celles du dessus. Des articles déballés – ou peut-être les kayaks et les avirons des employés – étaient alignés à droite de l'escalier. Des banderoles et un panneau plus petit annonçant l'inauguration étaient empilés au sommet des embarcations.

Eli poussa un juron en scrutant l'espace obscur. Il était facile de placer une bombe dans cet endroit. Et beaucoup plus difficile de la trouver.

Il allait suggérer à Ava qu'ils se séparent pour aller plus vite quand une sorte de grattement au fond le figea sur place.

Un animal ? Ou le grincement d'une chaussure ? Posant la main sur son arme, Eli indiqua par signes à Ava de parcourir l'allée devant eux tandis qu'il se chargeait de la suivante.

Il se déplaçait rapidement, maudissant la manière dont Blaze avait conçu ses étagères. Les rangées s'arrêtaient à mi-chemin, pour reprendre plus loin, mais en décalé, de sorte qu'il ne pouvait voir le fond de la pièce.

Après avoir rapidement parcouru la première rangée, accompagné par le pas léger d'Ava dans la suivante, Eli s'arrêta dans l'allée transversale. Il regarda dans les deux directions, ne vit personne, et allait reprendre son chemin lorsqu'il remarqua une caisse noire de la taille d'une petite valise, qui ne ressemblait à rien de ce qui se trouvait autour.

Son instinct professionnel se mit à hurler. Se retournant, il s'agenouilla et jeta un coup d'œil entre deux cartons. Ce qu'il vit fit battre son cœur. La caisse en plastique ne portait aucune étiquette.

Posant son sac d'outils, il la palpa pour vérifier qu'il n'y avait pas de fils qui en sortaient. N'en voyant aucun, il prit son scanner à rayons X.

— Est-ce ce que je crois ? murmura Ava d'une voix nerveuse en s'asseyant sur ses talons à côté de lui.

— On va le savoir très vite.

Il alluma la machine et jura en découvrant l'image.

— C'est une bombe.

Il regarda l'engin de plus près, cherchant à déterminer si ouvrir la caisse le déclencherait. Lorsqu'il fut sûr que non, il ôta lentement le couvercle, tout en vérifiant avec son miroir qu'il n'avait pas raté un détonateur.

Devant la caisse ouverte, Ava resta bouche bée.

— Ce n'est pas une bombe artisanale.

— Non.

L'engin était bourré d'assez d'explosifs pour faire sauter tout le bâtiment.

— C'est sans doute de ça qu'il s'est servi chez Jennilyn.

Eli survola le sous-sol du regard, cherchant une source de combustion possible, mais n'en vit aucune. Le fait que Dennis ait posé la bombe près de la chaudière à gaz chez Jennilyn n'avait peut-être pas été intentionnel.

Ce qui ne voulait pas dire qu'une bombe de cette taille ne puisse pas provoquer assez de dommages structurels pour causer l'écroulement du bâtiment. Elle le pourrait sans doute. Mais il était improbable qu'elle provoque une boule de feu, comme celle qu'ils avaient vue chez Jennilyn.

Une petite lueur d'espoir lui vint, qui grandit à mesure qu'il examinait la bombe.

— Il y a une minuterie, mais elle n'est pas activée. On va apporter le robot ici et la désamorcer.

Il l'inspecta avec plus de soin, vérifiant qu'il n'avait rien manqué, tout en disant à Ava :

— Tu veux bien appeler Brady et Jason ? Assure-toi qu'on n'a affaire qu'à une seule bombe. Ensuite, essayons de faire entrer le robot discrètement, par le monte-charge. Si Dennis nous épie, il pourrait l'amorcer à distance. Normalement, je demanderais l'évacuation maintenant, mais je pense que ça va le pousser à agir, surtout si c'est sa seule bombe. Il est probable qu'il soit dans les parages, en train de nous observer.

— Compris, répondit-elle en sortant son téléphone et en se mettant à taper.

Presque immédiatement, elle le rangea dans sa poche.

— Ils sont presque sûrs qu'il n'y a rien chez Bartwell. Ils vont vérifier une nouvelle fois, mais un des vétérans a travaillé au déminage pendant plus d'une décennie. Il les a aidés à fouiller.

— C'est une chance, dit Eli, sentant sa tension se relâcher d'un cran.

Mais s'il n'y avait qu'une seule bombe, il était encore plus important que Dennis ne s'aperçoive pas qu'ils l'avaient trouvée.

— Maintenant on va signaler par radio au chef ce qu'on a trouvé. Dans l'idéal, je désamorce ce truc tranquillement et personne ne saura qu'il y a eu une menace. Néanmoins, je veux que l'équipe reste prête pour l'évacuation, au cas où j'aurais des problèmes.

Ava hocha la tête et lui adressa un sourire rassurant.

— Tu vas y arriver.

Il lui sourit en retour, sachant qu'elle avait raison. Aucun déminage n'était sans danger, mais il savait qu'il pouvait le faire.

Reprenant son miroir, il se penchait vers la bombe lorsqu'un coup de feu résonna. La balle se ficha dans un carton sur l'étagère au-dessus de lui et le flanc du carton se rompit. Un flot de couteaux de poche de toutes les couleurs se répandit sur le sol à côté d'eux.

Eli se tourna vers le fond, d'où provenait le coup de feu, et jura en voyant une silhouette s'esquiver. Puis un autre coup de feu retentit. Celui-là frappa plus près, et Eli plaqua Ava sur le sol, la poussant dans l'allée qu'elle avait parcourue. Lorsqu'une troisième balle rebondit sur l'étagère métallique au-dessus de la bombe, Eli se crispa.

Enfin, un son encore pire atteignit ses oreilles. Une série de bips...

Ils étaient coincés. Et la bombe venait d'être amorcée.

30

Eli l'écrasait, la plaquant contre l'étagère pour l'abriter des coups de feu. Une série de bips s'éleva à côté d'elle, et Ava vit un point rouge s'allumer. Elle jura.

— C'est ce que je crois ?

La voix d'Eli, calme et confiante dans la plupart des situations, était cette fois tendue.

— Il a amorcé la bombe.

— Tu peux la désamorcer d'ici ?

Ava changea de position sous lui, essayant de l'entraîner plus près des étagères. À l'écart des balles.

Il était plus massif qu'il n'en avait l'air, et il se déplaça avec elle, l'empêchant de se dégager.

Elle ignorait où se trouvait Dennis, mais à en juger par la trajectoire des balles, il pouvait probablement les voir. Le fait qu'il ne les ait pas touchés ne signifiait pas qu'il était mauvais tireur. Cela voulait dire que c'était un sadique, qui comptait les clouer sur place pour qu'ils assistent au compte à rebours.

— Tu peux la désamorcer ? demanda encore Ava comme Eli ne répondait pas.

Elle se tortilla sous lui, essayant d'avoir une meilleure vue de ce qui se passait. Ils étaient tournés dans la mauvaise direction, et c'était compliqué.

— Non. Je peux probablement l'atteindre d'ici, mais il faudrait que je la tire vers moi pour travailler dessus, et je ne sais pas si ça la déclencherait. Je n'ai pas eu le temps de voir s'il y a un dispositif anti-effraction. En plus, mes outils sont dans l'allée, et je ne peux pas aller les chercher. Bon sang ! s'exclama-t-il lorsqu'un autre coup de feu fit s'écrouler un tas de cordes sur eux.

— Tu le vois ?

— Non.

Eli repoussa les cordes et se tortilla, faisant en sorte de rester sur elle tout en se tournant dans la direction où Dennis devait se cacher.

— Je crois qu'il se planque sur une des étagères du bas. Elles sont un peu plus vides, d'après ce que je vois. Il se sert d'un carton de kayak comme couverture et il regarde au-dessus pour tirer. Ça le met légèrement au-dessus de nous.

— Il essaie de tirer sur la bombe ?

— Non. Il veut nous empêcher de la désamorcer.

— Si tu bouges un peu, je vais pouvoir le viser, murmura Ava, hésitant à remuer sous lui pendant qu'il braquait son arme en direction de Dennis.

— Il faut qu'on fasse attention. Si on le blesse, il pourra quand même utiliser le détonateur à distance. Si on tire, il faut que ce soit un tir mortel. Je continue de le viser. Toi, appelle le chef pour lui faire un rapport, insista Eli. Il faut qu'il fasse entrer des collègues par la porte du monte-charge. Blaze n'a pas dû comprendre que Dennis était encore là quand il l'a trouvée déverrouillée.

— Si on le piège, il n'aura plus rien à perdre. Il fera juste sauter la bombe !

— Quel autre choix on a ? Il faut évacuer autant de gens que possible.

Il ne le dit pas, mais elle comprit à quoi il pensait au ton de sa voix. Il se disait qu'elle devait faire partie de ces gens.

Il pensait pouvoir empêcher Dennis de tirer pendant qu'elle repartait par le chemin par lequel ils étaient venus. En le laissant mourir dans les décombres avec Dennis.

La panique montait dans sa poitrine. Elle ne laisserait jamais Eli seul. Il devait y avoir un meilleur plan, une manière d'arrêter Dennis avant qu'il fasse tout sauter.

Ava repêcha maladroitement son téléphone dans sa poche. Pour ne pas alerter Dennis, elle envoya un texto au chef, le mettant au courant et lui demandant de ne pas faire irruption. Pas encore.

Elle consulta l'heure sur le téléphone et sentit son pouls accélérer. Il ne restait que dix minutes avant l'évacuation planifiée. Sans doute beaucoup moins avant que la police arrive et commence à éloigner les gens du magasin.

Ils essaieraient de procéder aussi calmement que possible, mais avec tant de gens, cela ne pourrait pas se faire en silence. Dennis allait sans doute l'entendre.

Une fois qu'il aurait compris, peu importe où en serait le compte à rebours, il se servirait de sa télécommande et tuerait autant de gens qu'il le pourrait.

Le chef répondit immédiatement à son texto, comme elle l'avait prévu. Il envoyait tous les agents disponibles pour évacuer le magasin et le quartier et mettait les secours en alerte. Ava posa le téléphone sur le sol à côté d'elle et serra les paupières, récitant une prière silencieuse. Le commissariat n'était qu'à quelques minutes de là. Il fallait qu'elle agisse rapidement.

En gigotant sous Eli, Ava se retourna. Au lieu de se redresser, elle glissa dans une autre direction.

— Qu'est-ce que tu fais ? murmura Eli.

— J'ai besoin que tu le distraies une minute.

— Ava, *non*.

— C'est l'unique autre option, Eli. Je ne te laisserai pas te sacrifier pour nous tous.

Prenant garde à ne pas heurter la bombe, Ava fit glisser un carton intitulé « Lampes de poche » dans l'allée. Il était plus lourd que prévu et produisit un petit choc sourd en atterrissant sur le sol. Elle jura en silence. Mais en poussant les cordes contre l'étagère, Eli fit encore plus de bruit. Puis il tira un coup de feu.

La balle résonna en heurtant le métal, et Ava espéra que le son couvrirait celui de son glissement. Elle se traîna sur les avant-bras aussi silencieusement que possible. L'arête coupante de l'étagère accrocha sa jambe de pantalon et lui perça la peau. Elle serra les dents pour ne pas crier de douleur.

Tendant le bras, elle libéra le tissu coincé. Du sang lui poissa les doigts, et elle s'essuya la main sur son pantalon. Elle n'avait pas le temps d'inspecter sa blessure. Il fallait qu'elle se concentre pour trouver Dennis et se jeter sur lui.

Le cœur tambourinant dans les oreilles, elle se glissa dans l'allée. Accroupie contre l'étagère, elle dégaina son arme en se faisant aussi petite que possible.

Comme les allées étaient décalées, même si Dennis jetait un coup d'œil par là, il ne pourrait pas la voir. Pas encore. Avec un peu de chance, il supposerait qu'elle s'était faufilée dans la même allée qu'Eli, hors de vue. Mais une fois qu'elle arriverait dans l'allée transversale, elle serait à découvert. Elle deviendrait une cible pour Dennis, mais elle l'informerait aussi de son intention. Ce serait l'occasion pour lui de déclencher la bombe d'une simple pression de doigt.

Elle aurait dû prendre le temps de mieux élaborer son plan, de décider d'un signal avec Eli. Au lieu de quoi, elle avait réagi à l'instinct, sachant que le temps était compté.

Ava se redressa lentement et, rasant les étagères, avança d'un pied léger dans l'allée. Elle avait envie de contempler la bombe, de savoir combien de temps il leur restait, mais elle se força à regarder droit devant elle.

Avec une lenteur atroce, elle tendit la tête juste assez pour jeter un coup d'œil de l'autre côté des rayonnages. Son cœur battit à tout rompre lorsqu'elle repéra le carton du kayak sur l'étagère du dessous. Les pointes hérissées des cheveux de Dennis étaient visibles au-dessus.

Il n'était qu'à deux mètres cinquante d'elle. Mais deux mètres cinquante, c'était trop pour s'élancer et le plaquer. D'autant plus qu'elle ignorait si sa télécommande était dans sa poche ou dans sa main.

Il doit bien y avoir un moyen. Ava jeta des coups d'œil autour d'elle sans bouger la tête. Son souffle se bloqua dans sa gorge lorsque la main de Dennis – serrant un portable – apparut au bord de la caisse. Puis le sommet de son crâne et son arme surgirent rapidement, et il tira un coup de feu en direction d'Eli.

Ava déplaça sa main d'un geste instinctif. Elle avait envie de riposter, de protéger son coéquipier.

Mais Dennis n'essayait pas de toucher Eli, il voulait l'immobiliser. Et comme il ne tirait pas dans sa direction à elle, cela signifiait qu'il n'avait pas saisi qu'elle s'était déplacée.

Elle pouvait y arriver.

L'une des mains de Dennis tenait l'arme. L'autre tenait le bord de la caisse. Son téléphone était coincé entre sa main et la caisse. C'était ainsi qu'il contrôlait la bombe.

Ava ferma étroitement les yeux, inspirant à fond. Elle était bonne tireuse. Mais la cible n'était pas grande. Elle n'aurait qu'un seul essai.

Rouvrant les yeux, elle jeta un coup d'œil à sa jambe pour s'assurer que le sang ne la ferait pas glisser. La vue de la petite mare à ses pieds la fit tressaillir, mais elle déplaça légèrement son pied. Elle n'avait pas droit à l'erreur.

Levant lentement son arme, elle l'aligna sur le bord de l'étagère en visant d'un œil. Prenant une dernière inspiration, elle souffla et pressa la détente.

Un cri s'éleva juste après la détonation. Ava n'attendit pas de voir si elle avait touché sa cible. Rengainant son arme, elle bondit dans l'allée.

Avant qu'elle atteigne la rangée où Dennis se cachait, trois autres détonations résonnèrent derrière elle. C'était Eli, qui savait exactement de quelle diversion elle avait besoin.

À mi-chemin de la rangée, elle se rabattit et se jeta sur Dennis, ce qui les fit tous deux traverser les étagères et atterrir dans l'allée opposée.

Elle sentit sa tête et son dos râper contre le sommet de l'étagère supérieure. La douleur envahit son corps, mais elle l'ignora, cherchant à voir si Dennis tenait toujours le téléphone. Il avait la main en sang, mais vide. Ava avait atteint sa cible.

Son soulagement fut de courte durée, car il se retourna sous elle, avec assez de force pour la projeter au sol. Il écrasa un poing sur son biceps, et elle glissa vers les étagères. Un carton tomba sur elle, lui coupant le souffle.

Dennis se mit à ramper dans l'autre direction, vers l'arme qu'il avait laissée tomber.

Puis un coup de feu résonna, l'obligeant à revenir sur ses pas, tandis qu'Eli s'élançait vers eux.

— Ne bouge plus !

Ava repoussa le carton, essayant de reprendre son souffle. Dégainant d'une main tremblante, elle braqua son arme sur Dennis. Il était accroupi, les yeux fixés sur sa gauche. Ava suivit son regard et vit son portable juste au moment où il plongeait pour s'en emparer.

Elle ne sut pas qui, d'Eli ou elle, avait tiré le premier. Dennis s'écroula instantanément. Elle n'eut pas besoin d'aller vérifier pour savoir qu'il était mort.

Sentant sa tête et sa jambe élancer, ses poumons lui faire mal à chaque inspiration, elle leva les yeux vers Eli.

S'efforçant de réprimer la douleur, d'ignorer son soulagement, elle revint à ce qui comptait le plus.

— Combien de temps il nous reste ?

Eli rengaina son arme et pivota vers la bombe. Puis il jura, juste au moment où elle le rejoignait en courant.

— Il n'attendait pas l'ouverture de l'inauguration.

Elle fixa les brillants chiffres rouges.

Ils avaient moins d'une minute avant qu'elle explose.

31

— Sors d'ici *tout de suite*, dit Eli en se laissant tomber à côté de la bombe.

Si seulement il avait son robot… et ses outils grâce auxquels pouvait séparer la bombe du détonateur sans la faire exploser. Ou sa tenue de déminage, pour le protéger au cas où les choses tourneraient mal.

Bien sûr, même une tenue de déminage n'avait qu'une utilité relative face à un puissant engin explosif comme celui-là. Peu importait qu'Eli soit protégé du souffle initial si le bâtiment s'écroulait sur lui.

S'il avait dû choisir, il aurait pris sa chambre d'isolement. Vu la taille de la bombe, elle ne contiendrait pas l'explosion entière, mais elle l'amortirait assez pour qu'elle n'emporte pas tout le bâtiment. Assez pour sauver la vie de ceux qui se trouvaient dans le magasin.

Il y avait tant d'options pour désamorcer une bombe comme celle-là… Tout en bas de la liste figurait ce qu'il faisait maintenant : s'y attaquer avec des outils de base, sans protection et dans l'urgence.

Une fausse manœuvre, et ce ne serait pas seulement sa propre vie qui serait emportée, mais celles de tout le monde dans le voisinage immédiat. Au-delà de ça, il y aurait des amputations, des contusions et des blessures dues à l'onde de choc, qui finiraient par être fatales à ceux-là mêmes qui croyaient avoir survécu au pire.

Mais il n'avait pas le choix. La minuterie affichait déjà quarante-neuf secondes.

Voyant qu'Ava ne bougeait pas, il perdit de précieuses secondes à la regarder et à noter son expression paniquée. Se jurant d'y arriver, de se battre pour elle, il lança :

— Vas-y, Ava. Aide-les à évacuer.

Au lieu de lui obéir, elle se laissa tomber à genoux à côté de lui et dit d'une voix calme :

— Dis-moi quoi faire

En jurant, il contempla la bombe, l'évaluant aussi vite que possible, repensant aux pièces qu'ils avaient trouvées à l'entrepôt et au moulin. Aux informations très limitées que les techniciens avaient rassemblées jusque-là. Cela lui en disait-il beaucoup sur les méthodes de Dennis ?

Tous les matériaux qu'ils avaient trouvés à l'entrepôt et au moulin étaient des morceaux de bombe artisanale. Ils ne ressemblaient en rien à la charge explosive chez Jennilyn, une bombe dont ils n'avaient eu que de petites pièces à étudier. Ni à l'engin sophistiqué qu'il avait devant lui. Assez d'explosifs pour abattre tout le bâtiment, et d'éventuels dispositifs anti-effraction qui le feraient exploser s'il tentait la mauvaise approche.

Il voulut dire à Ava d'appeler le chef par radio, mais elle le faisait déjà, lui conseillant d'évacuer tout de suite.

Presque instantanément, il entendit la voix d'Arthur Rutledge rugir dans un haut-parleur, demandant à tout le monde de quitter la zone aussi vite que possible.

Eli se rappela les détails qui allaient suivre : laisser ses biens derrière soi, marcher en ordre, aider quiconque en avait besoin, mais marcher vite, *vite*.

S'il y avait eu une chance qu'ils puissent évacuer, il aurait pris Ava et aurait fui aussi. Ils auraient quitté la zone et laissé le bâtiment sauter. Il aurait donné la priorité à la vie sur les biens. Mais il ne restait que trente-six secondes.

Les gens qui faisaient la queue dehors avaient une chance d'échapper à la portée de l'explosion s'ils couraient. Avec une bombe de cette taille, il faudrait qu'ils s'éloignent d'au moins quinze mètres, dans l'idéal. Cela leur sauverait probablement la vie. Les éloigner de deux cent cinquante mètres – la distance de sécurité pour les protéger des éclats – serait impossible.

Beaucoup d'entre eux suivraient les ordres de la police et se déplaceraient assez vite et assez loin. Ces gens-là survivraient, au moins. Ceux présents dans le magasin n'auraient sans doute pas le temps de sortir. Un bon nombre d'entre eux, de même que les agents de police qui procédaient à l'évacuation, seraient tués.

Il s'était exercé à désamorcer un engin de façon manuelle. Il l'avait même fait sur le terrain, en portant sa tenue de déminage. Mais c'était déjà dangereux dans les meilleures conditions. Faute de temps pour évaluer la bombe, on en était loin.

Il se fiait à son instinct, à sa formation. Mais c'était le pire scénario, celui qu'il n'imaginait pas avoir à affronter quand il s'était porté volontaire – quand il avait insisté – pour devenir technicien démineur.

Avec un engin explosif improvisé, il s'agissait d'interférer avec le détonateur ou le système de déclenchement. Mais il y avait tant de configurations possibles, tant de manières de le faire exploser au cours de ce processus... Évaluer la bombe était l'une des étapes les plus importantes. Cela déterminait tout le reste, à savoir s'il fallait la déplacer ou comment la désamorcer. Pour l'instant, cette évaluation était au mieux sommaire.

Il s'efforça de fermer son esprit à tout ce qui n'était pas la bombe, à tout ce qui pouvait la déclencher ou, au contraire, la désamorcer. Il entendait la voix d'Ava, calme et posée, qui continuait de donner des explications au chef sur le type et la taille de l'explosif, les groupes de civils, les entrées et les sorties les plus proches.

Les battements de son cœur résonnant dans ses oreilles, Eli regarda comment accéder au système de détonation et le désactiver. Dennis avait été malin en le plaçant là, où il était difficile à atteindre. Et impossible de déterminer avec certitude s'il y avait un second détonateur.

Vingt-sept secondes.

Le monde autour de lui s'évanouit, la voix d'Ava se réduisit à un murmure, et l'esprit d'Eli revint à sa formation. Ces six semaines passées à l'école de déminage du FBI, durant lesquelles il avait appris à utiliser le robot, à contenir une explosion et, plus important, à désamorcer une bombe sur place. Pendant les exercices, il portait sa tenue de déminage. Pendant les exercices, il disposait de plus de vingt-sept secondes.

Glissant son miroir le long de la paroi intérieure de la caisse noire, Eli chercha un second détonateur parmi les explosifs. Il n'en vit pas.

Vingt-deux secondes.

Son cœur battit à grands coups lorsqu'il sélectionna un cutter de précision dans sa caisse. Ce n'était pas facile de glisser la main entre les explosifs et la paroi pour atteindre le détonateur. Il inspira lentement, détendit ses doigts et glissa l'outil plus loin, se servant de son miroir pour se guider.

Dix-sept secondes.

— Ava, dit-il, et elle se pencha immédiatement plus près. Tiens le miroir de ce côté.

Lorsqu'elle le prit, il s'empara de sa spatule, un outil de précision qu'il utilisait pour séparer de petits composants très sensibles. Il le glissa à côté du cutter et s'en servit pour faire lentement glisser le fil électrique qu'il voulait éloigner des explosifs, afin de séparer le contact du détonateur.

Neuf secondes.

Passant le cutter derrière le détonateur, il dit une prière silencieuse et coupa le fil.

Après coup, son cœur continua de tambouriner dans ses oreilles et ses yeux restèrent fixés sur le détonateur.

Puis la voix d'Ava atteignit ses oreilles, stupéfaite et soulagée.

— Tu l'as fait ! La minuterie s'est éteinte.

Relâchant son souffle, Eli retira doucement ses outils.

— Allons chercher la chambre d'isolement pour la transporter sans danger.

Il se releva, et Ava lui serra la main tandis qu'elle indiquait par radio à l'équipe :

— Tout va bien. Eli a désamorcé la bombe.

Elle lui sourit de toutes ses dents lorsque des vivats s'élevèrent dans la radio, puis que des voix se firent entendre. D'abord celle du chef, puis celles de Brady et Jason, enfin celles d'autres membres de l'équipe. Qui les félicitaient.

Le sourire d'Ava s'élargit. Le bonheur dans ses yeux était si éclatant qu'il fit presque disparaître la saleté et le sang sur son uniforme et son visage, le nid emmêlé de ses cheveux.

Eli le voyait clairement. Elle avait enfin, *enfin*, l'impression de faire partie de l'équipe.

Épilogue

— Lacey !

Un immense sourire éclaira le visage d'Ava lorsque la chienne sortit en trottinant du cabinet de la vétérinaire.

Elle ne se déplaçait pas avec sa vitesse ou sa grâce habituelle, mais elle agitait la queue. Ava s'agenouilla devant elle et enfouit le visage dans le poil doux de l'animal. Le soulagement l'envahit.

— Je suis tellement heureuse que tu ailles bien, Lacey !

La chienne lui donna des coups de museau, et Ava se mit à rire. Elle ne bougea pas avant d'entendre la voix de Marie.

— Comme vous voyez, elle va très bien.

Après avoir caressé encore une fois la chienne, Ava se releva.

— Merci de vous être si bien occupée d'elle.

— Mais c'est naturel. Je suis heureuse qu'elle puisse retourner chez elle aujourd'hui.

À la manière dont la queue de Lacey frappait le sol, Ava songea qu'elle était d'accord.

— Je suis contente que vous n'ayez pas eu besoin d'elle hier, continua Marie. J'ai lu ce matin dans le journal qu'une bombe a été désamorcée à l'inauguration de Blaze. Je ne pouvais pas y croire. Vous étiez là ?

Ava acquiesça, repensant à ces dernières minutes, aux côtés d'Eli. Elle avait choisi de l'épauler, sachant qu'il pouvait les sauver tous. Elle avait eu raison. Et ce n'était pas seulement Eli qui avait été accueilli en héros quand ils étaient remontés du sous-sol. L'équipe lui avait asséné des claques dans le dos, Jason s'était agenouillé pour lui bander la jambe avant que les secouristes puissent passer dans la foule. Même le capitaine Rutledge lui avait adressé un sourire authentique et lui avait dit d'un ton chaleureux :

— Beau boulot, agent Callan.

Sans savoir comment, elle avait été poussée à travers la foule de policiers et de civils, puis on l'avait fait monter dans une ambulance. Ils avaient insisté pour qu'elle soit examinée à l'hôpital. Tandis que les portes de l'ambulance se refermaient, elle avait vu Eli au loin, qui rentrait dans le bâtiment avec la chambre d'isolement. Lorsque ses éraflures et ses coupures avaient été soignées, et que les médecins l'avaient enfin laissée partir, le chef lui avait dit de rentrer chez elle. Eli était déjà reparti à McCall.

Son cœur se serra à cette pensée. Eli était parti sans même dire au revoir. Parce qu'il ne voulait pas la déranger pendant qu'elle dormirait toute la journée, voire toute la semaine ? Ou parce qu'il pensait qu'il n'y avait plus rien à dire ?

C'était elle qui avait changé de ton chez Millard, après l'appel de son frère. Peut-être était-ce ainsi qu'Eli respectait sa volonté. Mais qu'était-il advenu de son intention de lui faire la cour par tous les moyens ?

Repoussant la déception qui pesait sur elle, Ava s'efforça de sourire à Marie.

— Oui, j'étais là. Je suis heureuse que ce soit fini, dit-elle en essayant d'avoir l'air sincère.

— Eh bien, le commissariat a déjà payé la facture pour les soins de Lacey, alors vous pouvez l'emmener. Voici ses médicaments.

Marie lui tendit un petit sachet en papier.

— Appelez-moi si vous avez des questions, ou si l'état de Lacey cesse de s'améliorer.

Ava dut prendre un air inquiet, car Marie lui tapota le bras.

— Ne vous inquiétez pas. Elle va bien, et je ne m'attends pas à une rechute. Je ne plaisantais pas en disant que vous aurez du mal à limiter ses mouvements. Elle aura récupéré à cent pour cent avant même que vous vous en aperceviez.

— Merci, Marie.

Sur une impulsion, Ava se pencha et serra la vétérinaire dans ses bras. En sentant qu'elle lui rendait son étreinte, elle repensa à l'appel que lui avait passé Emma dans la matinée. L'énergique propriétaire de l'académie lui avait laissé un long message précipité. Elle était heureuse qu'Ava soit saine et sauve, impatiente d'aider Lacey à s'entraîner et elle invitait Ava à rester dîner avec Tashya et elle un de ces soirs.

Ava était en train de se faire des amis ici. Ce n'étaient pas les débuts faciles qu'elle avait espérés, mais c'était un début.

Tandis qu'elle remerciait Marie et franchissait la porte, Lacey à ses côtés, elle s'efforça de ne pas penser à celui qui lui manquait.

— Eli !

Le prénom lui échappa dès qu'elle sortit dans le brillant soleil matinal. Elle jeta un coup d'œil à l'énorme chien qui l'accompagnait et dont la queue frétillait. Puis son regard revint à Eli.

— Je croyais que tu étais rentré à McCall !

— Je l'ai fait.

Il s'approcha à grandes enjambées, son chien à ses côtés, jusqu'à ce qu'il soit juste devant elle, fixant ses intenses yeux bleus sur elle.

L'excitation la saisit tandis qu'elle le contemplait. Du coin de l'œil, elle vit Lacey s'approcher du terre-neuve, et les deux chiens se flairer.

— Ne t'inquiète pas, dit Eli en lui prenant la main.

Elle referma les doigts sur les siens, s'y accrochant, tandis qu'il poursuivait :

— Bear est un gentil géant. Lacey et lui vont parfaitement s'entendre. C'est pour cette raison que je suis rentré. J'avais besoin de me reposer et je voulais que vous rencontriez Bear, toutes les deux.

Il lui adressa un sourire éclatant, qu'elle ne put s'empêcher de lui rendre. Mais elle distinguait sa nervosité derrière sa posture confiante.

— Je suis content d'être arrivé à temps. J'ai demandé à Marie quand tu venais reprendre Lacey, mais tu étais un peu en avance.

— Ah bon ?

— Oui.

Il lui caressa les jointures du pouce, enflammant ses terminaisons nerveuses et accélérant sa respiration.

— J'espérais vous ramener chez moi, Lacey et toi, pour dîner. Ou, si c'est trop de voiture pour Lacey, je pourrais cuisiner chez toi.

— Tu veux me faire à dîner ?

La surprise et la joie montèrent en elle, et elle demanda sur le ton du flirt :

— Est-ce la première étape de ton plan pour me faire la cour ?

Le sourire d'Eli s'élargit.

— Absolument.

Plus sérieusement, il ajouta :

— Si tant est que tu aies l'intention de rester à Jasper.

Ava eut un sourire attendri en entendant dans sa voix un mélange de crainte et d'espoir.

— Je veux vraiment me réconcilier avec mon frère. Je pense que ce sera possible, mais ça prendra du temps. Et je vais le faire à distance, parce que je n'appartiens plus vraiment à Chicago. Même si venir ici n'était pas aussi simple que je le pensais, il y a des choses qui méritent qu'on reste.

Elle posa une main sur la joue d'Eli et sa voix se réduisit à un murmure.

— Il y a des gens qui méritent qu'on reste.

Eli méritait qu'elle reste. Il était encore tôt, mais cet homme était spécial. Leur relation était spéciale.

Ava n'était pas pressée, mais en le regardant, elle avait une certitude. Bâtir une relation avec Eli n'était pas seulement la bonne chose à faire : c'était inévitable. Et c'était exactement ce qu'elle voulait.

Ouaf !

Un éclat de rire échappa à Ava quand elle regarda Lacey, qui avait tourné la tête vers elle. Elle la caressa gentiment et ajouta :

— Il y a aussi des chiens qui méritent qu'on reste, Lacey.

Apaisée, la chienne revint à Bear, qui agitait la queue.

— Je crois que tu as raison, ils vont bien s'entendre, dit Ava à Eli.

Son expression était sérieuse, intense, son sourire avait disparu.

— Et tu vaux la peine que je te fasse la cour par tous les moyens, Ava Callan. Alors prépare-toi à une cour sérieuse.

Son sourire réapparut juste assez longtemps pour faire battre son cœur, puis il pencha la tête pour l'embrasser.

SAGAS
SECRETS. HÉRITAGE. PASSION.

Villa luxueuse en Grèce,
palais somptueux en Italie,
manoir mystérieux en Louisiane, chalet
enneigé en Alaska…
Voyagez aux quatre coins du monde et
vivez des histoires d'amour
à rebondissements grâce aux intégrales
de votre collection Sagas.

4 sagas à découvrir tous les deux mois.

DIVERTIR • INSPIRER • ÉMOUVOIR

Retrouvez prochainement, dans votre collection
BLACK ROSE

Et le passé resurgit, de R. Barri Flowers - N°772

ENQUÊTES DANS LE PACIFIQUE – 3/4

Submergé par les souvenirs, Lance réfléchit à l'enquête qu'on vient de lui confier. Une enquête à la fois complexe et douloureuse, car la vague de crimes qui ébranle Honolulu présente de troublantes similitudes avec le meurtre de sa sœur, vingt ans plus tôt. Une enquête qui, décidément, est liée à son passé car il va devoir collaborer avec Caroline Yashima, son ex dont il est encore épris…

Je te protégerai toujours, de Juno Rushdan

Fuir ! Échapper à l'inconnu qui la poursuit… Perdue dans le blizzard, Lynn court pour sauver sa peau. Mais qui est-il, cet homme qui la traque depuis qu'elle a abattu un forcené dans son cabinet de psychothérapeute ? Et soudain, en se retournant, elle aperçoit une ombre derrière le tueur et reprend espoir. Nash l'a retrouvée ! Nash avec qui elle vient de rompre mais qui a juré de ne jamais l'abandonner…

Enquête à Dark River, de Delores Fossen - N°773

Un meurtre a été commis au ranch de Cullen Brodie… Appelée sur les lieux, Leigh Mercer, élue depuis peu shérif de Dark River, refuse de se fier aux apparences. Car elle ne croit pas à la culpabilité de Cullen. Et le fait qu'ils aient vécu autrefois une courte histoire d'amour n'est pour rien dans cette conviction. Une conviction renforcée le jour où Cullen et elle sont tous deux victimes d'une tentative de meurtre…

Au piège des souvenirs, de Cassie Miles

Quelle menace inconnue l'a poussée à se réfugier dans cette cabane perdue au fond des bois ? Pour Caroline, qui ne sait plus qui elle est, le mystère s'épaissit d'heure en heure. D'autant que le corps d'un vieil homme a été découvert dans le chalet où elle se trouvait et que tout l'accuse. Seul espoir dans sa détresse : John, l'adjoint du shérif, qui croit en son innocence et veut l'aider à recouvrer la mémoire…

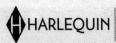

Retrouvez prochainement, dans votre collection
BLACK ROSE

Innocente et menacée, de B.J. Daniels - N°774

Complice d'un braquage ! Jamais Carla n'aurait imaginé qu'on puisse l'accuser ainsi après l'attaque de la banque où elle travaille. Mais, alors qu'elle ne sait comment prouver son innocence et sent une menace diffuse peser sur elle, une rencontre lui redonne espoir. Davy Colt, son amour de jeunesse, est de retour en ville. Il est devenu détective et semble prêt à tout pour la secourir...

Quand le danger nous rapproche, de Barb Han

Pour les agents Ree Sheppard et Quinton Casey, l'heure du repos n'a pas encore sonné. En effet, une fois de plus ils vont être obligés de jouer au couple d'amoureux pour démanteler une organisation criminelle. Une couverture qui ressemble de moins en moins à un jeu, car plus leurs vies sont menacées, plus ils se sentent proches l'un de l'autre...

Un père en mission, de Lisa Childs - N°775

CÉLIBATAIRES ET GARDES DU CORPS – 3/4

En voyant Nick Rus entrer dans sa chambre d'hôpital, Annalise sent son cœur s'accélérer... Pourtant, elle a toutes les raisons de ne pas vouloir lui parler. D'abord parce qu'il l'a quittée sans explication, il y a six mois, après une nuit d'amour. Ensuite, parce qu'à cause de lui – et parce qu'il est agent du FBI – elle vient de se faire agresser. Enfin parce qu'elle hésite à lui dire qu'elle porte son enfant...

Une mariée sous protection, de Lisa Childs

CÉLIBATAIRES ET GARDES DU CORPS – 4/4

Incapable de prononcer un mot, Gage dévisage Megan. Avec sa robe de soie et ses boucles auburn, elle est encore plus belle que dans son souvenir. Pourtant, même s'il souhaite plus que tout la protéger, il va refuser la mission qu'on veut lui confier : en aucun cas il ne sera le garde du corps de Megan le jour de son mariage avec un autre que lui...

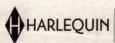

Retrouvez prochainement, dans votre collection
BLACK ROSE

Au secours d'un enfant, de Jennifer Morey - N°776

En arrivant à Anchorage, Brycen Cage maudit l'agence qui l'a envoyé enquêter en Alaska où il a tant de mauvais souvenirs. Pourtant, lorsqu'il fait la connaissance de Drury, dont le mari a été assassiné un an plus tôt, sa colère tombe. Séduit par la beauté de la jeune femme, il révise son jugement : il va faire la lumière sur cette affaire. Et il les protégera, elle et son fils, ce petit garçon au regard si triste...

Le secret de Grizzly Pass, d'Elle James

Que se passe-t-il à Grizzly Pass ? Comment cette bourgade du Wyoming est-elle devenue le théâtre d'une série d'événements criminels ? Avec l'arrivée de la police, la tension monte, et Olivia Dawson, qui vient d'être victime d'un accident de la route suspect, sent la peur la gagner. Se pourrait-il qu'elle soit, sans le savoir, au centre de ce puzzle infernal ?

HARLEQUIN BLACK ROSE

RESTEZ CONNECTÉ AVEC HARLEQUIN

Harlequin vous offre un large choix de littérature sentimentale !

Sélectionnez votre style parmi toutes les idées de lecture proposées !

 www.harlequin.fr   **L'application Harlequin**

- **Découvrez** toutes nos actualités, exclusivités, promotions, parutions à venir…

- **Partagez** vos avis sur vos dernières lectures…

- **Lisez** gratuitement en ligne

- **Retrouvez** vos abonnements, vos romans dédicacés, vos livres et vos ebooks en précommande…

- Des **ebooks gratuits** inclus dans l'application

- **50 nouveautés tous les mois** et + de 7 000 ebooks en téléchargement

- Des **petits prix** toute l'année

- Une **facilité de lecture** en un clic hors connexion

- Et plein d'autres avantages…

Téléchargez notre application gratuitement

SUIVEZ-NOUS !   facebook.com/HarlequinFrance
twitter.com/harlequinfrance

VOTRE COLLECTION PRÉFÉRÉE DIRECTEMENT CHEZ VOUS

Vous souhaitez découvrir nos collections ? Une fois votre 1er colis à prix mini reçu, si vous souhaitez continuer à recevoir nos livres, cela se fera automatiquement. Vous n'avez aucune obligation d'achat et cette offre est sans engagement de durée !

Dans votre 1er colis, 2 livres au prix d'un seul
+ en cadeau le 1er tome de la saga *La couronne de Santina*.
8 tomes sont à collectionner !

☛ **COCHEZ** la collection choisie et renvoyez cette page au
Service Lectrices Harlequin – CS 20008 – 59718 Lille Cedex 9 – France

Collections	Prix 1er colis	Réf.	Prix abonnement (frais de port compris)
❏ **AZUR**	4,75€	AZ1406	6 livres par mois 31,49€
❏ **BLANCHE**	7,40€	BL1603	3 livres par mois 25,15€
❏ **PASSIONS**	7,90€	PS0903	3 livres par mois 26,79€
❏ **BLACK ROSE**	8,00€	BR0013	3 livres par mois 27,09€
❏ **HARMONY***	5,99€	HA0513	3 livres par mois 20,76€
❏ **LES HISTORIQUES**	7,40€	LH2202	2 livres tous les deux mois 17,69€
❏ **SAGAS***	8,10€	SG2303	3 livres tous les 2 mois, 29,46€
❏ **VICTORIA**	7,90€	VI2115	5 livres tous les 2 mois 42,59€
❏ **GENTLEMEN***	7,50€	GT2022	2 livres tous les 2 mois 17,95€
❏ **NORA ROBERTS***	7,90€	NR2402	2 livres tous les 2 mois prix variable**
❏ **HORS-SÉRIE***	7,80€	HS2812	2 livres tous les 2 mois 18,65€

*livres réédités / **entre 18,75€ et 18,95€ suivant le prix des livres

F23PDFM

N° d'abonnée Harlequin (si vous en avez un) ⎵⎵⎵⎵⎵⎵⎵⎵

Mme ❏ Mlle ❏   Nom : _____

Prénom : _____ Adresse : _____

Code Postal : ⎵⎵⎵⎵⎵ Ville : _____

Pays : _____ Tél. : ⎵⎵⎵⎵⎵⎵⎵⎵⎵⎵

E-mail : _____

Date de naissance : _____

Date limite : 31 décembre 2023. Vous recevrez votre colis environ 20 jours après réception de ce bon. Offre soumise à acceptation et réservée aux personnes majeures, résidant en France métropolitaine, dans la limite des stocks disponibles. Prix susceptibles de modification en cours d'année. Vous pouvez demander à accéder à vos données personnelles, à les rectifier ou à les effacer. Il vous suffit de nous écrire en nous indiquant vos nom, prénom et adresse à : Service Lectrices Harlequin CS 20008 59718 LILLE Cedex 9. Service Lectrices disponible du lundi au vendredi de 9h à 17h : 01 45 82 47 47.